A NOITE
PASSADA NO
TELEGRAPH
CLUB

MALINDA LO

A NOITE PASSADA NO TELEGRAPH CLUB

Tradução
Thaís Britto

2ª edição
Rio de Janeiro-RJ / São Paulo-SP, 2023

VERUS
EDITORA

Copidesque
Lígia Alves

Revisão
Tássia Carvalho

Título original
Last Night at the Telegraph Club

ISBN: 978-65-5924-119-4

Copyright © Malinda Lo, 2021
Todos os direitos reservados.

Tradução © Verus Editora, 2022
Direitos reservados em língua portuguesa, no Brasil, por Verus Editora. Nenhuma parte desta obra pode ser reproduzida ou transmitida por qualquer forma e/ou quaisquer meios (eletrônico ou mecânico, incluindo fotocópia e gravação) ou arquivada em qualquer sistema ou banco de dados sem permissão escrita da editora.

Verus Editora Ltda.
Rua Argentina, 171, São Cristóvão, Rio de Janeiro/RJ, 20921-380
www.veruseditora.com.br

CIP-BRASIL. CATALOGAÇÃO NA FONTE
SINDICATO NACIONAL DOS EDITORES DE LIVROS, RJ

L774n

Lo, Malinda
    A noite passada no Telegraph Club / Malinda Lo ; tradução Thaís Britto. - 2. ed. - Rio de Janeiro : Verus, 2023.

Tradução de: Last Night at the Telegraph Club
ISBN 978-65-5924-119-4

1. Romance americano. I. Britto, Thaís. II. Título.

22-79597   CDD: 813
                                    CDU: 82-31(73)

Meri Gleice Rodrigues de Souza - Bibliotecária - CRB-7/6439

Revisado conforme o novo acordo ortográfico.

Seja um leitor preferencial Record.
Cadastre-se no site www.record.com.br e receba informações sobre nossos lançamentos e nossas promoções.

Atendimento e venda direta ao leitor:
sac@record.com.br

Para todas as caminhoneiras e as bem menininhas de ontem, hoje e sempre.

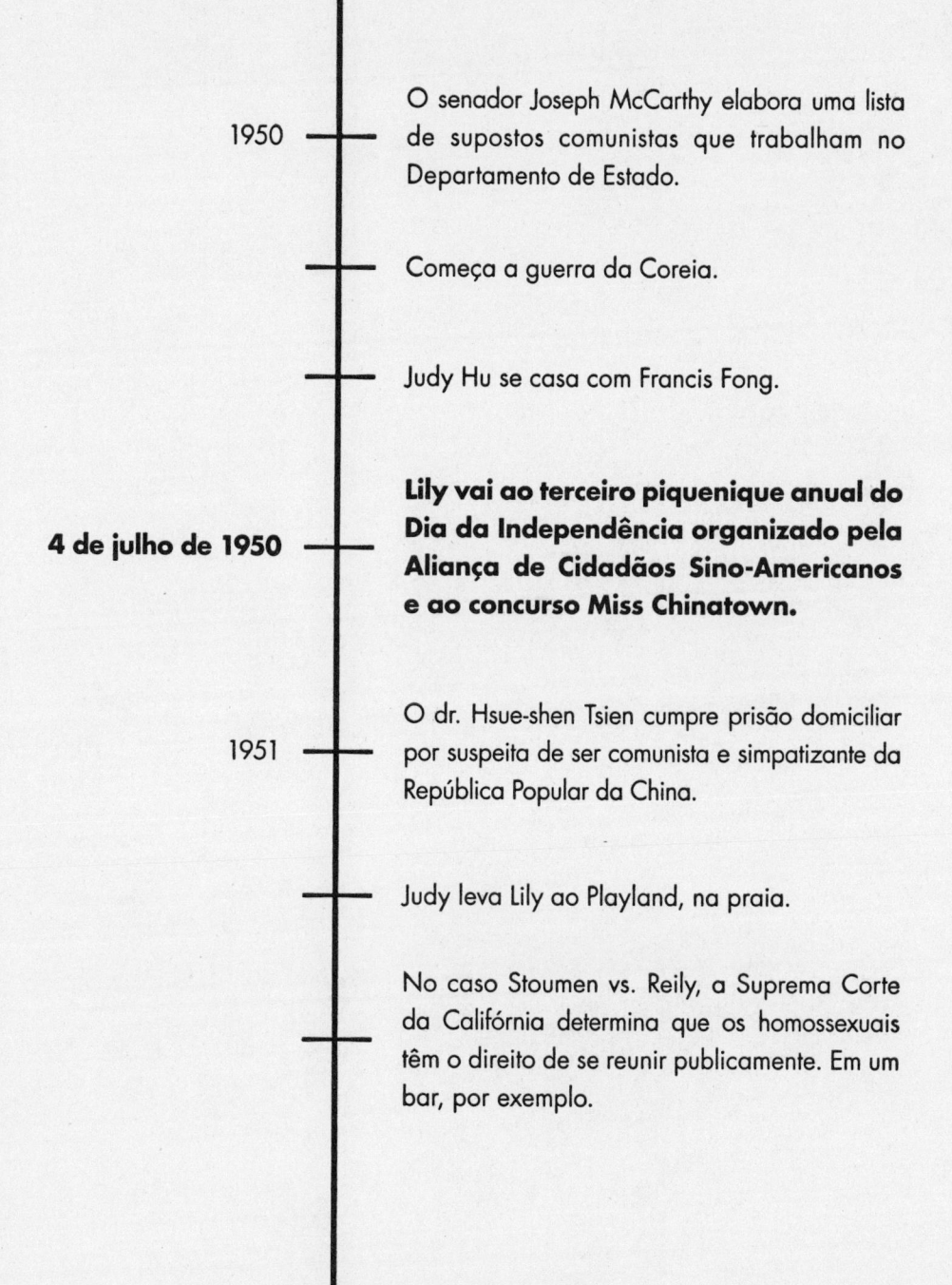

1950 — O senador Joseph McCarthy elabora uma lista de supostos comunistas que trabalham no Departamento de Estado.

— Começa a guerra da Coreia.

— Judy Hu se casa com Francis Fong.

4 de julho de 1950 — **Lily vai ao terceiro piquenique anual do Dia da Independência organizado pela Aliança de Cidadãos Sino-Americanos e ao concurso Miss Chinatown.**

1951 — O dr. Hsue-shen Tsien cumpre prisão domiciliar por suspeita de ser comunista e simpatizante da República Popular da China.

— Judy leva Lily ao Playland, na praia.

— No caso Stoumen vs. Reily, a Suprema Corte da Califórnia determina que os homossexuais têm o direito de se reunir publicamente. Em um bar, por exemplo.

PRÓLOGO

As concorrentes ao Miss Chinatown amontoavam-se atrás de uma tela de tecido perto do palco. Não estavam ali quando Lily Hu passara pelo mesmo local quinze minutos antes, a caminho dos banheiros, e havia algo de espantoso naquela súbita aparição.

Lily tinha treze anos e não se lembrava de já ter visto um grupo de garotas chinesas daquele jeito: com roupas de banho, sapatos de salto, cabelo e maquiagem perfeitos. Pareciam tão americanas.

Ela começou a andar mais devagar. O concurso estava prestes a começar e ela perderia as primeiras apresentações se ficasse parada. Devia voltar para o tapete de piquenique estendido no gramado bem na frente do palco, onde estava sua família, mas ficou vagando por ali, tentando disfarçar o interesse.

Havia doze garotas, e suas roupas de banho eram brancas, pretas ou em dois tons de verde, biquínis e maiôs. Tinham braços e pernas nus sob o sol quente do meio-dia, os cabelos pretos brilhosos enrolados e perfeitamente presos. Nos lábios, o batom era vermelho vibrante; nas unhas, esmalte vermelho; a pele macia e bronzeada. Cada uma das garotas era uma variação sobre o mesmo tema.

Os sapatos altos afundavam na grama. De vez em quando uma delas levantava o pé para garantir que o salto não ficasse preso na terra úmida, como os filhotes de patas fininhas tentando aprender a andar em Bambi. Uma garota de biquíni preto usava sapatos pretos muito altos, e, ao se ajeitar em sua posição, o salto direito prendeu na grama. O pé saiu parcialmente de dentro do sapato, revelando uma incômoda marca vermelha onde a parte de trás machucava o tendão de Aquiles. A garota franziu o cenho e tentou calçá-lo de novo, mas dessa vez o pé inteiro escorregou para fora. A marca no calcanhar; a intimidade do arco do pé; os dedos flexionados ao ar livre. Lily desviou o olhar, como se estivesse vendo uma mulher se despir em público.

Ouviu-se um zumbido de microfone e um homem anunciou, em inglês:

— Bem-vindos ao terceiro piquenique anual do Dia da Independência organizado pela Aliança de Cidadãos Sino-Americanos e ao concurso Miss Chinatown!

A plateia sentada na grama reagiu com aplausos e gritos entusiasmados. Uma mulher mais velha com uma prancheta na mão começou a organizar as garotas em uma fila atrás da tela, preparando-as para subir a escada que dava no palco. Lily se virou e voltou apressada para a grama.

Ela avistou a família no meio da plateia, todos reunidos sobre o tapete velho e amarfanhado que tinha o nome do pai — CAPITÃO JOSEPH HU — pintado com tinta branca. Em volta deles havia diversas outras famílias, todas relaxando sob o céu azul, de frente para o palco montado diante da tenda principal.

Lily viu a mãe ficar em pé e levantar o pequeno Frankie, de quatro anos. O pai, ainda sentado no tapete, entregou a bolsa para a Mamãe, e então ela e Frankie foram caminhando pela trilha à beira do gramado. Tio Francis e tia Judy, sentados ao lado do pai de Lily, observavam o palco com expressões diferentes no rosto. Tio Francis estava compenetrado; tia Judy parecia incrédula. Não havia sinal de Eddie, o outro irmão de Lily, e ela imaginou que ele ainda estivesse jogando com os amigos.

Lily encontrou a mãe no meio do caminho.

— Vou levar o Frankie ao banheiro — disse a Mamãe. — Ainda tem um pouco de frango frito.

Alguém soltou umas bombinhas enquanto Lily caminhava de volta para a grama. O sol de verão parecia quente e seco sobre seus cabelos pretos. O clima aqui em Los Altos era de verão mesmo — do tipo que dá vontade de tomar sorvete, diferente do frio e da neblina de San Francisco. Ao longo do dia, Lily foi tirando as várias camadas de roupa que vestira de manhã, no apartamento da família em Chinatown, e a essa altura só usava uma blusa de manga curta e uma saia de algodão, além dos sapatos e meias que ela preferia que fossem sandálias.

Quando chegou ao local onde estava a família, se ajoelhou para pegar o último pedaço de frango frito da cesta. Sua amiga Shirley Lum estava sentada ali perto com a família e fez um gesto para que Lily fosse se juntar a eles.

— Posso ir sentar com a Shirley? — perguntou ao pai, que assentiu com a cabeça ao mesmo tempo que o apresentador começava a anunciar as participantes do concurso. Os nomes reverberavam pela plateia enquanto Lily se levantava com a coxa de frango na mão.

— Senhorita Elizabeth Ding!

— Senhorita May Chinn Eng!

Lily se juntou a Shirley em seu tapete — uma toalha de mesa branca velha — e dobrou as pernas para o lado, puxando a saia para cobrir os joelhos como uma mocinha.

Shirley se aproximou dela e disse:

— Eu gosto mais da terceira. A que está de biquíni amarelo.

— Senhorita Violet Toy!

— Senhorita Naomi Woo!

Lily deu uma mordida no frango. A pele ainda estava crocante, a carne tenra e bem temperada. Colocou a mão em forma de concha por baixo, para segurar os pedacinhos que caíssem. No palco, as garotas caminhavam de um lado para o outro, uma a uma. Desfilavam com seus sapatos de salto e os quadris balançavam para lá e para cá. Da plateia vinham alguns assobios, seguidos de risadas.

— Acho que a de maiô preto é espalhafatosa demais — comentou Shirley.

— Como assim? — perguntou Lily.

— Olha pra ela! Está agindo como se fosse uma estrela de Hollywood ou algo do tipo. O modo como está parada.

— Mas todas estão paradas do mesmo jeito.

— Não, ela está se exibindo mais, como se se achasse perfeita.

A de maiô preto não parecia nada diferente das outras para Lily, mas ela se lembrou de seu pé descalço no ar, e ficou estranhamente envergonhada pela garota. As concorrentes todas sorriam, as mãos nos quadris, os ombros para trás, orgulhosas. O apresentador explicou que elas precisavam dar a volta no palco para que os jurados vissem o rosto e o corpo, e a plateia aplaudiu um pouco mais.

Os jurados estavam em uma mesa bem em frente ao palco. Lily não conseguia vê-los, mas já sabia tudo sobre eles. Dois eram lideranças de Chinatown, um era um notável empresário local branco, e a outra era uma mulher — a Rainha do Narciso de Honolulu, no Havaí. Lily já a vira tirando fotos com os fãs mais cedo; usava um lindo vestido floral e uma enorme flor cor-de-rosa no cabelo.

— Olha, minha favorita está desfilando agora — disse Shirley.

A garota de biquíni amarelo era mais alta do que as outras e seu corpo era mais cheio de curvas. Tinha o cabelo preto ondulado preso para trás com pentes, o que revelava um par de brincos pendentes e brilhantes. Quando passou pela frente do palco, ouviram-se assobios da plateia. Ao terminar o desfile, ela dobrou o joelho e olhou para trás, por cima do ombro, fazendo charme. O público foi à loucura e Shirley se juntou aos aplausos entusiasmados.

Lily, ainda segurando a coxa de frango meio comida, desviou o olhar do palco, desconfortável. Não entendia muito bem a sensação incômoda dentro de si, como se não pudesse ser flagrada olhando para aquelas garotas. Viu um grupo de homens mais velhos de Chinatown ali perto, estavam sentados, fumando e analisando as concorrentes. Um deles abriu um sorriso para outro, e havia algo de perturbador na expressão em seu rosto. Ele fez um gesto estranho com a mão esquerda, como se estivesse espremendo alguma coisa, e o outro homem deu uma risada. Lily olhou de volta para seu frango e o osso da coxa a lembrou do tendão de Aquiles da garota de maiô preto, avermelhado por causa da borda dura do sapato.

— Vamos subir no palco — disse Shirley, puxando Lily pela mão como se estivesse bolando um plano criminoso.
— A gente não devia...
— Você não quer ver como é?
Parecia algo perigoso e rebelde — mas só um pouco. A luz do sol agora era dourada e pesada; o espetáculo já havia acabado e os espectadores se arrumavam para ir embora.
— Tudo bem — concordou Lily, e Shirley deu um gritinho de animação.
Estavam quase correndo nos últimos metros antes de chegar ao palco, mas, ao se virem diante dos degraus, Shirley parou de repente. Lily deu um encontrão nela.
— Imagina só — disse Shirley, sonhadora. — Como deve ser virar Miss Chinatown.
Houve uma polêmica quando os jurados anunciaram a vencedora mais cedo. Lily ouvira algumas vaias de leve em meio aos aplausos, e viu a vencedora ficar com o rosto corado, tanto de orgulho quanto de vergonha. Um homem gritou em inglês para o palco:
— Ela parece uma pinup, não uma garota chinesa!
Lily olhou para o homem disfarçadamente; estava sentado próximo ao que fizera aquele gesto lascivo, e que então se aproximou e lhe deu um tapinha no ombro. Eles daí começaram uma conversa animada que Lily não conseguiu entender muito bem — estavam falando em toishanês —, embora tenha distinguido as palavras *beleza* e *mulher*.
— Lily, você não vem?

Shirley tinha subido os degraus, e Lily se deu conta de que ficara para trás. Apoiou no corrimão, que estava bambo, e subiu rapidamente. O microfone e o púlpito já tinham sido retirados, deixando o palco vazio. Shirley andou até o meio, desfilando como as concorrentes e fingindo ser uma rainha de concurso de beleza.

Lily hesitou e ficou olhando enquanto a amiga se virava para o gramado, que estava esvaziando. Alguém assobiou e Shirley corou de felicidade, fazendo uma reverência meio desajeitada.

— Da próxima vez vai ser você! — gritou uma voz anônima.

Shirley riu e olhou para Lily por cima do ombro.

— Vem cá! Vem ver como é a vista.

Lily se juntou a Shirley na frente do palco na mesma hora em que algumas bombinhas foram acesas ao longe. O sol da tarde estava atrás dela e produzia sombras ao longo do gramado; enquanto Shirley levantava a mão e acenava como uma miss, Lily observava sua sombra se mover sobre a grama. O chão estava cheio de garrafas vazias e sacos de papel amassados, e a grama achatada com as marcas dos tapetes e dos corpos.

— Lily!

A voz veio do lado esquerdo, ligeiramente atrás do palco. Ela deu um passo atrás para ver quem era e lá estava tia Judy vindo pelo caminho que dava no estacionamento, acenando para ela.

— Está na hora de ir — gritou a tia.

Lily acenou de volta e cutucou o braço de Shirley.

— Temos que ir.

— Só mais um minuto — insistiu Shirley.

Lily recuou até a escada e se virou para observar Shirley, que ainda estava parada na beira do palco, olhando para o gramado. O sol na parte de trás de sua cabeça formava uma coroa de luz, deixando seu rosto na sombra. De perfil, seu nariz e sua boca ainda eram delicados, de menina. Mas havia um leve volume em seus seios, e ela havia acinturado bem o vestido, para enfatizar a curva dos quadris. Lily se perguntou se era daquele jeito que uma garota chinesa deveria ser.

PARTE I

Posso sonhar, não posso?

Agosto e setembro de 1954

1

— Aquela mulher é tão chique — disse Shirley, cutucando Lily para que olhasse. Duas mulheres brancas estavam sentadas do outro lado do restaurante, numa mesa recuada. — Será que ela vai assistir a algum espetáculo?

Era sexta-feira à noite, bem no horário do jantar, e o Eastern Pearl estava quase lotado, mas Lily imediatamente soube de quem Shirley estava falando. As luminárias de papel vermelho que caíam do teto lançavam um brilho intenso sobre o cabelo loiro da mulher; estava preso de um jeito meio retorcido, com uma fivela brilhante que fazia par com os brincos pendentes em suas orelhas. Ela usava um vestido azul-royal de cetim sem mangas e com decote redondo, que revelava sua pele suave, além de um bolero azul combinando que estava pendurado nas costas da cadeira. A moça que a acompanhava estava vestida de modo bem menos glamoroso. Usava calça — uma calça cinza de flanela, com uma camisa de botão para dentro. Seu cabelo era curtinho como estava na moda, mas, em vez de parecer uma menininha frágil, seu visual estava mais para um menino, o que chamou a atenção de Lily. Havia algo na postura dela que parecia sutilmente masculino. Lily não conseguia definir bem o que era, mas ficou intrigada.

Lily se deu conta de que encarava as duas e se voltou para a pilha de guardanapos bagunçados à sua frente. Ao lado dela, Shirley estava indo rápido no trabalho com a própria pilha, transformando-os em belos cisnes. Lily já passara muitas horas no restaurante com Shirley desde que eram pequenas, e ao longo dos anos ajudara com inúmeras pequenas tarefas. Agora, estavam prestes a começar o último ano do ensino médio, e até hoje ela não sabia como dobrar um guardanapo e transformá-lo em um cisne decente. Desfez a dobra e começou de novo.

Nas noites de fim de semana, o Eastern Pearl se enchia de turistas em sua maior parte, em vez dos chineses locais. Shirley dizia que era porque uma das empresas de turismo que faziam passeios em Chinatown o recomendava, o que era um ótimo negócio para o restaurante. Lily ficou se perguntando se as mulheres na mesa do canto eram turistas, e mais uma vez deu uma olhada na direção delas.

A loira pegava um estojo prateado de cigarros na bolsa, enquanto sua acompanhante tirava uma caixa de fósforos do bolso da calça e se inclinava, acendendo o fósforo. A loira protegeu a chama com a mão em concha e puxou a mão da amiga para mais perto enquanto tragava. Depois, recostou novamente na cadeira e ofereceu o estojo para a amiga, que pegou um cigarro e o acendeu rapidamente, tirando-o da boca com o indicador e o polegar. Uma nuvem de fumaça subiu rodopiando até o teto iluminado de vermelho.

— Você está fazendo tudo errado com esses — disse Shirley, olhando para os cisnes mal dobrados de Lily. — Mamãe não vai gostar.

— Desculpe — respondeu Lily. — Não sou boa nisso.

Shirley balançou a cabeça, mas não estava irritada. Era sempre desse jeito.

— Eu refaço os seus. — Shirley puxou os guardanapos de Lily para si.

Lily ficou ali sentada por um momento, observando enquanto Shirley desfazia seus cisnes horríveis, e então pegou o *Chronicle*. Sempre gostara das resenhas de teatro e cinema e das colunas sociais, com suas fotos de mulheres usando casacos de pele e diamantes, e se perguntou se a loira já havia saído no jornal.

— Talvez ela seja uma herdeira — comentou Shirley. — A loira ali.

Shirley olhou de novo, rapidamente, para o outro lado do restaurante.

— Herdeira de uma mina de ouro?

— Isso. E o pai morreu recentemente e deixou uma fortuna para ela e...

— Mas ela descobriu que tem um meio-irmão...

— ... que está brigando com ela pela herança...

— ... então contratou uma detetive particular para seduzi-lo!

Lily olhou para Shirley meio confusa.

— O quê?

— Bom, quem você acha que é a outra mulher? Parece uma detetive particular. Só uma detetive particular se vestiria desse jeito. Provavelmente está disfarçada.

Lily estava entretida.

— Disfarçada de quê?

— Ah, sei lá.

Elas jogavam esse jogo desde crianças — inventar histórias sobre os estranhos que viam no restaurante —, mas Shirley costumava perder o interesse nos enredos antes de Lily.

— Viu o anúncio novo que meus pais colocaram? — perguntou Shirley, acomodando o último cisne ao lado dos outros, todos alinhados como um exercitozinho.

— Não.

— Está aí no jornal, eu vi mais cedo. Continua lendo. Está na mesma página das resenhas de boates.

Obediente, Lily foi virando as páginas do *Chronicle* até chegar à coluna "Ao cair da noite", que ocupava metade da página. Na outra metade havia um monte de anúncios de restaurantes e boates. Foi vasculhando até encontrar o do Eastern Pearl. ME ENCONTRE NO JULIAN'S XOCHIMILCO: O MELHOR JANTAR MEXICANO. ESPETÁCULOS 100% CHINESES — UM MAGNÍFICO JANTAR CHINÊS OU AMERICANO COMPLETO — CIDADE PROIBIDA. Uma ilustração de quatro rostos — pai, mãe, filho e filha de laço no cabelo — anunciava COMIDA BOA! UMA BOA VIDA INCLUI JANTAR NO GRANT'S.

— Aí está. — Shirley apontou quase para o fim da página. Um retângulo preto simples, onde se lia em letras brancas em negrito: EXPERIMENTE O MELHOR DA COZINHA ORIENTAL NO EASTERN PEARL — O MELHOR DE CHINATOWN.

Mas o olhar de Lily foi desviado para o quadrinho exatamente acima do anúncio do Eastern Pearl. Estava escrito: IMITADOR MASCULINO TOMMY ANDREWS — ESTREIA MUNDIAL! NO TELEGRAPH CLUB. BROADWAY, 462. Era um anúncio relativamente grande e ainda havia a foto de uma pessoa que parecia ser um homem bonito, com o cabelo penteado para trás, usando um smoking. Algo ficou imóvel dentro de Lily, como se o coração tivesse parado para dar uma respirada antes de continuar batendo.

— Não é muito grande, mas o papai acha que as pessoas vão notar — disse Shirley. — O que acha?

— Ah, eu... Tenho certeza que vão notar.

— As pessoas leem essa página, não é? Sempre querem saber quem são as estrelas que estarão na cidade.

— Tem razão. Com certeza as pessoas vão ver.

Shirley assentiu, satisfeita, e Lily se obrigou a desviar o olhar da foto de Tommy Andrews. Do outro lado do restaurante, as duas mulheres pagavam a conta. A de vestido azul tirou uma carteira da bolsa e a de cabelo curto, de repente, pegou uma carteira masculina no bolso. Os dólares das duas caíram frouxos sobre a mesa.

Atrás do balcão, a porta vaivém que dava na cozinha se abriu. A mãe de Shirley colocou a cabeça para fora e chamou.

— Shirley, vem me ajudar aqui rapidinho.

— Sim, mamãe — respondeu ela. Olhou para Lily, impaciente. — Não mexa nos guardanapos. Eu termino quando voltar.

O sininho que ficava na porta do restaurante tocou e Lily viu as duas mulheres saírem. A de cabelo curto segurou a porta para a amiga e, depois que elas foram embora, Lily ficou observando o anúncio do Telegraph Club novamente.

O endereço Broadway, 462 devia ficar a poucos quarteirões do Eastern Pearl. Havia diversas casas de show na Broadway, a oeste da

Avenida Columbus. Os pais de Lily sempre disseram a ela que evitasse aquele pedaço. Era para adultos, diziam, e para turistas. Não era bom para meninas chinesas. Não era bom para menina nenhuma. Lily entendia que deveria achar as boates algo vulgar, mas, toda vez que atravessava a Broadway (sempre durante o dia, é claro), olhava para a rua larga que dava na Bay Bridge, o olhar fixo naquelas portas fechadas, imaginando o que escondiam ali dentro.

As palmas das mãos de Lily estavam meio úmidas. Ela olhou para trás, mas não havia ninguém do outro lado do balcão. Rapidamente rasgou a página com o anúncio do Telegraph Club, dobrou num quadradinho perfeito e colocou no bolso da saia. Fechou o jornal e colocou-o de volta na pilha de edições do *Chronicle* que estava debaixo do balcão. Enquanto arrumava a pilha de jornais, percebeu que as pontas de seus dedos tinham ficado sujas de tinta. Correu para o banheiro, ligou a água e esfregou os dedos com o sabão cor-de-rosa até não ver mais nenhum rastro.

2

O Eastern Pearl ficava a apenas dez minutos de caminhada do apartamento da família Hu, mas, naquela noite, a sensação de Lily era a de que o caminho para casa havia demorado uma eternidade. Assim que saiu do restaurante, teve que passar um tempão conversando com o velho sr. Wong, que fechava sua lojinha de importados ao lado. Depois, ao virar a esquina na Avenida Grant, Charlie Yip, da barraquinha de comida, a chamou dizendo que seu doce de pêssego desidratado favorito estava com desconto. Ela comprou um saquinho pequeno para dividir com os irmãos e, ao colocá-lo no bolso da saia, tomou cuidado para não amassar o jornal dobrado.

Do lado de fora do Shanghai Palace, um grupo de turistas brancos bloqueava a passagem na calçada. Estavam vestidos para aproveitar a noite em Chinatown, e Lily notou que já tinham bebido alguns drinques. Nenhum deles percebeu sua presença, e ela contornou o grupo caminhando pela rua, desviando de uma bituca de cigarro jogada por uma mulher vestida com uma estola de pele. Lily olhou para as costas da mulher de cara feia e um carro buzinou em sua direção, obrigando-a a dar um pulo para sair do caminho. Agora estava imprensada entre os turistas e um Buick estacionado, e foi obrigada a esperar o sinal ficar vermelho antes de finalmente atravessar a rua, apressada entre os carros que andavam em marcha lenta.

Quando chegou ao outro lado da rua, olhou de volta para a Grant na direção da Broadway e da North Beach, se perguntando onde exatamente ficaria o Telegraph Club. Imaginou um letreiro grande em neon em cima de uma porta coberta com um toldo. Ela se lembrou das duas mulheres que vira no Eastern Pearl e pensou nas duas indo para o Telegraph Club. Em sua fantasia, elas se sentavam numa pequena mesa redonda próxima ao palco, onde Tommy Andrews apareceria, com um visual impecável, para cantar.

Queria pegar o jornal do bolso ali mesmo para ver o rosto de Tommy outra vez, mas resistiu ao desejo. A Rua Clay já era logo ali; ela estava a poucos quarteirões de casa. Começou a andar mais rápido.

Lily abriu a porta do prédio e subiu correndo a longa escadaria de madeira que levava ao terceiro andar. O lado esquerdo do apartamento, onde ficava a cozinha, estava silencioso e escuro, mas no fim do corredor à direita dava para ver a luz que vinha da sala. Pendurou o casaco no cabide, tirou os sapatos, calçou os chinelos e caminhou até a sala, passando pelo quarto dos pais, cuja porta estava fechada.

Sentado no sofá, o pai lia o jornal e fumava seu cachimbo. Os irmãos mais novos, Eddie e Frankie, estavam esparramados no tapete lendo revistas em quadrinhos. Quando ela entrou, o pai levantou a cabeça e sorriu. As lentes de seus óculos redondos refletiram a luz do abajur.

— Já jantou? — perguntou ele. — Como está Shirley?

— Tudo bem. Jantei com ela. Cadê a mamãe?

— Foi dormir cedo. Se ainda estiver com fome, tem algumas sobras na cozinha.

Eddie olhou para a irmã por cima do ombro.

— Também tem bolo. Teve uma feira de bolos na Cameron House.

Aquilo lembrou Lily dos pêssegos desidratados, que ela tirou do bolso.

— Alguém quer? Comprei com o Charlie Yip.

Frankie correu para pegar e o papai disse:

— Não coma muito. Está quase na hora de dormir.

Lily podia prever como seria o resto da noite. O pai ficaria acordado até terminar de ler o jornal — talvez mais meia hora. Os irmãos iam pedir para ficar acordados até mais tarde, mas seriam obrigados a ir para cama às dez. Ela até podia ficar sentada ali na sala com eles lendo um livro, impaciente, mas já sabia que não ia conseguir se concentrar. Em vez disso, foi até a cozinha e colocou a chaleira no fogo. Enquanto esperava, parou diante da janela que ficava sobre a pia e observou as luzes da cidade, cada um daqueles pontos brilhantes evidenciando as vidas de outras pessoas: janelas de quartos e salas, faróis de carros que subiam as ruas íngremes. Ela se perguntou onde aquelas duas mulheres do restaurante moravam e como deviam ser suas casas. Colocou a mão no bolso e tocou o papel dobrado.

Fez uma xícara de chá de jasmim e foi para o quarto, que não era exatamente um quarto, mas um puxadinho da sala fechado com portas de correr. Ela as deixou abertas. O pai usara aquele espaço como escritório até Frankie fazer quatro anos, quando Lily conseguiu convencê-los de que não poderia mais compartilhar o quarto com os irmãos. Agora tinha o próprio esconderijo minúsculo, no qual conseguira apinhar uma cama estreita, uma velha escrivaninha com gavetas que não fechavam direito e várias pilhas altas de livros que formavam uma mesa de cabeceira improvisada para seu abajur. A pequena janela na parede, logo acima do pé da cama, estava coberta com uma cortininha de veludo azul com pequenas lantejoulas. Lily fizera a cortina na aula de economia doméstica, no ensino fundamental. A costura começara a se desfazer assim que a pendurou, mas gostava dela mesmo assim. A cortina a lembrava dos romances de ficção científica que gostava de ler, com capas que retratavam o espaço sideral.

Enquanto esperava o pai e os irmãos irem dormir, foi escovar os dentes e então ficou andando de um lado a outro do pequeno quarto. Dobrou algumas roupas lavadas que estavam em cima da cama; deu uma olhada nas anotações da aula de matemática do ano passado para ver o que podia jogar fora. Enquanto fazia tudo isso, sua mente prestava atenção ao pedaço de jornal no bolso da saia: o sussurro suave que fazia quando se ajoelhava para guardar as roupas; o jeito como as pontas do papel tocavam seu quadril quando sentava na cama.

Pareciam ter se passado horas até o pai e os irmãos saírem da sala. Quando enfim foram embora, Lily fechou as portas de correr de seu puxadinho e pôs sua camisola. Pegou o anúncio do jornal e o colocou em cima da pilha de livros que formava sua mesa de cabeceira. Ela o havia dobrado no formato de um quadradinho, mas agora ele começava a se abrir, como asas de uma borboleta.

Surpresa, ela observou até o papel parar de se mover. Do lado de fora, ouviu o barulho do bondinho que vinha chegando perto da Rua Powell, e o sino parecia tocar na mesma frequência das batidas de seu coração. Começou a vasculhar uma das pilhas de livros ao lado da cama e pegou *A exploração do espaço*, de Arthur C. Clarke, que fora um presente da tia Judy. Colocou o livro na cama, arrumou o travesseiro na parede e se sentou encostada nele, pegando enfim o papel.

Desdobrou com cuidado. Lá estava Tommy Andrews olhando para o horizonte como um daqueles ídolos do cinema, um halo de luz ao redor de seu cabelo reluzente. IMITADOR MASCULINO TOMMY ANDREWS. Um tempo atrás, ela vira o anúncio de um espetáculo em outra boate que dizia: JERRY BOUCHARD, O MAIOR IMITADOR MASCULINO DO MUNDO! Vinha acompanhado da ilustração de uma mulher (suas curvas eram bem nítidas) vestindo chapéu e fraque, com os cachos caindo por baixo do chapéu. Pareceu a Lily que havia algo errado na ilustração — era quase cômica, de certo modo. Não era como essa foto. Tommy era bonito, atraente. A foto ficaria bem na parede do quarto de Lily, ao lado das imagens de Tab Hunter e Marlon Brando.

Uma vez, Lily recortara a ilustração de uma colônia lunar da revista *Popular Science* (que o pai às vezes comprava para Eddie) e a colara na parede sobre a escrivaninha. Quando Shirley viu, caçoou de Lily dizendo que ela tinha gostos de menino, e, depois que ela foi para casa,

Lily tirou a imagem da parede. Se fosse muito ousada, recortaria as palavras IMITADOR MASCULINO TOMMY ANDREWS do anúncio e penduraria a foto no lugar onde antes estava a colônia lunar. Duvidava de que alguém — até mesmo Shirley — percebesse que não se tratava de um homem.

Mas ela sabia que não ousaria fazer isso. Colocou o anúncio sobre a cama e abriu *A exploração do espaço*. Escondidos entre as páginas havia outros recortes dobrados. O primeiro ela tinha extraído de uma revista *Time* antiga que encontrara em uma caixa do lado de fora do Hospital Chinês. Era a foto de uma jovem Katharine Hepburn sentada numa poltrona, as pernas jogadas de maneira casual sobre um dos braços do móvel. Usava calça de boca larga, um blazer e segurava um cigarro em uma das mãos, enquanto olhava para o lado esquerdo. Havia uma óbvia autoconfiança em sua expressão, uma leve atitude masculina no movimento dos ombros.

Lily se lembra exatamente de quando viu a foto ao folhear a revista na calçada. Era setembro e o sol brilhava forte. Tinha parado diante daquela foto e ficou olhando até o cabelo começar a queimar com o calor. E então — antes que pudesse pensar duas vezes — arrancou a página da revista. Alguém vinha passando por ela na hora e Lily notou o olhar surpreso da pessoa, mas já era tarde demais, e fingiu nem ter visto. Rapidamente dobrou a página duas vezes, colocou na bolsa e devolveu a revista à caixa.

O outro recorte era uma reportagem sobre duas ex-membros do WASP, grupo de pilotos mulheres civis que atuaram na Segunda Guerra, e que tinham inaugurado o próprio campo de aviação depois da guerra. Na matéria havia uma pequena foto das duas sentadas lado a lado, olhando para o céu. Estavam vestidas de modo igual, com óculos de sol, camisas de colarinho e calça, e a mulher da direita, que tinha o cabelo curto meio desgrenhado, segurava a mão da outra, como que a protegendo. A mulher de cabelo curto trabalhava como mecânica; sua companheira era instrutora de voo. Não eram tão elegantes quanto Katharine Hepburn, mas havia algo que cativava na intimidade casual das duas.

A matéria era de uma edição da revista *Flight* que Lily encontrou na biblioteca pública alguns meses antes enquanto pesquisava sobre as WASPs. Ela se lembrava claramente de ter levado a revista escondido até o cantinho mais vazio da biblioteca, onde arrancou as páginas da reportagem debaixo da mesa, fazendo o mínimo de barulho possível. Sabia que não devia fazer aquilo, mas sentira a necessidade de ter a foto, de um jeito que ela não sabia muito bem como explicar. Deixou uma moedinha em cima da mesa disfarçadamente, como se pudesse daquele jeito compensar o estrago no patrimônio da biblioteca.

Agora, colocava as mulheres piloto em cima da cama ao lado de Katharine Hepburn e Tommy Andrews e olhava para todas as imagens sucessivamente. Não conseguia expressar em palavras o motivo de ter reunido aquelas fotos, mas podia senti-lo em seu âmago: um desejo intenso e inquieto de olhar — e, ao olhar, conhecer.

3

A ascensorista da Macy's era uma jovem chinesa que usava um vestido cheongsam azul-celeste com flores amarelas.

— Bom dia — disse a Lily e sua mãe. — Qual andar, por favor?

— Bom dia — respondeu a mãe de Lily. — Departamento de moças, por favor.

— Sim, senhora.

A ascensorista apertou o botão do terceiro andar. Não parecia ser muito mais velha do que Lily, mas ela não a reconheceu, o que provavelmente significava que a garota não crescera em San Francisco.

— Você é neta da sra. Low? — perguntou a mãe de Lily. — A sra. Wing Kut Low, da Rua Jackson?

O elevador com portas de madeira passou pelo segundo andar e a garota respondeu:

— Não. Sou de Sacramento.

Havia um banquinho que parecia desconfortável aparafusado no chão diante do painel de botões do elevador. Lily imaginou a garota sentando-se para descansar os pés, descalçando-os do scarpin preto entre uma viagem e outra. A ideia de ficar presa nesta caixa em movimento o dia inteiro — portas abrindo e fechando, sem nunca poder sair — parecia uma maneira bem sufocante de garantir o sustento.

— Sacramento! — exclamou a mãe de Lily, como se fosse algo tão longínquo quanto a Lua. As engrenagens rangeram de leve quando o elevador diminuiu a velocidade, aproximando-se do terceiro andar. — Está sozinha aqui em San Francisco?

— Tenho um tio em Chinatown.

— Entendi.

O tom de voz da mãe de Lily deixava claro que não havia achado aquela situação muito adequada. Quando o elevador parou no terceiro andar, a porta se abriu com um som de sino. A mãe de Lily parou ao sair.

— Se algum dia precisar de alguma ajuda feminina, trabalho no Hospital Chinês. Sou enfermeira no departamento de obstetrícia. Sra. Grace Hu — disse à garota.

A ascensorista pareceu ficar desconfortável.

— Obrigada, senhora. É muito generoso da sua parte.

Lily lançou um olhar solidário para a garota antes de sair do elevador.

— Fico preocupada com essas meninas — confidenciou a mãe em voz baixa quando a porta do elevador se fechou. — É muito nova para estar sozinha. Não consigo acreditar que o tio tome conta dela direito.

Lily olhou em volta para se certificar de que ninguém tinha ouvido. Bem à frente, o departamento de moças se estendia sob luzes fluorescentes. O andar estava lotado de outros compradores, que se moviam de um balcão de produtos para outro. Havia uma mãe com a filha ao lado do balcão de chapéus, e a adolescente ria enquanto a mãe colocava um pillbox azul sobre seu cabelo louro cacheado. As duas olharam de relance para Lily e a mãe quando elas passaram, e depois desviaram o olhar, com indiferença. Não havia outras pessoas chinesas ali naquele momento, e Lily se deu conta de como ela e a mãe se destacavam no ambiente. A mãe usava um paletó marrom antiquado de ombros quadrados e um chapéu da mesma cor, algo que Lily só a vira usando para ir à igreja. E a saia e a blusa baratas de Lily, compradas em uma liquidação, estavam bem distantes do grito da moda.

Ela diminuiu o passo para deixar a mãe caminhar mais à frente, como se tentando fazer parecer que não estavam juntas. Mas aquele pensamento a fez se contorcer de culpa, e então ela se distraiu olhando as joias — argolas de prata, gargantilhas de pérola brilhantes e braceletes cúbicos de zircônia — e depois um cartaz de propaganda emoldurado acima do balcão de acessórios. Havia três garotas usando ternos de duas peças e cores diferentes que poderiam ser combinados de formas diversas. A moça do meio usava um blazer parecendo um smoking por cima de uma camisa de gola mandarim e uma saia escura e justa. Estava parada com uma das mãos no quadril, o ombro virado para baixo, olhando direto para a câmera como se flertasse, uma sobrancelha levantada. Uma das mãos, de luva, estava bem perto da mão da garota ao lado, tão próximas que os dedos mindinhos quase se tocavam. As três garotas sorriam cúmplices, como se partilhassem um segredo.

— Gostaria de experimentar algo?

Lily desviou o olhar da propaganda ao ver a vendedora se aproximando.

— Estou só olhando — disse Lily, meio sem jeito.

A vendedora tinha uma expressão simpática e receptiva, seu cabelo castanho-claro cortado no estilo Peter Pan. O crachá de identificação dizia SENHORITA STEVENS.

— Esses ternos de duas peças são bem versáteis — explicou ela, afastando o cartaz emoldurado para mostrar a Lily as roupas que estavam ali. — Você pode usar a blusa com essas lindas saias godê.

— Ah, eu... Eu não sei — gaguejou Lily, mas ainda assim chegou mais perto das roupas. O blazer parecendo smoking era azul-marinho e tinha a lapela preta.

A senhorita Stevens pegou o blazer e colocou-o sobre o balcão.

— E dá para lavar na mão. Bem prático.

Lily tocou no blazer, os dedos deslizando sobre a textura da roupa.

— Posso levar um do seu tamanho para o provador, se quiser — sugeriu a srta. Stevens.

— Lily! Aí está você.

Lily recolheu a mão e desviou o olhar do blazer. A mãe vinha andando em sua direção, a bolsa preta quadrada pendurada no braço e uma vendedora loira atrás dela cheia de saias e blusas de botão.

— Peguei algumas coisas para você experimentar — informou a mãe. Ela olhou para o blazer-smoking e levantou a sobrancelha. — O que é isso?

— É uma linda coleção de ternos de duas peças intercambiáveis, senhora — respondeu a srta. Stevens. Ela olhou rapidamente para a vendedora loira, depois de volta para a mãe de Lily, que foi até o balcão examinar o blazer e o anúncio.

— Onde você usaria isso, Lily? — O tom de voz da mãe era crítico e direto.

Lily ficou com vergonha.

— Não sei. Só estava olhando.

— É perfeito para festas — garantiu a srta. Stevens. — Se a srta. Marshall estiver preparando um provador para você, pode levar esse conjunto também.

A vendedora loira — srta. Marshall — deu um passo à frente segurando todas aquelas roupas e olhando com expectativa, mas a mãe de Lily negou com a cabeça.

— Obrigada, mas não acho que seja adequado para a minha filha. Venha, Lily. Peguei algumas roupas para a escola para você experimentar.

Lily olhou para a srta. Stevens como se pedisse desculpas antes de sair correndo atrás da mãe e da srta. Marshall. Esta devolveu o olhar com um pequeno sorriso e começou a dobrar o blazer para guardar.

Do lado de fora do provador, a vendedora pendurou numa arara uma série de vestidos, blusas, saias e casacos combinando. A mãe de Lily se sentou num banco.

— Experimente o vestido marrom primeiro — disse a mãe. — Esse aí, com botões pretos.

Foi uma sucessão de vestidos e saias marrons e cinza, com camisas de botão de algodão rosa-claro e azul-bebê de gola redonda e manga três quartos com punhos. Eram a versão adolescente das roupas de ir à igreja da mãe, inofensivas, mas tediosas. Lily ficou pensando no blazer-smoking, mas, enquanto ia experimentando as roupas escolhidas pela mãe, a ideia de usá-lo ia parecendo cada vez mais excêntrica. Talvez a mãe estivesse certa. Onde usaria aquele tipo de roupa? Ia causar uma comoção no baile de outono, mas não era o tipo de garota que causava comoção.

— O casaco é muito grande para você — apontou a mãe, examinando a peça provada por Lily.

O casaco era quadradão e acinzentado, e Lily achou antiquado.

— Não gostei — disse.

— Você vai para o último ano — lembrou a mãe. — Precisa de uma aparência adequada. — Ela abriu a porta que dava acesso à loja, mas o corredor estava vazio. — Cadê a vendedora? — Olhou de volta para Lily. — Espere aqui. Já volto.

Quando a mãe saiu, Lily olhou para o próprio reflexo no espelho. *Você precisa de uma aparência adequada.* Lily sabia o que a mãe queria dizer. Precisava parecer séria e respeitável. A garota diante do espelho lembrava uma colegial usando as roupas da mãe. Estava com a boca fechada, a testa franzida, o corpo engolido pelo casaco com ombreiras. Se a mãe a visse agora, diria para deixar de ser ingrata. Elas quase nunca faziam compras nos últimos andares da Macy's a não ser que fosse uma grande liquidação, mas aqui estava ela no departamento de moças, com todas as peças da última moda, sem precisar barganhar no porão pelas peças com defeito ou sobras da estação anterior.

Lily se lembrou de outra visita à Macy's quando era criança — tinha uns nove ou dez anos — em que Eddie ficou pendurado na mão da mãe enquanto ela empurrava o carrinho com Frankie, ainda bebê, para abrir as portas pesadas do primeiro andar. Foi uma luta entrar com todos eles no elevador e ir até o quarto andar, onde ficava a oficina do Papai Noel. Lily se lembrava dos flocos de neve prateados pendurados no teto, dos festões brilhosos enfeitando os balcões, e de caixas e mais caixas de carrinhos e aviões empilhados nas prateleiras. Um trenzinho elétrico rodava ao redor de uma cidade natalina em miniatura, e Eddie se ajoelhou para olhar, petrificado, enquanto Lily se interessou por um kit de química que estava em cima da mesa. Havia tubos de ensaio, um microbico de Bunsen e líquidos estranhamente coloridos em pequenos recipientes de vidro. A caixa onde vinha o kit tinha uma ilustração de dois meninos brincando juntos, e sobre suas cabecinhas loiras estavam os dizeres DESCUBRA O FUTURO HOJE!

Ela não sabia por quanto tempo tinha ficado olhando para o kit de química, mas de repente a mãe apareceu com Eddie e Frankie a reboque, exclamando que ela tinha se perdido, e o que estivera fazendo? Lily apontou para o kit de química para perguntar:

— Posso pedir isso de Natal?

A mãe olhou para ela por um momento, depois respondeu:

— Não prefere uma boneca?

Lily já estava muito grande para os chiliques infantis, mas algo naquela resposta da mãe a deixou irada, e ela cerrou os punhos ao lado do corpo, decidida.

— Eu não quero uma boneca!

O rosto da mãe se fechou na hora, e Lily viu sua mão se mover como se fosse bater nela, mas não podia soltar Eddie nem Frankie. Em vez disso, deu uma bronca.

— Você está na Macy's, pelo amor de Deus. Fique quieta.

O tom de voz cortante da mãe a deixou espantada, e Lily caiu no choro.

Agora, a porta do provador se abriu e a mãe voltou trazendo a srta. Marshall, com dois outros casacos.

— Experimente esse — disse a mãe, entregando a ela um tamanho menor.

Lily concordou. O casaco vestia muito melhor. Quando o abotoou, ficou acinturado como deveria, em vez de folgado nos quadris. A mãe ajustou o caimento. Por cima do ombro da mãe, Lily viu a srta. Marshall tirar um fio de cabelo preto da lapela do casaco maior com cuidado e jogá-lo no chão.

— Melhor — afirmou a mãe de Lily, dando um passo para trás e impedindo-a de ver a vendedora. Havia uma expressão estranha em seu rosto, e Lily demorou alguns segundos para entender que a mãe estava satisfeita.

— 唔錯* — disse a mãe em cantonês. — 幾好**

Lily se virou para o espelho. Viu uma garota chinesa vestindo um terno cinza sem qualquer personalidade — rosto sem expressão, nada especial, até meio entediante. *Respeitável*. A palavra parecia quadrada, imóvel, como uma caixa maciça com os quatro cantos iguaizinhos. Uma garota respeitável era fácil de categorizar, seus objetivos estavam claros. Ela queria um diploma de faculdade, depois um marido, depois uma boa casa e lindos filhos, nessa ordem. Viu a mãe abrir um sorriso rígido, como se consciente de que a vendedora estava ali atrás olhando para elas, e então Lily entendeu por que a mãe tinha colocado a roupa da igreja para ir à Macy's. Ainda que fosse feia, ela deixava claro seu investimento na respeitabilidade. Era uma esposa e mãe americana de verdade, e não uma boneca chinesa usando um vestido cheongsam, relegada ao trabalho de ascensorista.

— É bem profissional, mas também muito feminino — comentou a srta. Marshall. — Quer que eu leve para o caixa?

---

* Nada mal.
** Muito bom.

4

—Este ano vamos embarcar numa jornada para entender melhor a nós mesmos e nossos objetivos de vida quando terminarmos a escola — anunciou a srta. Weiland, parada diante do quadro-negro, de frente para a turma.

Ela era bem baixinha, seu rosto tinha formato de coração e o cabelo era castanho-claro, cacheado. Era uma das professoras mais jovens da Escola de Ensino Médio Galileo, e metade dos garotos da turma de Lily tinha uma quedinha por ela. Hoje usava uma saia lápis cinza quadriculada e uma blusa rosa ajustada que valorizava suas curvas, algo sobre o que Lily ouvira os meninos comentarem assim que chegaram à sala de aula.

Todos os alunos do último ano tinham que cursar a matéria Objetivos, que era ministrada ou pelo sr. Stevenson (que tinha fama de ser meio sem-vergonha com as alunas) ou pela srta. Weiland (Lily ficara feliz em cair nessa turma). A matéria, oficialmente, era um preparatório para a vida depois do ensino médio, mas todo mundo sabia que era uma nota dez garantida no boletim que requeria apenas assistir a alguns filmes sobre etiqueta e namoro.

— Vamos abordar três assuntos importantes — disse a srta. Weiland. — Crescimento pessoal e vida em família, Orientação vocacional e

Educação para o consumo. Hoje vamos começar com uma tarefa para entender em que momento vocês estão agora. Quero que se dividam em grupos de quatro e conversem sobre alguns tópicos que eu vou escrever no quadro. Podem montar o grupo com as pessoas que estão na sua fileira, na frente e atrás. Vamos lá, juntem as cadeiras.

Ouviu-se o arrastar das cadeiras pelo chão enquanto todos formavam seus grupos. No de Lily estavam Will Chan, sentado na frente dela; Shirley, atrás de Lily; e Kathleen Miller, atrás de Shirley. Lily, Shirley e Will se conheciam desde criança e também haviam estudado juntos na Escola Commodore Stockton. Conheciam Kathleen desde a segunda metade do ensino fundamental, embora não fossem exatamente amigos. Kathleen não era o tipo de garota que faria parte do grupo. Era branca, para começar, e todos os melhores amigos de Lily eram de Chinatown. Mas Kathleen e Lily estavam na mesma turma de matemática desde o oitavo ano, e ela sempre achou Kathleen legal — quieta, mas inteligente.

Ela chegou para o lado e abriu espaço para a mesa de Kathleen, e, enquanto mudava a cadeira de lugar, Lily reparou que Will trocava olhares e risadinhas com Hanson Wong, que estava no grupo ao lado. Os garotos obviamente olhavam para a srta. Weiland, de costas para a turma enquanto escrevia os tópicos no quadro. Com o braço levantado, sua blusa saía de leve da cintura da saia, e as pregas atraíram o olhar de Lily para a curva em suas costas, e para a descida das pernas. A costura preta da meia-calça era decorada, logo acima dos sapatos de salto, com desenhos de diamantes.

— Para de ficar encarando — sussurrou Shirley.

Lily se assustou, culpada, mas então percebeu que Shirley estava falando com Will. Ele se virou e olhou para Shirley com um sorriso inocente e falso. Lily baixou os olhos para o caderno, pegou o lápis e fingiu não ter visto nada.

— Bom, são esses os temas que eu quero que vocês discutam — anunciou a srta. Weiland. — Qual era seu sonho de criança? Qual é seu sonho agora? E quais são os três passos que precisa dar para alcançar esse sonho? Quero que escolham um representante de cada grupo e essa pessoa vai fazer um relatório sobre a discussão no fim da aula. Vocês vão ter vinte minutos para falar sobre os tópicos, e depois vão compartilhar com a turma. Vou passar nos grupos para dar uma olhada no progresso.

A sala de aula imediatamente se transformou em um enorme falatório. Shirley abriu o caderno e disse:

— Will, obviamente você vai ser o representante.

— Claro, eu apresento o relatório.

Kathleen pegou o caderno e copiou as perguntas do quadro com dedicação.

— Acho que Lily devia anotar as coisas — opinou Shirley. — Ela tem a letra mais bonita.

Kathleen hesitou por um instante com o lápis e depois o colocou em cima da mesa.

— Por mim tudo bem — concordou Kathleen.

— Tudo bem — disse Lily. — Quem quer começar? Sonhos de infância?

— Eu queria ser jogador de basquete — respondeu Will.

— Eu queria ser estrela de cinema — disse Shirley, encostando-se na cadeira e mexendo no cabelo. Tinha feito um permanente em um salão de Chinatown na semana anterior e estava orgulhosa de seus cachos.

Will abriu um sorrisinho.

— Eu consigo imaginar você em Hollywood.

Shirley se envaideceu.

— Porque eu sou muito linda?

— Porque você é muito dramática — respondeu Lily, e Will deu uma risada.

— É, eu sei bem qual era o *seu* sonho — disse Shirley para Lily.

— Qual?

— Você não queria ir para a Lua? Que sonho engraçado!

— Não é engraçado — discordou Lily, sentindo-se um pouco ofendida. — Claro que eu queria. Ainda quero. Você não?

— Deus me livre — respondeu Shirley. — Não tem nada pra fazer lá.

— Eu queria — disse Kathleen.

Todos se voltaram para ela, surpresos, e Kathleen olhou para Shirley.

— Era esse o seu sonho também? — perguntou Shirley, o tom de voz levemente condescendente. — Anota aí, Lily, para o relatório.

— Não, meu sonho de criança era ser Amelia Earhart. Mas ir à Lua é um ótimo sonho.

— Você já entrou num avião? — perguntou Lily.

— Já. Quando eu estava no oitavo ano, minha tropa de escoteiras fez um voo. Não ficamos lá em cima por muito tempo e tivemos que revezar, mas foi incrível.

Os olhos de Kathleen brilharam quando ela contou sobre o voo.

— Como foi? — perguntou Lily. — Deu medo?

Kathleen sorriu.

— Um pouco no começo, mas assim que nós decolamos eu perdi o medo. Havia tanta coisa pra ver.

Lily estava prestes a fazer mais perguntas, pois queria saber tudo sobre o voo, mas Shirley interveio:

— Vamos continuar. Só temos vinte minutos. A próxima pergunta é qual o seu sonho atual. Will? Qual é o seu?

O sorriso de Kathleen desapareceu. Lily franziu a testa na direção de Shirley, mas ela olhava para Will.

— Bom, não quero mais ser jogador de basquete. Isso é coisa de criança. Vou ser advogado. Você ainda quer ser atriz?

Shirley riu, meio envergonhada.

— Não seja bobo. Quero casar e ter uma família, é claro. — Ela olhou para Lily. — Você é a próxima. O que você quer hoje em dia?

Lily não tinha certeza se Shirley a estava provocando ou não. Seu tom de voz era educado e interessado, mas, sempre que Shirley falava daquele jeito, era sinal de que tramava algo.

— Bom, acho que quero encontrar um emprego como o da minha tia Judy — respondeu Lily. — Ela trabalha no Laboratório de Propulsão a Jato como computador humano — explicou para Kathleen.

— É mesmo? — Os olhos de Kathleen brilharam de novo. — O que ela faz exatamente?

— Ah, ela faz cálculos matemáticos. Eles projetam foguetes lá; não minha tia, mas os engenheiros.

— Você vai assistir à aula de matemática avançada com o sr. Burke? — perguntou Kathleen. — No próximo período?

— Vou sim, e você?

— Vou. Ouvi dizer que ele só dá uma nota dez a cada semestre. — Kathleen recostou na cadeira e apontou o lápis para Lily. — Aposto que vai ser sua.

— Ah, não. Se isso for verdade, a nota dez vai ser do Michael Reid...

— Meninas, vocês estão se perdendo do assunto — interrompeu Shirley. — Qual é a próxima pergunta? Ah, liste três passos para conseguir realizar o seu sonho.

— Mas a Kathleen não disse qual é o sonho atual dela — contestou Lily.

A expressão de Shirley ficou mais carrancuda.

— E, então, qual é o seu sonho *atual*, Kathleen?

Kathleen levantou as sobrancelhas de leve diante do tom de voz cortante de Shirley, mas não comentou nada.

— Quero ser piloto.

— E como vai realizar esse sonho? — perguntou Shirley.

— Bom, o primeiro passo é ir para a faculdade, talvez estudar engenharia aeronáutica. O segundo...

— Acho que você não é do tipo que entra na faculdade.

Lily olhou para a amiga, chocada. Não tinha ideia do que havia dado nela, mas Kathleen não parecia tão surpresa. Deu um sorriso de leve antes de responder.

— A Universidade da Califórnia aceita todo mundo que esteja entre os quinze por cento melhores da turma no último ano — disse Kathleen. — Não vou ter problema para entrar. E nem a Lily. Mas acho que não vamos encontrar você lá.

As bochechas de Shirley ficaram vermelhas, mas, antes que Lily pudesse fazer algo para suavizar a situação, a srta. Weiland apareceu. Ela sorriu e perguntou:

— Como estão se saindo? Alguma pergunta?

— Estamos bem — respondeu Kathleen. — Lily está fazendo ótimas anotações e Will vai ser nosso representante.

— Fico feliz em saber — disse a srta. Weiland. — Que bom que estão trabalhando tão bem juntos.

Depois que a srta. Weiland passou para o grupo seguinte, os quatro ficaram em silêncio por um momento. Will parecia levemente chocado. Shirley ainda estava com o rosto vermelho, e Kathleen era a única que parecia calma. Lily ficou estranhamente animada com o que acabara de acontecer. Nunca ninguém tinha enfrentado Shirley dessa maneira.

Depois da aula, Shirley encurralou Lily perto dos armários e perguntou:

— O que vai fazer no sábado?

— Não sei, por quê? — indagou Lily enquanto arrumava os livros na bolsa.

Shirley se encostou à parede ao lado do armário de Lily.

— Will chamou a gente para um piquenique no Parque Golden Gate. Acho que Hanson e Flora vão também. Você devia ir.

— Preciso estudar — desconversou Lily. Ela e Kathleen eram as únicas meninas na aula de matemática avançada e ela tinha a nítida impressão de que o professor não achava que iam durar muito tempo. Estava determinada a provar que ele estava errado.

— Você pode estudar antes do piquenique. Vai, não quero ficar sozinha.

— Você acabou de falar que Hanson e Flora vão.

Shirley fez beicinho.

— Se formos só nós quatro, o Will vai achar que é um encontro ou algo assim. Você tem que ir.

Shirley sempre fora assim mandona, quase parecia um menino de tão assertiva. Às vezes sua insistência era lisonjeira — Lily se sentia como se fosse a única amiga importante —, mas hoje não estava funcionando.

Shirley de repente enlaçou o braço no dela e puxou-a para perto, como se tramassem algo.

— Lily, você *tem* que ir. Eu já falei para o Will que você ia. É o grupo cultural do irmão dele que está organizando o piquenique. Não precisamos fazer nada, só estar lá para ajudar o Will.

— Então não são só vocês quatro — retrucou Lily.

Shirley olhou para ela suplicante.

— *Por favor.* Não vai ser divertido sem você.

Lily bufou, mas, ainda que fingisse estar irritada, sentia uma culpada onda de prazer.

— Tudo bem, tudo bem. Eu vou.

Shirley apertou o braço dela, animada.

— Maravilha! Vou passar na sua casa sábado antes de meio-dia e nós podemos ir andando juntas. Preciso ir para o conselho estudantil agora. Está indo pra casa?

— Estou, eu...

— Combinado, nos vemos amanhã!

Lily ficou olhando enquanto Shirley saía em disparada pelo corredor. Pensou ter visto Kathleen Miller do outro lado do hall, perto dos troféus esportivos, e imaginou que as duas poderiam estudar matemática juntas. Terminou de arrumar os livros rapidamente e correu na direção de Kathleen, mas, ao chegar perto do balcão de troféus, ela tinha sumido.

5

Quase todo dia de manhã, Lily e Eddie encontravam Shirley e o irmão mais novo na esquina das ruas Grant e Washington para irem andando até a escola. No caminho, pegavam Hanson e Will na frente do mercado Dupont, e Flora e Linda Soo um quarteirão depois. Quando chegavam à Broadway, já eram uma gangue que seguia pela Avenida Columbus e pela North Beach, uma espécie de desfile de Chinatown. Os mais novinhos se separavam na altura da Rua Francisco e viravam à esquerda, para chegar à escola de ensino fundamental, e os mais velhos viravam à direita e subiam a Russian Hill, que dava na Escola de Ensino Médio Galileo.

Lily gostava de ir caminhando para a escola com os amigos, mas, secretamente, gostava ainda mais de voltar para casa sozinha. Pegava as ruas internas e mais silenciosas, com calçadas estreitas, e podia parar e admirar uma bela vista se quisesse. Hoje ela subiu os degraus da Rua Chestnut que davam na Russian Hill e, lá em cima, se virou para recuperar o fôlego enquanto observava o Presídio. Sempre pensara que havia algo mágico naquela cidade, com suas escadarias íngremes e suas visões repentinas da baía em meio a prédios altos e estreitos. Parecia vasta e cheia de potencial, cada uma daquelas aberturas meio escondidas um lembrete de que a cidade em que nascera ainda guardava mistérios a serem descobertos.

Continuou a caminhada subindo pela Larkin e depois descendo pela Lombard até que foi sugada pelos turistas que sempre lotavam a parte mais sinuosa da rua, tirando fotos da Coit Tower empoleirada no Telegraph Hill, a distância. A vista lembrou Lily da propaganda do Telegraph Club, e ela ficou pensando naquilo durante todo o caminho pela Columbus, até chegar ao semáforo na Broadway.

A boate devia ficar no quarteirão a sua esquerda. Não conseguia ver, mas, se atravessasse a rua e andasse um pouquinho para trás, talvez passasse por ela. A simples ideia já fez seu coração bater mais forte, e ela quase se virou para caminhar, mas então viu a farmácia Thrifty no fim da rua, logo depois do Vesuvio Café, na Columbus. Olhou para o relógio; estava quase na hora da saída de Frankie da escola chinesa. Quando o sinal abriu, correu para atravessar.

A primeira vez que Lily estivera na Thrifty tinha sido em algum momento do ano passado. Entrara para comprar uma caixa de absorventes Kotex, pois não queria fazê-lo na farmácia de Chinatown, onde podia encontrar algum conhecido. A Thrifty ficava fora da área da vizinhança, então seus amigos não costumavam ir lá. Logo descobriu que a Thrifty tinha outra vantagem sobre a farmácia de Chinatown: uma ótima seleção de livros. Havia várias prateleiras giratórias em um recuo atrás do corredor de papel higiênico. Uma delas estava lotada de thrillers com capas bem cafonas que retratavam mulheres seminuas abraçadas a homens morenos. Lily normalmente pulava essa prateleira, mas hoje parou, atraída por *O castelo de sangue*, em cuja capa o vestido vermelho da mulher loira parecia prestes a cair e revelar seus seios volumosos, o mamilo aparente sob o tecido fino.

Aquele recuo dos livros estava quase sempre deserto, mesmo assim Lily deu a volta nas prateleiras, atenta, e se escondeu ali atrás de modo a ficar fora da vista alheia. As mulheres nas capas desses livros pareciam ter certa dificuldade em se manterem vestidas. Os homens sempre ficavam por trás delas, ou as seguravam com os braços musculosos, envergando o corpo das moças para trás, de modo que os seios se destacassem.

Havia algo de perturbador naquelas ilustrações — e não eram os homens maliciosos. Eram os corpos flexíveis das mulheres, as pernas nuas e os seios fartos, a boca como um doce vermelho e brilhante. Um dos livros tinha duas mulheres na capa, uma loira e uma morena. A loira usava um robe rosa e estava ajoelhada no chão, os olhos baixos, recatada, enquanto a morena espreitava por atrás. O título era *Temporada estranha* e a chamada dizia: "Ela não conseguiu fugir dos desejos anormais de seu coração".

Lily sentiu um arrepio de eletricidade percorrer o corpo. Olhou em volta, ainda consciente de que estava em um lugar público; no entanto, embora conseguisse ouvir o barulho da caixa registradora na frente da loja, não via ninguém se aproximar do lugar onde estava. Voltou ao livro, abriu-o com cuidado para não danificar a lombada e começou a ler. O livro era sobre duas mulheres em Nova York: uma loira jovem e inexperiente, Patrice; e uma morena mais velha, Maxine. Quando Patrice levou um fora do namorado em público, Maxine ficou com pena e a ajudou a ir para casa. Daí então começou a relação um tanto estranha das duas, que ia de Maxine arranjando encontros com outros homens para Patrice até as conversas sugestivas entre as duas.

Lá pela metade do livro, houve uma reviravolta. Patrice chegou sem avisar à cobertura de Maxine na Quinta Avenida, arrasada depois de um encontro ruim, e Maxine tentou consolá-la.

— Por que eu quero beijar você? — sussurrou Patrice, enquanto Maxine alisava seu longo cabelo loiro.

Os dedos de Maxine pararam, e então ela voltou a fazer carinho.

— Não sei, Patty, por quê?

Patrice se virou no sofá, de joelhos.

— Max, prefiro ficar aqui com você a estar em qualquer encontro!

Lily virou a página, o coração acelerado, e mal pôde acreditar no que leu em seguida.

Maxine empurrou Patrice contra as almofadas de veludo e pôs a boca na pele macia da amiga.
— Você é como eu, Patrice. Pare de lutar contra essa possibilidade.
Patrice se contorcia enquanto Maxine beijava seu pescoço.
— Max, o que está fazendo? — disse Patrice, com um sobressalto. — Isso é imoral.
— Você sabe o que estou fazendo — sussurrou Maxine. Desabotoou a blusa de Patrice e deslizou o tecido pelo ombro, acariciando os seios dela. Patrice soltou um gemido de puro prazer.
— Me beije — pediu Patrice.
Maxine obedeceu, e a sensação de ter a boca de Patrice colada à sua era muito mais deliciosa do que imoral.

Lily ouviu o ranger de rodas vindo em sua direção e rapidamente olhou por trás da prateleira de livros, a bochecha corada. Um vendedor empurrava um carrinho de metal cheio de pacotes de lenços Kleenex pelo corredor de absorventes. Rapidamente ela fechou o livro e colocou-o atrás do romance *Incriminada*. Moveu-se então para a próxima prateleira — a de ficção científica — e fingiu examinar os exemplares.

De onde estava, podia ficar de olho no atendente, que abastecia as prateleiras no fim do corredor. Estava doida para voltar a *Temporada estranha*, mas não se atreveria a ler enquanto o atendente estivesse tão perto — e ela nunca, jamais, poderia comprá-lo. Ele andava tão devagar que Lily quase saltou em um susto. Normalmente a seção de ficção científica era sua favorita, mas hoje seus olhos pularam as capas com planetas e naves sem prestar muita atenção. Não conseguia parar de imaginar Patrice e Maxine juntas naquele sofá. Queria saber — *precisava* saber — o que acontecia em seguida, mas, à medida que os minutos passavam, ela se deu conta de que não descobriria hoje. Precisava buscar Frankie na escola. Deu uma última olhada na prateleira onde estava *Temporada estranha* e foi embora.

Durante todo o resto do dia — quando pegou Frankie e foi andando para casa com ele, quando fez o dever de casa, quando jantou com a família — ela não parou de pensar no livro. Sabia que o que lera em *Temporada estranha* não era apenas escandaloso, era perverso. Devia ter se sentido uma devassa ao ler aquilo; devia se sentir culpada por ter se animado com aquilo.

O problema era que não se sentia assim. Era como se finalmente tivesse colocado a última peça de um quebra-cabeça que tentava montar havia sabe-se lá quanto tempo. Ela se sentia extasiada.

Foi para a cama imaginando a mão de Maxine desabotoando a blusa de Patrice. Deslizou a própria mão sob o decote da camisola; sentiu a pele quente sob os dedos. Na escuridão silenciosa do quarto, ouvia as batidas do coração, fracas mas insistentes, e sentiu quando começaram a acelerar. Imaginou a blusa que deslizava sobre os ombros de Patrice, a curva pálida dos seios. O corpo inteiro de Lily esquentou. Precisou cruzar as pernas diante do furor que sentia na parte central do corpo. Imaginou as duas se beijando do mesmo jeito que Marlon Brando beijara Mary Murphy em *O selvagem*, filme a que assistira escondido com Shirley em fevereiro. (Não seja tão careta, dissera Shirley quando Lily se preocupou em serem pegas no flagra.) Mas agora, na imaginação de Lily, Marlon Brando se transformara em Max, apertando Patrice em seus braços. E então os lábios das duas se tocaram, e Lily levantou a barra da camisola e pressionou com os dedos o meio das pernas, pressionou, e pressionou.

6

— É aqui mesmo? — perguntou Lily.

O endereço que Will dera a elas era de um porão na Rua Stockton. As portas de metal do alçapão estavam abertas, amarradas na altura da metade em ambos os lados, e a escada levava a uma porta fechada.

— Tem um cartaz — disse Shirley, apontando.

Havia uma placa amarrada a um anteparo, escrita em chinês e em inglês. Lily compreendeu apenas uma parte dos caracteres chineses, mas em inglês dizia: LIGA DEMOCRÁTICA DA JUVENTUDE SINO-AMERICANA.

A porta no fim da escada de repente se abriu, e uma jovem chinesa desconhecida, de cabelo curto e cacheado, apareceu. Quando viu Lily e Shirley, perguntou em mandarim:

— 你們是來參加聚會的嗎?*

Lily falava cantonês quase fluente, mas seu mandarim era bem pior; só sabia um pouquinho porque o pai falava. Decidiu responder em inglês.

---

* Vieram para o piquenique?

— Viemos encontrar Will Chan. Conhece ele?

A garota abriu um sorriso para elas.

— Ah, eles estão vindo — disse, num inglês com forte sotaque mandarim. — Foram pegar o carro do irmão dele. — Ela estendeu a mão. — Sou Edna Yang. Vocês vão ao piquenique também?

Lily a cumprimentou; o aperto de mão de Edna era firme e sério.

— Sim, vamos. Eu sou Lily Hu.

— Shirley Lum — disse sua amiga, também apertando a mão de Edna.

Atrás de Edna, uma torrente de pessoas começou a subir a escada — garotas vestindo saias e suéteres, garotos de calça cáqui e casacos esportivos — carregando recipientes cobertos com papel-alumínio e caixas brancas de doce amarradas com laços vermelhos.

Lily e Shirley saíram do caminho para deixá-los passar, e agora a entrada no porão parecia um carro de palhaço. Um barulho de buzina chamou a atenção de Lily; um Plymouth verde apareceu, parou em fila dupla e Will se inclinou para fora da janela do passageiro, acenando.

— Lily! Shirley! — chamou.

Um jovem saiu do banco do motorista e foi até a parte de trás do carro para abrir a mala. Lily o reconheceu. Era Calvin, o irmão de Will. Ele também saiu do carro enquanto os membros do grupo enchiam o porta-malas com as coisas para o piquenique. Rindo, eles discutiam se as caixas deviam ser empilhadas ou não e se as garrafas de refrigerante sacudiriam muito no caminho, e então Shirley se ofereceu para levar a vasilha de frango com molho shoyu no colo, para não derramar. Quando o porta-malas finalmente estava fechado, o motorista veio para o outro lado e Will disse:

— Calvin, você se lembra de Shirley e Lily.

Shirley fez uma espécie de reverência, já que suas mãos estavam ocupadas com o frango.

— Claro que lembro — respondeu Calvin. Ele tinha o mesmo rosto de Will, porém mais magro e definido, e perguntou sorrindo para Shirley: — Tem certeza que quer carregar essa vasilha?

Shirley riu.

— Fico feliz em ajudar.

Calvin nunca tinha chamado muito a atenção de Lily, mas ela já o vira diversas vezes ao longo dos anos, então o reconheceu. Ele sempre tivera os próprios amigos, um pouco mais velhos do que o grupo de Lily e Shirley. Agora, estudava na universidade San Francisco State, e Lily já não se lembrava da última vez que o encontraram. Percebeu que Shirley sorria, agradecida, enquanto ele a ajudava a se sentar no banco da frente e a acomodar a vasilha. Quando fechou a porta, ele deu duas batidinhas de leve no teto e recostou na janela.

— Tudo pronto.

— A gente vai atrás — disse Will, abrindo a porta para Lily.

— E onde estão Hanson e Flora? — perguntou Lily.

— Eles não conseguiram vir — respondeu Shirley. — Desculpe por isso, Will. Entre aí, Lily.

Algo naquele tom de voz descontraído de Shirley deixou Lily desconfiada, mas ela já tinha se virado para a frente.

— Lily? — disse Will, para que ela entrasse.

— Desculpe.

Ela entrou no carro, deslizando para o outro lado, e Will se sentou próximo a ela. De onde estava, Lily conseguia ver Shirley muito bem, e agora reconhecia o sorriso que ela lançara para Calvin. Era o sorriso que usava quando queria impressionar alguém. Ali, então, Lily compreendeu o verdadeiro motivo pelo qual Shirley quisera vir para esse piquenique.

Estacionaram na Rua Principal do Golden Gate Park, perto do Conservatório de vidro. Calvin foi um cavalheiro e insistiu para carregar ele mesmo a vasilha de frango, enquanto Shirley levava a toalha de piquenique. Lily e Will foram atrás, com bolsas e caixas. Escolheram um trecho da grama para arrumar as coisas, estendendo a toalha com pesos nos quatro cantos: a vasilha de frango, uma cesta com louças e apetrechos e garrafas de refrigerante.

O dia estava lindo, calmo e com a temperatura amena, sob um céu azul e limpo, e em pouco tempo Shirley tirou o suéter rosa, revelando por baixo uma blusa sem mangas, também rosa, combinando. Lily se deu conta de que nunca vira esse conjuntinho rosa antes, nem a calça capri azul-bebê quadriculada que a amiga usava. Shirley sempre se preocupava com a aparência, mas Lily pensou que naquele dia ela havia feito um esforço extra. Os brincos de pressão eram flores rosa com lantejoulas no centro, que brilhavam sob a luz do sol, e o cabelo estava preso com cuidado para mostrá-los.

No entanto, Lily não teve a chance de perguntar a Shirley sobre as roupas novas, porque Calvin e Will sempre estavam indo e voltando do carro com mais suprimentos para o piquenique, enquanto Shirley se ocupava sendo uma espécie de anfitriã, arrumando e rearrumando pratos, guardanapos, e pedindo a Calvin para abrir um refrigerante para ela.

Enfim, o ônibus com os outros membros do grupo chegara à rua Principal. Eles saíram carregando caixas de doces e uma mochila de lona grande com equipamentos de vôlei. Quando finalmente todos se juntaram, Lily contou um total de vinte e quatro pessoas — uma mistura razoavelmente equilibrada de garotos e garotas —, quase todas da faculdade, embora algumas ainda estivessem no ensino médio. Os universitários pareciam muito mais velhos para Lily; eram simpáticos com ela, mas a tratavam como se fosse uma irmã mais nova. Vários deles falavam mandarim, o que não era comum em Chinatown, onde a maioria falava cantonês. Lily logo compreendeu que os falantes de mandarim eram estudantes que vieram da China — exilados agora, impossibilitados de voltar para casa por causa da situação política.

Lily ficou curiosa para saber mais sobre eles. Embora se vestissem como qualquer outro americano, havia algo levemente estrangeiro no jeito como se portavam que parecia não americano, ou talvez menos americano. Queria perguntar se alguém era de Xangai, mas ficava tímida perto deles — se sentia não chinesa —, e, além disso, todos precisavam comer.

Eles se serviram do frango e avisaram uns aos outros que o molho shoyu seria absorvido pelos pratos de papel se não comessem na hora. No pote também havia ovos cozidos marinados em um líquido marrom. Lily pegou um, cortou ao meio e dividiu com Shirley. Lily comeu o ovo rapidamente, com duas mordidas, e depois pegou uma asinha de frango e comeu mais devagar, então jogou o osso numa sacola de papel que estava sendo usada como lixeira. As caixas brancas continham petiscos que alguém comprara numa padaria de Chinatown: bolinhos de semente de gergelim, tortinhas de ovos e alguns pães chineses cozidos no vapor recheados com porco, que foram divididos em vários pedaços para que todos comessem. Uma das garotas tinha fritado uns dumplings que chamava de chiao-tzu, recheados com porco desfiado e repolho; Lily mergulhou o dela no molho que sobrara do frango e lambeu os dedos para não desperdiçar nenhuma gota.

Depois, já satisfeita e meio sonolenta, deitou-se na grama e levantou o braço, tapando o sol com a mão. Começou a cochilar, sentindo como se estivesse aos poucos afundando na grama quentinha, as vozes dos membros do grupo cada mais vez distantes. Alguém falava sobre como a China estava caminhando para o futuro, e Lily imaginou um homem chinês vestindo uma roupa de astronauta, o rosto borrado por trás do capacete redondo, em pé num planeta vermelho. Atrás dele, um exército de exploradores de repente aparecia com o mesmo tipo de roupa: centenas, milhares de chineses, e o homem à frente agora segurava a bandeira vermelha da China, suas cinco estrelas douradas e o tecido vermelho misturando-se à paisagem de Marte.

Ela deve ter caído no sono, porque, quando acordou, piscando os olhos devagar diante do céu azul reluzente, estava sozinha na toalha de piquenique. Ouviu as risadas ali perto e a batida da bola de vôlei. Virou-se para o lado e sentiu os pedacinhos verdes de grama espetando a bochecha. A rede de vôlei fora pendurada entre dois postes e os membros do grupo se dividiram em dois times, enquanto outros assistiam da lateral.

Apoiou a cabeça no braço, para ficar mais confortável, mas não se levantou. Shirley estava participando do jogo, o que era um tanto incomum. Quando eram crianças, Shirley era muito boa nos esportes; sempre era uma das primeiras a serem escolhidas na aula de educação física e dominava as partidas de basquete quando jogavam nas quadras atrás da Cameron House. Já fazia um bom tempo que Lily não via Shirley colocando suas habilidades atléticas em prática. Agora, Shirley estava em pé com os joelhos levemente flexionados, os olhos seguindo a trajetória da bola, as mãos entrelaçadas na frente do corpo. A bola veio na direção do jogador ao lado dela, que recebeu usando os antebraços; Shirley então pulou com o braço esticado para atacar a bola, que passou por cima da rede e caiu no chão do outro lado, entre dois jogadores.

O time de Shirley comemorou e Lily viu Calvin passando ao lado dela, dando um tapinha em suas costas. Se a mão dele ficou ali um pouco mais que o necessário, ninguém notou a não ser Shirley — e Lily, que observava enquanto a amiga desfrutava o toque dele e virava a cabeça para abrir um sorriso.

— Você gosta dele, não é? — Lily perguntou a Shirley enquanto as duas caminhavam para casa pela Rua Stockton.

Shirley, que sempre fingia não se entusiasmar com nada, não conseguiu evitar um leve rubor no rosto.

— Todo mundo era legal.

Lily riu.

— É. Todo mundo. Mas o Calvin foi especialmente legal com você.

Shirley negou com a cabeça.

— Não sei do que está falando — disse Shirley, altiva. — Eu percebi que o Will foi especialmente legal com *você*.

— O quê? O Will foi só... o Will.

Shirley olhou para Lily, a expressão incrédula.

Lily franziu a testa.

— Ele só estava sendo legal. Como sempre. Por que você sempre vê coisas que não existem?

— Por que você nunca vê o que *existe*? Às vezes você é tão desatenta. Se não prestar mais atenção, nunca vai arranjar um namorado.

Lily quase rebateu dizendo *Eu não quero um namorado*, mas se segurou a tempo. Em vez disso, falou:

— Meus pais não me deixam namorar até entrar na faculdade mesmo. Então não faz diferença.

Elas encontraram a amiga Mary Kwok, que vinha subindo a rua, e deixaram o assunto de lado, mas naquela noite, ao se deitar na cama, Lily percebeu que Shirley tinha conseguido distraí-la do assunto original: seu interesse em Calvin. Era estranho Shirley não querer falar sobre aquilo, mas o dia inteiro tinha sido meio incomum. Para começar, passar o dia na companhia de mais de vinte estranhos. Lily e Shirley tinham o mesmo grupo de amigos desde que ela se entendia por gente. Embora sempre houvesse novos imigrantes da China na escola, eles eram relegados às aulas de americanização e não interagiam muito com as crianças chinesas nascidas nos Estados Unidos. Além disso, também fora a primeira vez que Lily passara tanto tempo na companhia de universitários. Não acreditava que ela mesma seria uma em menos de um ano. As vidas deles pareciam tão diferentes da sua, mais livres e ao mesmo tempo mais cheias de responsabilidade. Lily também percebeu que Shirley havia se metido de propósito nas conversas dos universitários, além de participar do jogo de vôlei. Também agira de um jeito bem amável e encantador, algo que não fazia normalmente. Tinha dado uma segurada em suas tendências mandonas e, em vez disso, interpretara o papel da convidada animada e modesta.

Mas claro que toda aquela doçura tinha ido para o espaço assim que elas deixaram Calvin e Will na Rua Stockton. *Às vezes você é tão desatenta*, dissera. Aquilo tinha irritado Lily à tarde, e agora o sentimento se transformara em frustração pela maneira como Shirley a via — ou como não a via.

Os lençóis a incomodaram e a deixaram com calor naquela noite, e Lily os jogou para o lado, ficando com as pernas descobertas. Tinha aberto a pequena janela do quarto, mas o ar estava parado e não circulava. Ouviu os sons da cidade entrando pela janela: motores dos carros que subiam e desciam as colinas, uma risada distante. Deu uns socos no travesseiro, virou-o para deitar sobre o lado mais frio e se perguntou se o que Shirley dissera a respeito de Will era verdade.

Imaginou o rosto de Will, mas não sentia nada especial por ele. Tentou pensar em como seria beijá-lo, mas a ideia parecia obviamente constrangedora e um tanto repugnante. Ele era o Will. O mesmo velho Will de sempre, da Commodore Stockton, muito legal, que antigamente queria ser jogador de basquete, mas agora queria ser advogado. Começou a imaginar Will tentando acertar a cesta com a bola de basquete no pátio da Cameron House.

Um, dois, três, quatro.

Finalmente, ela pegou no sono.

7

Segunda-feira, na escola, Shirley estava ainda mais distraída que o habitual, como se fosse necessário puxá-la o tempo inteiro de volta à realidade, quando havia algo muito mais interessante acontecendo em sua imaginação.

Na terça, quando Lily enfim comentou a respeito, Shirley desconversou:

— Não seja boba. Só estou ocupada. O baile de outono está chegando e meu comitê de organização tem muito trabalho a fazer. Queria que você fizesse parte também. Seria ótimo pra gente.

— Tenho muito dever de casa de matemática neste semestre — respondeu Lily.

— A sua cara isso — disse Shirley, que parecia estar se divertindo, e não irritada.

Na quarta-feira, Lily ficou até mais tarde na escola para usar a biblioteca. Queria pesquisar o foguete V2, que Arthur C. Clarke mencionava em *A exploração do espaço*. Quando estava saindo, cruzou com Will perto do balcão de troféus esportivos.

— Não sabia que ainda estava aqui — disse Lily para ele. A maior parte do movimento de logo depois das aulas já tinha dispersado, e o corredor estava basicamente vazio.

— Eu tenho clube de ciências, mas estou feliz em encontrar você — respondeu ele. — Queria mesmo falar contigo.

— Sobre o quê?

Ele parecia nervoso e mudou a posição da alça da bolsa no ombro.

— Bom, você está sabendo do baile de outono que a Shirley está organizando...

Quando ele perdeu o fio da meada e ficou olhando por cima do ombro de Lily em vez de encará-la, ela ficou confusa.

— Sim, por quê? Ela pediu pra você me convencer a entrar no comitê?

— Não, eu... — Ele deu um passo para ficar à sombra do armário de troféus e puxou-a pelo cotovelo, para que fosse junto. — Lily... — disse, hesitante.

Naquele exato momento, ela soube que ele ia convidá-la para o baile, e, antes mesmo que ele dissesse as palavras, Lily sentiu uma onda de horror lhe subindo pelo pescoço.

— Lily — começou ele, de novo. — Estava pensando se você gostaria de ir ao baile comigo. Como um encontro.

E então, para tornar tudo ainda pior, ele a olhou nos olhos, e Lily viu uma intensa e estranha esperança neles.

— Ah — respondeu ela, e então ficou sem palavras.

Teve que desviar o olhar. Por cima dos ombros de Will, viu uma fileira de troféus de beisebol lado a lado, cada garotinho de bronze em miniatura segurando um taco e prestes a rebater uma bola que nunca viria. De canto de olho, viu uma movimentação pela porta de uma das salas: parecia um garoto e suas pernas finas sentando-se numa cadeira. Era a sala do sr. Wright, ela percebeu; era o professor que comandava o clube de ciências.

— Lily? — repetiu Will mais uma vez.

Ela tinha que responder. Uma voz dentro dela, que soava bastante como a de Shirley, dizia: *Que mal vai fazer ir com ele?* Mas ela não conseguia dizer sim. A palavra estava presa em sua garganta como uma espinha de peixe. Arranhava.

— Não posso... — começou, mas ele a interrompeu.

— Vai ser um grupo, Flora, Hanson e mais algumas pessoas, não sei bem quem. Vamos fazer um jantar especial pré-baile na Cameron House.

— Um grupo? — Ela se ateve a isso. Se fosse um grupo, então não seria exatamente um encontro.

— É, mas só de casais. Por isso eu queria que você fosse, como meu par.

O estômago de Lily revirou. Will estava muito perto dela, olhando ansioso para seu rosto, e ela teve que fazer um enorme esforço para manter uma expressão neutra. Deu um passo para trás.

— Por favor, me dá licença... um minuto. Preciso... Preciso ir ao banheiro. Desculpe.

Ela se virou e saiu andando, tentando não correr.

— Você está bem? — perguntou ele.

— Desculpe — gritou ela de volta, e então acelerou o passo.

A bolsa batia com força nela e machucava o quadril. O banheiro feminino era no fim do corredor, virando à direita, e nunca pareceu tão distante. Quando finalmente chegou, ela correu para dentro, entrou em um reservado e apoiou a testa na porta fechada. A madeira estava fria contra sua pele quente. A pulsação era intensa nas têmporas e ela esfregou a lateral da testa com as mãos para tentar aliviar a pressão.

A porta do banheiro abriu e alguém entrou no reservado bem ao lado dela. Lily congelou. Viu a ponta do sapato oxford bicolor marrom e branco da menina por baixo da parede. Depois se deu conta de que a menina provavelmente conseguia ver seu pé também, e, dada a sua posição, dava para ver que não estava usando o vaso. Lily pendurou a bolsa no gancho que ficava atrás da porta e sentou, tensa, no vaso sanitário, decidida a esperar até a outra garota terminar. Pareceu demorar uma eternidade, mas finalmente ela ouviu a descarga. A porta da outra cabine se abriu e a garota foi lavar as mãos.

Nesse momento, a bolsa de Lily caiu do gancho. Ela viu tudo acontecer em menos de um segundo, mas parecia ter durado muito mais.

O gancho não estava bem preso à porta. A alça da bolsa estava apenas parcialmente pendurada, e o peso dos livros fez com que ela deslizasse. Quando a bolsa se espatifou sobre os azulejos pretos e brancos, o caderno de matemática caiu, e logo depois veio A *exploração do espaço*. Três pedaços de papel saíram voando, e ela viu de relance a foto de Tommy Andrews antes que corresse para longe de seu campo de visão, fora da cabine.

Lily ouviu passos pelo banheiro, e então eles pararam. Um barulho de papel. Logo depois, uma garota disse:

— Lily? É você aí?

Lily ficou paralisada. Como a garota sabia que era ela? A voz parecia familiar, mas não tinha conseguido reconhecê-la de cara.

— Lily? Você está bem?

— Sim, desculpe — respondeu Lily, o coração acelerado.

Ela se abaixou para apanhar a bolsa e mais um punhado de itens caiu: um estojo, o livro de matemática, o caderno da matéria Objetivos, um absorvente Kotex que deslizou pelo chão.

Abriu a porta da cabine. Kathleen Miller estava parada no meio do banheiro com a propaganda de Tommy Andrews em uma das mãos e o caderno de matemática na outra. O nome de Lily estava escrito na capa, em sua letra cursiva e caprichada.

— Minha... minha bolsa caiu — disse Lily.

Ela começou a recolher as coisas correndo, a começar pelos dois recortes de revista, que estavam no chão entre a cabine e os pés de Kathleen.

Kathleen a ajudou; procurou um lápis perdido que tinha rolado para debaixo da pia e ajeitou os cadernos enquanto Lily pegava o absorvente. Lily enfiou tudo na bolsa, depois se ajeitou e estendeu a mão para pegar o pedaço de jornal, que ainda estava na mão de Kathleen. As palavras IMITADOR MASCULINO pareciam gritar naquela fonte em destaque.

— Eu só estava... usando como marcador de livro — disse Lily, com o rosto vermelho.

Kathleen parecia relutante em lhe devolver o papel. Tinha uma expressão estranha no rosto, mas, depois de um breve momento de silêncio constrangedor, no qual Lily começou a temer que Kathleen tivesse entendido tudo, a garota entregou o papel sem dizer nada. Lily pegou *A exploração do espaço* e rapidamente enfiou o pedaço de jornal ali dentro novamente.

As duas ouviram uma batida na porta do banheiro. Era a voz de Will.

— Lily? Você está aí? Está tudo bem?

Ela olhou para a porta fechada em pânico.

— Está passando mal? — perguntou Kathleen, preocupada. — Você não parece bem.

Lily ainda tentava fechar a bolsa.

— Ele me convidou... Ele me convidou para o baile — respondeu Lily em voz baixa, na esperança de que Will não ouvisse. Não conseguia fechar a bolsa. — Ele quer uma resposta, mas eu... Eu não posso. — A bolsa estava completamente aberta, seu conteúdo todo exposto.

A preocupação no rosto de Kathleen se dissipou. Ela fez que sim com a cabeça.

— Vou dizer a ele que não está se sentindo bem. Você não tem que dar uma resposta agora.

Não era uma pergunta. A certeza e a calma da frase de Kathleen foram um enorme alívio para Lily.

— Não tenho — concordou.

Kathleen imediatamente saiu do banheiro para conversar com Will. Lily estava muito abalada para interferir. Quando Kathleen voltou, logo depois, havia uma nuance de esperteza e determinação em seu olhar.

— O que aconteceu? — perguntou Lily.

— Eu disse a ele que você teve, digamos, problemas femininos — respondeu Kathleen, com um sorriso. — Ele não quis saber de mais nada.

No fundo, Lily sabia que devia ter ficado com vergonha pelo que Kathleen disse a Will, mas, em vez disso, ficou com vontade de rir.

— Ai, minha nossa. Obrigada!

— De nada. — Kathleen lançou aquele olhar esperto novamente. — Eu já fui ver Tommy Andrews.

Ela disse as palavras com calma, mas, para Lily, elas pareceram fogos de artifício.

— O quê?

— Tommy Andrews. Já fui ver. — Agora era o rosto de Kathleen que estava um pouco vermelho. — No Telegraph Club. — Ela contraiu o maxilar e olhou para o chão. — Eu e minha amiga Jean fomos no verão.

O banheiro estava tão silencioso que Lily podia ouvir o pingo da torneira na pia esquerda, um *plim* de leve na porcelana. Kathleen levantou os olhos e naquele momento Lily viu que Kathleen sabia o que tinha dado a ela: uma abertura.

A água pingou novamente. Uma dúvida pairava em sua garganta, emaranhada à sensação paralisante de estar prestes a se conectar com alguém. Ela não conseguia colocar em palavras.

Por fim, Kathleen começou a falar, meio decepcionada.

— Preciso ir para casa. Tenho que ficar de babá.

Ela começou a andar até a porta.

— Espera — disse Lily. Aquele momento estava prestes a escorrer pelos seus dedos, e ela não ia deixar isso acontecer. Finalmente tinha conseguido fechar a bolsa. Colocou-a no ombro, e ficou perfeitamente apoiada em seu quadril. — Vou andando com você. Quer dizer, posso ir?

Kathleen se virou com um sorriso surpreso.

— Claro.

Kathleen morava em North Beach, perto da Washington Square. Era metade italiana e católica pelo lado da mãe; tinha três irmãos, um mais velho e dois mais novos; e na maior parte dos dias precisava ficar de babá dos mais novos depois da escola, embora sua irmã tivesse doze anos e já pudesse se cuidar sozinha. Falava dos irmãos com um misto de irritação e amor que Lily achou muito fofo. Enquanto caminhavam pela Columbus, conversavam sobre as famílias e a aula de matemática, e Lily ficou se perguntando por que não tinha conhecido Kathleen melhor antes. Estiveram nas mesmas turmas na escola por anos, mas era como se fossem bonequinhas em uma maquete animada, movendo-se nos trilhos mecânicos que se aproximavam, mas nunca se cruzavam. Até agora. Hoje, elas tinham se libertado das trajetórias preconcebidas e Lily estava totalmente consciente da natureza inédita daquela nova amizade.

Na esquina da Columbus com a Filbert, onde a Washington Square ocupava uma grande área verde de North Beach, Kathleen avisou:

— Eu viro aqui.

Elas pararam no cruzamento e Lily se perguntou se era o momento de trazer a dúvida não dita que ainda estava presa em sua garganta. Mas não, Kathleen já estava caminhando, e Lily disse, apressada:

— Obrigada, Kathleen. Obrigada por me ajudar com o Will.

— De nada. — Kathleen parou e então pediu. — Você se importa... Pode me chamar de Kath? Minhas amigas me chamam de Kath, não Kathleen.

Ela parecia meio envergonhada, com um ar de timidez no olhar, que deixou seu rosto rosado. As bochechas, Lily reparou, agora estavam da mesma cor dos lábios: um rubor delicado, como uma peônia.

— Claro — respondeu Lily. — Vejo você na escola, Kath.

Quando as duas se separaram, Kath andou para o leste, na direção das torres góticas da Igreja de São Pedro e São Paulo, enquanto Lily seguiu para o sul, a caminho de Chinatown. A palavra *amigas* ficou ecoando na memória de Lily como a melodia repetitiva da água que pingava na pia do banheiro.

8

— O que foi que você fez? — perguntou Shirley, em voz baixa. Ela tinha encurralado Lily em frente ao armário nos dez minutos entre o fim da aula e a reunião do conselho de estudantes. — Will está todo tenso com o baile. Ele te convidou para ir?

Desde aquela tarde perto do armário de troféus, Will vinha evitando ficar sozinho com Lily e, mesmo quando estavam entre amigos, tomava cuidado para que não cruzassem os olhares. Ela estava aceitando com prazer esse delicado distanciamento, já que assim não precisava dar uma resposta. Ficou decepcionada com o fato de Shirley ter percebido.

— Não fiz nada — respondeu Lily, meio irritada. — Mas, sim, ele me convidou.

— O que você respondeu? Não recusou, né? — Ela parecia horrorizada.

Lily respirou fundo.

— Não respondi nada. Não sabia o que dizer.

Shirley levantou as sobrancelhas.

— Sim! Você devia dizer que *sim*.

— Mas eu não... Por que não podemos ir todos juntos em grupo, como sempre fizemos? Ele disse que vai ter um jantar na Cameron House antes do baile. Você vai?

— Não, preciso chegar cedo na escola para arrumar tudo. Você devia ir com ele.

Atrás de Shirley, lá no fim do corredor, Lily viu Kath parada perto da porta da escola. Elas tinham se acostumado a voltar andando para casa juntas, mas, durante as aulas, agiam como se mal se conhecessem. Não tinham combinado aquela estratégia, mas começaram a fazer isso naturalmente. Só agora, com a pressão de Shirley em relação ao convite de Will, Lily tinha notado quão estranho era aquilo.

— Você não gosta dele? — perguntou Shirley, perplexa. — Vocês formam um casal perfeito. Eu sei que você é meio tímida com essas coisas. Quer que eu fale com ele?

Lily não sabia dizer se Shirley estava sendo gentil ou condescendente. Provavelmente um pouquinho de cada.

— Não, não fale com ele — pediu Lily. Viu Kath se sentar em um banco perto da secretaria, esperando por ela.

— Bom, melhor você falar com ele então — disse Shirley. — Não é legal deixá-lo esperando pela resposta. — Ela deu uma olhada no relógio. — Tenho que ir. Fale com ele, Lily. — Saiu apressada pelo corredor para a sala do conselho estudantil.

Lily terminou de arrumar a mochila e foi encontrar Kath, que se levantou ao vê-la se aproximando.

— O que houve? — perguntou Kath, enquanto saíam do prédio da escola. — Você não parece muito feliz.

— Não é nada. — Lily não queria falar sobre Will; não queria nem pensar nele. Aquilo a deixava inquieta, como se não estivesse confortável na própria pele. — Você tem que ficar de babá hoje? — perguntou a Kath.

— Agora não. Meus irmãos estão na casa da minha avó hoje. Mas tenho que pegar os dois lá mais tarde.

— Vamos fazer alguma coisa — sugeriu Lily, impulsiva.

O céu estava azul e o cheiro do mar a deixou agitada. Precisava se distrair daquela conversa que tivera com Shirley.

— O que quer fazer? — perguntou Kath, animada. — Não tem que ir buscar o Frankie hoje?

Lily quase se esquecera dos próprios planos. Resmungou e olhou para o relógio.

— Sim, mas só daqui a pouco. Vamos comprar um sorvete.

— Onde?

Elas debateram as possibilidades enquanto subiam a Francisco e desciam os degraus na Leavenworth, até que finalmente decidiram ir até o Ciros, no Washington Square Park, onde, Kath prometera, havia sorvetes de sabores italianos sofisticados. Quando chegaram ao parque, estava cheio de jovens mães empurrando carrinhos de bebê, homens mais velhos de chapéu Fedora cochilando nos bancos e crianças correndo umas atrás das outras com casquinhas de sorvete que pingavam nas mãos.

Dentro do Ciros, o balcão de sorvete de aço e vidro ocupava metade do pequeno espaço, e dois homens italianos com aventais brancos estavam faturando bastante com todas aquelas mães e crianças. Atrás do vidro havia baldes de chocolate, baunilha, morango e menta, além de recipientes retangulares com sabores de gelato que Lily nunca provara: bacio e avelã, stracciatella e fior di latte. Do lado direito havia uma paleta arco-íris de cores de sorbet: amarelo de limão-siciliano, laranja de tangerina e verde de limão.

Depois de ouvir a opinião de Kath, Lily escolheu um copinho de sorbet de limão-siciliano e morango. Kath escolheu uma casquinha de avelã e elas levaram seus sorvetes para o parque. Encontraram um lugar vazio na grama sob uma árvore, e Lily tomou seu sorbet com uma colherinha de madeira, enquanto Kath chupava o sorvete fazendo um barulho que fez as duas caírem na gargalhada.

— Nunca tomei sorbet — disse Lily, pronunciando com cuidado a palavra nova. — Tem uma sorveteria em Chinatown, a Fong Fong's. Eles têm sorvete de gengibre. É meu favorito.

— Gengibre! Como é?

— É delicioso. Eles misturam pedacinhos de gengibre doce no sorvete. Você devia vir comigo um dia ao Fong Fong's para provar.

Quando Kath terminou sua casquinha, se apoiou nos cotovelos para trás e esticou as pernas no sol. Tinha as canelas nuas, entre a bainha da saia e a meia branca.

— Claro, vou sim.

Elas ouviram um zumbido e Lily viu quando Kath olhou para o céu. Havia avidez em seu rosto, e Lily seguiu o olhar de Kath para o alto até ver um avião voando.

— Você só andou de avião uma vez? — perguntou Lily.

— Sim. Mas já fui ao campo de pouso em Oakland com a minha prima algumas vezes. Ela foi WASP na guerra e depois trabalhou por um tempo como mecânica de aviões.

— Sério? — Lily se lembrou da matéria da *Flying* sobre duas mulheres que eram donas de um campo de pouso. — Ela ainda faz isso?

Kath fez uma careta.

— Não, ela casou e mudou para Mountain View. Agora tem filhos e não tem mais tempo para voar. Não achei uma boa troca.

Lily riu.

— Imagino que você não se casaria nem mudaria para Mountain View.

— Está brincando? Quando conseguir minha licença de piloto, não vou parar nunca. Só voei daquela vez e foi a melhor coisa que eu já fiz na vida.

— Por quê? — perguntou Lily, curiosa.

Kath se sentou e olhou Lily nos olhos.

— Você nunca se perguntou como seria se não houvesse nada te mantendo presa ao chão? Quando estamos decolando, o avião começa a deslizar pela pista sobre rodas, certo? Você sente cada solavanco, cada sacolejo. E então ele começa a ir mais e mais rápido e de repente... *nada*. — Kath estalou os dedos e o entusiasmo com aquela lembrança deixou seu rosto rosado e brilhante. — As rodas saem do chão e você não sente mais aquilo. Não tem mais solavanco. Tudo fica milagrosamente suave. Você se sente como... Como se fosse um pássaro! Não tem nada te segurando. Você flutua. Você *voa*. E embaixo de você o chão vai se distanciando, e você olha pela janela e tudo vai ficando distante, e nada mais importa. Você está no ar. Deixa todo o resto lá embaixo no chão. É só você e o vento.

Lily estava assombrada com a expressão no rosto de Kath: a pura alegria daquela lembrança, o desejo de voar de novo.

— Isso parece... incrível — disse Lily, a voz abafada.

Kath pareceu voltar a si de repente e abaixou a cabeça, tímida, os dedos mexendo nas folhinhas de grama.

— Desculpe, não queria ter falado tanto. Meu irmão sempre diz que eu falo demais de aviões.

— Não — protestou Lily, rapidamente. — Não fala, não. Adoro ouvir sobre isso. Pode falar comigo sempre que quiser.

Kath sorriu e deu de ombros, meio envergonhada.

— Olha, você pode se arrepender do que está falando.

— Não vou.

Elas se olharam, Kath e seu meio sorriso tímido, Lily e sua sinceridade, e havia uma sensação inesperada de franqueza entre as duas — algo parecido com a sensação de voar, como se tivessem se levantado do chão ali mesmo. Mas então Kath ruborizou e desviou o olhar, e Lily ficou completamente envergonhada. Voltou o rosto para a entrada do parque, onde os pedestres caminhavam pela grama. Havia crianças correndo na frente das mães; alguns casais. Ela tinha total consciência de seu coração batendo forte no peito, do ar chegando com dificuldade aos pulmões quando respirava.

Um grupo de quatro mulheres jovens — provavelmente com vinte e poucos anos — veio andando na direção delas, duas usando calças sociais e duas delas de braços dados. Três eram brancas e uma talvez fosse mexicana. Uma das mulheres de calça tinha um jeito charmoso de andar, com as mãos nos bolsos e os olhos escondidos atrás dos óculos escuros. A mulher ao lado dela — a de pele mais escura, com cabelo cacheado e brilhante — a encarava com uma expressão satisfeita, mas Lily não sabia dizer se estava satisfeita consigo mesma ou se admirava a companheira. E então enroscou o braço no da amiga, os quadris se tocando sutilmente, e a mulher de óculos respondeu com um sorrisinho paquerador que Lily achou muito corajoso. Elas estavam em público!

Lily olhou disfarçadamente para Kath, para ver se ela tinha percebido. Kath parecia estar observando as moças também, e havia algo meio forçado na expressão neutra em seu rosto. Lily se perguntou se esse era o momento certo para finalmente falarem sobre o Telegraph Club, mas Kath parecia a fim de ficar em silêncio. Será então que havia algo significativo em seu silêncio? Lily sentiu que o anúncio de jornal e o fato de Kath ter admitido que fora à boate tinham criado uma corrente invisível que unia as duas, e de vez em quando ela ouvia a corrente, como se estivesse batendo em um vidro. Será que Kath ouvia? Como não? Ainda assim, Lily não conseguia falar nada. O que exatamente ela diria?

O momento estava se perdendo novamente. Ela ficou olhando enquanto as quatro mulheres viravam a esquina e desapareciam. Quando foram embora, Lily sentiu como se tivesse perdido alguma coisa.

— Preciso ir para casa — disse Lily.
— Eu também — respondeu Kath.

Lily se levantou e ofereceu a mão para ajudar Kath. Ela hesitou por um momento, mas então deixou que Lily a puxasse. A mão de Kath estava mais fria do que Lily imaginava, e, por um ou dois segundos, nenhuma das duas soltou. Lily sentiu uma onda de calor subir para o rosto e Kath soltou a mão. As duas falaram ao mesmo tempo.

— Te vejo amanhã.
— Tchau.

Lily se virou e foi andando rápido na direção da Columbus, sem se permitir olhar para trás, embora quisesse fazê-lo.

9

Na esquina da Broadway com a Columbus, Lily viu o letreiro da Thrifty do outro lado da rua. Ela se perguntou se o livro ainda estava lá. Da última vez que estivera na farmácia, tinha lido quase até o final, e estava morta de curiosidade para saber o que acontecia. Deu uma olhada no relógio. O sinal ficou verde e ela já estava no meio do caminho quando se deu conta de que tinha cedido ao impulso, e então começou a andar mais rápido para ter o máximo de tempo possível para ler. Estava quase lá — dez metros, cinco metros — quando viu uma das amigas da mãe do Hospital Chinês, a sra. Mok, correndo para entrar na farmácia. Parecia ansiosa e empurrou a porta da Thrifty como se estivesse em uma corrida contra o tempo. Ela não viu Lily.

Lily suspirou, decepcionada, e voltou a caminhar na direção da Avenida Grant. Olhou para o relógio. Ainda estava cedo para buscar Frankie, então decidiu passar em casa primeiro. De repente, numa dessas tardes, ela poderia levar Kath à Thrifty e mostrar o livro para ela. Aquela ideia era assombrosa, e Lily ficou tentando imaginar as duas naquele recuo nos fundos da Thrifty, andando entre as prateleiras de livros. Ela se imaginou encontrando o livro, tirando da prateleira e entregando a Kath. Ficou pensando o que Kath diria ao ver a capa com as duas mulheres. Sentiu uma excitação percorrer o corpo.

Perdida nos pensamentos, Lily nem percebeu quando chegou à Rua Clay. Subiu o último quarteirão no automático e enfiou a chave na porta. Lá dentro estava frio e escuro, e havia vozes pela escada de madeira. Parecia que os pais tinham chegado em casa mais cedo, o que era pouco comum. Subiu a escada e, ao se aproximar do último andar, ouviu alguém saindo da cozinha — seu pai. Ele ficou parado esperando por ela na porta, e ainda vestia o jaleco de médico, como se tivesse vindo direto do hospital e esquecido de tirá-lo.

— Aconteceu alguma coisa?

Ele a examinou de maneira quase clínica e ela parou a alguns passos da entrada, aterrorizada por um momento com o fato de ele saber o que andava pensando sobre aquele livro.

— Guarde suas coisas e venha para a cozinha — disse ele. — Sua mãe e eu precisamos conversar com você.

Seu tom de voz era grave. Ela deixou a mochila no banco, rapidamente tirou os sapatos e foi atrás dele na cozinha. A mãe estava sentada à mesa, segurando um copo d'água. Ainda usava o uniforme de enfermeira; não tinha tirado nem os sapatos. O pai recostou na bancada e cruzou os braços.

— Sente-se — disse.

Ela puxou a cadeira e sentou. Sua mente estava acelerada.

— Aconteceu algo com Eddie? Ou Frankie?

— Não, eles estão bem — disse a mãe.

— Dois agentes do FBI me abordaram no trabalho hoje — contou o pai. — Queriam me entrevistar sobre um rapaz que atendi na semana passada. Acham que ele é membro de uma organização comunista em Chinatown.

Aquelas palavras eram tão inesperadas que, a princípio, ela ficou apenas olhando para o pai, confusa. Depois de um tempo, disse:

— Mas por que foram perguntar a você?

— O FBI e o serviço de imigração estão muito preocupados com comunistas — disse a mãe, de um jeito recatado, sentada na cadeira com a coluna muito esticada. Ela não fez qualquer movimento para beber a água, apenas manteve os dedos em volta do copo, como se estivesse se segurando. — Quando encontram alguém que acham ser comunista, eles investigam os conhecidos da pessoa.

O pai colocou a mão sobre o ombro da mãe rapidamente. Os dedos dela se mexeram de leve ao redor do copo.

— Os agentes me perguntaram se eu sabia de alguma coisa sobre esse rapaz, meu paciente, mas eu disse que não — relatou o pai. — Eu só o conhecia como paciente. E eles então me disseram que ele fazia parte de uma organização conhecida por acolher simpatizantes comunistas, a Liga Democrática da Juventude Sino-Americana. Os membros chamam o grupo de Man Ts'ing.

Lily sentiu um pequeno choque pelo corpo.

— Eles são um grupo comunista?

— Foi o que os agentes disseram — respondeu o pai.

Lily se perguntou qual dos garotos do piquenique era o paciente do pai.

— Eles são de esquerda — disse a mãe, cuspindo as palavras como se fossem sujas. — São jovens e não sabem o que fazem.

— Os agentes do FBI disseram que você foi vista com o Man Ts'ing — contou o pai. — Você e Shirley. Foram vistas na sede deles e depois, novamente, no Golden Gate Park.

Ela ficou boquiaberta.

— Alguém me *viu*? Foi só um piquenique. Eu fui ao piquenique porque... porque Will Chan me convidou. — A ideia de que Will fosse um comunista era ridícula, e ela quase riu, mas a expressão no rosto dos pais reprimiu a risada. — Isso quer dizer que o Will está encrencado? Ele não é comunista. *Will Chan*?

O pai de Lily pareceu contrair o corpo de leve.

— Acho que tem alguém de dentro desse grupo Man Ts'ing levando essas coisas para o FBI — opinou a mãe.

Aquela frase parecia saída de um filme, e Lily olhou para a mãe, embasbacada.

— Sério?

A mãe fechou a cara.

— Lily, você precisa prestar mais atenção nas coisas. Passa muito tempo nesse seu mundo da imaginação. Sonhando com foguetes! Você é exatamente o tipo de garota que eles tentariam recrutar. Não percebe que estão colocando ideias na sua cabeça.

— Que ideias? — perguntou Lily, indignada. — Eu só fui a um piquenique. Um piquenique! Eles jogaram vôlei e foi isso.

— É assim que eles fazem — rebateu a mãe. — Fazem você pensar que são inofensivos e então operam uma lavagem cerebral.

— Grace — começou o pai de Lily, em tom de aviso.

A mãe de Lily estava com os lábios apertados, mas se acalmou. Lily cruzou os braços, com raiva. *Sonhando com foguetes*. O coração acelerou como se estivesse correndo.

O pai tirou os óculos, coçou os olhos e depois se sentou à mesa.

— Não dá para ter certeza das motivações deles, mas a melhor coisa é se manter afastada desse grupo. — Colocou os óculos de volta e se virou para Lily com uma expressão surpreendentemente franca, como se ela fosse uma adulta e não sua filha. — Não acredito que você tivesse alguma má intenção. Você nunca teve interesse em política. Mas o que você faz pode afetar outras pessoas negativamente. Estamos vivendo uma época complicada. As pessoas têm medo do que não compreendem e nós precisamos mostrar que somos americanos acima de tudo. Entende isso?

A seriedade em seu tom de voz a assustou.

— Sim, papai — respondeu, embora não tivesse entendido por completo.

Alguns anos antes, durante a Guerra da Coreia, ela se lembrava das crianças de Chinatown desfilando na parada do Ano-Novo chinês segurando cartazes que diziam ABAIXO O COMUNISMO. Eddie tinha sido uma dessas crianças; ela acenara para ele da plateia balançando uma pequena bandeira americana. Ela se lembrava do pai e da tia Judy assistindo ao desfile com uma expressão estranha no rosto, ao mesmo tempo orgulhosos de Eddie e um pouco amedrontados com o espetáculo. Estava confusa, como se ao longo desse tempo estivesse lendo um livro cujas páginas foram removidas, mas das quais ela só tivesse dado falta agora.

O pai ainda parecia preocupado, então ela continuou:

— Eu nem queria ir a esse piquenique, papai. Não quis... — Ela perdeu a linha de raciocínio. Não tinha muita certeza do que efetivamente fizera.

Ele concordou com a cabeça e disse:

— E você não vai mais.

— E a Shirley? E o Will?

— Vamos falar com os pais deles. — O pai se levantou e recolocou a cadeira no lugar. — E agora eu preciso voltar ao trabalho. Vá fazer o dever de casa. Sua mãe vai ficar em casa pelo resto do dia, então não precisa ir buscar o Frankie na escola chinesa.

Lily tinha mais perguntas, mas os pais já tinham levantado, estavam combinando o que fariam para o jantar, tinham seguido em frente. Ela sentiu como se tivesse sido retirada da sala de cinema no meio do filme. Desconcertada, saiu da cozinha, pegou a mochila e foi para o quarto. Abriu o livro de matemática e sentou na cama para olhar os problemas que precisava resolver, mas os números e as letras se embaralhavam em sua frente. Alguns minutos depois, ouviu o pai saindo, os passos se afastando ao descer a escada. Pensou em Shirley e seu interesse em Calvin, e se perguntou se aquilo acabaria.

— Lily.

A mãe estava parada na porta. Ela entrou no quarto e se sentou na beira da cama. A colcha afundou e o lápis de Lily foi rolando até parar ao lado do quadril da mãe.

— O quê? — disse Lily, meio na defensiva.

— Seu pai não queria que eu te contasse, mas acho que você já é grandinha para saber a verdade. O FBI levou os documentos de cidadania dele.

Lily se sentou e o livro de matemática escorregou de seu colo para a cama.

— Por quê?

O rosto da mãe estava pálido, o batom muito vermelho em contraste com o branco da pele.

— Queriam que ele assinasse uma declaração admitindo que Calvin... o paciente dele, é um comunista, mas seu pai não assinou.

Calvin. A mãe claramente não queria ter dito o nome dele. Parecia um pouco nervosa agora e mexia com os dedos no crachá que ainda estava pendurado sobre o uniforme. SRA. GRACE HU, ENFERMEIRA.

— Seu pai nunca daria informações sobre um paciente sem permissão, e se recusou a mentir para os agentes. Então eles levaram os documentos como forma de puni-lo.

— Mas por que o FBI iria punir o papai por... por não mentir?

— Eles não estão procurando a verdade. Estão procurando bodes expiatórios. Seu pai deveria saber. Tinha que ter dito o que eles queriam. Agora está protegendo um garoto que mal conhece, só porque se recusa a dizer o que eles querem. Isso colocou seu pai em perigo, o que significa que coloca eu, você e seus irmãos em perigo também.

— Como assim ele está em perigo? Ele é um cidadão americano. Foi capitão do exército!

— Estão usando essas investigações como pretexto para deportar chineses — explicou a mãe. — Levaram os documentos, então agora ele não tem nenhum registro da cidadania. E ele tem família na China. *Você* tem família na China. Nunca os conheceu, mas isso não significa nada para o FBI. E você estava no piquenique, mesmo que não tenha a menor ideia do que é o Man Ts'ing. Não pega bem.

— Mas... Eles vão devolver os documentos quando perceberem que ele não fez nada de errado, não é? Não podem deportá-lo, podem? — Ainda que tenha feito a pergunta, Lily sabia da resposta. De vez em quando ouvia boatos em Chinatown de que não-sei-quem tinha sido interrogado pelo serviço de imigração ou estava prestes a ser mandado de volta para a China por causa de documentos falsos. Ela se lembrou também da tia Judy falando que o chinês fundador do Laboratório de

Propulsão a Jato fora detido por suspeita de alianças comunistas, embora tivesse ficado do lado dos Estados Unidos durante a guerra.

— Tudo que podemos fazer é colaborar com eles — disse a mãe. — Estou tentando convencê-lo a assinar a declaração.

— O que vai acontecer se ele não assinar? — Ela imediatamente se arrependeu de perguntar; era como se dizer em voz alta tornasse aquilo real.

A mãe parecia preocupada.

— Não vamos pensar nisso agora. O que precisamos fazer é nos esforçar para mostrar que somos uma boa família americana, porque nós somos mesmo. Isso significa que você precisa estudar bastante e não se envolver mais com o Man Ts'ing. — A mãe se levantou. — Vou buscar o Frankie e, quando o Eddie chegar em casa, vou conversar com os dois. E você, concentre-se no dever de casa.

A mãe parou na porta e acrescentou:

— Se suspeitar que a Shirley ou qualquer um dos seus amigos ainda está envolvido com esse grupo, me conte na mesma hora.

Ela pensou em como Shirley tinha negado estar interessada em Calvin. Lily se perguntou se sua amiga sabia da conexão com o comunismo. Aquela possibilidade era perturbadora.

— Lily, vai me contar?

Ela olhou para a mãe e respondeu:

— Vou sim.

1931	O Japão invade a Manchúria.
1932	Joseph Hu chega a San Francisco para estudar na Escola de Medicina de Stanford.
23 de setembro de 1934	**GRACE WING conhece seu futuro marido, Joseph Hu.**
1936	Grace Wing se casa com Joseph Hu.
	O estudante chinês de pós-graduação Hsue-shen Tsien se junta ao "Esquadrão Suicida", grupo de cientistas de foguetes do Instituto de Tecnologia da Califórnia.
1937	Lily Hu [胡麗麗] nasce.
	O Japão invade a China.
1940	Edward Chen-te Hu [胡振德] nasce.
1941	Os Estados Unidos entram na Segunda Guerra Mundial.

GRACE

Vinte anos antes

A primeira vez que Grace Wing prestou atenção nele foi quando seus olhares se cruzaram acidentalmente enquanto ela esperava no salão comunitário para pegar uma xícara de café, depois da missa de domingo. Ele estava em pé, no meio da sala, comendo um sanduíche. Não se parecia com os outros homens chineses que ela conhecia. O cabelo preto brilhante tinha um topete estilo Clark Gable, e ele usava um anel de sinete no mindinho da mão direita. Ela o achou lindo.

Quando se olharam, ele ainda estava mastigando, e Grace ficou envergonhada por ter sido pega o encarando. Desviou o olhar na hora, se perguntando quem era. Não se lembrava de tê-lo visto durante a missa. Ela se concentrou em preparar sua xícara de café, colocou leite e duas colheres de açúcar, depois demorou um pouco para escolher seu sanduíche. Quando enfim escolheu o de salada de ovo no pão de forma, foi emboscada pela sra. B.Y. Woo, que queria lhe pedir conselhos a respeito de uma doença qualquer que estava enfrentando. Woo sempre recorria a Grace para fazer suas reclamações e ela ouvia, solidária, e inclusive oferecia sugestões de tratamento, que a sra. Woo quase sempre recusava por não confiar na medicina ocidental. Grace estava prestes a entrar na parte dos conselhos quando o reverendo Hubbard chegou para cumprimentá-las. Aquilo não era surpreendente, e sim o fato de que trazia o tal homem desconhecido a tiracolo. Apesar de já ter terminado o sanduíche, Grace notou que havia farelo de pão na lapela de seu terno cinza de flanela. Sentiu um ímpeto de passar a mão para tirar.

— Srta. Wing, sra. Woo, quero apresentá-las a um dos nossos novatos — disse o reverendo Hubbard. Era um homem branco de meia-idade que estava ficando careca; a pele no topo da cabeça estava especialmente brilhante naquele dia. — Este é o sr. Joseph Hu, recém-chegado da China. O sr. Hu é estudante de medicina em Stanford. A srta. Grace Wing é estudante de enfermagem, então vocês têm algo em comum.

— É uma honra conhecê-la, srta. Wing — cumprimentou Joseph, estendendo a mão para Grace de um jeito bem americano.

— Bem-vindo a San Francisco — respondeu ela, apertando sua mão.

— Obrigado — disse Joseph. — É incrível estar finalmente aqui. Ouvi muitas histórias sobre a sua cidade.

— Ah, não sou nascida em San Francisco — observou Grace. — Cheguei aqui há poucos meses. A sra. Woo está aqui há muito mais tempo.

— Quase a vida inteira — disse a sra. Woo. — Vim de Guangdong para cá ainda criança. De onde você é?

— Xangai.

A sra. Woo olhou para ele com mais curiosidade.

— Xangai! Sua família é toda de lá?

— Sim, meu pai é amigo de um conhecido do reverendo Hubbard.

O reverendo Hubbard sorriu.

— Estou feliz que Paul tenha falado a você sobre a nossa igreja. Estamos contentes em recebê-lo.

Eles trocaram mais algumas gentilezas, falaram sobre os conhecidos da igreja, enquanto Grace bebia seu café e tentava disfarçar que estava olhando para ele. Imaginou que fosse alguns anos mais velho do que ela. Havia algo ligeiramente malicioso na expressão de Joseph

Hu, como se estivesse se segurando ao responder sobre os comentários do reverendo Hubbard e da sra. Woo sobre seus amigos em comum da igreja e, depois, sobre as diferenças entre o clima de San Francisco e o de Xangai nesta época do ano. (Ele concordou que San Francisco era bem mais agradável no fim do verão.) Grace não tinha nada para acrescentar à conversa, então ficou calada. Não conhecia esse Paul, nunca estivera em Xangai, embora soubesse que era uma cidade glamorosa. Na verdade, naquela manhã mesmo tinha lido uma história no *Chronicle* sobre duas atrizes rivais de Xangai, tão lindas que teriam sido as responsáveis pela queda da Manchúria no Japão. Não tivera tempo de terminar de ler a matéria e pensou em mencioná-la para saber se Joseph havia lido, mas não conseguia um jeito de inserir o assunto na conversa. Além do mais, o salão comunitário não parecia o melhor lugar para falar sobre uma história tão escandalosa.

Depois de mais alguns minutos de conversa banal, o reverendo Hubbard pediu licença e continuou cumprimentando as pessoas no salão, e a sra. Woo convidou Joseph para ficar ali com Grace e ela. Grace tinha certeza de que ele recusaria educadamente — um homem como aquele certamente tinha coisas mais importantes a fazer —, mas ele concordou sem hesitar, e logo os três estavam sentados juntos num canto, tomando café.

— O reverendo Hubbard disse que você é estudante de enfermagem? — começou Joseph, virando-se para Grace.

— Isso, no campus de Parnassus — respondeu Grace.

Conversaram sobre o curso de enfermagem durante alguns minutos enquanto a sra. Woo observava.

— E a sua família, sr. Hu? — disse a sra. Woo quando eles fizeram uma pausa. — Seu pai é...?

— Ele é professor na faculdade Nan Yang, em Xangai.

Grace imaginou um homem vestido com roupas tradicionais em estilo mandarim, uma touca redonda e uma barba branca longa, mas depois se arrependeu; ele provavelmente usava ternos modernos como o de Joseph.

— E você é o filho mais velho? — perguntou a sra. Woo.
Joseph fez que sim.
— Tenho dois irmãos e duas irmãs, todos mais novos.
— Algum deles está aqui nos Estados Unidos?
— Não, só eu vim por enquanto. Mas meu irmão Arthur quer vir daqui a um ou dois anos.
— Para estudar medicina também?
— Talvez. Também está considerando engenharia.

Joseph deu uma olhada em Grace, e, mais uma vez, ela sentiu que ele estava se segurando. Começou a desconfiar de que ele ia gostar mais de falar das atrizes polêmicas de Xangai do que das aspirações educacionais do irmão.

— Ah. E você veio com uma bolsa de estudos Boxer?
Joseph sorriu.
— Não, infelizmente não.
— Outra bolsa de estudos então? — insistiu a sra. Woo.

Grace lançou um olhar solidário para Joseph enquanto a sra. Woo continuava a interrogá-lo sobre sua situação financeira, mas ele não parecia se importar, ou então fingia muito bem. Na verdade, sua viagem para os Estados Unidos tinha sido paga por uma missão presbiteriana em Xangai, o que explicava a visita a uma igreja presbiteriana chinesa hoje. Mas a mensalidade da faculdade fora paga por ele, o que significava que a família de Joseph Hu provavelmente tinha uma situação confortável. Grace pensou novamente naquele glamour, pensou em Anna May Wong em *O expresso de Xangai*, seus vestidos de seda sedutores, os olhos escuros e tímidos emoldurados pela fumaça de cigarro. Tinha adorado aquele filme quando assistira a ele anos antes, embora não pudesse admitir isso na igreja. (Sua mãe havia se recusado a assistir porque o ministro chinês o considerou imoral.) Mas a família de Joseph provavelmente era muito respeitável e não tinha nada a ver com o universo dramático de traficantes e cortesãs que aparecia na tela. Ela sentiu uma leve decepção com a própria destruição da fantasia.

A sra. Woo se virou para Grace.

— Srta. Wing, você é a filha mais velha de sua família, não é?

— Isso — respondeu, embora a sra. Woo já soubesse disso.

— Grace é a estrela da família — disse a sra. Woo para Joseph. — Não são muitas as meninas que se formam na faculdade, e menos ainda as que estudam enfermagem.

— Sra. Woo, está exagerando.

— Mas é a verdade. O sr. Hu precisa saber que está conversando com uma das jovens mais inteligentes de San Francisco.

A sra. Woo abriu um sorriso entusiasmado para os dois, e Grace ficou ao mesmo tempo envergonhada e agradecida pela obviedade daquele papo casamenteiro da sra. Woo.

— Só tento deixar meus pais orgulhosos — disse Grace, querendo parecer humilde.

— E tenho certeza que estão — respondeu Joseph.

Aquilo era admiração ou diversão? Grace não tinha certeza.

A sra. Woo disse de repente:

— Ah, olha a hora! Preciso ir encontrar a sra. Leong antes que ela vá embora. Foi um enorme prazer conhecê-lo, sr. Hu. E obrigada pelas recomendações médicas, srta. Wing.

Grace e Joseph se levantaram enquanto a sra. Woo ia embora, e então olharam um para o outro, as xícaras de café vazias nas mãos.

— Bom, agora que sabe tudo sobre mim, está se sentindo segura para sentar e conversar comigo sozinha? — perguntou Joseph.

Ela viu a curva no canto da boca de Joseph e pensou: *Com certeza ele está se divertindo.*

— Claro, vamos sentar — respondeu Grace. Ele a deixava um pouco nervosa, mas de um jeito bom.

Sentaram novamente e ela colocou a xícara vazia e o pires na cadeira onde a sra. Woo estava. Joseph fez o mesmo em seguida. Grace olhou em volta para o salão comunitário, onde o restante da congregação circulava com seus cafés e sanduíches. Ninguém parecia estar olhando para ela e Joseph ali no canto, no entanto Grace tinha a sensação de que todos sabiam que estavam ali. Quando se virou para Joseph, a expressão no rosto do rapaz era de curiosidade.

— Você disse que se mudou para cá há poucos meses — disse Joseph. — Veio de onde? Não foi da China?

— Não, de Santa Barbara. Eu nasci aqui.

— Uma garota americana — disse ele. E sorriu, enrugando a lateral dos olhos.

— 我係唐人* — disse ela em cantonês, animada.

—你們老家在哪裡?** — perguntou Joseph, em mandarim.

—你話咩話?*** — perguntou Grace. Ela não entendeu.

O sorriso dele meio que desapareceu.

— Desculpe, não falo seu dialeto.

Ela sabia pouco sobre os acadêmicos chineses que vinham estudar nos Estados Unidos. Na maioria das vezes vinham de Xangai, geralmente de famílias ricas ou bem relacionadas, e não se misturavam muito com os chineses americanos — pelo menos não com os que Grace conhecia. Joseph era o primeiro estudante com quem ela conversava diretamente, e achou difícil categorizá-lo. Não se encaixava na imagem que ela fazia de um mandarim; era muito jovem e muito ocidentalizado. Mas também não parecia americano exatamente, embora falasse inglês quase sem qualquer sotaque.

— Está gostando de San Francisco? — perguntou ele. — Sente falta de Santa Barbara? Nunca estive lá. É longe?

— Algumas horas de trem para o sul — respondeu Grace. — É um pouco mais quentinho do que San Francisco, e, claro, sinto falta da minha família.

— Quantos irmãos e irmãs você tem?

— Só dois irmãos mais novos. Minha família é pequena porque meu pai morreu quando eu tinha onze anos.

— Deve ter sido difícil para a sua mãe.

— Ela é uma mulher forte. Assumiu a gerência da loja de importados do meu pai na pequena Chinatown de lá, e eu ajudei até que

---

* Eu sou chinesa.
** De onde você é?
*** O que disse?

meus irmãos crescessem o suficiente. Hoje eles comandam a loja junto com ela.

— O que a loja da sua família vende?

— Um pouco de tudo. Produtos chineses para atender a comunidade local. Vegetais desidratados, ervas. Remédios. Louças chinesas, sedas, tudo. — Grace ficou em silêncio, imaginando se o estava entediando. Ela sempre ficava entediada ao falar da loja.

Mas ele abriu um sorriso encorajador e continuou perguntando.

— Vai querer voltar para casa depois da faculdade de enfermagem, para continuar a ajudar no negócio da família?

Grace não conseguia nem pensar em voltar a trabalhar na loja. Tinha acabado de escapar, entrando na faculdade.

— Vou ver do que a minha mãe precisa — respondeu, diplomática. — E você, vai voltar? Para a China?

— Com certeza. A China precisa de médicos com formação ocidental. E engenheiros, arquitetos... e enfermeiras também. Estamos numa situação difícil lá no momento, como você deve saber.

Ela fez que sim, em solidariedade, embora seu conhecimento sobre a situação atual da China fosse mínimo. Sabia que o Japão ameaçava uma invasão a todo momento, e que o governo chinês, liderado pelo Generalíssimo Chiang Kai-shek, tentava revidar. A China sempre parecera a ela uma terra muito distante e, ao mesmo tempo, desconfortável de tão perto. Uma terra de imperadores com trajes de seda em palácios antigos, mas também de trabalho pesado nas pequenas vilas sobre as quais a mãe contava histórias. "Não tínhamos água encanada", dissera a mãe uma vez, quando Grace reclamou de um vazamento na loja da família. "Dormíamos seis na mesma cama", argumentara, quando Grace pediu para ter o próprio quarto.

— Já teve vontade de ir à China? — perguntou Joseph.

— Talvez, para visitar a família da minha mãe.

Houve um tempo em que a mãe de Grace se lamentava o tempo inteiro por estar separada de sua família, mas recentemente tinha aposentado as reclamações. Grace não sabia se era porque os tinha esquecido ou se resignado com aquele exílio.

— Quando terminar a faculdade de enfermagem, haverá muita demanda na China pelo seu conhecimento — disse Joseph. — Muitos chineses precisam de tratamento médico moderno.

Grace nunca considerara essa possibilidade. De repente, se viu em um hospital moderno em algum lugar na China: limpo, reluzente, com pacientes chineses deitados, serenos, em camas brancas. Usava uma touca branca de enfermeira e ia empurrando um carinho de remédios por um corredor verde-claro.

— É o que você vai fazer? — perguntou ela. — Voltar para atender pacientes?

— Espero que sim. Também quero usar meu conhecimento para formar outros médicos na China, aqueles que não têm dinheiro para vir estudar medicina nos Estados Unidos.

Ele parecia tão altruísta, tão honrado. Grace ficou envergonhada por ter pensado mais cedo em introduzir o assunto das atrizes de Xangai. A conversa continuou naquele tom meio artificial, entre China, medicina e San Francisco, assim como muitas primeiras conversas acontecem, mas nenhum dos dois tentou fugir. Ela o achou fascinante, e o jeito atencioso como perguntava sobre seu interesse em enfermagem a deixava lisonjeada. Também tinha gostado das pequenas rugas que se formavam ao redor dos olhos quando ele sorria. Sentia um formigamento na pele e queria que ele sorrisse novamente.

Mais tarde, quando voltou ao dormitório dos estudantes de enfermagem, ela se lembrou da matéria sobre as atrizes de Xangai.

Foi até a sala de estar para ver se o *Chronicle* de domingo ainda estava lá. Já tinha sido lido a essa altura, e os cadernos estavam todos meio espalhados sobre a mesa ao lado da porta, mas ela achou a reportagem rapidamente. Era a matéria de capa da *Sunday Magazine* ("Desentendimento na China por causa de duas estrelas do cinema rivais"), ilustrada com fotos das duas mulheres mirando a câmera de maneira sedutora. Uma delas usava um vestido chinês listrado e estava sentada em um pufe, as pernas cruzadas e uma das mãos casualmente jogada sobre o joelho. A outra sorria para a câmera com um batom escuro e as sobrancelhas arqueadas. Entre as duas fotos, havia uma ilustração de homens chineses brigando, provavelmente por causa das atrizes; tinham os olhos meio distorcidos e as sobrancelhas marcadas, algo entre o cômico e o ameaçador.

A legenda abaixo da ilustração do entrevero dizia: "Tudo começou quando a srta. Cheng ganhou a coroa em um grande concurso de popularidade, ao passo que a torcida da srta. Wu, aquela sereia radiante, ficou irada. E a guerra estava declarada!"

Grace se sentou no sofá para ler o resto da matéria. A paixão desencadeada pelas habilidades de canto e dança da srta. Wu teria feito os militares chineses serem negligentes em suas funções e, portanto, deixarem a Manchúria ser invadida pelo Japão. (*Isso é ridículo*, pensou Grace). Depois disso, houve uma carta de ameaça escrita com sangue humano (*Como eles sabiam que era humano?*) exigindo que a srta. Wu deixasse a China. Mas o autor da matéria estava mais impressionado pelo fato de a China, considerada uma roça pela maior parte dos americanos, ter uma indústria cinematográfica. (Grace revirou os olhos.) E então, na última coluna, a reportagem tomou um rumo inesperado.

"Sem dúvida você já ouviu falar que os heróis e heroínas dos filmes chineses não se beijam, já que não existe beijo no comportamento dos chineses." O autor explicou, bem debochado, que, em vez de se beijarem, as mulheres chinesas "fazem amor com as mãos" e beijam com os dedos, não com a boca.

Grace sentiu o rosto corar. O sensacionalismo, a sugestão de mau gosto a respeito de supostas qualidades de garotas chinesas, e a bizarra ideia de que os chineses não se beijam! Ainda bem que não comentara sobre essa matéria com Joseph Hu. Sentiu um tremor de vergonha e rapidamente guardou a revista por baixo de outros jornais por ali.

Ela subiu na ponta dos pés para o quarto, com um medo irracional de que uma de suas companheiras percebesse que estivera lendo aquela matéria medonha só de olhar para seu rosto. Ainda assim, não conseguia parar de pensar naquilo. Era verdade que nunca tinha visto namorados chineses se beijando, mas era porque namorados chineses nunca se beijavam em público! Tentou abafar aquela sensação ruim no estômago, azeda como vinagre, ao deparar com esse interesse lascivo dos americanos em coisas que deveriam ser particulares. O que será que Joseph Hu pensava deste país?

Sentou-se à mesa para dar uma olhada em suas anotações — tinha um capítulo inteiro para revisar antes de ir encontrar as amigas para o jantar de domingo —, mas não conseguia se concentrar. Em vez disso, ficou pensando em Joseph Hu e sua confiança silenciosa. Ele nunca se jogaria em cima de uma atriz, chinesa ou não. Havia uma dignidade nele que ela ainda não tinha visto nos sino-americanos que a cortejavam.

Os homens sino-americanos eram mais desesperados, é claro, porque havia muito menos mulheres sino-americanas, devido às restrições da imigração. Grace já tivera inúmeros pretendentes desejosos, e sabia que era um bom partido, embora jamais fosse admitir. Mas um homem como Joseph Hu não estava limitado à quantidade reduzida de mulheres chinesas nos Estados Unidos. Não faltavam mulheres na China, e ele era ainda melhor partido do que ela.

Construiu mais uma vez em sua mente aquela imagem do hospital chinês moderno que fantasiara antes, mas dessa vez também imaginou o dr. Joseph Hu comandando a enfermaria impecável, com seu jaleco branco de médico e o estetoscópio pendurado no pescoço. E, ao lado dele, usando seu uniforme engomado de enfermeira e fazendo anotações numa prancheta, estava a própria Grace. Uma emoção desconhecida a invadiu diante dessa fantasia, uma espécie de pontada estranha e aguda chamando a atenção para um lugar onde nunca estivera, para um povo com o qual ela se parecia, mas que não conhecia. Enquanto olhava sem expressão para o livro, pensou que talvez aquilo fosse patriotismo, mas não pelos Estados Unidos. Pela China.

PARTE II

Eu gosto de ser uma garota

Outubro e novembro de 1954

10

— Lily, você viu o folheto sobre trabalho no departamento de educação? — perguntou Shirley.

Lily vasculhava os livretos sobre empregos no armário atrás da sala da srta. Weiland, tentando encontrar algo sobre o que escrever em seu relatório de carreira. Jogado ali quase como uma piada no meio de uma pilha de brochuras sobre empregos governamentais, havia um que dizia: "100 coisas que você precisa saber sobre o comunismo nos EUA".

— Não — respondeu para Shirley, encostada no armário. — Tenho este aqui sobre contadores. — Escondeu o livreto sobre comunismo atrás dele e mostrou a Shirley. — Você quer?

— Quem quer ser contador? — resmungou Shirley.

— É bom para quem se forma em matemática — disse Lily, carregando os dois livretos para a mesa.

Deu uma olhada na direção de Kath, na fileira ao lado, mas ela estava de cabeça baixa anotando alguma coisa de outro manual de emprego. Lily colocou disfarçadamente o folheto sobre comunismo embaixo do caderno e abriu o de contabilidade por cima.

Quando Shirley voltou para seu lugar alguns minutos depois, deixou o folheto escolhido em cima da mesa e então se virou para falar com Lily.

— Adivinha o que aconteceu — sussurrou.

Lily olhou para ela.

— O que foi?

— A Louisa Ramirez vai se mudar para San Jose e precisa sair do comitê do baile. Ela estava encarregada das bebidas. — Shirley parecia pessoalmente afrontada.

— Com certeza você consegue resolver as coisas sem ela. Talvez alguém possa assumir a função.

— Alguém vai ter que assumir, claro, mas o baile é em menos de duas semanas. Vai ser difícil achar alguém.

Will estava sentado na frente de Shirley, e Lily viu quando ele virou ligeiramente a cabeça, como se estivesse ouvindo. Ainda não tinha falado com ele sobre o baile.

— Bem, eu posso — disse Lily, impulsiva.

Shirley ficou surpresa.

— Você?

Estar no comitê do baile seria uma ótima desculpa para não ir como par de Will.

— Você sempre me pede para entrar no comitê. Posso substituir a Louisa.

Shirley apertou os olhos, desconfiada.

— Tem certeza? É muito trabalho e apenas duas semanas.

— Quer a minha ajuda ou não?

— Meninas, não é hora de ficar conversando — disse a srta. Weiland, caminhando na direção delas pelo corredor entre as cadeiras. — Voltem ao trabalho, por favor.

Shirley deu uma olhada agradecida para Lily antes de se virar para a própria mesa.

— Desculpe, srta. Weiland.

— Desculpe — repetiu Lily. Pegou o lápis e começou a anotar sobre contabilidade.

Shirley atualizou Lily das informações sobre o comitê do baile durante o almoço. Levaram suas bandejas com sanduíches de presunto e pudins de caramelo para uma mesa lá no canto do refeitório, para não serem interrompidas. Lily andava usando Shirley, Flora e Mary como escudo entre ela e Will sempre que possível, então essa situação só a deixava ainda mais convencida de que tinha tomado a decisão certa ao se voluntariar para fazer parte do comitê de Shirley. A ideia de carregar latas gigantes de suco de abacaxi no bondinho para o ginásio da escola já não lhe parecia tão horrível.

Mas, enquanto ia anotando as orientações de Shirley sobre suas funções com relação a tigelas de ponche e guardanapos, Lily só pensava no folheto sobre comunismo, no Man Ts'ing e em Calvin. Shirley não tinha falado dele desde o piquenique e Lily também não. Estava se reprimindo por causa da advertência da mãe, que lhe pedira para avisá-la caso soubesse que Shirley ainda estava envolvida com o grupo de jovens. No entanto, ao evitar o assunto, ela tinha ainda mais vontade de falar sobre ele.

No fim do almoço, ao devolver a bandeja, cedeu à tentação.

— Posso te perguntar uma coisa?

— Claro, o quê?

Shirley parecia curiosa quando Lily a puxou para um canto do refeitório, atrás de uma das pilastras de concreto. Estava coberta de cartazes do baile Spook-A-Rama e da liga de boliche da Associação Atlética de Garotas.

— Seus pais falaram com você sobre o Man Ts'ing? — perguntou Lily.

Shirley ficou tensa.

— Sim. Me mandaram não ir mais aos piqueniques. — Ela fez uma pausa e olhou em volta para se certificar de que ninguém estava ouvindo. — Fiquei com a impressão de que não era para falar sobre esse assunto. Imagino que você também. Por que está falando?

Lily achou que não devia contar para Shirley que os agentes do FBI tentaram angariar alguma informação sobre Calvin, mas queria alertá-la sobre ele de alguma forma.

— Achei que você gostasse do Calvin — disse Lily, tentando soar meio em dúvida.

Shirley fechou a cara.

— E se eu gostasse?

— Você não vai... Se ele fizer parte do grupo, você não pode...

— Meus pais me azucrinaram por meia hora falando que o governo nos colocaria em campos, igual fizeram com os japoneses, se achassem que somos comunistas — sussurrou Shirley, com raiva. — Não sou idiota.

— Eu não disse que você era — retrucou Lily, irritada. — Só perguntei.

O refeitório estava quase vazio, mas Shirley continuou falando em voz baixa.

— De qualquer forma, é tudo mentira. Will e Calvin não se envolveriam com os vermelhos. É ridículo.

— Tem certeza? — perguntou Lily. — Você conhece o Calvin tão bem assim?

Shirley apertou os olhos.

— Conheço tanto quanto você. E nós duas conhecemos o Will desde sempre. Eu não acredito... Você *acredita* que eles são... comunistas? — Ela sussurrou a última palavra.

— Não, claro que não, mas minha mãe disse que não é só isso. Que estão usando o comunismo como pretexto para nos deportar.

Lily não sabia se devia contar a Shirley que os caras do governo tinham levado os documentos de naturalização do pai. A família de Shirley tinha os próprios problemas de cidadania; o pai dela viera para os Estados Unidos com documentos falsos depois do terremoto de 1906.

O rosto de Shirley ficou pálido, mas ela disse:

— O pessoal da imigração sempre nos trata muito mal. Mas ninguém vai ser deportado. Somos americanos.

O sinal tocou para marcar o fim do horário de almoço e elas começaram a se dirigir para a saída do refeitório.

— Estou feliz que você tenha entrado no comitê do baile — disse Shirley de repente. — Mas não precisava ter feito isso só para evitar o Will.
— Não é por isso.
— Não precisa mentir. Eu não te obrigaria a ir ao baile com ele.
Aquilo deixou Lily tão surpresa que ela nem soube o que dizer. Shirley parou na porta do refeitório e abriu um sorriso meio triste.
— Vejo você no comitê do baile mais tarde.

Naquela noite, em seu quarto, Lily pegou o folheto comunista na mochila e sentou na cama. As informações estavam organizadas em cem perguntas e a primeira era "O que é comunismo?". As perguntas descreviam um sistema no qual todas as liberdades individuais eram retiradas dos cidadãos. O texto avisava que "grupos dedicados a atividades idealistas", como o Juventude Americana pela Democracia, na verdade trabalhavam em segredo para recrutar desavisados para juntar-se aos vermelhos. O comunismo ia tomar sua casa, sua conta bancária; ia banir todas as religiões; você não teria direito nem de escolher seus amigos.

E o texto seguia com mais e mais descrições de uma organização internacional implacável que não permitia dissidentes e estava determinada a destruir todos os valores americanos. Devia ser uma leitura assustadora, mas a repetição de horror atrás de horror de alguma forma diminuía seu impacto. Lily foi passando mais rapidamente pelas perguntas até chegar à de número noventa e cinco, que chamou sua atenção: "Qual é a maior força do comunismo?"

A resposta era estranhamente provocadora, até mesmo empolgante: "Seu apelo secreto ao desejo de poder. Algumas pessoas têm uma ânsia natural de dominar as outras em todos os aspectos".

E então, numa linha separada, em itálico, estava escrito: "*O comunismo as convida a tentar*".

Ela sabia que o folheto apresentava o comunismo como um desejo imoral de poder, mas, de um jeito perverso talvez, achou esse último aviso um tanto inspirador. Quatro palavras pareciam ter se destacado do papel em formato de sussurros: secreto, desejo, natural, *tentar*.

Ela se deitou sobre o travesseiro e deixou o folheto cair em seu peito, subindo e descendo no ritmo de sua respiração.

Amanhã, ela decidiu, ia convidar Kath para ir com ela à farmácia Thrifty. Tinha que mostrar aquele livro a ela.

11

Lily rodou a prateleira de livros cafonas de novo, depois começou a tirar um exemplar atrás do outro na busca pela capa provocante de *Temporada estranha*. A loira (que devia ser Patrice) com seu robe, ajoelhada no chão; a morena (Maxine, de olhos escuros) acima dela com seu vestido preto sensual.

— Esteve aqui por semanas. Achei que ainda estaria.

Kath pegou um livro na prateleira seguinte — um romance policial com a silhueta de um cadáver na capa — e perguntou:

— Qual era o título? Eu ajudo você a procurar.

— *Temporada estranha*.

Kath colocou o romance policial de volta e começou a vasculhar os outros livros. Quando Lily terminou de olhar a prateleira de romances, foi até a de ficção científica, imaginando que talvez pudesse ter sido colocado ali por engano, mas no fim teve que admitir a derrota.

— Não está aqui — disse Lily, suspirando. — Imagino que alguém tenha comprado.

Não conseguia imaginar quem teria coragem de ir até o balcão e pagar. Alguém bem ousado.

— Era sobre o quê? — perguntou Kath.

Quando decidiu mostrar o livro a Kath, Lily não tinha pensado na possibilidade de ele não estar mais ali. Sua esperança era de que o livro sozinho levantasse as perguntas que queria fazer, mas, sem ele, estava de volta à estaca zero. Tinha uma escolha agora: podia explicar sobre o que era o livro ou podia mentir. Kath estava olhando para ela com expectativa, e algo em seu rosto fez Lily ter esperanças de que talvez ela já conhecesse o livro. Mas Lily disse a si mesma que estava se iludindo. Em todo aquele tempo que passaram juntas, as caminhadas pela Columbus, elas nunca tinham falado sobre o Telegraph Club ou sobre Jean, a amiga de Kath. Nem uma vez. Lily queria acreditar que a ausência daqueles assuntos só comprovava sua importância, mas provavelmente não significava nada.

Ela sentiu um mal-estar e Kath segurou seu braço.

— Você está bem? — perguntou Kath.

Os dedos de Kath apertaram levemente a parte de cima do braço de Lily. Ela viu que havia preocupação e curiosidade nos olhos de Kath. Eram de um azul-acinzentado, como o céu quando está coberto por nuvens de chuva.

Lily recuou para o canto que ficava entre a prateleira de ficção científica e a parede da loja, e Kath foi atrás. Elas estavam sozinhas ali, e sobre as duas a luz fluorescente zunia como se houvesse um mosquito preso dentro da lâmpada.

— Era sobre duas mulheres. — A boca de Lily estava tão seca que ela poderia engasgar com as palavras. — O livro, *Temporada estranha*. Era sobre duas mulheres que se apaixonaram uma pela outra. — E então fez a pergunta que estava enraizada dentro dela e vinha crescendo, com suas folhas se abrindo e precisando de sol. — Você já ouviu falar de algo assim?

Os olhos de Kath se arregalaram por um momento, e então ela olhou para o chão, depois para a prateleira de ficção científica e enfim para Lily, que sentia o coração batendo como se fosse um tambor, o sangue correndo pelas veias e deixando suas bochechas rosadas enquanto esperava a resposta de Kath. Parecia que uma eternidade havia se passado; o calor da luz fluorescente sobre sua cabeça era como um sol artificial; a caixa registradora na frente da loja fez um barulho, como se fosse um alarme.

Enfim, Kath disse apenas uma palavra, suave:

— Já.

Elas saíram da farmácia Thrifty e andaram pela Columbus na direção oposta de Chinatown e North Beach, a caminho dos restaurantes filipinos e dos mercados de Manilatown. O sol da tarde fazia suas sombras caírem para o leste, ladeira abaixo, como se apontassem para a frente no caminho que faziam. Enquanto andavam, Lily contou mais sobre o que tinha lido para Kath.

— Elas se beijaram — disse, e falar aquilo em voz alta era empolgante; ficou corada. Ainda assim, não conseguia dizer a palavra que o livro usou para descrever esse tipo de garota: *lésbica*. A palavra parecia perigosa e tão poderosa, como se pronunciá-la fosse o suficiente para evocar alguém ou algo; um policial que ia prendê-las por dizer aquilo ou, pior ainda, uma lésbica de verdade. Ela olhou para Kath meio de lado e perguntou: — Já conheceu alguma garota... assim?

Elas pararam no cruzamento seguinte. Kath estava muito séria. O rosto, pálido, exceto pelo ponto bem abaixo das maçãs, que queimava, como se tivesse passado um blush escuro demais. Ela disse, em voz baixa:

— Minha amiga Jean. Ela é... assim.

— Aquela que te levou ao Telegraph Club?

Kath fez que sim.

— Todas são assim lá. Bem, exceto pelas turistas. Mas talvez elas também sejam.

O sinal ficou verde, mas elas não se moveram. Estavam na Pacific em frente ao International Settlement*, cuja entrada era marcada por

---

* O International Settlement era uma espécie de quarteirão de diversão em San Francisco naquela época, onde ficavam várias boates de diferentes estilos. (N. da T.)

um letreiro neon em forma de arco sobre a rua, cheio de bandeiras coloridas. Um pouco à frente estavam os letreiros das boates Sahara Sands e Gay 'N Frisky, além de uma enorme perna de mulher nua que saía do telhado da Barbary Coast, como se fosse um convite obsceno. Lily desviou o olhar, envergonhada, ao imaginar o que acontecia ali dentro.

Atrás delas, um homem assobiou.

— Ei, meninas!

Lily ficou paralisada.

— Estão procurando diversão?

E agora ele estava ao lado delas, um homem de meia-idade que usava um chapéu Fedora surrado, parecendo um contador desempregado.

— Não, obrigada — disse Kath. Chegou mais perto de Lily, empurrando-a de leve para que continuasse andando, mas o sinal fechou de novo e elas ficaram presas ali.

Ele deu uma olhada maliciosa para ela.

— Estão meio longe de casa, não é? Eu adoro uma bonequinha chinesa, sabe?

Lily segurou a mão de Kath e puxou-a na direção contrária, caminhando de volta para Chinatown.

— Nada como um pouquinho de afeto entre meninas. Sempre deixa meu dia mais feliz! — disse ele, rindo.

Lily ouviu outro homem ali perto rindo também, como se tivesse ouvido toda a conversa, e seu rosto queimava de vergonha. Ainda que aqueles homens fossem nojentos, ela e Kath estavam justamente falando sobre isso, e portanto parecia que toda a situação era um castigo divino. Caminhou cada vez mais rápido, como se pudesse ultrapassar a vergonha, até que Kath a puxou pela mão.

— Para... Lily... Vai mais devagar.

Lá estava a Avenida Grant com suas lanternas vermelhas, o cheiro de porco assado e o barulho dos comerciantes chineses vendendo seus produtos, e Lily sentiu uma onda de alívio pelo corpo: estava em casa. Parou de repente na esquina e soltou a mão de Kath.

— Desculpa — disse Lily na hora. — A gente tinha que sair de lá.

Elas estavam bloqueando a passagem na calçada, então Lily chegou para o lado e Kath fez o mesmo. Ficaram paradas em meio a um silêncio constrangedor. Lily queria continuar a conversa, mas ali, em Chinatown, não conseguia. Era como se uma mordaça tivesse sido colocada em sua boca assim que voltou.

— Talvez seja melhor eu ir para casa — sugeriu Kath.

— Ah, ainda não. — Lily sentiu medo de Kath ir embora e elas nunca mais voltarem ao assunto que as aproximara. — Vamos... Vamos ao Fong Fong's tomar sorvete de gengibre.

Kath pareceu surpresa, mas logo concordou.

— Tudo bem.

Lily abriu um sorriso aliviado.

— É para lá — mostrou ela, que deu o braço a Kath e começou a caminhar.

12

Ao caminharem por Chinatown, Lily via aquelas ruas conhecidas com outros olhos, perguntando-se o que Kath achava de sua vizinhança. Percebeu que ela observava as varandas pintadas, as linhas arquitetônicas dos pagodes, as lanternas vermelhas e os cartazes de cor dourada ou carmesim que se projetam sobre as ruas como se fossem vendedores insistentes. Kath gostava daquilo? Ou achava tudo exagerado e estranho? O rosto dela não revelava muita coisa. Parecia mais concentrada em manter o passo de Lily do que em apreciar a vista.

Na rua, havia obstáculos dos quais era necessário desviar: baldes de peixe congelado enfileirados e reluzentes; maços de acelga chinesa verde e branca e montes de pedaços de gengibre retorcidos; turistas deslumbrados com os suculentos patos assados pendurados em ganchos nas vitrines das lojas. E, ao redor disso tudo, uma cacofonia de sons e cheiros: ervas amargas misturadas com pães doces; o cantonês rápido e meio ríspido dos vendedores negociando preços; e, ao fundo, o fedor dos frutos do mar do dia anterior.

Lily sentia vergonha dos cheiros; sabia que pessoas brancas torciam o nariz para odores desconhecidos. Quando viu o toldo listrado do

Fong Fong's a um quarteirão de distância — uma espécie de símbolo totalmente americano no meio daqueles restaurantes chineses e lojinhas de presentes —, apressou o passo de Kath, como se estivessem indo em direção a um oásis. Tomou a frente e, muito galantemente, abriu a porta para ela. Kath pareceu se divertir com aquele comportamento, mas entrou na sorveteria sem dizer nada.

Lá dentro, as cabines com as mesas ficavam coladas na parede ao lado direito e havia um longo balcão de mármore com bancos altos no fundo. Atrás do balcão, funcionários com aventais brancos e bonés listrados inventavam milk-shakes e sundaes com as mais diversas coberturas, de frutas a biscoitos de gergelim. Lily viu uma cabine vazia na parte de trás e correu para sentar, enquanto Kath se acomodava diante dela.

Lily ia ao Fong Fong's desde que se entendia por gente, mas ainda assim abriu o cardápio para olhar. Havia hambúrgueres com batata frita; banana splits, sorvetes e pavês; mil-folhas e outros tipos de doces que eram exibidos na vitrine na frente da loja.

— O que eu peço? — perguntou Kath.

— Sorvete de gengibre — respondeu Lily, de cara.

Kath observava ao redor como se estivesse fascinada pela sorveteria, seu olhar entre o mural com os biscoitinhos de gengibre em formato de boneco e a parede atrás do balcão de doces.

— Este lugar é demais.

Lily olhou em volta também e observou os mostruários em aço brilhante, os balcões de mármore polido, os funcionários e garçons chineses com seus aventais brancos e bonés listrados impecáveis. Ficou orgulhosa do lugar; fazia Chinatown parecer mais moderna e americana.

— Você gostou? — perguntou Lily. Nunca tinha ido ao Fong Fong's com uma pessoa branca.

Antes que Kath pudesse responder, o garçom chegou à mesa para anotar o pedido e falou em inglês com um forte sotaque cantonês. Por um breve e humilhante momento, Kath não o compreendeu. Lily precisou traduzir, e aquilo a fez duvidar se deveria ter trazido Kath ali. Seu orgulho rapidamente se transformou em vergonha.

Depois que o garçom saiu, ela mudou logo de assunto.

— Você vai ao Spook-A-Rama?

Kath deu de ombros.

— Não sei. Não gosto muito de bailes.

— Também não, mas tenho que ir por causa da Shirley. Estou no comitê do baile agora.

— Por quê? — perguntou Kath, como se aquela fosse uma decisão bizarra.

Lily respirou fundo e olhou para trás; queria se certificar de que não havia ninguém conhecido ali.

— Porque era a única maneira de evitar ir como par do Will Chan.

— Parece realmente terrível — disse Kath, meio seca.

Lily fingiu fazer uma careta.

— Então você vai ao baile?

Kath fez uma cara estranha; Lily não sabia dizer se era surpresa ou relutância.

— Eu preciso organizar as bebidas, mas acho que não vou ter que trabalhar a noite inteira — ponderou Lily, para o caso de Kath estar pensando que não iam passar nenhum tempo juntas.

Kath piscou os olhos e sorriu de leve.

— Eu nem sei o que vestir.

Lily levou um segundo para perceber que Kath estava brincando e então as duas caíram na gargalhada, e Lily não conseguia parar; teve que segurar a barriga para se conter quando o garçom chegou trazendo os dois recipientes de aço com sorvete de gengibre.

Kath deu uma colherada e provou um pouco, arregalando os olhos, surpresa, ao sentir o gosto.

— Isso é bom!

— Eu sei.

Lily sabia que aquilo tinha soado meio pretensioso, mas não ligava. Deu uma colherada também. O sorvete doce e gelado estava cheio de pedacinhos de gengibre açucarado.

— Eu vou ao baile se você for comigo ao encontro da AAG — disse Kath.

— O que vocês fazem na reunião? Ginástica ou algo do tipo? — perguntou Lily, em dúvida.

— Não, normalmente é tênis ou boliche. É divertido! A srta. Weiland é a professora da AAG. É um grupo bem legal.

— Não sou muito boa em tênis e boliche. Bom, na verdade nunca joguei boliche...

— O quê? — Kath parecia chocada. — Você tem que ir.

Lily pegou mais uma colherada e deixou o sorvete se dissolver devagar em sua língua antes de responder.

— Queria que tivesse algum clube de ciências de garotas ou algo assim. Eu até podia participar do clube de ciências normal, mas só tem garotos. Não queria ser a única menina.

— O que eles fazem no clube de ciências?

— Imagino que façam um monte de coisas. Experimentos de química ou desmontar máquinas ou... Sabe o que eu queria mesmo fazer? — Lily se inclinou para a frente, animada. — Queria construir um modelo de foguete. Vi o anúncio de um kit de montagem na *Popular Science* uma vez, e não parecia muito difícil, mas a questão é que precisa de um lugar para lançar.

Kath levantou as sobrancelhas.

— Como assim?

— Bom, ele é movido a dióxido de carbono em lata, então é lançado no ar. — Ela ficou pensativa. — Mas acho que não é bem como uma bombinha, então de repente dá para lançar na rua.

— Parece perigoso — ponderou Kath.

Pelo tom de voz dela, Lily sabia que Kath estava provocando e sentiu um leve rubor de prazer.

— Ah, é só uma coisinha — disse Lily, fingindo não se importar. — Não é um foguete de verdade. Espero ver um de verdade algum dia.

— Onde você veria um foguete?

— Eu teria que arrumar um emprego no governo. Já tenho tudo planejado. Primeiro, vou para a Cal e me formo em matemática. Minha tia Judy fez o mestrado dela em matemática lá, então ela conhece todos os professores. Talvez eu tenha que fazer pós-graduação também, mas não tenho certeza. Se não precisar, vou arranjar um emprego como computador humano no mesmo lugar onde a tia Judy trabalha. Eles projetam foguetes lá, embora ela não possa me contar muita coisa porque é tudo sigiloso. Mas eu já li muito sobre foguetes. Eles já sabem construir foguetes que podem ir até o espaço; bom, eles têm teorias sobre como funcionariam, mas precisam desenvolver combustíveis melhores para atingir a velocidade certa para sair da Terra. Mas acho que vão conseguir produzir esses combustíveis logo, logo.

— Logo quando? — perguntou Kath, raspando o fundo da tigela de sorvete.

— Provavelmente daqui a algumas décadas. Tenho certeza que vamos mandar foguetes para o espaço quando isso acontecer. E podemos colocar instrumentos automáticos a bordo para voltar com dados e talvez até tirar fotos! Mas acho que vai demorar mais tempo para mandar pessoas para o espaço. É preciso desenvolver foguetes que aguentem possíveis chuvas de meteoros e talvez até criar gravidade artificial, senão as pessoas vão ficar flutuando pela nave.

— Flutuando? Por quê?

— Porque no espaço não tem gravidade. Acho que deve ser como nadar, mas sem água. Imagina, deve ser muito estranho.

— Isso é seguro para os seres humanos?

— Não sei. Talvez! Não é empolgante? — Lily estava radiante.

Kath devolveu o sorriso e depois balançou a cabeça de leve.

— Tudo bem. Eu vou ao baile, mas você vai ter que ir ao boliche.

— Combinado — disse Lily, e estendeu a mão sobre a mesa, como se estivessem fechando um acordo de negócios. Kath também estendeu a mão, mas, quando as duas se tocaram, a sensação não foi a de um acordo de negócios. Lily de repente se lembrou de uma cena logo no início de *Temporada estranha*, quando Maxine pegou a mão de Patrice para examinar as unhas pintadas e disse: "Que belos dedos você tem".

Ela soltou a mão de Kath e tentou disfarçar o constrangimento tomando a última colherada do sorvete de gengibre. Queria fazer mais uma pergunta a Kath — queria fazer *a* pergunta —, mas não conseguiu. Ao seu redor, o barulho das risadas, conversas, o som das colheres batendo nas taças de sundae, tudo isso a lembrou de onde estava. Esse restaurante limpo e iluminado em Chinatown, que cheirava a açúcar e creme, não era o lugar certo para perguntar, mas Lily sentiu como se seus pensamentos estivessem escritos em sua testa. *Você é como as garotas do livro também? Porque eu acho que sou.*

13

Os preparativos para o Spook-A-Rama começaram horas antes do horário marcado para o início oficial do baile. Uma das garotas do comitê pegara o carro dos pais emprestado para ajudar na organização, e Lily a convenceu a levá-la ao mercado próximo para comprar suco de abacaxi, 7-Up, pretzels e sacos de gelo.

De volta à escola, Lily foi até o armário da aula de economia doméstica para pegar as tigelas de ponche e depois foi caminhando pelo túnel subterrâneo que ligava o prédio principal ao ginásio. No caminho, passou pelo vestiário feminino. A porta estava aberta, e, lá dentro, viu o vestido de festa azul-claro de Shirley pendurado na porta do armário, como se fosse a casca de uma garota flutuando no ar. Lily já estava vestida com sua roupa de festa, uma saia preta de raiom e um suéter de algodão rosa de manga curta. A saia já estava cheia de marcas de água por causa dos sacos de gelo que ela carregara até o ginásio. Tinha esperanças de que secasse antes de Kath chegar.

No ginásio, Shirley supervisionava a decoração. As garotas do comitê já tinham pendurado fitas de papel verde-limão, fantasmas recortados e esqueletos feitos de papel de açougue branco. Tinham colado várias miçangas para fazer os olhos, o que dava aos fantasmas e esqueletos um olhar meio entediado. Shirley provavelmente tinha a intenção de que ficasse divertido, mas Lily achou meio perturbador. Agora, as meninas estavam colocando as letras de SPOOK-A-RAMA na parede, logo abaixo das flâmulas do time de futebol americano. Eram de alumínio e imitavam aquelas fontes de títulos de filmes de terror. Diante das letras prateadas havia um pequeno palco e uma banda, e Lily reconheceu alguns dos músicos da escola.

A mesa de bebidas estava do outro lado do ginásio, e, enquanto Lily caminhava para lá com as tigelas de ponche, começou a se preocupar que Kath não viesse ao baile; se ela não viesse, isso significava alguma coisa? A indagação a deixou desconfortável, e ela tentou deixar o assunto de lado enquanto preparava o ponche, mas continuou com a sensação de dúvida, como se fosse uma coceirinha em um ponto das costas que não alcançava.

Às oito em ponto, Shirley abriu os portões. De seu posto na mesa de bebidas, Lily tinha uma boa visão de todo o ginásio. Os amigos delas chegaram primeiro: Will e Hanson vestiam blazers esportivos; Flora e Mary usavam vestidos respectivamente rosa e verde. Depois chegaram alguns garotos do time de futebol e seus pares, e então, às oito e quinze, entrou uma multidão de alunos quase todos juntos. A princípio, todo mundo se misturou: os chineses, os italianos, os negros e os brancos. As garotas paravam em rodinhas e elogiavam os vestidos umas das outras, comparando seus acessórios floridos. Os garotos se revezavam entre a mesa de bebidas e as garotas; ofereciam ponche a elas e ficavam rondando, constrangidos, até tomarem coragem de chamá-las para dançar.

Lily viu Shirley correndo de um lado para o outro, o vestido na altura dos tornozelos flutuando a seu redor, como se fosse uma nuvem azul-clara. Shirley economizara para comprar aquele vestido, e depois Mary a ajudara a ajustá-lo, apertando um pouco o busto para valorizar mais seu corpo. Comprara ainda um colar brilhante com pingente cúbico de zircônia e brincos combinando, e ainda tinha encontrado um par de luvas de cetim branco nos fundos de uma loja de Chinatown. Parecia a princesa do baile e estava amando tudo aquilo. De vez em quando olhava para Lily, e em uma das vezes chegou a ir até a mesa de bebidas perguntar se estava tudo bem. Mas não chamou Lily para se juntar a ela e os amigos das duas, e Lily ficou aliviada por ter uma desculpa para se esconder ali atrás da mesa.

Shirley foi a corajosa responsável pela primeira incursão à pista de dança, e arrastou Will com ela. Logo depois, outros casais os seguiram, abraçados a uma distância segura enquanto se mexiam como robôs desengonçados pelo ginásio. Aquela sensação de todos misturados já tinha terminado; os casais agora estavam combinando — chineses com chinesas, negros com negras. Ao observar Shirley e Will dançando, um fragmento de memória de repente veio à mente de Lily. Não tinha sido o irmão dele, Calvin, que causara algum tipo de escândalo alguns anos antes? Ela não conseguia lembrar muito bem o que era, mas tinha a ver com a garota que ele levara ao baile. Shirley ia lembrar, ela sempre se lembrava de tudo, mas Lily achou que aquele não era o melhor momento para perguntar.

Olhou para o relógio gigante do ginásio, que ficava bem abaixo do placar. Já eram oito e meia; os minutos continuavam passando e não havia sinal de Kath. Fez mais ponche para encher as tigelas, rearrumou os biscoitos e repôs os pretzels, mas depois de um tempo já não tinha mais nada a fazer, e não queria mais ficar em pé ali. Foi até a arquibancada com seu copo de ponche na mão, sentindo-se a excluída da festa, e tentando não olhar obsessiva e ansiosamente para a porta de entrada.

Quando a banda começou a tocar "ABC Boogie", quase todo mundo correu para a pista. Os garotos giravam as garotas, as saias rodando enquanto elas rodopiavam de volta para os braços deles. Ouvia-se muita risada, muitos gritos e alguém cantando a letra da música mais alto do que a banda. As garotas já tiravam os sapatos de salto para dançar mais à vontade. Lily observava tudo de seu lugar na arquibancada. De canto de olho, viu que estava sozinha; até os outros excluídos tinham encontrado parceiros ou decidido ir dançar em grupo com os amigos.

Lily cruzou os braços sobre a barriga e fez uma cara que tentava dizer: *Estou superbem aqui.*

Nem sempre fora assim. Lily nunca tinha questionado se devia ou não ir a um baile, se ia ou não gostar, nem mesmo o que faria se ninguém quisesse dançar com ela. Eles sempre dançavam todos uns com os outros, trocando de parceiros, porque ninguém tinha permissão para namorar ou ir a encontros. Pelo menos era assim que funcionava com seus amigos de Chinatown. Agora todo mundo já sabia que Hanson e Flora eram namorados, embora eles não admitissem porque os pais ainda não permitiam. E todos os que não eram chineses pareciam ter namorados ou namoradas este ano. Alguns já estavam noivos. Quando foi que tudo havia mudado? Ela tinha a sensação de que tudo acontecera de repente.

A banda tocou a introdução de outra música conhecida e os parceiros de dança começaram a se revezar entre si. Lily tomou cuidado para não olhar nos olhos de ninguém; não queria ser tirada para dançar. Em vez disso, mirou a mesa de bebidas — a tigela de ponche ainda parecia cheia — e depois foi rodando pelo ginásio com os olhos até chegar à porta, onde viu uma garota meio perdida ali perto da parede, as mãos entrelaçadas na frente do corpo. A garota estava um pouco escondida atrás dos casais dançando, e Lily teve que descer alguns degraus da arquibancada para ver direito. Sim — a garota usava uma saia marrom simples e uma blusa branca sob um casaco —, era Kath.

Lily correu pelo ginásio desviando de casais que rodopiavam, mas acabou tropeçando em um par de sapatos pretos de salto abandonado no chão. Kath a segurou pelo braço e Lily segurou sua mão; elas giravam em um meio círculo, como se estivessem dançando, até que Lily parou, sem fôlego.

— Vamos sair daqui — disse ela, já indo em direção à porta.

14

As portas do ginásio se fecharam atrás delas, abafando o som da banda. Lily e Kath estavam paradas do lado de fora; abaixo delas, os degraus da escada de concreto que levavam à porta de saída. O ginásio ficava do outro lado da rua do prédio principal da escola, o que significava que só havia dois lugares para ir: os vestiários ou a noite lá fora. Lily escolheu a noite.

— Aonde está indo? — perguntou Kath, se esforçando para seguir o passo.

— Qualquer lugar — respondeu Lily, e empurrou o portão pesado.

A Rua Bay estava imersa em névoa. O Parque Aquático ficava a apenas dois quarteirões e dava para sentir o cheiro forte do mar. Lily esfregou as mãos nos braços descobertos e percebeu que tinha deixado o casaco no ginásio, mas não podia voltar para lá — ainda não.

— Vamos ao Parque Aquático — sugeriu Lily.

— Tem certeza? Você está sem casaco.

— Não está tão frio. Ou pelo menos não está ventando tanto. — Ela deu uma olhada para Kath enquanto andavam até a esquina. — Só preciso de um pouco de ar. Não tinha me dado conta de que estava tão abafado lá dentro.

— Aconteceu alguma coisa?

— Não. Eu só não queria mais ficar lá.

Elas viraram à direita, caminhando pela Van Ness em direção à orla. A névoa parecia ter engolido até os sons, incluindo o dos passos delas, deixando a cidade estranhamente silenciosa.

— Desculpe por ter chegado tão tarde — disse Kath. — Não consegui sair antes.

— Fico feliz que tenha vindo.

Elas sorriram uma para a outra, meio hesitantes, e então Lily ficou envergonhada e desviou o olhar. Do lado direito delas, o campo de futebol americano que ficava atrás do ginásio era como um quarteirão inteiro coberto de escuridão. Nenhuma das luzes estava acesa; apenas as luzes vindas das grandes janelas do ginásio brilhavam em meio à bruma. No fim do quarteirão, Lily olhou para o leste, por onde seguia a Rua North Point em direção ao Fisherman's Wharf. O letreiro gigante e iluminado da Praça Ghirardelli parecia uma miragem, flutuando a distância, as letras meio borradas pela neblina. Lá no Fisherman's Wharf, todos os restaurantes e boates estariam pulsando com luzes e música a essa hora num sábado à noite, mas aqui, nas sombras de Fort Mason, a cidade parecia silenciosa e solitária.

Elas continuaram andando pela Van Ness em meio à escuridão enevoada. Passaram por um casal na calçada, a mulher de braço dado com o homem. Ela vestia o casaco dele, que parecia engolir seus ombros; o cinto de amarrar balançando atrás dela enquanto caminhavam. De repente ouviram uma risada e os sons de uma conversa que não compreenderam. A névoa era tanta que não conseguiam ver mais do que três metros à frente.

As luzes começaram a entrar em foco. Elas estavam perto do Museu Marítimo, e a construção em formato de um longo submarino branco criava uma sombra em curva no meio da noite. Havia arquibancadas de concreto dos dois lados do museu, um lugar para admirar a baía que ficava bem em frente, agora totalmente escura. Ali embaixo Lily não conseguia ver nada do mar, mas conseguia ouvir, as ondas e seu ritmo parecendo dizer *shhh-shhhh*, como se o oceano estivesse dizendo para elas se calarem. Aparentemente estavam sozinhas ali, à beira da água.

Uma buzina soou ao longe. Agora, Lily estava com frio. Sentiu a névoa gelada e úmida contra seus braços descobertos e rosto, e começou a tremer visivelmente quando o vento soprou, balançando seu cabelo.

Kath tirou o casaco.

— Aqui — disse, oferecendo para Lily.

— Mas aí você vai ficar com frio. Foi minha culpa ter esquecido o casaco.

— Minha blusa é de manga comprida. Pode ficar com ele.

Lily aceitou. O casaco de Kath era maravilhoso e quentinho, o tecido de um veludo suave, e ela abotoou até o pescoço e enfiou as mãos nos bolsos de cetim.

— Obrigada — disse Lily.

Elas ficaram ali em pé juntas, em silêncio, e Lily ficou olhando para a escuridão, tentando discernir pelo som a movimentação da água. Sentiu como se estivesse protegida num pequeno casulo com Kath. Sabia que estavam ao ar livre e não muito longe do iluminadíssimo Museu Marítimo — sua sombra ia das arquibancadas até o mar —, mas a névoa fazia parecer que estavam escondidas do resto do mundo.

— Como foi ir ao Telegraph Club? — perguntou Lily.

Kath não pareceu surpresa. Talvez, Lily pensou, ela estivesse esperando aquela pergunta desde a primeira vez em que contou a Lily sobre o lugar.

— Foi... Não sei bem como descrever. Nunca tinha visto algo como aquilo. As artistas eram meio famosas, sabe? Tipo o Finochhio's, mas com mulheres.

— Finocchio's. É aquele com caras que imitam mulheres?

— Isso.

— Os turistas vão lá. Eles vêm jantar em Chinatown e depois vão ao Finocchio's. Eles vão ao Telegraph Club também?

— Alguns. — Kath abraçou o próprio corpo para se proteger da névoa gelada. — Acho que metade do público era de turistas na noite em que nós fomos.

— E qual era a outra metade?
— Mulheres.

O mar fez seu *shhh* mais uma vez contra a areia. A buzina tocou novamente.

— Você viu... Tommy Andrews?

— Sim. Teve uma apresentação. Tommy Andrews era uma das atrações. Ela cantou... Algumas das músicas tinham as letras trocadas.

— Tipo o quê?

— Não lembro, não conheço as músicas. Mas a ideia toda era que, você sabe, ela estava vestida de homem. Ela canta para as mulheres da plateia. Ela é muito... Lindo. — Kath fez um barulho meio nervoso e envergonhado que não era bem uma risada. — Ela veio na nossa mesa depois do show. Bom, ela vai a todas as mesas que ficam perto do palco, e o palco é tão pequeno que ela vai a todas. Jean ficou em choque.

Lily já tinha imaginado a apresentação de Tommy diversas vezes, mas ouvir a descrição de Kath em voz alta lhe provocou um tremor de excitação. "Ela canta para as mulheres da plateia." Respirou fundo aquele ar enevoado.

— Ah, eu queria muito ver — disse, olhando para Kath, e ela retribuía com uma expressão estranha no rosto, uma mistura de medo e entusiasmo. — O quê? — perguntou Lily. — O que foi?

— Bom, a gente pode ir. Ao Telegraph Club.

Lily ficou surpresa.

— Mas não temos vinte e um anos. Espera aí, como você entrou?

— A Jean arranjou uma identidade falsa para mim — admitiu Kath. E então ofereceu: — Posso arranjar pra você também.

— Isso é ilegal — disse Lily. Ela pensou imediatamente nos papéis falsos de imigração. O que a polícia faria com alguém como ela se a flagrasse usando uma identidade falsa? Fechou os dedos das mãos dentro do bolso do casaco. — Acho que não é uma boa ideia.

— Você só precisa da identidade para comprar bebida mesmo. Nem pediram a minha quando eu entrei.

Lily ficou se perguntando se aquela indiferença de Kath era fingimento.

— Então por que fazer uma identidade falsa?

— É só... Para o caso de pedirem. Por que não deixa eu arranjar uma e aí depois você decide se quer usar ou não?

— Não quero me meter em problemas.

— Não se preocupe. Vou perguntar à Jean. Ela sabia onde conseguir da outra vez. — O vento balançou o cabelo curto de Kath e fez Lily tremer novamente, mesmo de casaco. — Se Jean não souber ou não conseguir arranjar... A gente pensa em outro jeito.

Depois de ver aquela possibilidade logo ali à sua frente, a simples ideia de perder a chance parecia insuportável para Lily. Mais uma vez ela se imaginou na boate, sentada numa pequena mesa redonda diante do palco, Tommy Andrews cantando para ela.

— Ah, tudo bem. Pergunta para a Jean — disse Lily, antes que mudasse de ideia. — Quando vai fazer isso?

— Vou estar com ela logo. Ela vem uma vez por mês visitar a família. Falo com ela da próxima vez que vier, acho que é no próximo fim de semana.

— Próximo fim de semana! Está tão perto. — Um frêmito percorreu o corpo de Lily. Viu Kath abrir um sorriso e depois tremer com o vento que soprou por ali novamente. — Ai, você está com frio — disse Lily. — Vamos voltar.

E assim, do nada, aquela conversa terminou, e o casulo de névoa que as envolvera agora as levava novamente pela Van Ness de volta para o ginásio, as janelas iluminadas brilhando em meio à neblina.

15

O Spook-A-Rama ainda estava a todo vapor quando elas voltaram, trêmulas, para as dependências quentinhas e secas do ginásio. Lily tirou o casaco de Kath e devolveu para ela, que tinha acabado de vesti-lo quando as portas se abriram e Shirley apareceu, claramente procurando por alguém.

— Lily! — gritou Shirley. — Até que enfim. Aonde você foi? As tigelas de ponche estão vazias.

Shirley vinha descendo a escada quando notou a presença de Kath ali do lado, e então parou antes de chegar à base dos degraus.

— Kathleen? — disse, surpresa.

— Oi, Shirley — respondeu Kath, desconfortável.

Lily ficou aliviada por ter devolvido o casaco de Kath antes que Shirley as visse.

— Estava indo ao banheiro e... Esbarrei com a Kath... Kathleen.

Shirley ficou parada ali, como se não quisesse chegar mais perto.

— Você sumiu um tempão.

— Bom, voltei agora. — Do ginásio, dava para ouvir o som alto da banda; estavam tocando mais uma música animada. — Parece que está indo tudo muito bem lá dentro. — Lily tentou parecer animada.

— Está sim — disse Shirley. — Mas devia ter me falando antes de abandonar a mesa de bebidas.

Lily engoliu em seco a irritação.

— Desculpe. Não estava me sentindo muito bem. — Não era exatamente mentira.

— E agora está se sentindo melhor? — perguntou Shirley, impaciente. — Vai voltar lá para dentro?

— Claro.

Não havia como evitar a situação, e também não tinha como levar Kath com ela; Shirley jamais permitiria isso. Lily olhou para Kath, pensando como poderia comunicar tudo aquilo para ela, mas Kath pareceu compreender. Tinha abotoado o casaco e enfiado as mãos nos bolsos onde Lily esquentara as próprias mãos minutos antes.

— Vou para casa — avisou Kath.

Shirley não disse nada.

Lily queria dizer um monte de coisas, mas a única que saiu de sua boca foi: "Tenha uma boa noite", e então deu as costas a Kath e foi andando na direção de Shirley, que começou a subir a escada de volta. Lily ouviu a porta da rua se abrir e fechar quando Kath saiu, e sentiu uma rajada de vento frio nas pernas.

Shirley parou do lado de fora da porta do ginásio e se virou, alguns degraus acima de Lily.

— Antes de entrarmos, preciso te dar um aviso sobre a Kathleen Miller — disse Shirley.

— Aviso? — perguntou Lily, chocada.

Shirley cruzou os braços, olhando para baixo, na direção de Lily.

— Não devia se envolver com ela.

— Como assim?

Shirley desceu um degrau, ficando a poucos centímetros de Lily, e disse em voz baixa:

— Não lembra do que aconteceu com a amiga da Kathleen, Jean Warnock?

Lily fez que não com a cabeça, incomodada.

— O que tem ela?

Shirley deu uma olhada para a porta da rua, que permanecia fechada, e depois olhou de volta para Lily.

— A Jean é gay. Não lembra? Alguém pegou ela no camarim da banda ano passado com... — e aqui Shirley fez uma careta de nojo. — ... com outra garota.

Lily sentiu a pele formigar.

— Nunca ouvi falar. — Tentou parecer indiferente.

— Na verdade, às vezes acho que você não presta atenção em nada a não ser na aula de matemática e nos seus livros sobre o espaço.

Shirley olhou para ela com uma expressão estranha, meio maternal, meio irritada.

Lily nem registrou aquela crítica; a única coisa em que conseguia pensar era que Shirley sabia sobre Jean. E então ela se lembrou da história meio esquecida de Calvin, que era da turma da Jean. O escândalo. No primeiro ano, ele começou a sair com uma garota (Lily não se lembrava do nome dela), o que já era bem incomum para um adolescente de Chinatown, mas podia ser tolerado se fosse disfarçado. O escândalo era que a menina não era chinesa, era negra, e eles foram flagrados juntos no carro de Calvin depois do baile.

Shirley ainda estava falando.

— Então, você devia se afastar da Kathleen Miller. É melhor não ter esses boatos rondando por perto.

Lily subiu mais um degrau e ficou na mesma altura de Shirley.

— Foi o Calvin que te contou sobre a Jean? — perguntou.

Shirley franziu a sobrancelha.

— O quê? Não importa quem me contou. O que importa é você entender a seriedade desse assunto. Você não pode ser associada a esse tipo de pessoa.

Lily não respondeu. Ela se sentiu de alguma forma desconectada daquele momento, embora nunca tivesse percebido tão claramente o quanto a testa de Shirley se enrugava quando ela ficava irritada. Havia dois pequenos V entre suas sobrancelhas, apontando comicamente para o nariz.

— Se quiser fazer o que é melhor pra você, devia era se acertar com o Will — continuou Shirley. — Falei com ele mais cedo, e está disposto a dançar com você. Seria uma boa ideia, só para o caso de mais alguém ter visto você com a Kathleen.

— Não quero dançar com ele e não quero que você fale de mim com ele — afirmou Lily, fria. — E não tem nada de errado com a Kath.

— Kath? — perguntou Shirley, num tom de voz debochado. — Está mesmo ouvindo o que está dizendo? Você *quer* que as pessoas achem que é amiga dela?

— Por que não? — perguntou Lily.

Shirley parecia verdadeiramente chocada.

— Acabei de te dizer por quê. Estou tentando te fazer um favor.

Lily sabia que estava prestes a cometer um erro, mas sentiu um destemor tomar conta de seu corpo.

— Não quero favor nenhum — disse, direta.

Shirley parecia aturdida.

— Bem — começou a responder, mas não continuou.

Não dava para Lily voltar atrás em suas palavras. E ela nem queria. As portas do ginásio se abriram e um grupo de alunos brancos saiu — vários casais de braços dados, as garotas rindo. Lily e Shirley não os conheciam muito bem e se afastaram para deixá-los passar. A banda começou a tocar "I'll Be True", e Lily teve certeza de que todo mundo ia para a pista de dança, mas ela e Shirley não se moveram. Ela se perguntou se as duas ficariam ali se encarando para sempre, cada uma relutando para ceder, mas no fim das contas Shirley balançou a cabeça, como se estivesse decepcionada com Lily, e foi andando até a porta do ginásio.

— Você vem? — perguntou Shirley.

Lily sabia que haveria consequências se não fosse. Shirley tinha dito isso, não é? A gayzice de Jean era contagiosa, como um resfriado, e seria transmitida para Lily por meio de Kath por causa de nada mais que um boato.

— Não — respondeu Lily.

Assim que disse a palavra, Lily foi tomada pelo pânico — não devia ter dito aquilo —, mas Shirley já estava abrindo a porta e entrando de volta no ginásio. A porta bateu forte atrás dela.

Lily respirou fundo, um pouco trêmula. Não tinha mais nada a fazer a não ser ir para casa, então foi até o vestiário feminino, pegou seu casaco e saiu. Quase teve esperanças de que Kath estaria aguardando por ela do lado de fora, mas a rua estava vazia. Apenas a névoa se movendo sobre a calçada, silenciosa e disforme como um fantasma.

16

Na segunda-feira de manhã, Lily e Eddie andaram até a esquina da Washington com a Grant, como sempre faziam, mas Shirley não estava lá para encontrá-los. Em vez disso, lá estava Flora, corada e se achando muito importante.

Durante todo o fim de semana, Lily se perguntara qual exatamente seria a punição de Shirley por ter ido embora mais cedo do baile. Não a vira na igreja no domingo e Shirley também não tinha telefonado para comentar sobre o baile, como normalmente faria. Lily já sabia que ela ia fazer alguma coisa, mas não estava esperando por isso.

— A Shirley já foi para a escola — comunicou Flora. — Ela me pediu para dizer a você que não a esperasse.

Lily sentiu a humilhação queimá-la por dentro, mas tentou fingir resignação.

— A gente devia ir andando, então, senão vamos nos atrasar — disse.

Estava bem claro para Lily que Shirley mandara Flora em seu lugar para fazer o trabalho sujo, para mostrar, na figura da sua ausência, que Lily não estava mais em seu círculo de amigos.

Ela viu que Eddie se virou curioso em sua direção, mas não retribuiu o olhar do irmão, e continuaram caminhando pela Avenida Grant.

Ainda era bem cedo e os funcionários carregavam engradados com os produtos para dentro dos mercados. Lily desviou de algumas caixas de couve napa e gengibre, e quase esbarrou em dois homens que carregavam meio porco para dentro de um açougue. A pele era de um rosa meio ceráceo e o casco do porco projetava-se num ângulo meio obsceno, como se fosse lhe dar um chute. Ela passou correndo, o estômago revirado como se o casco tivesse lhe acertado a barriga.

Quando encontraram os outros amigos no caminho para a escola, os olhares furtivos para ela indicavam que eles já sabiam. Se Lily tinha qualquer dúvida de que Shirley estava lhe dando um gelo, ela se dissipou quando percebeu que Will não estava esperando por eles junto com Hanson. Will tinha ido na frente com Shirley, só os dois.

Lily se manteve de cabeça baixa, enfiou as mãos suadas no bolso do casaco e foi andando com Flora, Hanson e o resto do pessoal, fingindo que não se importava. Foi ficando para trás de propósito, até o ponto em que estava apenas seguindo todos eles. Enquanto caminhava, não via nada além da calçada cinza e suja poucos metros à frente e das pernas de Flora, e então perdeu Flora de vista e só ficou olhando para o chão.

Na Rua Francisco, Eddie virou para a direita, na direção do ensino fundamental, e Lily para a esquerda. Enquanto se arrastava pela rua, foi aumentando a distância entre os amigos, até que ficou meio quarteirão atrás deles e só ouvia lampejos da conversa carregados pelo vento. Uma ou duas vezes, Flora olhou para trás procurando por Lily e diminuiu o passo para esperar por ela, mas nunca diminuía o suficiente, e Lily também não fazia esforço para alcançá-la.

Quando pequenas, Lily e Shirley eram muito próximas. Gostavam das mesmas coisas: bolinhas de chocolate Smarties, que elas fingiam ser remédios receitados pelo pai de Lily; *Bambi* e *Beleza negra*; e mais tarde, o programa *Archie Andrews* no rádio. Na história de Archie, Lily sempre fora Betty e Shirley, Veronica. Elas raramente brigavam e, quando acontecia, Lily sempre se sentia a mesquinha que ficava magoada por tempo demais. Shirley nunca guardava rancor (pelo menos não abertamente) e era a generosa e de bom coração com quem todos queriam estar. Agora, Lily percebia que Shirley nunca pedia desculpas por nada; ela apenas partia do princípio de que Lily ia perdoá-la — e perdoava mesmo.

Quando Lily chegou à escola, faltavam poucos minutos para tocar o sinal e começar a aula. Do armário, viu Shirley e os amigos em uma rodinha do outro lado da entrada. Alguns olharam para ela quando passou; alguns cochicharam com as mãos tapando a boca. Será que Shirley tinha contado a eles o motivo da briga entre as duas? Será que tinha começado um boato sobre ela e Kath? Aquele pensamento a deixou nervosa, mas também com raiva.

Lily terminou de arrumar as coisas no armário. Carregando os livros nos braços, deu as costas para a rodinha de Shirley e foi em direção à sala de aula da srta. Weiland. Lá estava Kath, caminhando em sua direção pelo corredor, tomando cuidado para não olhar muito para Lily, como sempre. De repente, Lily sabia o que fazer.

— Kath! — gritou. — Espere por mim.

De canto de olho, Lily viu quando todo mundo do grupo de Shirley se virou para olhar. Viu Kath parar e encará-la, surpresa. O olhar de Kath foi para trás de Lily, depois voltou para ela.

— O que está acontecendo? — perguntou Kath.

— Achei que podíamos ir juntas para a aula.

Lily sentiu o coração bater mais rápido no peito enquanto esperava a resposta de Kath, e por um momento terrível temeu ter cometido um erro. Talvez Kath também não quisesse ser vista com ela.

Mas então Kath inclinou a cabeça para perto de Lily e perguntou, em voz baixa:

— Você não vai com eles?

— Não.

Por um momento, a expressão de Kath se abriu. Algo como esperança ou felicidade apareceu em seu rosto, e Lily respirou novamente, aliviada.

— Tudo bem — respondeu Kath. — Vamos lá.

Elas foram juntas e Lily não olhou para trás.

17

As bolas de boliche estavam enfileiradas no suporte como se fossem planetas: azul e violeta marmorizadas, vermelho brilhante e verde com rajadas de branco. Lily escolheu a vermelha para tentar a sorte, porque suspeitava de que seria terrível jogando boliche, e enfiou os dedos nos furos da bola.

— Essa é muito grande para você — disse Kath. — Tenta com esta aqui. — Ela apontou para a verde, menorzinha. — E não use os dedos para tirar a bola daí, é muito pesada. Segure com as duas mãos.

Lily ficou surpresa com o peso da bola.

— E como eu vou arremessar?

Ela ouviu umas risadas vindas do grupo de casais que estava algumas pistas ao lado. Lily deu uma olhada e viu um dos homens com a mão na coxa da namorada, colocando-a na posição para jogar enquanto ela abria um sorriso, flertando.

— Você não arremessa — explicou Kath. — Vem cá.

Lily carregou a bola verde até o lugar onde Kath estava, bem longe do começo da pista. Ainda olhava para o casal pelo canto do olho; o jeito como a mulher se inclinava sobre as mãos do homem.

— Alinha o quadril — disse Kath.

Lily se virou na direção dela.

— Espera, pra que lado?

— Para o outro lado — disse Kath, se divertindo.

E, antes que Lily virasse por conta própria, Kath tocou em seu quadril, empurrando de leve para que ela ficasse de frente para a pista. Foi só um segundo, mas Lily sentiu a mão de Kath sobre o tecido da saia como se fosse uma faísca em sua pele.

— Agora, coloque os dedos da mão direita nos furos — ensinou Kath. — Você é destra, certo?

Lily piscou e tentou voltar sua atenção para a bola.

— Sou. É tão pesada.

— Segure o peso da bola com a mão esquerda. Isso, assim. Agora, dobre os joelhos e se incline para a frente, mas não muito! Você vai começar com o pé direito na frente. É só andar em direção à pista e manter os olhos fixos lá na frente. Balance o braço direito para trás. Está vendo como eles estão fazendo ali do lado? Isso, é só balançar o braço e largar a bola. Não, não precisa arremessar!

Lily tinha jogado a bola com força na entrada da pista. Ela bateu no piso de madeira, fazendo um barulhão, e então foi direto para a canaleta.

— Eu disse que não era boa em esportes — disse Lily, pesarosa. — Devia ter ficado no grupo da srta. Weiland.

Do lado esquerdo, a srta. Weiland ensinava várias iniciantes, mas Kath a havia convencido de que ela mesma ensinaria Lily. O resto das garotas da AAG estava dividido entre seis pistas do Loop Bowl. O grupo de casais e mais uma turma de quatro homens ao lado delas eram os únicos jogadores de fora do grupo da AAG naquela tarde.

— Eu devia ter mostrado a você primeiro — disse Kath. — Fique olhando para mim dessa vez. É tudo uma questão de timing. É o que diz a srta. Weiland. Precisa sincronizar o balanço do seu braço com os passos. Está vendo?

Lily observou enquanto Kath pegou a bola e segurou-a na altura da barriga. Então começou a andar em direção à pista, com o pé direito primeiro, enquanto balançava a bola para trás com o braço direito. Deu quatro passos e deslizou o pé esquerdo sobre o piso de madeira polida, colocando a perna direita para trás como se fizesse uma reverência para a pista, e então soltou a bola. Ela rolou pelo piso de madeira e derrubou metade dos pinos.

— Foi ótimo! — exclamou Lily.

— Teria sido melhor se tivesse derrubado todos. Mas vou jogar novamente. Quem sabe eu consigo um spare.

Lily se sentou na parte de trás da pista para assistir à segunda tentativa de Kath. Ela se movia em um ritmo muito agradável, havia uma suavidade na forma de arco do braço antes de soltar a bola. Quando deu o quarto passo e soltou a bola no chão, a saia levantou um pouquinho e expôs a parte de trás do joelho. Era algo inesperadamente íntimo, e Lily desviou o olhar. Os homens que jogavam ao lado pareciam fumar e conversar mais do que efetivamente jogar, e Lily viu alguns deles olhando para as meninas da AAG e rindo uns para os outros.

Ouviu-se um barulho quando a bola de Kath derrubou o último pino e ela deu um gritinho em comemoração antes de voltar para onde estava Lily.

— Viu? Tem tudo a ver com o impulso — disse Kath. — Você não precisa jogar a bola na pista. É o impulso que vai carregá-la. Quer tentar de novo?

Lily estava prestando atenção nos homens da pista ao lado, e chamou Kath para se sentar no banco ao lado dela.

— Acho que eles estão olhando — cochichou.

— Quem?

Lily virou de costas para os homens e falou baixinho.

— Esses homens atrás de mim. Quando você joga, sua saia levanta um pouco.

Kath pareceu surpresa. Olhou para as colegas e observou quando elas deslizavam na direção da pista e empurravam a perna para trás. Cada vez que uma das garotas jogava, a saia levantava e expunha uma nesga de joelho ou coxa e, com aqueles homens observando, o simples movimento do corpo delas parecia algo obsceno — como se estivessem se exibindo para eles.

Kath olhou para baixo, as bochechas ficando vermelhas.

— Não dê atenção pra eles — disse, mas também não sugeriu que voltassem a jogar.

As garotas da AAG que estavam mais longe não tinham percebido que havia plateia. Ainda estavam ouvindo as explicações da srta. Weiland, que ensinava o jeito certo de caminhar na direção da pista.

— O movimento dos pés é lento, não precisa correr até a pista. — Lily a ouviu dizer.

Sua voz soava muito clara em meio ao eco, à música e às bolas de boliche derrubando os pinos. Observou quando a srta. Weiland começou ela mesma a se aproximar da pista, o braço balançando para trás e soltando a bola, a perna direita estendida para trás naquela reverência à pista. A srta. Weiland usava uma calça cáqui ajustada ao corpo em vez de uma saia, e Lily se perguntou se tinha feito isso de propósito.

— Agora, veja, você balança a bola como se fosse um pêndulo e simplesmente solta — disse.

A bola da srta. Weiland deslizou pelo lado direito da pista e depois fez a curva para o centro até exatamente o ponto entre o pino do meio e o do lado direito. O barulho da colisão ecoou enquanto os pinos iam caindo um a um. Lily imaginou aquilo ilustrado num desenho com uma explosão de uma estrela, e imediatamente pensou em foguetes.

— É pura física — disse, de repente.

— O quê? — perguntou Kath, confusa.

— A bola de boliche batendo nos pinos. É a terceira lei de Newton. Toda ação gera uma reação oposta e de igual intensidade. É assim que funcionam os foguetes.

— Me perdi totalmente.

— Desculpe. Quer que eu explique?

— Claro.

Lily tirou um caderno da mochila e começou a desenhar um diagrama com um foguete e um bonequinho de palito. Kath, sentada ao lado, se inclinou para ver o que ela desenhava.

— Como você sabe todas essas coisas? — perguntou Kath.

— Eu li sobre isso — disse Lily, tentando ignorar o roçar do joelho de Kath em sua perna. — E minha tia Judy me explicou um pouco.

— Eu adoraria voar num foguete.

— As pessoas não voam nos foguetes. É muito perigoso.

— E não é justamente por isso que seria divertido?

Kath estava próxima o suficiente para que Lily sentisse o calor de seu corpo.

— Não... Não para mim. Eu fico enjoada quando o bondinho desce a rua muito rápido.

— Eu iria com certeza. — Kath se inclinou para trás, o ombro tocando o de Lily. — Já imaginou como seria emocionante ir para a Lua? Ou Marte?

— Arthur C. Clarke diz que levaria mais ou menos duzentos e cinquenta dias para chegar em Marte. Se o foguete conseguir alcançar a velocidade de escape, não precisa de muito mais energia para voar até Marte.

— Quanto tempo levaria para chegar à Lua?

— Cinco dias ou menos. Se nós saíssemos amanhã, poderíamos estar lá na terça-feira! Mas ainda não temos a tecnologia para lançar um foguete que saia da gravidade da Terra. E é muito perigoso. — Lily bateu com o lápis sobre o caderno e esqueceu as equações. — Teríamos que proteger a tripulação, se houver uma tripulação, da radiação. Seria muito mais seguro enviar equipamentos automáticos. — Ela fez um gesto animado com o lápis. — Robôs!

O lápis quase furou a perna de Kath.

— Cuidado — disse Kath, segurando a mão de Lily.

— Desculpe. — Ela ficou vermelha de vergonha.

Kath tirou o lápis da mão de Lily e colocou no banco.

— Digamos que você invente um foguete que possa fazer isso...

— O problema é o combustível — observou Lily.

— Tudo bem, o combustível. Digamos que a gente consiga resolver isso e colocar pessoas dentro desse foguete. Como você acha que seria ir até a Lua?

— Hum. — Lily ainda sentia o toque fantasma da mão de Kath na sua. Tentou se concentrar. — Bem, precisaríamos desenvolver trajes espaciais também. Arthur C. Clarke diz que talvez pareçam umas armaduras. Não seria engraçado?

— Por que armaduras?

— Por causa da pressão. Não existe pressão na Lua, então o traje provavelmente teria que ser rígido.

— Então a gente usaria armaduras na Lua? Tipo o rei Arthur e seus cavaleiros? Acho que, se encontrar uns alienígenas, pelo menos vai estar preparada. — Kath pegou o lápis e empunhou como se fosse uma espada. — Em guarda, alienígenas!

Lily caiu na risada e o caderno escorregou de seu colo para o chão. Kath pegou e usou-o como escudo, fazendo uma pose heroica. Lily cobriu a boca, ainda rindo e, do canto do olho, viu o grupo de homens novamente. Já tinha quase se esquecido deles. Agora pareciam meio patéticos; eram carecas, de meia-idade, vestidos com camisas feias de tecido xadrez. Havia certo desespero no jeito como olhavam para as garotas. A sensação de perigo que experimentou ao notar os olhares se transformou em pena, e com uma onda de inspiração ela se levantou e foi até o suporte onde ficavam as bolas.

— Veja, vou te mostrar. É pura física — disse ela, brincando com Kath. Havia um certo prazer em saber que Kath a observava, que manteria seus olhos no corpo de Lily enquanto ela soltava a bola na pista, de um jeito meio tosco, é verdade. Quando a bola derrubou apenas um dos pinos no lado esquerdo, ela deu de ombros. — Não sou boa nisso, mas ainda assim conservei o impulso. O momento em que a bola toca nos pinos é exatamente como o momento em que o foguete sai do chão. É uma explosão.

Kath pegou a bola para jogar.

— Acho que me perdi na sua analogia, mas não preciso saber como funciona. É você que vai construir os foguetes, certo?

Lily sorriu.

— Certo.

Deu um passo para trás para deixar que Kath fosse jogar, e também para bloquear a visão dos homens.

18

Kath chegou ao armário de Lily na escola logo cedo na segunda-feira, os olhos brilhando de excitação.

— Consegui — disse, e Lily sentiu um frio na barriga. Todos os alunos estavam guardando os casacos, arrumando os livros e lápis, indo para a aula. O sinal ia tocar a qualquer momento e não teriam tempo de conversar naquela hora. — Te mostro depois da escola — prometeu Kath.

Ao longo de todo o dia, os minutos se arrastaram. Na aula de Objetivos, na qual Kath sentava na fileira ao lado, o tempo pareceu passar ainda mais devagar porque elas não podiam conversar sobre o assunto. Lily percebeu que Shirley, com quem mal falara desde o dia do baile, estava olhando com desconfiança. Lily tentava esconder qualquer sinal de sua impaciência, mas não conseguia parar os joelhos que balançavam repetidamente sob a mesa.

Quando o dia de aula finalmente chegou ao fim, Lily já estava exausta de esperar e ficar quieta, enquanto Kath parecia ainda mais cheia de energia. Assim que o último sinal tocou, as duas saíram da escola juntas pela Rua Chestnut até o Russian Hill. Na beira da escadaria, pararam para se certificar de que estavam sozinhas, e Kath tirou um cartãozinho da bolsa.

— Não achei que já estivesse com ela — disse Lily, quase com medo de olhar.

— A Jean conseguiu com um amigo em Western Addition. Nós fomos juntas encontrar com ele no sábado.

— Quanto custou? Eu te devo alguma coisa?

— Não, não se preocupe. Ele devia um favor para a Jean. Aqui está.

Era um pouquinho maior do que um cartão de visita, com letras brancas num fundo preto. As palavras CARTEIRA DE MOTORISTA CALIFÓRNIA estavam impressas no topo, ao lado da data de validade e de um número. O nome no documento não era de Lily; dizia MAY LEE WONG. Numa caixinha na parte de baixo havia uma impressão digital e uma assinatura. Parecia surpreendentemente verdadeira.

— Eu disse a eles que você era chinesa — explicou Kath. — Acharam que esse seria um bom nome. Pode ser?

Lily segurou a carteira com cuidado, como se fosse mordê-la.

— De quem é a digital? E quem assinou?

— É a minha digital — disse Kath. — E o cara que fez a carteira assinou. Não parece de verdade?

Kath dava a impressão de ignorar totalmente as possíveis consequências de carregar uma carteira dessa, mas ver a declaração escrita acima da assinatura ("Certifico que a pessoa aqui descrita recebeu o privilégio de operar veículos motorizados") deixou Lily constrangida. Não havia imaginado que pareceria tão autêntica, e agora tinha certeza de que aquilo a destruiria se fosse encontrado pelas autoridades. Ela se perguntou se documentos de imigração falsos também eram fáceis de obter dessa maneira.

— Tem alguma coisa errada? — perguntou Kath, um pouco preocupada. — Você parece... O nome está ruim?

Lily não queria ser estraga-prazeres. Negou com a cabeça.

— É meio como me chamar de Maria da Silva, mas tudo bem.

Kath fez uma careta.

— Tem certeza? Não precisamos fazer isso se não quiser.

Lily sentiu uma pontada.

— Eu *quero*, é só que... Onde está a sua? Posso ver?

Kath pegou sua carteira e mostrou a Lily.

— Elizabeth Flaherty — recitou Lily. — Você não tem cara de Elizabeth.

Kath riu, Lily também, e então o nervosismo começou a dar lugar ao entusiasmo.

— Você acha mesmo que vai dar certo? — perguntou, olhando para Kath.

Aqueles dois pontinhos vermelhos começaram a aparecer novamente no rosto de Kath, bem nas bochechas.

— Só tem um jeito de descobrir — disse. — Quando você quer ir?

O anúncio de jornal com a foto de Tommy Andrews estava começando a amassar nas pontas. Lily o tirou com cautela de dentro de *A exploração do espaço* e desdobrou em cima do livro, tomando cuidado para não manchar a tinta. Ela e Kath tinham decidido ir ao Telegraph Club na sexta à noite, mas a ideia de ver Tommy ao vivo ainda lhe parecia ficção científica.

Ela virou a propaganda do Telegraph Club para pegar melhor a luz do abajur ao lado da cama. A foto era tão familiar que nem precisava olhar para se lembrar da aparência de Tommy, mas gostava de olhar mesmo assim, para sentir aquela coisa que cutucava algo ali dentro. Uma faísca de reconhecimento ou um brilho de esperança.

Encostou a cabeça no travesseiro e colocou o papel debaixo dela na cama. Fechou os olhos tentando imaginar Tommy cantando para as mulheres da plateia — para *ela* —, mas sua imaginação parecia obstruída naquela noite, como se estivesse se recusando a mostrar a fantasia agora que estava prestes a ver a atração real. No fim daquela semana, ela estaria lá.

Quando abriu os olhos, o teto estava escuro, com a sombra amarela do abajur. O apartamento estava silencioso. Todos já tinham ido dormir, mas ela não estava com sono. Pegou *A exploração do espaço* e abriu em uma página aleatória, no capítulo sobre os planetas telúricos:

Mercúrio, Vênus e Marte. Ela já lera aquilo, mas leu novamente, na esperança de que a fizesse cair no sono.

Clarke passava várias páginas falando sobre os mistérios de Vênus, que pareciam incomodá-lo. O planeta era totalmente coberto por nuvens que escondiam qualquer traço de sua superfície. Segundo sua teoria, era improvável que houvesse vida inteligente em Vênus, mas, se existisse, ele especulava que os venusianos não teriam qualquer conhecimento das estrelas até que desenvolvessem máquinas capazes de voar acima das nuvens. Marte, por outro lado, era totalmente visível para os observadores, e já havia mapas de sua superfície desenhados. O livro incluía um mapa de Marte, o que para Lily parecia tão fantasioso quanto o mapa do País das Maravilhas de Alice. Aqui, os locais de Marte tinham nomes de lugares aonde nenhum ser humano tinha ido: Elísio, Éden, Amazônia. Havia também uma ilustração colorida de um foguete automático que podia viajar até Marte. Tinha um corpo esférico no topo de diversos pequenos foguetes, além de braços metálicos que carregavam um dispositivo satélite para comunicação quando sobrevoasse o planeta vermelho.

Havia um estágio entre estar acordada e dormir, no qual Lily parecia conseguir direcionar sua mente inconsciente; o problema era que nunca tinha certeza de quando começava ou terminava esse estágio. Enquanto ia pegando no sono, viu o foguete, que parecia um inseto, pousar na superfície de Marte, não tão vermelha quanto deveria ser, mas coberta de nuvens rodopiantes, como aquelas em Vênus. Sabia que podia direcionar o foguete para o destino — era ela mesma quem tinha construído —, mas, de alguma forma, nunca conseguia acelerá-lo o suficiente. O destino continuava sendo um borrão.

1942	Joseph ingressa no exército dos Estados Unidos e se torna cidadão americano naturalizado.
1943	A Lei de Exclusão dos Chineses é revogada.
	Grace e a família participam do desfile em homenagem à visita da Madame Chiang Kai-she'k a San Francisco.
1944	O "Esquadrão Suicida" é formalizado e se torna o Laboratório de Propulsão a Jato, passando a trabalhar sob o comando do exército.
1945	Termina a Segunda Guerra Mundial.
	Joseph é dispensado do exército americano.
16 de novembro de 1945	**JOSEPH leva Grace à boate Forbidden City.**
1946	Nasce Franklin Chen-yeh Hu [胡振業].
1947	Judy Hu chega a San Francisco para começar a pós-graduação na Universidade da Califórnia — Berkeley.

JOSEPH

Nove anos antes

O rganizar um passeio à noite pela cidade dava muito mais trabalho do que Joseph Hu imaginava. Quando enfim as crianças estavam acomodadas com os Lum (Eddie teve o azar de bater o joelho na quina de um caixote, o que provocou lágrimas e um escândalo) e ele e Grace estavam arrumados com suas roupas de sair (ele com o velho mas recém-passado terno de flanela azul; ela num vestido azul-marinho de que ele não se lembrava se já tinha visto antes), já estavam atrasados para a reserva. Ele chamou um táxi, sob reclamações de Grace por causa do preço, mas chamou assim mesmo. Ela usava sapatos novos e dava para perceber que machucavam os pés. O motorista subiu as ladeiras com pressa, o que fez Grace cambalear no banco de trás na direção dele, as flores rosa de seda presas no cabelo esmagadas no rosto de Joseph. Ela teve que recolocar as flores sem espelho enquanto o carro ia, agora mais devagar, pela Rua Powell.

Não foi um começo de noite muito auspicioso, e ele tinha certeza de que Grace estava tomando nota desses errinhos em seu arquivo mental, como se fizesse uma lista de todos os prenúncios de azar. Era um dos traços mais chineses dela, algo que o surpreendeu quando descobriu; não esperava encontrar uma superstição tão característica do Velho Mundo em uma garota americana.

Quando chegaram à Forbidden City, a luz neon vermelha do letreiro da boate lançava um brilho diabólico sobre o toldo, que anunciava o "Show Totalmente Chinês". Joseph ajudou a esposa a sair do táxi e ela abriu um sorriso amarelo, como se tentasse deixar para trás os infortúnios do começo da noite.

Lá dentro, pararam na chapelaria, onde uma jovem chinesa usando um vestido cheongsam vermelho e dourado guardou seus casacos e o chapéu de Joseph. Passaram então sob um arco decorado com dragões sinuosos em um fundo azul-celeste, e depois entraram no bar da frente, onde o teto era pintado com nuvens brancas e os clientes pediam drinques ao barman chinês. Joseph foi até o maître, que conferiu a reserva e os encaminhou para um garçom, que os conduziu sob mais um arco (também decorado com dragões) até uma mesa coberta com uma toalha branca e que ficava diante de uma pista de dança retangular. A experiência era como um ritual, uma cerimônia, pensou Joseph, entretido, e, agora que tinham passado por três entradas (quatro, se contar a porta do táxi) e circunavegado todo o espaço performático e cerimonial, eles se sentaram à mesa para dois e abriram os cardápios para fazer uma escolha profunda: jantar de luxo americano ou chinês especial?

Ele reparou que Grace lia o cardápio com pesar, e, quando examinou ele mesmo, entendeu imediatamente por quê. O jantar chinês especial parecia terrível; era apenas omelete chinês e chop suey.

— Acho que a gente devia pedir o americano — disse ele. — Queria comer o filé.

A expressão dela ficou mais relaxada e Grace fez que sim, fechando o menu sobre a mesa.

— Claro, vamos comer o filé.

Ele olhou ao redor enquanto esperavam para pedir. Havia um pequeno palco para a banda e pinturas chinesas de belas moças penduradas nas paredes. Garçonetes circulavam com bandejas cheias de drinques: mai tais e Singapore slings, zombies e ponches tropicais. Quando o garçom chegou, Joseph pediu uma bebida de rum chamada Flying Tiger apenas pelo nome; ele conhecera um desses pilotos durante a guerra. Quando o drinque chegou, ficou decepcionado ao ver que era setenta por cento gelo triturado com um toquezinho de abacaxi em cima. Grace gostou mais do que ele, então Joseph deu o drinque para ela e pediu um mai tai.

O jantar funcionava como uma engrenagem bem lubrificada: os pratos um atrás do outro, os garçons deslizando pelo restaurante quase como dançarinos, as bandejas redondas e enormes carregadas bem alto acima da cabeça antes de chegar à mesa. O casal da mesa ao lado tinha pedido o jantar chinês especial, e o cheiro agridoce dos molhos invadiu as narinas de Joseph enquanto cortava seu filé. O manejo do garfo e da faca o lembrou, de repente, de uma cirurgia na barraca perto da estrada Burma, e por um momento ele parou de comer. Viu novamente aquela mesa de cirurgia improvisada onde um soldado estava deitado, apagado com morfina, a carne rasgada do braço onde fora atingido por estilhaços de uma bomba japonesa.

Ele piscou e viu novamente seu filé ali, sobre um caldo marrom, e levantou os olhos para a esposa, que mastigava o primeiro pedaço.

— Como está? — perguntou ele, embora ainda estivesse meio preso àquela memória (o barulho do bisturi contra a mesa de metal).

Não sabia muito bem por que essas memórias vinham nesses momentos; se perguntava o que acionava os neurônios em seu cérebro. Era incrível que aquela eletricidade de repente surgisse em seus nervos; era estranho que se chamasse isso de fragmentos de memória.

— Você está bem? — perguntou Grace.

Joseph piscou novamente e levou o pedaço de filé à boca. Estava salgado e bem marmoreado, com a quantidade certa de gordura, que deixou um gosto de carne na língua. Ele mastigou e engoliu. Depois bebeu um gole do mai tai, sentindo o gosto de rum doce com o ácido do suco de limão.

— Claro.

— Queria que a sua família viesse para o Ano-Novo também — disse Grace. A mãe e os irmãos dela chegariam para passar a semana; ficariam em um hotel em Chinatown, já que não havia espaço no apartamento deles, de dois quartos.

— Não se preocupe com isso.

Não havia a menor possibilidade de a família inteira vir de Xangai. Pelo menos, não agora.

— Só fico preocupada com você.

— Não precisa.

Ele queria que ela mudasse de assunto.

— Como posso não me preocupar? A guerra foi uma coisa, mas agora... Quem sabe quanto tempo essa situação vai durar?

— Os comunistas já aceitaram que os nacionalistas são os líderes legítimos da China. Acredito que tanto Chiang quanto Mao estão pensando no que é melhor para a China.

Ela parecia cética.

— Não sei em quem acreditar.

— Acredite em mim. Além do mais, os Estados Unidos têm muito a perder se a China não se estabilizar. Não vamos deixar isso acontecer. E depois vamos voltar.

— Eu nunca estive lá.

Ela nunca conhecera os pais dele, apenas o irmão mais novo, Arthur, único representante da família no casamento.

— Então você vai pela primeira vez. Vamos levar Lily e Eddie para conhecerem os avós. Você vai ver. Essa situação não vai durar para sempre.

Ele sorriu para ela, projetando uma confiança na qual ele mesmo quase acreditou.

— Se você está dizendo — concedeu Grace enquanto a banda tocava as primeiras notas, mas ainda estava em dúvida.

Eles se viraram para ver a banda; para surpresa de Joseph, eram todos brancos. E então um trio de mulheres chinesas vestidas com véus transparentes apareceu, os braços levantados e os dedos graciosamente estendidos, rodopiando na pista de dança. O show tinha começado.

A localização da mesa deles era muito boa. Quando as dançarinas se movimentavam pelo palco, chegavam tão perto que Joseph conseguia sentir o cheiro de seu perfume doce e floral. Os corpos mal estavam cobertos com aqueles véus translúcidos. A cada vez que rodopiavam, o tecido leve flutuava e revelava uma nesga do que havia por baixo: membros musculosos, pele branca e macia, seios jovens e firmes. Não eram tão sedutoras quanto as dançarinas que ele vira em Xangai antes de vir para os Estados Unidos (mas ele era mais jovem e admitia que talvez fosse mais impressionável), porém se movimentavam com uma energia fascinante e natural. Eram quase virtuosas, e ele se perguntou se Grace aprovava. Ela sempre tivera uma tendência um tanto puritana, algo que ele atribuía à sua criação americana.

Depois das garotas, vieram diversos cantores. Havia uma mulher alta de ombros largos e voz rouca, apresentada como a Sophie Tucker chinesa. Havia também um homem alto de ombros largos com o cabelo bem penteado para trás e sorriso fácil, apresentado como o Frank Sinatra chinês. Todos eram bons, Joseph pensou, ou pelo menos eram bons o suficiente, e serem chineses compensava o resto. Ele gostou especialmente dos Mei Lings, uma dupla de dançarinos que lembrava Fred e Ginger com seus saltinhos na pista de dança. Eram de uma verdadeira elegância.

Joseph olhou para Grace, para checar se ela estava se divertindo. Assistia ao espetáculo com uma expressão tranquila no rosto enquanto os Mei Lings se apresentavam. Aos poucos, ele percebeu que ainda não tinha olhado de verdade para Grace até aquele momento. Examinara as flores de seda em seu cabelo (levemente amassadas agora por causa do encontro anterior com seu rosto), o vestido de gola V, os sapatos novos, mas não tinha olhado para além da superfície. Às vezes sentia que nos últimos tempos já não olhava para nada além da superfície; era mais seguro ver o mundo com um olhar clínico, distanciado.

Assim que ele voltou da guerra, houve um momento de estranhamento entre os dois. Os anos que passaram separados os distanciaram um do outro. Embora estivesse ansioso para ver a família, ele percebeu, assim que pôs os olhos neles (assim que saiu do navio, a doca lotada de esposas chorosas e crianças agitadas), que tinham ficado congelados em sua memória, e que agora Grace, Lily e Eddie pareciam desconhecidos. Eddie relutou em se aproximar dele a princípio, porque não se lembrava do pai. Foi Grace quem o encorajou; fora Grace que levara Lily para cumprimentá-lo também.

Agora, enquanto a banda formada apenas por homens brancos tocava uma valsa para os dançarinos chineses, ele observava sua mulher. Sempre a achara bonita, mas a beleza foi se suavizando ao longo dos anos. A linha da bochecha, onde ela havia passado um blush de leve, estava mais rechonchuda. Era ao mesmo tempo a garota que ele conhecera uma década antes, mas indiscutivelmente mudada, e pela primeira vez em muito tempo ele sentiu uma espécie de desejo por ela. Não era o mesmo anseio que sentiria se fosse um jovem separado por muito tempo da amante. Não era um simples desejo físico. Não era nada que pudesse ser explicado pela ciência esse sentimento que o invadia agora, como se seu corpo estivesse se dando conta, com algum atraso, de quão distantes eles estavam havia tanto tempo, e sua cabeça finalmente também começava a entender.

Ele sentira saudade dela.

Desde que voltara da guerra, sentia como se parte dele ainda estivesse na China, mas ele não estava mais lá. Aqueles hospitais de campanha já tinham sido desmontados havia tempos; os jovens que tratara tinham voltado para casa — ou, pelo menos, já não sofriam mais. E ele estava ali: na boate colorida e superiluminada nos Estados Unidos, sentado de frente para sua esposa americana. A música era alta e suntuosa; o cheiro de perfume misturado com cigarros empesteava o ar. Tomou mais um gole de seu mai tai, a condensação do copo pingando em sua mão como se fosse um choque elétrico. *Acorde. Você está aqui.*

Grace se virou para ele. Joseph colocou o copo na mesa e estendeu a mão. Ela ficou surpresa, mas colocou a mão sobre a dele.

PARTE III

Só tenho olhos para você

Novembro de 1954

19

Na sexta-feira à noite, depois que os pais foram dormir, Lily acendeu o abajur e levantou da cama. Desde que ela e Kath haviam decidido ir ao Telegraph Club, vinha pensando sem parar no que ia vestir. Tinha apenas uma vaga ideia do que se usava para ir a uma boate, e queria poder perguntar a Shirley. Mesmo que ela não soubesse na prática, tinha um bom instinto para essas coisas.

Shirley provavelmente diria para vestir algo ousado. Uma blusa justa com decote por dentro de uma saia lápis ou um vestido de festa tomara que caia sob um xale transparente. Não aquela saia rodada preta de raiom que Lily planejava usar, nem a blusa branca entediante de gola Peter Pan, nem o vestido quase infantil azul de manga curta que tinha como segunda opção. Eram todas alternativas terríveis: fora de moda, nada atraentes e *erradas*.

Shirley também diria que, para se vestir bem, precisava começar com uma boa base — a cinta e o sutiã certos, além de uma boa meia-calça —, e Lily tinha certeza de que não havia nada de bom em seu armário. A mãe lhe comprara um novo sutiã havia pouco tempo, mas Shirley com certeza diria que aquele formato não estava certo. Enquanto vestia a cinta, examinou sua coleção de meias-calças e percebeu que nenhuma era transparente o suficiente. Ela as usava para ir à igreja, não a boates; eram grossas e uniformes. Ainda assim, enfiou as pernas em uma delas e prendeu-a na cinta; ela não ia para o Telegraph Club com meias soquete. Aquilo definitivamente a faria parecer uma adolescente na escola. Queria, pelo menos, ser confundida com uma secretária jovem, ou uma universitária.

Shirley levaria um tempo arrumando o cabelo, posicionando os bobes com destreza e depois prendendo os cachos com um belo pente ou uma tiara. O cabelo de Lily nunca segurava bem os cachos — mesmo com o esforço de Shirley —, e, ainda que tivesse tomado banho mais cedo para conseguir ter tempo de arrumar o cabelo, tinha sido apenas poucas horas antes. Não houvera tempo suficiente. Quando puxou a touca, os bobes ficaram presos no tecido de náilon, e ela teve alguma dificuldade para tirar a touca da cabeça com cuidado, sem rasgar. A touca cobria parte da sua visão, o que também limitava o movimento dos braços, e de repente ela teve um ataque de raiva. Odiava sua roupa, seu cabelo e, mais do que tudo, a insegurança em tudo que fazia.

Ela ia mesmo fazer isso?

Finalmente conseguiu tirar a touca da cabeça e começou a desenrolar os bobes o mais rápido que podia. Pelo espelho, viu que os cachos já estavam se soltando e não iam segurar a curvatura. Deu uma olhada para o relógio; tinha que sair de casa em menos de meia hora. Se não se apressasse, ia se atrasar, e, se estivesse atrasada, Kath iria embora. As duas tinham combinado de esperar na esquina da Columbus com a Vallejo por cinco minutos, e, se a outra não chegasse, dariam uma volta no quarteirão e aguardariam mais cinco minutos. Se uma delas ainda estivesse sozinha às onze e meia, desistiria e iria para casa. Tinham feito esse combinado para o caso de acontecer alguma coisa, embora essa alguma coisa nunca tenha sido verbalizada. Era um tipo de medo nebuloso do qual era melhor nem falar.

As batidas do coração estavam tão desencontradas que Lily ficou com medo. A raiva que surgira dentro dela fora agora substituída por um pânico crescente. Nunca tinha feito algo parecido com aquilo. Levantar no meio da noite, sair escondido — aquilo não tinha precedentes. Lily Hu não fazia essas coisas. Tirou o último bobe do cabelo, jogou na caixinha e, quase como se tivesse saído do próprio corpo, olhou no espelho e viu uma estranha.

Seu rosto estava muito pálido, mas as duas manchas vermelhas nas bochechas a deixaram parecendo uma boneca de porcelana. Os lábios estavam quase roxos e o de baixo — que ela mordia nervosamente desde que soltara o cabelo — parecia estranhamente carnudo, de um jeito quase obsceno. O cabelo estava meio despenteado e ondulado, e a alça da camisola rosa caía sobre o ombro direito, revelando a taça do sutiã de algodão branco — o que a lembrou de Patrice e seu robe na capa do livro. Sentiu o peito ruborizar, e a cor subiu pelo pescoço até o rosto.

Se Lily Hu não fazia essas coisas, a garota no espelho certamente faria.

E ela ia se atrasar se não fosse se vestir logo.

Um novo tipo de energia correu pelo corpo de Lily — uma espécie de destemor que a encheu de coragem —, e ela vestiu sua nova saia cinza justa em vez da preta de raiom. Colocou a blusa branca de colarinho e um casaco azul. Prendeu o cabelo com dois grampos, deixando algumas ondas soltas na parte de trás. Pegou o batom vermelho que Shirley a tinha ajudado a comprar na farmácia Owl da Rua Powell. E pôs ainda uma boina, cuidadosamente arrumada sobre o cabelo. Por fim, colocou o batom dentro da bolsa junto com a identidade falsa, vestiu o casaco e desligou a luz.

O apartamento estava silencioso a não ser pelo som de sua respiração. Quando parou diante da porta de correr e encostou a orelha no vão, o taco do piso rangeu, e ela ficou paralisada por um momento, com medo de os pais terem ouvido, mas o silêncio se manteve.

Aos poucos, foi se dando conta dos sons que entravam pela janela: o motor dos carros correndo pela rua; um grito ou risada que a lembravam de que era sexta à noite em Chinatown; o barulho do bondinho. Quando estava convencida de que todos no apartamento dormiam, abriu a porta e foi andando devagar até a entrada, os sapatos na mão. Desceu a escada e, lá embaixo, pôs a mão na maçaneta para abrir a porta. Estava emperrada. Teve que dar um puxão com mais força e a dobradiça rangeu, um barulho que parecia um miado de gato. Ela se virou para dar uma olhada para a escada, torcendo para os pais não terem acordado. Havia apenas escuridão.

Contou até sessenta e tentou respirar devagar e sem fazer barulho. Enfim saiu, com os pés descalços, fechou e trancou a porta. Estava sentindo calor com toda aquela tensão, e os degraus gelados de concreto foram um alívio sob seus pés ao descer a escada para a rua. Os buracos da calçada machucavam a sola dos pés, mas não queria arriscar fazer nenhum ruído sob a janela onde ficava o quarto dos pais. Só calçou os sapatos quando já estava a meio quarteirão de distância.

Nunca estivera na rua tão tarde sozinha, talvez nem mesmo na companhia dos pais. As ruas de Chinatown estavam iluminadas com seus enormes letreiros em neon que ofereciam CHOP SUEY e NOODLES, e os telhados em estilo pagode de vários prédios se destacavam com luzes brancas. As calçadas estavam movimentadas, com muita gente entrando e saindo dos bares, a maioria pessoas brancas, mulheres com estolas de pele e homens de chapéu Fedora. Ouviu música e gargalhadas vindas do Shanghai Low, e o cheiro de fritura pairava pelo ar. Ela não se dera conta de que haveria tanta gente na rua àquela hora, e, ao passar pela banquinha de comida do chinês da esquina, baixou a cabeça e andou mais rápido, com medo de que ele a reconhecesse. Quando chegou à Broadway e atravessou a rua em direção à Columbus, relaxou um pouco. A North Beach também estava bem movimentada — era sexta à noite, afinal —, mas havia menos chineses para vê-la.

A saída de Chinatown a deixou animada; ela queria rir, mas no último momento ficou com medo de alguém notar uma garota solitária rindo na calçada, então o que saiu foi mais um chiado do que uma risada. Aquilo a deixou atenta de novo rapidamente, e a Avenida Columbus de repente lhe pareceu muito grande e talvez perigosa. Homens passavam por ela, o rosto escondido pelos chapéus, enquanto as mulheres caminhavam fazendo barulho com seus saltos. Os sapatos começaram a machucá-la e, ao se aproximar da esquina onde combinaram de se encontrar, Lily ficou preocupada com a possibilidade de Kath não aparecer.

Na esquina da Columbus com a Vallejo não havia ninguém esperando sob o poste de luz. Lily diminuiu o passo, na esperança de que Kath aparecesse logo. Olhou na direção nordeste, no caminho para a Washington Square, buscando algum sinal de uma garota caminhando na rua escura, mas não viu Kath. Lily parou a uns três metros da esquina, com medo de ficar exposta sob a luz. Colocou as mãos no bolso do casaco e deu uma olhada em volta, cautelosa. Quando combinaram tudo, elas tinham a consciência de que não seria muito seguro ficar parada na esquina no meio da noite, mas agora Lily percebeu que mesmo cinco minutos eram muito tempo. Cada homem que passava parecia uma ameaça. Caminhou na direção do muro do prédio que ficava na esquina e se escondeu sob a sombra. Olhou para o relógio querendo que os minutos passassem mais rápido. Viu um casal vindo pela Columbus em sua direção; a mulher e o homem estavam de braços dados. Quando passaram pela luz do poste, a mulher virou o rosto para ele e sorriu. Parecia tão relaxada, segura, tão natural. Lily se encolheu na sombra do prédio e ficou com vergonha do que estava prestes a fazer.

Ela começou a pensar duas vezes naquele plano. Começou a calcular quanto tempo levaria para voltar correndo para Chinatown e para casa. Olhou para o relógio novamente, inclinando bem para ver os ponteiros mais fininhos, e, quando levantou a cabeça, Kath estava parada sob o poste de luz, olhando em volta, ansiosa.

Lily respirou aliviada.

— Kath — disse, saindo da sombra do muro.

Kath veio a seu encontro na parte mais escura da calçada.

— Está pronta?

— Não sei — admitiu Lily.

— Quer ir pra casa? — perguntou Kath, preocupada.

Agora que Kath estava ali — ali mesmo, a poucos centímetros de distância dela —, a dúvida que vinha crescendo dentro de Lily foi substituída por algo mais forte. Ela queria ver Tommy Andrews. Fez que não com a cabeça.

— Vamos lá.

20

O letreiro do Telegraph Club, em luz neon branca, era menor do que Lily imaginava, e estava posicionado em cima de um toldo circular onde também estava escrito o nome da boate. Abaixo do toldo, parcialmente iluminada pelo poste de luz mais próximo, ficava uma porta preta e, diante dela, uma pessoa que Lily inicialmente achou ser um homem baixinho e atarracado de terno, mas logo percebeu que era uma mulher. Lily já vira pessoas como aquela (sempre notara; elas atraíam sua atenção de forma magnética, por algum motivo, e sempre faziam sua pulsação acelerar), mas nunca nesse contexto: como se fosse natural, até mesmo esperado, estar vestida dessa forma.

— Meninas, têm certeza de que estão no lugar certo? — perguntou a segurança.

Lily colocou a mão na identidade falsa dentro da bolsa, imaginando se era a hora de mostrar.

— Eu já vim aqui — respondeu Kath. — Temos certeza, sim.

A segurança abriu um sorrisinho para Kath e fez um gesto exagerado para que entrassem.

— Bem, então, bem-vinda de volta — disse, animada.

Aliviada, Lily entrou atrás de Kath, evitando olhar para a segurança. A porta preta se abriu e elas entraram em um espaço estreito e pouco iluminado. Lily não sabia para onde olhar primeiro; queria ver tudo, mas estava com medo de encarar. Havia um bar espelhado do lado esquerdo, onde as clientes estavam sentadas em bancos. Mal havia espaço do lado direito para Lily e Kath passarem, uma depois da outra. O que mais impactou Lily de cara foi o cheiro do lugar: uma mistura de bebida, perfume, suor e fumaça de cigarro. Enquanto caminhava atrás de Kath pela lateral do espaço, percebeu que algumas das mulheres se viravam para observá-la, os olhos refletindo os globos espelhados pendurados no teto.

Quando terminava o bar, havia um arco que se abria para um cômodo maior — talvez três vezes mais largo —, e no fundo, no centro, estava um pequeno palco, com um spot de luz virado para um único microfone. No fundo do palco havia um piano vertical, e, sentada com as mãos nas teclas, uma mulher usando um terno de ombros bem largos e um corte de cabelo que a deixava parecida com um poodle. Em volta do palco havia mesinhas redondas e estavam todas cheias. Kath puxou Lily para a lateral, onde encontrou um pequeno espaço vazio entre a parede e uma das mesas. A pianista começou a tocar e o ambiente, bem barulhento com toda a conversa e as risadas, foi se aquietando.

O fundo do palco era coberto por uma cortina preta, e Lily se perguntou se alguém sairia dali. Esperara tanto tempo por aquilo que esses momentos finais pareciam uma eternidade. Sentiu o corpo vibrar ao olhar para o palco e as pessoas sentadas ali à beira do espetáculo — ficou com inveja da proximidade que tinham do microfone — e ao olhar para Kath, que assistia a tudo do mesmo jeito que ela. Houve um murmúrio atrás dela e de repente todas as pessoas que lotavam o espaço olharam em direção ao arco.

Alguém estava entrando no meio da plateia.

Lily não conseguia ver a pessoa direito, apenas a movimentação dos outros, que abriam espaço como uma onda, mas seguiu o fluxo e se moveu na mesma direção de seus vizinhos de plateia enquanto a tal pessoa ia caminhando até enfim subir ao palco e ficar sob a luz.

Lily sabia que era Tommy Andrews, imitador masculino. Sabia que a razão de existir do espetáculo era o fato de a atração não ser um homem. Alguém ali perto cochichou: "É mesmo uma mulher?" E Lily se contorceu de vergonha, pois aquela pergunta a fez imaginar como era o corpo de Tommy por baixo do terno, e aquilo parecia desrespeitoso — como fizeram aqueles homens que ficaram bisbilhotando no dia do jogo de boliche. Lily se sentiu confusa e constrangida. Era errado ficar olhando, no entanto Tommy estava no palco, elas deviam olhar. Seria mal-educado não assistir, então ela o fez.

A princípio, Tommy ficou de costas para o público enquanto a pianista continuava tocando, e as notas começaram a formar uma melodia que Lily reconheceu. A luz iluminava o cabelo curto de Tommy, destacando o corte perfeito na base do pescoço, logo acima do colarinho branco impecavelmente arrumado sob o paletó preto. Tommy levou o microfone à boca, com o rosto ainda escondido da plateia, virado para a cortina preta, e começou a cantar os primeiros versos de "Bewitched, Bothered and Bewildered".

A voz que se ouviu era grave e rouca, como uma cantora de jazz fumando um cigarro. Houve um sobressalto na plateia, como se as pessoas estivessem surpresas, mas Lily sabia que não era surpresa. Era o reconhecimento de quão perfeita era a imitação masculina, quão bem feita era. O contraste entre a voz de Tommy (especialmente quando subia suavemente para as notas mais altas) e sua silhueta (pernas abertas e ombros angulosos) era deliciosamente escandaloso. Lily sentiu o coração tamborilar dentro do peito enquanto assistia; tinha medo de piscar; tinha medo de perder o momento que sentia estar se aproximando — e, finalmente, lá estava.

No fim do primeiro verso, Tommy se virou com um sorrisinho malicioso no rosto, e a plateia aplaudiu tão alto que até abafou o resto do verso.

A fotografia em preto e branco no *Chronicle* era uma mera imitação da realidade, manchada e borrada. Deixara de fora alguns detalhes importantes: o brilho do gel nas ondas do cabelo de Tommy; a dobra precisa de sua gravata-borboleta; o anel de sinete dourado no dedo mindinho quando segurava o microfone perto da boca. A foto não dava dimensão, Lily agora percebia, do físico de Tommy. A forma como ela se portava, se movia — seu charme —, parecia tanto com um homem, mas ainda assim...

Era aquele *ainda assim* que fazia a pele de Lily queimar por dentro. Era saber que, apesar das roupas que Tommy usava, apesar da atitude que fazia todo mundo ali olhar para ela, ela não era um homem. Era algo poderoso e indescritível, como se todos os desejos mais secretos de Lily estivessem ali, expostos, no palco.

Tommy não mudou a letra da música. Era uma canção sensual e clara, com um toque de autocensura, como se Tommy estivesse confessando ter se apaixonado contra sua vontade. Ouvi-la cantando para um desconhecido "ele" vestida de homem era uma sensação. A plateia assobiava e ela piscava de volta, tão autoconfiante que deixou Lily ruborizada.

Não queria que Tommy parasse. Podia ficar ali para sempre no calor daquela plateia, esticando a cabeça para desviar dos sortudos que conseguiram uma mesa, olhando para Tommy e seu terno. Já ouvira aquela música, é claro, mas nunca daquele jeito, nunca do jeito que Tommy cantou, com um ronronado na voz que parecia estar sussurrando diretamente no ouvido de Lily.

A blusa de Lily estava colada na pele suada, e ela começou a perceber o aperto das pessoas em volta e o calor que emanava de todos aqueles corpos. O ar estava abafado, o cheiro de bebida e cigarro era cada vez mais forte, e o odor de perfume agora parecia muito íntimo, como se estivesse fungando no pescoço de todas as mulheres ali.

De repente, ficou quase doloroso conseguir ver Tommy no palco. Tinha que virar a cabeça, como se estivesse se afogando no meio daquelas pessoas e precisasse de ar. Viu que havia alguns homens na plateia — maridos com as esposas ou namoradas, sentados em grupo de um dos lados do cômodo, como se tivessem que ficar juntos por segurança. Os homens pareciam estar se divertindo, riam e aplaudiam, e se olhavam satisfeitos, parabenizando uns aos outros pela aventura. As esposas e namoradas tinham expressões mais misturadas no rosto. Uma parecia completamente chocada e mal olhava para o palco; outra estava inclinada para a frente dando um sorriso enorme, e às vezes dava um sorrisinho para o marido. Aquele sorrisinho era tão convidativo que Lily ficou constrangida, embora não compreendesse muito bem o que significava. Não saber tornava tudo ainda pior; abria uma caixa de Pandora de explicações possíveis, mas ainda assim ela tinha plena consciência de sua própria ingenuidade. Não conseguia nem imaginar o que a mulher queria, mas tinha certeza de que era algo depravado.

Além daqueles casais, a maior parte da plateia era formada por mulheres, e algumas delas estavam vestidas como homens. Nenhuma tão bem quanto Tommy, mas havia gravatas e coletes ou blazers com camisas sociais abertas. Algumas mulheres estavam arrumadas para a noite na cidade, com vestidos de festa, brincos brilhantes e colares sobre o pescoço branco. Havia poucas mulheres negras sentadas juntas, mas Lily era a única garota chinesa no recinto. Isso significava que não havia ninguém de Chinatown para reconhecê-la, mas também que ela se destacava do restante das pessoas.

Chegou mais para trás, e, quando o pé tocou a parede, percebeu que podia se inclinar um pouco mais até estar completamente encostada. Kath estava a uns quinze centímetros dela, tapando parcialmente sua visão. Ela se sentia mais segura agora, e, quando a música terminou e vieram os efusivos aplausos, aproveitou para tirar o casaco e pendurá-lo no braço. A blusa estava molhada nas costas, mas pelo menos ficou mais fresco.

Kath se virou para ela.

— Está tudo bem?

Lily fez que sim, mas não havia muito tempo para falar porque Tommy já estava começando outro número. Esse era mais animado e envolvia descer do palco e flertar com as mulheres que estavam sentadas ali perto. Lily ficou ainda mais feliz por estar escondida num canto da parede. Tinha sonhado com a visita de Tommy a sua mesa, mas, agora que estava ali, a mera possibilidade de ser alvo de atenção parecia assustadora. Em vez disso, prendia a respiração todas as vezes que Tommy chegava perto de alguma mesa, sorrindo para a mulher que escolhera e fazendo piada com o homem ao lado. Parecia totalmente confortável com o que fazia, como se vestir um terno e flertar com mulheres fosse a coisa mais normal do mundo. Ela se inclinou sobre uma mulher de rosto corado e usando um vestido verde decotado cantando "You're Getting to Be a Habit With Me", depois se virou para o parceiro dela ao lado e acrescentou: "O senhor, não".

A plateia caiu na gargalhada e Lily riu de nervoso, embora achasse que não tinha entendido muito bem a piada. Ela quisera desesperadamente vir aqui, mas a realidade do Telegraph Club não era bem o que tinha imaginado. Em sua fantasia, Tommy Andrews era uma figura pura, solitária, que podia ser admirada a uma distância segura. E não essa criatura charmosa e confiante que abordava mulheres estranhas, beijava suas mãos, voltava para o palco e contemplava o recinto como um rei olhando para os súditos. Em sua fantasia, Tommy era um ídolo de matinê — com meiguice e rostinho fofo. Na realidade, Tommy era uma mulher de carne e osso, e aquilo deixava Lily apavorada.

21

No fim da apresentação de Tommy, a plateia relaxou, as pessoas se levantaram, esticaram as pernas e foram até o bar. Kath viu várias mulheres saindo de uma mesa ali perto. Ocupou o espaço rapidamente e Lily foi atrás.

Kath olhou ao redor, animada, e perguntou:

— O que achou?

— Não tenho certeza.

Lily ouviu a tensão constrangida da própria voz e queria ter respondido algo diferente.

Kath olhou para ela — olhou mesmo — tentando decifrar o que estava por trás das palavras de Lily. Ela ficou sem graça, baixou os olhos e examinou a madeira cheia de marcas da superfície da mesa. A vela no centro tremeluzia dentro do copo de vidro vermelho, e Lily se imaginou sentindo o calor irradiado dali em ondas invisíveis.

— Se quiser, a gente pode ir embora — disse Kath.

Lily olhou para a amiga, surpresa. Kath tinha tirado o casaco e Lily notou pela primeira vez que ela usava uma camisa de colarinho com o primeiro botão aberto.

— Não — disse, e Kath assentiu. Ficaram sentadas ali por um momento enquanto a agitação no entorno continuava: mulheres levavam cerveja de um lado a outro; taças de vinho chocavam-se umas contra as outras; alguém se perguntava em voz alta quando começaria a próxima apresentação de Tommy.

Duas mulheres de repente se aproximaram da mesa e uma delas perguntou:

— Estão usando essas duas cadeiras? Podemos pegar?

— Não, podem usar — disse Kath, e as mulheres se sentaram, afastando de leve as cadeiras para dar espaço às duas. Uma delas vestia um blazer com camisa de colarinho e tinha o cabelo cortado bem curtinho, mas num estilo que poderia ser feminino se estivesse de vestido. A outra usava blusa e saia, o cabelo ondulado e preso com um prendedor prateado; não parecia muito mais velha do que uma aluna do último ano do ensino médio.

Kath chegou a cadeira mais perto de Lily e perguntou:

— Quer beber alguma coisa?

— Não podemos — sussurrou Lily, virando-se de costas para as colegas de mesa.

— Vou arranjar algo. Quer dizer, Elizabeth Flaherty vai. — Kath abriu um sorrisinho.

— Não quero me meter em confusão — disse Lily, preocupada.

— Vai ficar tudo bem — garantiu Kath. — Volto rapidinho. A segunda apresentação de Tommy ainda vai demorar um pouco pra começar.

E então Kath se levantou e a deixou ali sentada com duas mulheres estranhas que estavam parcialmente de costas para ela. Lily respirou rápido e permaneceu o mais quieta que pôde, tentando ficar invisível. As mulheres na mesa conversavam sobre um filme que tinham visto recentemente; parecia um filme francês, e Lily se perguntou onde elas o teriam visto. As duas pareciam muito interessadas nas nuances do filme — que aparentemente era sobre uma estudante —, e embora Lily não se atrevesse a olhar na direção delas, estava ouvindo com atenção.

Quando Kath voltou com dois copos de cerveja, as mulheres abriram caminho para que ela se sentasse, e a de blazer aproveitou para puxar assunto.

— Nunca vimos vocês aqui, não é? Eu sou a Paula e esta é a Claire.
Kath se apresentou e apertou a mão de Paula.

— Já vim com minha amiga Jean Warnock. Conhece ela? Estuda na Cal. Essa é minha amiga Lily.

Paula e Claire estenderam as mãos e Lily as apertou de um jeito meio desengonçado, como se todos ali fossem homens.

— Acho que não conheço Jean. Ela estuda o quê? Sou da Cal também — disse Claire.

Lily pegou o copo de cerveja — estava gelado e escorregadio — e levou à boca para não precisar falar. O gosto era espumoso e parecia um pouco com água e sabão, mas estava gelada e desceu bem mais fácil do que ela esperava. Claire, Paula e Kath estavam falando de Jean, e Lily achou que tivesse conseguido se livrar das perguntas, até que Claire disse:

— Não costumamos ver muitas orientais por aqui. Você fala inglês?

Lily piscou os olhos.

— Claro que falo.

Claire não pareceu ter percebido o ultraje na voz de Lily.

— Conhece a Mary Lee? Ela é dona do Candlelight Club aqui perto.

Todas olharam para ela, esperando, e Lily engoliu em seco.

— Não conheço. — O nome Mary Lee era tão comum que parecia tão ficcional quanto seu documento falso. — O que é o Candlelight Club?

— É um lugar pequenininho — respondeu Claire. — Mas muito agradável.

— Se você gostou daqui, vai gostar do Candlelight — sugeriu Paula, e levantou o copo. Ela também bebia cerveja. — Um brinde às novas amigas — disse, e Kath sorriu e bateu seu copo no de Paula.

Lily também levantou o copo, porque parecia a coisa certa a fazer, e, ao bater no de Kath, um pouquinho de cerveja derramou em seus dedos. Não havia nada para secar a mão, e ninguém parecia estar prestando atenção nela, então Lily baixou a mão para a lateral do corpo e deixou a cerveja pingar de seus dedos para o chão em meio à penumbra.

Tommy Andrews estava atrasada para a segunda apresentação, e o boato que circulava por ali era de que talvez ela não voltasse mais hoje. O palco continuava escuro e todos os casais formados por homens e mulheres já tinham ido embora, exceto por um — aquele cuja mulher tinha dado um sorrisinho durante a performance de Tommy. Kath continuou a conversar com Paula e Claire; o filme que elas tinham visto, *Olivia*, era bem famoso na Europa, mas acabara de estrear nos Estados Unidos em poucas salas de cinema. A história se passava em um internato para garotas e havia muitas relações sugestivas entre alunas e professoras.

— Em uma das cenas elas chegam a se beijar — disse Paula, chocada.

— Não é bem assim — rebateu Claire, balançando a cabeça. — A professora beija uma das garotas nos olhos. Nos olhos! — Ela riu, como se fosse algo ridículo.

Lily bebeu sua cerveja e ficou calada. Nunca tinha bebido uma cerveja inteira sozinha, e, quando o copo esvaziou, ela começou a relaxar. Sentia um pouco de calor, mas de um jeito agradável. O Telegraph Club perdeu um pouco aquela estranheza; a penumbra começou a parecer mais agradável. As garotas eram legais também. Claire e Paula tentaram incluí-la na conversa; não era culpa delas se Lily achava que não tinha nada a dizer. Depois de terem esgotado o assunto sobre *Olivia*, falaram sobre jogar na liga local de softbol e da viagem de carro até Marin County para ver as sequoias. Lily não queria contar a elas como eram seus fins de semana: ajudar a mãe a fazer compras em Chinatown, ir à igreja aos domingos, de vez em quando assistir à apresentação da Cathay Band ou torcer no jogo de basquete da ACM. Pensou em Shirley trabalhando no Eastern Pearl, dobrando centenas de guardanapos que seriam usados para limpar a boca de pessoas brancas. E então olhou em volta, para o Telegraph Club, e sentiu como se tivesse se lançado num foguete para outro planeta; parecia muito longe de casa.

Tommy ainda não tinha voltado ao palco, e Kath perguntou se alguém queria mais uma rodada de cerveja. Lily se deu conta de que precisava ir ao banheiro, e, quando se levantou, Claire disse:

— Vai ao banheiro? Vou com você. Estou muito apertada! Paula, pode pegar uma bebida pra mim enquanto isso?

Claire saiu andando e Lily foi atrás dela pela boate. Do lado direito do arco, Claire entrou em uma passagem pouco iluminada que Lily não tinha visto ao chegarem. Dava em um corredor nos fundos do prédio, e de um lado havia uma escadaria iluminada apenas por uma lâmpada amarela no topo, que revelava a parede suja pintada de branco. Claire se desequilibrou um pouco na escada e segurou no corrimão, e Lily sentiu o degrau de madeira meio bambo sob seus pés também. No topo da escada, mais um corredor estreito levava para a parte da frente do prédio, e havia uma fila de seis mulheres na porta do banheiro. Claire ocupou o último lugar na fila e Lily ficou atrás dela. Algumas das mulheres olharam para elas rapidamente; outras olharam um pouco mais, especialmente para Lily. Ela se encostou à parede, querendo ficar invisível.

— Acha que vai demorar muito? — perguntou Claire para a mulher da frente. — A fila está andando?

A mulher, que usava calça e blazer, respondeu de cara fechada.

— Um dos banheiros está interditado. A fila está devagar.

Claire resmungou.

— Você não devia ter demorado tanto tempo pra vir. A fila sempre é uma tortura. Eles tinham que abrir o banheiro masculino pra gente também.

O banheiro masculino era uma das portas no fim do corredor, embora Lily ainda não tivesse visto nenhum homem entrar ou sair.

— Tenta lá — disse a outra mulher da fila, com um sorrisinho. — Ninguém vai te impedir.

Claire riu.

— Não estou vestida pra isso, querida. — Ela se virou para Lily. — A sua amiga, Kath?, disse que já veio aqui, mas você é novata, não é?

— Sim.

Claire encostou o ombro na parede.

— Da primeira vez que eu vim aqui... Ah, já tem dois anos, dá para acreditar? — Ela fez uma pausa reflexiva e então continuou. — Eu não tinha a menor ideia do que era este lugar. Fiquei muito chocada. Cresci em San Mateo, sabe, e a gente só vinha a San Francisco fazer compras em ocasiões especiais. Você é de onde?

— Chinatown.

Ouviu-se um barulho de descarga e alguém na fila comemorou quando elas finalmente andaram.

— Chinatown, claro. — Claire abriu um sorriso conspiratório, mas Lily não retribuiu. — Não tem nada assim em San Mateo. Quando encontrei este lugar e... Uau, foi como se as nuvens tivessem se aberto e eu enfim chegasse à terra prometida. — Claire riu um pouco.

Lily percebeu uma movimentação no fim do corredor e olhou por cima do ombro de Claire, para checar se alguém saíra do banheiro. A porta de outro cômodo se abriu e uma mulher loira saiu de lá; usava um suéter azul-claro justo para dentro de uma saia lápis cinza escura e sapatos de salto vermelhos. Atrás dela vinha Tommy Andrews, ainda usando seu terno e a gravata preta, o cabelo brilhoso como nunca. Fumava um cigarro, e a fumaça veio formando seu rastro.

Quando passou pela fila de mulheres, cumprimentou algumas pelo nome.

— Oi, Frannie. Como está a Midge? Vivian, não te vejo há um tempo.

Enquanto isso, a loira continuava andando na frente, com um olhar levemente preocupado, até que viu Claire, que acenava para ela:

— Lana! Lana, como você está?

A expressão preocupada de Lana deu lugar a uma de satisfação.

— Claire! Que bom ver você. — Elas se abraçaram a poucos centímetros de Lily, e ela sentiu o perfume floral de Lana.

Claire e Lana conversavam em sussurros animados, e, de repente, Tommy se aproximou. Era mais baixa do que Lily imaginava, mas sua postura a fazia parecer mais alta. Esperava atrás de Lana, já que o corredor era estreito e não havia espaço para passar. Seus olhos passaram por Claire, Lily, depois atrás dela, e de volta para Lily, curiosos. Lily sentiu o olhar de Tommy como se estivesse respirando em seu rosto. Sua pele se arrepiou toda.

— Preciso ir lá para baixo. Desculpe interromper vocês, meninas — disse Tommy.

Lana pediu desculpas para Claire com um olhar e depois disse a Tommy:

— Essa é Claire, lembra dela? Não a encontrava há semanas.

Tommy acenou com a cabeça para Claire e abriu um sorriso.

— Olá novamente, Claire.

— Oi, Tommy — disse Claire, enfatizando de um jeito estranho o nome de Tommy. Ela se inclinou e as duas trocaram beijos nas bochechas como se fossem velhas amigas, embora Lily tenha percebido um leve rubor no rosto de Claire. — Venha me encontrar, Lana — disse Claire. — Estou numa mesa lá embaixo com a Paula. Precisamos conversar.

— Vou, sim — respondeu Lana, e continuou andando na direção da escada.

Tommy agora passava bem ao lado de Lily. Ela manteve a cabeça abaixada, então viu o vinco perfeito da calça de Tommy, a tira de cetim na lateral, o brilho de seus sapatos pretos. Eram sapatos de homem, oxford. Tommy parou no meio do caminho.

— Não costumamos ver muitas orientais aqui. Você fala inglês?

Lily levantou a cabeça e olhou diretamente nos olhos de Tommy; eram castanhos e havia ruguinhas nas laterais, pois ela sorria. O coração de Lily acelerou, mas sua voz parecia tê-la abandonado.

— Ela está comigo — disse Claire. — Essa é a Lily.

Tommy assentiu com um sorriso lento, depois levou o cigarro à boca e tragou, a brasa vermelha brilhando na ponta.

— Espero que esteja gostando do show, bonequinha chinesa — disse Tommy, e depois foi atrás de Lana escada abaixo. Ela deixou um rastro de perfume. Não o cheiro doce e floral de Lana, mas algo mais quente e ousado.

Lily ouviu um leve zumbido em seus ouvidos. Percebeu que as outras mulheres a fitavam, abismadas; algumas riam, outras estavam claramente curiosas. Claire dizia:

— Olha, ela está em choque! Pobrezinha.

— Estou bem — reagiu Lily, automaticamente, tentando dar uma risada para abafar a situação, mas seu próprio riso pareceu falso, e logo as outras mulheres perderam o interesse porque a fila finalmente estava andando rápido.

Lá embaixo, o piano começou a tocar novamente; a segunda apresentação de Tommy estava começando. Lily não conseguia distinguir a música em meio ao zumbido em seu ouvindo; tudo parecia abafado, até o som da descarga. Claire conversava com a mulher da fila, que estava curiosa para saber de onde ela conhecia Tommy.

— Bom, na verdade eu conheço a Lana — respondeu Claire, modesta.

Enfim, elas chegaram à porta do banheiro. Claire entrou quando outra mulher saiu e passou correndo por Lily para descer. Finalmente era a vez de Lily, e, quando ela entrou no banheiro, havia apenas duas cabines, e uma delas tinha um cartaz escrito a mão onde se lia INTERDITADO. Ela foi até a cabine de onde Claire tinha saído — agora lavava as mãos na pia —, e o cheiro de urina era forte, mas Lily não tinha escolha. Tentou ficar o mais suspensa possível sobre o assento para não tocá-lo.

Quando terminou, puxou a cordinha e a água escoou pelo vaso. Ajeitou a blusa, a saia e a meia-calça e, quando foi abrir a porta, notou que havia diversas mensagens escritas a caneta ou arranhadas na tinta bege da porta. PARA SE DIVERTIR, LIGUE PARA JOANIE, alguém tinha escrito, e, embaixo, outra pessoa acrescentara: SÓ NÃO LIGUE ANTES DO MEIO-DIA. Havia um coração entalhado pouco acima da maçaneta e, dentro, dois nomes: NANCY + CAROL.

Uma onda de aplausos veio lá de baixo. Ela se apressou para lavar as mãos e então encontrou Claire parada no corredor, sorrindo para ela, animada.

— Não precisava ter me esperado — disse Lily, surpresa.
— Não ia deixar você aqui sozinha. Parecia um pouco perdida.

Sua voz era muito gentil, e Lily se sentiu acolhida.

— Obrigada — disse.

Claire deu de ombros.

— Vamos lá. A segunda apresentação de Tommy costuma ser melhor, porque é depois que os turistas já foram embora.

Lily foi com ela até o salão novamente, onde Tommy cantava sob o spot de luz. Quando voltaram para a mesa, Kath se aproximou dela.

— Estava ficando preocupada! Peguei outra cerveja para você.

A ideia de beber mais uma parecia escandalosa para Lily, mas ela não queria ser mal-educada, e podia praticamente ouvir Shirley dizendo *Não seja tão careta*.

— Obrigada — disse a Kath, e pegou o copo.

A cerveja estava gelada e a cada gole ficava mais fácil assistir a Tommy no palco, rir e aplaudir como faziam as outras. Talvez fosse porque o choque inicial de ver uma mulher imitando um homem estivesse passando, e agora ela já sabia o que esperar. Ou talvez fosse porque a maioria dos turistas já tinha ido embora, como Claire comentara, e a plateia fosse quase toda de mulheres. A boate inteira parecia mais relaxada agora; mais leve, como se Tommy finalmente estivesse entre amigas. Um ou dois homens que tinham sobrado na plateia já podiam ser ignorados, e Tommy os ignorou.

Lily achou que Claire tinha razão: a segunda apresentação *era* melhor do que a primeira. Ela mudava as letras das músicas que cantava agora, e eram mudanças tão diretas que Lily mal podia acreditar no que estava ouvindo. *Quando uma linda moça como você / Encontra uma garota gay irresistível como eu*. Mas o resto da plateia não estava tão surpresa; ou, se estava, era uma surpresa deliciosa, porque todas riram ao ouvir.

Tommy flertou descaradamente com uma mulher de vestido verde sentada perto do palco com outras duas, e a moça de verde gostou tanto que Tommy a levou para o palco e cantou "Secret Love" para ela. Dessa vez, Lily tinha quase certeza de que Tommy não mudara nem uma palavra e ficou impressionada com a ambiguidade da música, como se muitos idiomas estivessem escondidos na letra. Tommy finalizou a apresentação com uma versão bem alegre de "Keep It Gay" e, quando terminou, saiu saracoteando do palco e foi para o bar. Pela maneira como várias mulheres a cumprimentavam com apertos de mão e tapinhas nas costas, era óbvio que a conheciam.

Depois, Lily presumiu que era hora de ir embora, mas, quando olhou para Kath, ela não parecia estar com pressa. Lily tocou o braço dela e perguntou:

— É hora de ir embora?

— Podemos ir, se você quiser. Eles avisam quando é a última rodada de bebidas, e aí temos que ir mesmo.

— Que horas são?

Kath aproximou o relógio da vela para enxergar.

— Mais ou menos uma e meia.

Claire levantara assim que a apresentação de Tommy terminou, e agora voltava com Lana e duas taças de vinho a tiracolo. Pegaram uma cadeira extra, Claire apresentou Lana a todas — "Conhecemos Kath hoje e você se lembra da amiga dela, Lily" —, e a ideia de ir embora ficou para trás. Lily terminou sua cerveja e se perguntou se Tommy se juntaria a elas. Começou a parecer inevitável, e sua pulsação acelerou só de imaginar o que aconteceria. Tommy puxaria uma cadeira, sentaria; pegaria o maço de cigarro, ofereceria para todos e Lana aceitaria. Haveria mais cervejas e mais conversas que Lily não compreenderia muito bem, e enquanto isso ela teria que se esforçar para não ficar encarando, não prestar atenção na forma como o cabelo de Tommy estava perfeitamente penteado para trás com uma pequena onda, ou no modo como o colarinho tocava, com intimidade, seu pescoço.

Ouviu-se um grito pelo salão — "Última rodada!" —, e várias mulheres se levantaram e foram até o bar para comprar as últimas bebidas da noite, enquanto outras se dirigiam para a chapelaria.

— Hora de ir embora — disse Kath.

Lily assentiu e percebeu, com uma mistura de decepção e alívio, que Tommy não se sentaria com elas. Vestiu o casaco, ela e Kath se despediram de Claire e Paula — Lana deu um aperto de mão educado — e então começaram a se dirigir para a área mais estreita do bar. Tommy vinha andando na direção delas carregando dois copos grandes de cerveja, e, por um breve momento em que seu coração parou, Lily achou que trazia uma cerveja para ela — mas então Tommy passou por ela rapidamente, o vestígio de seu perfume flutuando no rastro dela. Lily virou a cabeça para ver aonde Tommy ia; claro que foi encontrar Lana e Claire, e lá estava Paula de pé para pegar uma das cervejas. Lily sentiu a mão de Kath em seu braço.

— Você vem?

— Desculpa.

Lily foi atrás de Kath pelo bar, passaram por mulheres que ainda pediam seus últimos drinques, e pela porta preta que dava na calçada.

O ar frio da noite era muito bem-vindo depois daquele ambiente abafado e esfumaçado. Havia pequenos grupos de mulheres paradas do lado de fora da boate, acendendo cigarros e prolongando a noite. Alguém disse que havia uma reuniãozinha pós-festa a alguns quarteirões dali; outra pessoa sugeriu ir para Chinatown comer um chow mein de fim de noite. Lily olhou para o relógio sob a luz da rua enquanto ela e Kath se afastavam da boate. Eram duas da manhã, e todos os letreiros luminosos da Broadway ainda estavam a toda. Homens e mulheres saíam de outras boates na rua, alguns cambaleando de bêbados, outros morrendo de rir. A cidade inteira parecia estar acordada, vivendo uma segunda vida que ela nem sabia existir até hoje. Quando Lily e Kath chegaram à esquina onde se separariam, pararam na beira da calçada para evitar outros pedestres.

— A gente se vê na segunda — disse Kath, meio envergonhada.

— Até segunda — respondeu Lily.

Ela achou que devia dizer mais alguma coisa, mas se sentiu inexplicavelmente tímida — como se não tivesse passado mais de duas horas com a amiga numa boate cheia de mulheres gays. Ainda que só de pensar nessa palavra ela ficasse nervosa, porque estava muito consciente de que havia gente em volta delas e de que estava a um quarteirão de Chinatown.

Kath se virou para ir embora, e, no último momento, Lily tocou seu braço.

— Obrigada por me levar — disse Lily.

— De nada — respondeu Kath.

O tráfego era um fluxo intenso de luzes vermelhas, brancas e amarelas cujos pequenos reflexos apareciam nos olhos de Kath. Ela sorriu. Lily desviou o olhar, constrangida. Alguém buzinou repetidamente, um carro preto saiu desembestado pela Columbus e os pedestres por ali gritaram para o motorista ter cuidado.

— Boa noite — disse Lily, dando um passo para trás.

— Boa noite — respondeu Kath.

Lily se obrigou a virar de costas e caminhar para casa.

Ela se manteve nas sombras da Avenida Grant o máximo que conseguiu, caminhando rapidamente pelos pontos iluminados diante do restaurante 24h Sai-Yon e do Far East Café. Manteve os dedos firmes ao abrir silenciosamente a porta do prédio; não fez nenhum barulho ao tirar os sapatos e subir a escada com eles nas mãos. O apartamento estava quieto, escuro e tão silencioso que ela ouvia o barulho da respiração dos irmãos ao passar pela porta aberta do quarto deles. O quarto dos pais tinha a porta fechada e ela passou rapidamente por ali, pé ante pé.

Abriu a porta de correr do quarto e logo fechou. Deixou a luz apagada. Abriu o zíper da saia e pensou: *Foi isso que eu usei na noite em que conheci Tommy Andrews.* Desabotoou a blusa e sentiu os traços de suor debaixo do braço. Normalmente colocava as roupas no varal ou para lavar, mas não podia fazer isso no meio da noite. Tirou a meia-calça grossa demais, despiu-se da cinta e soltou o fecho do sutiã; as costuras todas estavam meio úmidas também. Aquilo a incriminava: resíduos de seu corpo naqueles pedacinhos de tecido. Ela sabia que devia achar revoltante, mas não achava; de certa forma, se sentia triunfante. Era a prova de que estivera no Telegraph Club e respirara aquele ar quente e perfumado.

Dobrou as roupas no escuro e colocou-as com cuidado na última gaveta da cômoda. Pegou a camisola e vestiu, o tecido sintético rosa deslizando frio como água sobre sua pele quente. A cama rangeu um pouco quando ela se deitou e puxou as cobertas até o queixo. Fechou os olhos, mas não tinha sono nenhum.

Ela se lembrou de como Tommy inclinara o pedestal do microfone com uma das mãos, o spot de luz fazendo brilhar seu anel de sinete. Ela se lembrou da curva dos lábios de Tommy quando sorriu para a mulher de vestido verde enquanto cantava "Secret Love". E se lembrou do rastro do perfume dela; havia uma ousadia naquele aroma, algo que parecia definitivamente masculino de um jeito um pouco confuso. Aquilo a deixou até meio tonta e arrepiada — como se Tommy tivesse passado os dedos por suas costas. Ficou deitada na cama por um tempo tentando sentir aquele aroma novamente, como se pudesse evocá-lo apenas com a força de sua memória.

22

No sábado à tarde, Lily cochilou diante da pia da cozinha, as mãos frouxas sob a água morna com sabão.
— Ficou acordada até tarde lendo de novo — disse a mãe.
Lily despertou, as mãos balançaram de repente e espirraram água na bancada e em sua blusa. Uma gota atingiu o olho, e ela levantou a mão instintivamente, o que fez com que a água com sabão escorresse por seu braço até a manga da camisa. A mãe lhe entregou um pano de prato em silêncio.
Depois de secar o rosto e a blusa, ela voltou a lavar a louça e deixou o pano debaixo da pilha de tigelas de arroz. Atrás dela, Eddie estava sentado na mesa da cozinha fazendo o dever de casa. A mãe guardava as sobras do almoço e, no fim do corredor, ouviu o pai conversando com Frankie. Ninguém parecia desconfiado do que ela tinha feito ou aonde tinha ido na sexta-feira, embora a sensação fosse a de que estivesse escrito em sua testa. De certa forma, ficou com o sentimento um pouco confuso sobre talvez ter imaginado aquilo tudo.
(O grafite na porta do banheiro, *Nancy + Carol*. Quem eram elas?)
No domingo de manhã, na igreja, ficou preocupada que alguém definitivamente percebesse que ela havia ultrapassado os limites de sua

experiência sendo uma boa filha chinesa. E se alguém da vizinhança a tivesse visto na sexta à noite?

(A porta preta do Telegraph Club se abrindo para revelar o bar longo e estreito, as luzes brilhantes como se fossem luas distantes.)

Mas ela passou por toda a missa e pelo almoço comunitário sem ninguém comentar que vira uma garota parecida com ela caminhando para North Beach no meio da noite.

Na segunda de manhã, Shirley continuava do mesmo jeito, mantendo a educação e a frieza que havia instituído desde o dia do baile. A desatenção de Shirley era a que mais a afetava. Houve um tempo em que ela percebia qualquer coisinha nova a respeito de Lily: um laço no cabelo, um rasgo na manga, olheiras se não tivesse dormido bem. Agora, Shirley mal olhava para ela.

Apenas Kath sabia. Quando Lily a viu na escola, sentiu uma onda de excitação percorrer o corpo, e o rosto pálido de Kath de repente ganhou cor. (Os olhos meio fechados de Tommy enquanto cantava no microfone que segurava bem próximo da boca.) Claro, Kath não disse nada a respeito. Elas se sentaram na mesma fileira na aula de Objetivos e ouviram em silêncio quando a srta. Weiland anunciou que haveria um exercício padrão para se proteger de um ataque aéreo ainda naquela semana. Lily olhou para Shirley, sentada do outro lado da sala com Will, e foi como se Shirley tivesse sentido, porque levantou a cabeça e cruzou o olhar com Lily.

Shirley franziu as sobrancelhas, com uma expressão confusa, e Lily pensou: *Talvez ela tenha percebido.* Como não perceberia? Aquele anseio para que Shirley detectasse algo diferente nela surpreendia Lily; como se apenas aquilo fosse tornar a experiência real.

(Tommy no corredor ao lado do banheiro, o cigarro entre os dedos enquanto olhava para Lily com um pequeno sorriso no olhar.)

Shirley desviou o olhar e o momento passou. Lily ficou desanimada. A srta. Weiland distribuía folhetos sobre nutrição para os alunos. Na capa brilhante havia uma ilustração de uma família bem americana: uma mãe loira, um pai de cabelo escuro e um menino e uma menina loirinhos com sardas nas bochechas e olhos azuis. Estavam sentados à mesa da cozinha para o jantar, onde havia um bolo de carne em uma travessa decorada com fatias de abacaxi, e um punhado de manteiga derretendo sobre uma porção de purê de batata numa tigela verde. Lily só tinha comido bolo de carne no refeitório da escola, e, só de pensar naquele recheio salgado e gorduroso, sentiu náuseas. Virou o folheto ao contrário para não precisar olhar.

O vento balançava o cabelo de Lily enquanto ela e Kath caminhavam para casa. Tinham criado o hábito de subir a escadaria da Rua Chestnut juntas; poucos alunos pegavam esse caminho, então podiam conversar nem ninguém ouvir.

— Alguém percebeu que você saiu? — perguntou Kath.

— Acho que não. Sua irmã percebeu?

— Não. Peggy estava dormindo quando cheguei. Você se divertiu, não é?

Havia algo de hesitante naquela pergunta que surpreendeu Lily.

— Claro.

— Não tinha certeza. Você ficou quieta a noite inteira.

— Não sabia muito bem o que dizer — admitiu Lily.

E até agora ainda não sabia. Passara o dia inteiro querendo conversar sobre isso com Kath — esmiuçar tudo o que tinha acontecido e o que não tinha acontecido, do mesmo jeito que fazia com Shirley quando iam a um baile da ACM. Mas agora, enquanto caminhava com Kath naquela tarde nublada e ventosa, sentiu a mesma timidez estranha que a invadira quando saíram da boate na sexta à noite.

— Da primeira vez que eu fui... — começou Kath. — Fiquei meio... atônita, eu acho. A Jean me disse que aconteceu o mesmo com ela. É como se você passasse a vida inteira ouvindo que existe chocolate sem nunca ter provado, e então de repente alguém te dá uma caixa inteira e você come tudo de uma vez e acaba se sentindo meio enjoado. — Kath olhou para ela por um momento. — Você só precisa se acostumar. A comer chocolate com mais frequência.

Elas chegaram à base da escadaria e Kath ficou em silêncio quando começaram a subir. Naquela manhã, quando Lily se vestiu, viu a blusa que usara para ir ao Telegraph Club, dobrada na última gaveta da cômoda. Quando botou a mão para tirá-la do caminho, sentiu o cheiro de cigarro e de mais alguma coisa. Pegou a blusa e encostou o tecido no nariz, e lá estava o cheiro do bar em si — um odor rançoso de bebida. (Ficar em pé encostada na parede da boate, esticar o tecido da blusa para descolar do suor das costas, o ar denso com a respiração de todas aquelas mulheres.) Ela devia lavar aquela blusa antes que a mãe a descobrisse, mas não tinha coragem de colocá-la no cesto de roupa suja. Queria preservá-la, como se fosse uma prova do crime.

Não era como chocolate, pensou Lily. Era como encontrar água depois de uma seca. Não conseguia parar de beber, e a sede a deixava com vergonha, e a vergonha a deixava com raiva.

Quando chegaram ao topo da escadaria, ela parou e se virou para Kath.

— Quero ir de novo — disse.

Viu um sorriso surgir nos lábios de Kath e subir até os olhos. Seus cílios, Lily percebeu, eram castanho-claros.

Algo como um entendimento parecia surgir entre as duas. Era como se uma moeda tivesse sido inserida em uma das maquetes do Musée Mécanique da Playland, e um cenário mecânico começasse a se mexer: mulheres em miniatura que se moviam na direção uma da outra, como um baile.

— Então vamos de novo — respondeu Kath.

Lily sorriu de volta para ela sentindo uma injeção de felicidade, e juntas elas continuaram a subir pela Russian Hill.

Tinham caminhado meio quarteirão quando Kath enfiou a mão na mochila.

— Quase ia esquecendo. — Tirou uma revista lá de dentro. — Guardei essa para você. Meu irmão não queria mais e eu achei que ia gostar de ler.

Kath segurava uma edição da *Collier's*. A capa era uma pintura com diversas naves espaciais estranhas voando em formação conjunta em direção a um planeta vermelho. A manchete perguntava: PODEMOS CHEGAR A MARTE? HÁ VIDA EM MARTE?

Lily de repente sentiu um aperto no peito. Pegou a revista da mão de Kath.

— Obrigada. Mal posso esperar para ler.

23

À s dez e quinze da manhã de quarta-feira, o alarme de incêndio tocou. Lily sentiu o coração na boca ao ouvir o soar do alarme, até que a srta. Weiland levantou as mãos e gritou:

— Está bem, está bem, vocês sabiam que íamos ter isso. Todos em ordem para seus lugares... Em ordem! Não corram!

Era o exercício para o ataque aéreo. Lily tinha esquecido completamente. No último verão, houvera um exercício desse tipo para a cidade inteira, e envolvia a simulação de evacuações e o que pareceram horas e horas de sirenes de ambulância e bombeiros percorrendo todas as ruas. No jornal do dia seguinte, Lily lera que cento e sessenta e nove mil moradores imaginários de San Francisco tinham perdido a vida no rastro da bomba atômica ficcional que atingiu a Rua Powell.

Agora, todos se levantaram, abandonaram cadernos e lápis e foram para o corredor. Os alunos do ensino médio eram muito grandes para se proteger debaixo das mesas, então foram orientados a seguir até o local mais longe possível das janelas e a deitar com o rosto no chão, cobrindo cabeça e pescoço com as mãos. Os professores também precisavam participar do exercício e era sempre meio desconcertante vê-los se abaixando com os alunos.

Lily foi com seus colegas de turma para o hall de entrada, encontrou um espacinho no chão, se deitou e pôs as mãos sobre a cabeça. Se apertasse os cotovelos nas orelhas, conseguia abafar o volume alto e agudo do alarme, mas a posição era desconfortável, com a testa e o nariz pressionados contra o chão de concreto polido, e era difícil respirar.

A primeira vez que fora obrigada a participar de um exercício de ataque aéreo estava no primeiro ano do fundamental; ainda se lembrava por que aquilo a assustara demais. A professora dissera que eles precisavam treinar e encontrar um esconderijo para o caso de os japoneses atacarem, e ela se recordava de tremer embaixo da mesa na Commodore Stockton, enquanto vários dos colegas de turma choravam e chamavam pelas mães. Teve pesadelos depois daquilo, mas não se lembrava dos detalhes, apenas de sua mãe a acordando no meio da noite e dizendo "É só um sonho, é só um sonho". Os exercícios continuaram acontecendo ano após ano, embora o inimigo que estava prestes a atacar fosse mudando. O Japão foi derrotado, mas a Coreia e a China podiam invadir, e agora eram os soviéticos que ameaçavam lançar bombas atômicas. Secretamente, ela tinha ficado feliz com os soviéticos como potenciais invasores, porque pelo menos ela jamais seria confundida com uma russa.

Agora, virou a cabeça, ainda que fosse contra as regras, e a apoiou sobre o braço dobrado. Shirley estava deitada ao lado dela, com o rosto para baixo. Aquilo era surpreendente, porque Shirley não estivera nem um pouco perto dela na aula, mas ao mesmo tempo parecia familiar e normal. Lily se lembrou de estar deitada ao lado de Shirley em outros exercícios em outros corredores, e de certa forma parecia correto estarem juntas nesse também.

O alarme continuava soando, e Lily esticou o pé e cutucou a perna de Shirley. Ela virou a cabeça e as duas se olharam. Havia algo de engraçado naquela cena: os rostos esmagados contra o chão, as mãos fazendo uma proteção bem frágil contra a potencial radiação. O rosto de Shirley se moveu num sorriso sutil e irônico, e ela apenas mexeu a boca para dizer, sem som: "Estamos perdidas". Lily engoliu uma risada e o alarme continuava a toda, e tão alto que Lily achou que ficaria surda, e qual era o objetivo disso, afinal? O fantasma da aniquilação nuclear ainda era bastante assustador, se pensasse bem, mas ao longo dos anos ela tinha aprendido a não pensar muito sobre isso e a considerar esses exercícios inúteis. Se os soviéticos de fato lançassem bombas atômicas em San Francisco, Lily desconfiava de que todos iam morrer, não importava muito se soubessem como se esconder no corredor.

Ela fez uma careta para Shirley, como se fossem crianças, e Shirley precisou se segurar para não rir também. A certa altura, voltou o rosto para o chão novamente, assim como Lily, porque sentiram que os professores estavam vindo com suas pranchetas para checar se todos seguiam as orientações. E enfim — e de repente — o alarme parou. O silêncio que se seguiu pareceu ressoar por um tempo, e no fim das contas Lily ficou com um zunido no ouvido. Eles não deviam se mexer ainda, não até que o professor designado como líder da Defesa Civil viesse até eles para dizer que o exercício tinha acabado. Mas as pessoas já estavam começando a se mexer, virar de lado, levantar a cabeça para checar o porquê do atraso.

Enfim, uma voz anunciou no sistema de som:

— Tudo certo! Tudo certo! Levantem-se e fiquem nos seus lugares até a chamada. Levantem-se e fiquem nos seus lugares até a chamada.

Lily se desequilibrou um pouco, mas levantou. Os braços estavam dormentes no local onde tinha segurado a cabeça. Shirley limpava a saia e reclamava do quanto era desnecessário que aquelas sirenes fossem tão altas. Lily viu Kath no fim do hall de entrada, alongando os braços sobre a cabeça. E lá estava a srta. Weiland, passando por eles com sua prancheta.

— Sr. Anthony De Vicenzi — chamou.

— Aqui!

— Sr. De Armand Evans.

— Aqui.

— Srta. Lilian Hu.

— Aqui — respondeu Lily.

— Srta. Shirley Lum.
— Bem aqui! — disse Shirley.
— Srta. Kathleen Miller.
— Aqui.

Lily olhou para Kath e se perguntou como elas tinham ficado tão longe, já que estavam sentadas uma ao lado da outra na sala antes de o alarme tocar. E se tivesse sido uma bomba de verdade e ela se perdesse de Kath na pressa para sair? Aquele pensamento era inquietante; sentiu uma necessidade urgente de ir até ela.

— Lily, quer ir ao Pearl hoje à noite? — perguntou Shirley.

Chocada, Lily respondeu:

— Hoje à noite?

— Sim, estarei trabalhando. Você vem?

Todos caminhavam de volta para a sala da srta. Weiland. Lily ainda estava presa naquele pânico inesperado que a invadira com a ideia de estar separada de Kath. Mas Shirley olhava para ela esperando uma resposta, como se ainda fossem melhores amigas, e, em sua confusão, Lily disse automaticamente:

— Tudo bem.

— Ótimo. Vejo você mais tarde.

Shirley deu um tchauzinho e voltou para sua mesa do outro lado da sala da srta. Weiland.

— O que foi aquilo? — perguntou Kath, parando ao lado dela.

Lily estava aliviada em vê-la e um tanto incomodada com o alívio. Tinha sido apenas um exercício de ataque aéreo, todo mundo estava bem.

— Shirley me convidou para ir ao restaurante. Acho que ela quer conversar.

Ela e Kath voltaram juntas para suas mesas, onde tinham deixado os cadernos abertos com as frases inacabadas.

O Eastern Pearl estava vazio quando Lily chegou. Shirley abriu espaço para Lily puxar um banco e sentar ao lado dela, que estava na caixa registradora, e lhe ofereceu chá e wa mooi. Tudo parecia tão normal que Lily sentiu como se tivesse entrado em um universo alternativo no qual ela e Shirley não tinham brigado.

Era bom, Lily se deu conta, apesar de estar um pouco relutante. Sentia falta daquele cheiro de noodles fritos tão reconfortante e familiar, e da voz da mãe de Shirley gritando os pedidos para a cozinha do restaurante. Talvez tenha sentido falta de Shirley também.

— Olha aquela mulher na cabine do canto — disse Shirley em voz baixa, enquanto Lily se sentava no banco. — Acho que é uma freira fugitiva.

Lily olhou para a mulher em questão. Usava uma roupa toda preta com um chapeuzinho com uma espécie de véu, e estava sentada sozinha diante de um prato de chow mein.

— Freira, não — discordou Lily. — Ela é viúva.

— É muito jovem para ser viúva. Provavelmente se apaixonou pelo padre da paróquia e teve que fugir do convento para evitar um escândalo.

— Se ela estivesse apenas apaixonada pelo padre, não precisaria fugir — observou Lily. — Era só guardar os sentimentos para si. Se fugiu, foi porque teve um caso com o padre.

Shirley estava adorando aquilo.

— Sim! Ele provavelmente era muito bonito. O Clark Gable dos padres. Não, ele é muito velho para a nossa freira... Que tal Rock Hudson? O Rock Hudson dos padres. Não acha ele bonito?

— Claro — disse Lily. — Mas ele não é meio bonito *demais* para ser padre?

Shirley levantou as sobrancelhas.

— Não existe isso. Por quê? Quem você acha que é bonito o suficiente para ser um padre?

— Ah, não sei. Acho que ela não é freira.

— Ah, vamos lá, entre na história. Quem seria o seu padre bonito--mas-não-tão-bonito?

Lily de repente sentiu que estava sendo testada.

— Talvez... Não sei, Jimmy Stewart?
— Muito velho — definiu Shirley. — Acha mesmo ele bonito?
— Acho.

Shirley lançou um olhar cético.

— Claramente você não acha. Quem, então?

Havia algo de incisivo no tom de Shirley que estava deixando Lily na defensiva.

— O que importa? Acho que ela é viúva. O marido... Provavelmente era feio. Talvez ela o tenha matado e fugiu para evitar a prisão.

— Está bem — concedeu Shirley. — Por que ela o matou? Porque era muito feio?

Lily ignorou o sorrisinho de Shirley.

— Ele a tratava muito mal.

— Está ficando muito trágico.

— Desculpe — disse Lily. — Estou sem prática.

Shirley comeu um wa mooi e ficou em silêncio enquanto mastigava, e Lily se perguntou se ela ia abordar o motivo pelo qual Lily estava sem prática no jogo que tinham inventado. No entanto, depois de cuspir o caroço, Shirley disse:

— Somos amigas há tanto tempo, Lily. Não vamos esquecer disso no último ano da escola.

Lily não conseguiu entender se aquilo era um pedido de desculpa ou uma forma sorrateira que Shirley arranjara para culpá-la da briga entre as duas. Bebeu um gole do chá e evitou responder imediatamente.

— Trégua? — perguntou Shirley.

Não era um pedido de desculpa, então. Mas, se Shirley estava oferecendo uma trégua, ela também admitia que não fora culpa de Lily.

— Trégua — concordou Lily, e foi recompensada com um dos sorrisos mais charmosos de Shirley.

— Ótimo — disse Shirley, apertando sua mão. — Agora, vamos deixar isso interessante. Concordo que ela possa ser viúva, mas precisa ter matado o marido por algum motivo mais instigante. Talvez seja uma espiã soviética!

A mulher na cabine do canto levou à boca uma garfada de macarrão de arroz, com uma expressão sombria no rosto. Uma mulher sozinha em um restaurante não era algo comum. Ela deve ter passado por uma situação traumática, algo que a separara de todas as pessoas que amava. E se tivesse se apaixonado por alguém que não devia? Outra mulher, talvez, como as garotas do filme *Olivia*. Paula ou Claire tinha dito que uma das professoras se suicidava no fim do filme. A mulher no restaurante não precisava ter matado ninguém para ser parte de uma história de amor trágica.

— Lily, o que você acha? Está ouvindo?

Lily piscou e bebeu mais um gole de chá.

— Sim, vai ver ele era um espião — disse.

Mas aquele jogo parecia errado agora. Ela ficou aliviada quando a mulher pagou a conta e saiu.

24

O Dia de Ação de Graças chegou e trouxe consigo o céu fechado, além de uma chuva fria e torrencial. Lily gostava da data — era o único dia do ano em que a mãe fazia comida americana, o que sempre parecia novidade —, mas desta vez se sentia presa pelo clima frio e sombrio. Enquanto ajudava a mãe a abrir castanhas e picar cebolas e linguiças para fazer o arroz que serviria de recheio para o peru, só pensava no Telegraph Club.

Ela e Kath tinham decidido ir até lá novamente na sexta à noite. Jean viria para casa por causa do feriado, e Kath queria que Lily a conhecesse. Lily não se lembrava muito bem de Jean na escola, e estava curiosa para saber como ela era. Kath sempre falava dela com muita admiração, como se fosse uma desbravadora de novos mundos, mas Lily se lembrava da repulsa de Shirley por Jean e do que sua amiga fizera no camarim da banda do baile. Lily sabia que era mesquinho da sua parte, mas não conseguia evitar a ideia de que Jean fora idiota em se deixar flagrar daquele jeito. Devia ter tomado mais cuidado.

— Já terminou?

Lily quase derrubou a faca quando a voz da mãe interrompeu seus pensamentos.

— Preste atenção — advertiu ela. — Preciso começar a fritar essa linguiça. Ande logo com esta última.

Lily reprimiu um suspiro e voltou sua atenção para as linhas que uniam as linguiças. Quando terminou, levou a tábua de cortar inteira para a mãe, que já tinha começado a fritar as cebolas na panela de ferro fundido. Ela jogou as linguiças e deu uma refogada.

— Pegue os cogumelos — pediu a mãe, apontando para a tigela em cima da mesa da cozinha.

O telefone tocou na sala. Lily ouviu os passos de um dos irmãos correndo para atender, e então Frankie gritou:

— Papai! É a tia Judy!

Tia Judy não vinha para a Ação de Graças, já que eram apenas poucos dias e a família do tio Francis morava bem mais perto deles, em Los Angeles, mas ela sempre ligava. Falava primeiro com o pai de Lily, seu irmão, e depois o telefone ia rodando por todas as crianças. Enquanto esperava sua vez, Lily lavou a tábua e a faca. As gotas de chuva ainda caíam na janela da cozinha, e ela torceu para que o tempo melhorasse antes de sexta à noite. Pensou se deveria vestir a mesma saia e a mesma blusa para ir ao Telegraph Club. Será que alguém ia notar? Queria ter um vestido novo — um tão elegante quanto o de Lana Jackson. Será que ficaria bem em um vestido daqueles? Dava para ver seu reflexo de leve na janela da cozinha, e Lily fez uma avaliação crítica do corpo. Não achava ter as curvas necessárias.

— Está com a cabeça nas nuvens de novo — disse a mãe.

— Desculpe — respondeu Lily.

Secou as mãos e pegou o arroz, que precisava ser misturado na panela com a linguiça e os cogumelos, depois temperado com sal e molho shoyu. Aquilo serviria de recheio para o peru, que aguardava em cima da mesa da cozinha, atrás delas. Lily achou que a ave parecia especialmente nua, o peito liso e brilhoso. A mãe enfiou a mão na panela de arroz e foi inserindo aos punhados dentro da cavidade do peru, segurando-o com a outra mão. Havia algo de perturbador naquela cena, e Lily ficou aliviada quando o pai apareceu na porta da cozinha dizendo:

— Sua tia quer falar com você.

No hall de entrada, Lily sentou no banquinho ao lado da mesa do telefone e colocou o artefato pesado no ouvido.

— Alô? É a Lily.

— Oi, Lily — disse tia Judy. Sua voz parecia meio abafada lá do outro lado da linha, em Pasadena. — Como vai a escola?

Como uma boa menina, Lily contou tudo que estava aprendendo na aula de matemática avançada, a única na qual a tia estava realmente interessada.

— Ah, queria te contar uma coisa — disse Lily. — Uma amiga me deu uma edição da *Collier's* com um texto de Wernher von Braun sobre viagem a Marte. — Nunca tinha falado de Kath para ninguém em sua família, e sentiu uma onda de felicidade crescer dentro de si.

— Eu vi — respondeu tia Judy. — Essa revista está rodando lá no laboratório. E eu o conheci também, o dr. Von Braun. Esteve no laboratório recentemente.

— Sério? O que ele foi fazer?

— Não sei. E se eu soubesse não poderia te contar — replicou tia Judy, provocando.

— No artigo, o dr. Von Braun diz que só vamos conseguir viajar para Marte daqui a uns cem anos, lá para 2050 e pouco. Acha que ele está certo? Será que conseguimos ir antes?

— Ah, vamos antes, sim — sua tia garantiu, confiante.

— Quando? Vai ser logo?

— Bom, não vai ser naquela nave gigantesca que ele prevê. Ele é um cientista brilhante, é claro, mas não é muito prático começar com uma expedição tão grandioso.

Havia um tom estranhamente formal na voz da tia Judy ao descrever o dr. Von Braun como um cientista brilhante, como se estivesse lendo um comunicado de assessoria de imprensa. Lily queria perguntar o que a tia realmente achava do ex-nazista, mas, antes que tivesse a oportunidade, ela continuou:

— Vamos mandar foguetes sem tripulação humana a princípio, provavelmente ainda durante o seu tempo de vida. E há outras coisas que podemos fazer a princípio.

— Tipo ir à Lua?

— Sim, mas antes mesmo disso nós precisamos conseguir entrar em órbita. E isso, eu acho, vai acontecer logo, logo.

— Logo quando?

Tia Judy riu.

— Bom, não sei dizer exatamente. Mas 1957 vai ser o Ano Internacional da Geofísica. Vai ser uma ótima oportunidade para a pesquisa e a exploração. Exploração pacífica. Tem outras edições da *Collier's* que falam sobre isso, colônia lunar e estações espaciais. Vou tentar encontrar aqui e mando para você.

Tia Judy mudou de assunto para falar sobre o jantar de Ação de Graças (ela ia levar hsin-jen tou-fu, uma sobremesa de amêndoas, para a família do tio Francis) e as provas do fim do semestre. Depois perguntou:

— Agora me conta: e essa amiga que te deu a edição da *Collier's*. Quem é? Você nunca teve uma amiga que se interessasse por essas coisas, não é?

Lily ficou radiante e baixou a cabeça para esconder o sorriso, embora estivesse sozinha na sala.

— Ela está na aula de matemática avançada comigo. O nome dela é Kath. Quer ser piloto e já esteve até em um avião.

— Ela entrou este ano?

— Não, nós estudamos sempre na mesma escola, mas nunca tínhamos sido amigas. Acho que é porque este ano nós somos as únicas duas meninas na aula de matemática. Nós duas e todos os meninos.

— Fico feliz que tenha uma aliada. Eu era a única garota em quase todas as minhas aulas de matemática na faculdade. Você vai ter que se acostumar se for estudar matemática ou engenharia, mas sei que não vai ter nenhum problema com isso.

A tia era sempre assim, incentivadora e confiante nas habilidades e nos sonhos de Lily. Agora ela sabia sobre Kath — sua *aliada*, que maneira engraçada de pensar nela —, e Lily percebeu o quanto sua tia Judy era diferente. Shirley achava os sonhos de Lily ridículos; Kath não dizia aos pais o que queria fazer porque eles a achariam uma doida.

— Cá entre nós, acho que as mulheres são melhores do que os homens em matemática — disse tia Judy, sarcástica. — Não conte para o tio Francis.

Parecia uma piada tão adulta. Lily ficou orgulhosa por poder ouvi-la.

— Tenho certeza que ele já sabe — afirmou, ousada.

Tia Judy soltou uma risada.

— Você provavelmente está certa. Eu adoraria ficar conversando, mas vamos ter que continuar depois. Pode ir chamar o Eddie?

Mais tarde, na cozinha, Lily descascava batatas sob as orientações da mãe e voltou a pensar no tom de voz da tia Judy ao falar sobre o dr. Von Braun. No último Ano-Novo chinês, quando tia Judy e tio Francis vieram, eles ficaram acordados até tarde conversando com os pais de Lily sobre a China e os comunistas. Lily já tinha ido para a cama e certamente eles pensavam que estivesse dormindo; jamais conversariam sobre aqueles assuntos na sala se suspeitassem que ela podia ouvir. Os pais dela quase nunca falavam de política; até mesmo quando falavam sobre a China, não mencionavam os líderes comunistas.

Tio Francis foi o primeiro a citar o nome de Von Braun. Parecia especialmente irritado pelas boas-vindas concedidas pelo governo americano para o antigo nazista.

— Ele trabalhou contra nós na guerra — disse tio Francis, com a voz baixa e firme. — Devia estar na cadeia e não com passe livre para controlar o projeto de mísseis do exército. E no entanto lá está ele, totalmente livre! Enquanto o dr. Tsien está em prisão domiciliar.

Lily não compreendera a história completa na noite em que ouviu tio Francis falando, mas depois descobriu que o dr. Hsue-shen Tsien era um dos cofundadores do Laboratório de Propulsão a Jato, e que trabalhara para as forças armadas americanas durante a guerra, ainda que fosse cidadão chinês. Agora que a China tinha sido tomada pelos comunistas, ele se tornara suspeito e fora acusado de espionagem.

— Eu acredito que o governo americano esteja fazendo o melhor possível — disse o pai de Lily.

— Como sabe disso? — perguntou tio Francis. — O dr. Tsien é um homem bom. Não merece isso. Não é justo.

— Não tem a ver com justiça — argumentou tia Judy. — Tem a ver com medo. Eles têm medo do dr. Tsien porque a China comunista continua aí, independente, e ainda pode ter influência sobre ele. A Alemanha nazista acabou. O dr. Von Braun não tem mais ninguém a quem deva lealdade.

A princípio parecia absurdo que tia Judy e tio Francis trabalhassem em um lugar que os colocava no mesmo círculo social de um cientista alemão famoso, mas então Lily lembrou que sua família mantinha conexões inusitadas com outras pessoas poderosas. Seu pai tinha um amigo em Berkeley que fora oficial do governo do Partido Nacionalista Chinês antes da guerra, e que agora fazia uma petição ao congresso para receber a cidadania americana. A tia Judy já descrevera sua mãe — a avó de Lily, que ela nunca conhecera — como um membro influente da sociedade de Xangai nos anos 1920, conhecida de Soong Ching-ling, a esposa de Sun Yat-sen.

Aquela conversa da madrugada sobre Wernher von Braun e Hseu-shen Tsien estava na mesma categoria: vislumbres irresistíveis de um mundo adulto que parecia estar totalmente à parte da realidade simplória do dia a dia. Era um tanto confuso quando aquele mundo aparecia neste aqui.

Agora, de volta à cozinha, o cheiro de peru assado começava a tomar o ar. Enquanto Lily descascava as batatas, a mãe estava sentada do outro lado da mesa diante de uma cesta de vagens. Ela perguntou:

— Como está a Shirley? Vocês se encontraram outro dia, não foi?

— Sim. A família inteira vem para a Ação de Graças. Estão preparando três perus.

— Deus do céu! Fico feliz que você e a Shirley estejam se falando novamente. Tinham brigado, não é?

Lily ficou surpresa.

— Como você sabe?

A mãe ia quebrando as vagens rapidamente.

— Você voltou da escola todos os dias e não foi visitá-la.

Lily sentiu vergonha por ser tão transparente.

— Não foi nada — desconversou. — Só uma desavença boba.

A mãe assentiu.

— Meninas brigam, ainda mais na sua idade. É normal. Estou feliz que tenham resolvido. Shirley é uma boa amiga para você.

O modo como a mãe descreveu a amizade deixou Lily irritada. Como se ela tivesse que agradecer pela amizade de Shirley.

— O que aconteceu com os documentos do papai? — perguntou Lily, mudando de assunto. — Ele conseguiu recuperar?

A mãe parou de quebrar as vagens.

— Ainda não. — Havia algo em seu tom de voz que dizia para Lily não insistir no assunto. — Você não teve mais nada a ver com o Man Ts'ing, certo?

Lily negou com a cabeça.

— Não.

1952 — Francis começa a trabalhar como engenheiro no Laboratório de Propulsão a Jato.

— Judy é contratada como computador humano no Laboratório de Propulsão a Jato.

13 de fevereiro de 1953 — **JUDY leva Lily ao Planetário Morrison, na Academia de Ciências da Califórnia, no Parque Golden Gate.**

— Terminam as batalhas na Guerra da Coreia.

1954 — O Departamento de Polícia de San Francisco faz uma investida contra os chamados "desviantes sexuais", promovendo batidas policiais em bares gays e outros locais conhecidos por serem pontos de encontro gays.

— O Senado americano condena Joseph McCarthy.

JUDY

Vinte e dois meses antes

Judy Fong saiu do táxi e segurou a porta para sua sobrinha de quinze anos. Lily parecia um pouco ansiosa, mas aquele era o estado normal de Lily; Judy às vezes temia que a sobrinha pensasse demais nas coisas. Fechou a porta do táxi e ficou parada ao lado de Lily na calçada enquanto esperavam que Francis, marido de Judy, pagasse o motorista.

O longo caminho da entrada de carros em frente à Academia de Ciências da Califórnia estava lotado de veículos, os faróis formando um mar revolto de luzes na penumbra do início da noite. Aquilo lembrou Judy de outra noite, anos antes, em Xunquim, durante a guerra. Ela saíra do prédio que fazia as vezes de dormitório universitário e se deparara com um comboio sem fim de veículos trafegando pelas ruas escuras, os faróis como se fossem lanternas flutuando pelo rio. Eram caminhões do exército chinês abarrotados de soldados com rifles nas mãos. Ficara parada ali, no primeiro degrau do dormitório, até começar a congelar de frio, observando em silêncio os jovens que espiavam de dentro da carroceria dos caminhões, os olhos refletindo os faróis.

Francis subiu na calçada a seu lado e enlaçou o braço no de Judy.
— Está pronta?
Ela despertou daquela lembrança com um susto.
— Sim.

Às vezes o passado parecia resvalar diretamente no presente, e, quando ela voltava a si, o mundo em que vivia agora parecia uma fantasia.

Os três se viraram de frente para o museu. A Academia de Ciências da Califórnia, com suas colunas altas iluminadas por holofotes brancos, era tão grande quanto um templo grego e se impunha, serena, sobre o Parque Golden Gate. De onde estava, Judy não conseguia ver o domo do Planetário Morrison, mas sabia que estava ali sobre o telhado, logo após a fachada do prédio. Dizia-se que era o planetário mais moderno do país, talvez até do mundo, e era o destino deles naquele dia.

— Vamos lá — chamou Francis, subindo os degraus e abrindo caminho.

O interior do planetário era redondo, com o domo bem alto e todos os assentos arrumados em círculo em volta do projetor mecânico gigante que ficava no centro da sala. Apoiado sobre dois tripés enormes, parecia uma mistura de um robô com um imenso inseto sem pernas — ou talvez um inseto robótico. Havia dezenas de lentes que pareciam olhos viradas para todas as direções. Cada lente projetaria determinada estrela ou constelação sobre o domo.

Francis explicava sobre o funcionamento animadamente para Lily, e eles foram se sentar lá do outro lado do planetário.

— Tudo isso foi feito aqui mesmo na Academia por cientistas americanos — explicou Francis. — Não tiveram que mandar vir nada dos produtores alemães que atuam sob a cortina de ferro. Aprenderam sobre ótica durante a guerra, quando administravam uma loja de conserto de lentes aqui mesmo no museu.

Judy deu uma olhada para se certificar de que Lily não estava perdendo o interesse, mas a sobrinha parecia muito encantada.

— O que eles consertavam? — perguntou Lily.

Chegaram aos assentos e Judy entrou na fileira para conferir os números nos ingressos. Tinham comprado bons lugares — longe do centro o suficiente para enxergar quase todo o domo sem precisar forçar tanto o pescoço.

— Acho que consertaram milhares de binóculos — respondeu Francis. — Para a marinha.

— Você já usou binóculos? — indagou Lily.

Francis também estava na China durante a guerra, e às vezes Judy se perguntava se teriam estado no mesmo lugar ao mesmo tempo. Ela e Francis já haviam falado sobre o assunto, é claro, mas era difícil determinar com certeza. Ela perguntou, em um dos primeiros encontros dos dois, se ele teria reparado nela se a visse na China. Aqui nos Estados Unidos não havia muitas chinesas da idade dela, mas na China a proporção entre homens e mulheres era normal. Ele lhe lançou um olhar fofo e respondeu:

— É claro. Eu teria notado você em qualquer lugar.

Ela ficou corada de vergonha com as palavras, e pouco depois eles deram seu primeiro beijo.

Francis contava para Lily que se lembrava sim de ter visto binóculos na unidade em que servira — ele fora engenheiro no exército —, mas que não sabia se algum deles tinha sido consertado em San Francisco.

— Não seria fascinante se tivessem sido? — comentou ele, entusiasmado pela ideia.

Um crescendo suave de violinos começou a tocar, e a música gravada anunciava o começo do espetáculo. As luzes mudaram, e agora se viam claramente recortes da linha do horizonte de San Francisco refletidos ao longo de todo o domo. Todos recostaram para observar o brilho fraco lá em cima, e o projetor se transformou em uma criatura meio alienígena meio fantástica, cuja silhueta contrastava com o céu escuro.

As estrelas começaram a aparecer, uma a uma. Judy sentiu um arrepio quando o domo ficou todo preto, e as estrelas eram numerosas a ponto de criar todo um universo plano acima de suas cabeças. Ela sentia como se estivesse afundando em seu assento, caindo no poço de gravidade da Terra. E então, quando as estrelas lá em cima se mexiam, reproduzindo sua jornada de todas as noites pelo cosmos, ela sentiu como se estivesse se movendo com elas. Sentiu o estômago revirar e precisou fechar os olhos por um momento pelo enjoo, mas o apelo visual era muito forte e ela os abriu de novo, maravilhada pela sensação. Não havia acima nem abaixo. Estava flutuando, suspensa entre a Terra e o céu.

Um pequeno disco branco apareceu. Era do tamanho de uma borracha, depois do tamanho de uma moeda, e então, pouco a pouco, pedaço a pedaço, foi mostrando sua verdadeira natureza.

— Sejam bem-vindos à Lua — dizia a voz do guia, para assombro da plateia. — Estamos usando imagens de última geração aqui. Esta foto, que vamos explorar em detalhe, veio diretamente do Observatório Lick. Vocês estão vendo parte da Lua que poucos homens no mundo já viram.

A Lua aumentou de tamanho; pairava acima deles, uma esfera preta e branca gigantesca. A superfície era salpicada de enormes crateras circulares. Havia trechos de um branco ofuscante e também sombras profundas e escuras.

— A Lua é um mundo de extremos — continuou o guia, com uma voz grave e abafada. — Sob a luz do sol, a temperatura chega facilmente a cem graus, mas, do mesmo jeito, nestas áreas mais escuras, o frio pode ser de mais de cem graus negativos.

Judy olhou para Lily enquanto o guia falava. O rosto da sobrinha estava iluminado pela Lua brilhante, que refletia em pequeninas esferas pretas e brancas dentro de seus olhos. A boca estava levemente aberta. Parecia alguém que via um novo mundo pela primeira vez.

— A superfície da Lua provavelmente é coberta de poeira. Mas não temos como saber com certeza até mandar alguém lá para conferir. Algum dia o homem vai viajar até a Lua num foguete. Quando chegar à superfície, vai conseguir fazer uma bola de golfe viajar por cento e sessenta quilômetros com apenas uma tacada, porque a gravidade é muito leve. Vai poder saltar quase quatro metros de altura se quiser. Vai se sentir tão leve quanto o ar.

Judy segurou a mão do marido. Ele enlaçou os dedos nos dela, e eles ficaram ali sentados sob a projeção da Lua. Sentiu um distanciamento incrível da Terra e, ao mesmo tempo, uma proximidade reconfortante daqueles que amava. Francis, com sua mão quentinha entrelaçada à sua; Lily, com o rosto deslumbrado a seu lado. *Eu estou aqui*, Judy disse a si mesma em silêncio. *Isto é San Francisco.*

Depois do espetáculo, Judy se sentiu meio aérea e tonta, trocando os pés. Deu o braço a Lily enquanto saíam do museu com a multidão; todo mundo parecia um pouco tonto após a viagem de ida e volta para a Lua.

— Você acha que aquele homem está certo? — perguntou Lily, enquanto iam caminhando para fora. — Vamos conseguir viajar até a Lua num foguete?

— Ainda falta um longo caminho, mas sim — respondeu Judy.

O rosto de Lily se iluminou.

— Falta quanto?

— Anos — disse Judy. — O que acha, Francis?

— Não sei. Uns trinta, quarenta anos? Certamente você ainda vai estar viva, Lily.

Do lado de fora do museu, caminharam pela ampla praça na direção dos degraus que davam na rua, onde os táxis ficavam parados. No estacionamento ao lado, os carros iam ganhando vida, o barulho dos motores, os faróis que iluminavam as pessoas caminhando sob o ar frio da noite.

— Será que dá para pular tão alto na Lua mesmo? — perguntou Lily.

— Bom, a gravidade é bem mais leve — respondeu Judy. — Com certeza eu consigo calcular a altura que alguém poderia pular. — Judy pensou nos cálculos matemáticos e riu. — Seria engraçado ver isso!

— Eles podiam dar pulinhos na Lua como um coelho gigante — brincou Francis. Foi para a calçada e começou a saltar de um jeito engraçado, mexendo os braços como se fosse uma gaivota.

Judy riu. Francis parecia uma criança às vezes; ela achava que era quando ele revelava seu lado mais americano.

— Não seria assim! — Judy o provocou. — Seria algo bem mais gracioso.

— Como seria? — desafiou Francis. — Mostre para mim.

Judy viu que vários passantes olhavam disfarçadamente para eles.

— Ah, Francis, não posso...

— Por que não? — perguntou ele. — Ah, vamos, tem espaço suficiente.

Judy balançou a cabeça, mas soltou o braço de Lily e entregou a bolsa para a sobrinha.

— Segure isso — pediu. Depois, antes que mudasse de ideia, levantou os braços como se fosse uma bailarina e saltou devagar pela calçada. — Pouca gravidade — recitou ela, sobre o ombro. — Leve como uma pluma!

Judy viu Lily cair na gargalhada. Viu o rosto de Francis, surpreso e maravilhado ao mesmo tempo. Ele saltou atrás dela e, quando chegou perto, envolveu-a com os braços. Ela soltou uma risadinha e fingiu empurrá-lo para longe, mas um segundo depois o abraçou de volta.

Francis era ousado e lhe deu um beijo de leve nos lábios.

— Minha moça da Lua — disse, com as bocas ainda coladas.

Na China ela ficaria envergonhada de beijar o marido em público, mas eram os Estados Unidos. As coisas eram diferentes aqui.

PARTE IV

Chinatown, minha Chinatown

Dezembro de 1954

25

Jean Warnock veio caminhando a passos largos ao lado de Kath, com um cigarro na mão e vestindo blazer com calça social, o cabelo curto e um sorrisinho irônico no rosto. Olhou Lily de cima a baixo uma, duas vezes, depois estendeu a mão para cumprimentá-la.

— Lily? Acho que não me lembro de você.

Lily se sentiu meio afrontada, mas apertou a mão de Jean. Foi um cumprimento um pouco hesitante, como se o aperto de mão de Jean não fizesse jus às roupas que ela usava. Lily apertou um pouquinho mais forte que o necessário, para marcar sua posição. Quando soltou a mão de Jean, disse:

— Você deve ser a Jean. — Quase falou *Não me lembro de você também*, mas desistiu.

— Isso mesmo. — Jean deu uma piscadinha. — Vamos lá. Kath me falou que vocês conheceram umas garotas da última vez.

— Não foi desse jeito — protestou Kath.

Lily foi caminhando rápido atrás delas, porque a calçada não era larga o suficiente para as três andarem lado a lado. Para sua surpresa, percebeu que Kath também estava de calça. Ela se perguntou se deveria ter feito o mesmo, mas a única calça que tinha era encurtada na barra, do tipo que se usa para ir à praia, e não a uma boate.

Tendo Kath e Jean caminhando a sua frente, como se fossem um escudo, Lily se sentiu mais livre para olhar ao redor e observar as pessoas que estavam na rua àquela hora da noite. A maioria eram casais, mas havia também homens sozinhos ou em grupo andando na direção das luzes da Broadway e do International Settlement. Às vezes um dos homens olhava para Kath e Jean, e em uma dessas vezes Lily notou um sorriso debochado de um deles. Mas não notavam a presença de Lily. Ficou agradecida por poder caminhar à sombra das outras garotas.

No Telegraph Club, havia um casal conversando com a segurança, que disse algo que Lily não entendeu, mas resultou no homem pegando a carteira e entregando algumas notas. A segurança pegou o dinheiro e enfiou no bolso do terno, depois abriu a porta para os dois com um gesto bem floreado. Os barulhos de conversa e risadas escaparam para a rua por um breve momento antes de serem abafados novamente pela porta fechada. Jean e Kath se aproximaram da segurança e Lily se perguntou se teriam que pagar — começou a abrir a bolsa para pegar o dinheiro que trouxera para pagar as bebidas de Kath dessa vez —, mas Jean disse:

— Quanto tempo! Como você está, Mickey?

Mickey olhou para Jean duas vezes, de um jeito um tanto exagerado.

— Jean Warnock! Voltou para a Ação de Graças?

— Isso mesmo. Como anda o show?

— Ótimo como sempre — respondeu Mickey. — Essa é sua amiga? Ah, eu me lembro de você.

— Eu sou a Kath. E essa é minha amiga Lily.

Lily deu um passo à frente, hesitante, se sentindo deslocada no meio dessas três garotas vestindo blazers e calças sociais.

— Olá.

Mickey deu um sorrisinho para ela.

— Bem-vinda de volta, bonequinha.

Mickey abriu a porta e fez um gesto para que entrassem, além de uma minirreverência para Lily, como se ela fosse uma imperadora.

— Obrigada — respondeu Lily, meio envergonhada.

Entrou seguindo Jean e Kath pela porta preta, depois foi atrás delas ao passarem pelo bar estreito e escuro; o cheiro do lugar a invadiu mais uma vez: cigarros, cerveja, perfume e suor. No salão onde ficava o palco, as mesas estavam quase todas cheias, mas tinham chegado um pouco mais cedo que da última vez, e Jean encontrou uma mesa vazia no canto, meio escondida por uma pilastra preta. Havia apenas duas cadeiras, mas Jean insistiu que Kath e Lily se sentassem, pois ia ao bar e voltaria com bebidas. Lily não tinha certeza se deveria se oferecer para pagar. Parecia errado que Jean e Kath pagassem suas bebidas, mas também era meio constrangedor insistir, como se estivesse no meio de um monte de chineses discutindo por causa de uma conta de restaurante. Estava bem barulhento, e ela teria que gritar em meio ao ruído — e agora era tarde demais porque Jean já tinha ido para o bar.

Kath mal havia se sentado e logo se levantou para ir lá do outro lado do salão buscar uma terceira cadeira, que veio carregando até a mesa delas.

— Espero que Jean consiga voltar antes de o show começar — comentou, sentando novamente.

Lily estava com a bolsa no colo, abriu e tirou alguns dólares.

— Eu trouxe dinheiro. — Estendeu as notas para Kath, que pareceu surpresa. — Pela cerveja. Fiquei te devendo da última vez.

Kath rejeitou com a mão.

— Não ficou, não. Era por minha conta.

Lily desconfiava de que ganhava mais dinheiro de mesada do que Kath, mas havia um certo orgulho em seu tom de voz, que sugeria que ela queria mesmo pagar. Era confuso, mas também lisonjeiro, e então o holofote apareceu sobre a pianista, que começou a tocar, e Lily pôs a mão no colo novamente, ainda segurando o dinheiro.

Dessa vez ela sabia o que esperar, mas aquele conhecimento não diminuiu sua expectativa. Ao contrário, pareceu amplificá-la: um arrepio lento e eletrizante que começou a tomar forma dentro de si quando ouviu os primeiros acordes de "Bewitched, Bothered, and Bewildered".

Assim que começou o burburinho nos fundos do salão, ela virou a cadeira e procurou pela figura de Tommy Andrews e seu terno preto em meio à penumbra. Quando ela finalmente apareceu, seu rosto iluminado por um breve momento, Lily ficou sem fôlego. E quando subiu ao palco, de costas para a plateia, Lily sentiu aquele formigamento suave correr sob a pele, como se houvesse eletricidade saindo pelos poros.

Jean voltou com as bebidas, e Lily mal percebeu. Diferentemente da primeira visita, quando estava preocupada que alguém a notasse, hoje ela se permitiu olhar, olhar de verdade, até que Tommy fosse tudo o que via. As mãos de Tommy enquanto ajustava o nó da gravata-borboleta, o anel de sinete dourado brilhando sob a luz. A boca de Tommy, surpreendentemente linda e rosada, enquanto cantava com um pequeno sorriso diante do microfone. Os olhos escuros de Tommy, meio fechados ou então piscando para alguma garota na primeira fila. Quanto mais Lily observava, captava mais e mais dos pequenos detalhes femininos que a tinham desconcertado da última vez. O rosto de Tommy era macio e redondo; suas mãos, pequenas e finas. E, sob a camisa branca engomada e o smoking bem cortado, Lily percebeu uma leve curva de seios. Aquilo deixou seu rosto vermelho, e por um momento ela baixou o olhar para a mesa, onde viu o copo de cerveja que Jean lhe trouxera. Foi pegar a bebida e percebeu, para sua surpresa, que ainda segurava o dinheiro, agora todo amassado e suado. Esticou as notas úmidas sob a mesa, colocou-as de volta na bolsa e então pegou a cerveja. Deu um gole, meio trêmula, naquele líquido gelado e amargo, depois mais outro, e então, quando olhou de volta para o palco, conseguiu continuar assistindo.

Lily chegou perto do espelho do banheiro feminino e levou o batom até a boca. Atrás dela, a porta de uma das cabines se abriu e de lá saiu uma mulher com um vestido roxo justo de gola V. Apoiou a bolsa com cuidado na beira da pia e então abriu a torneira para lavar as mãos. Cruzou o olhar com o de Lily pelo espelho e sorriu.

— Essa cor fica bonita em você — disse.

— Obrigada — respondeu Lily, tímida.
— Onde comprou?
— Na farmácia Owl Drugs, na Powell.
A mulher secou a mão na toalha que rodava.
— E qual é o nome da cor?
Lily virou o batom para ler a parte de baixo.
— Cravo Vermelho.
— Vou ter que procurar. — A mulher pegou a bolsa e tirou de lá o próprio batom, enquanto Lily colocava a bolsa no ombro. — Vejo você lá embaixo — disse a mulher.
— Até lá — despediu-se Lily ao sair.

Ficou animada com aquela breve conversa, como se tivesse sido aceita em um clube que nem sabia que existia. Quando passou pela fila que esperava no corredor, nem se importou muito com os olhares curiosos.

Lá embaixo, no salão, Jean e Kath tinham encontrado algumas outras mulheres durante o intervalo entre as apresentações de Tommy. Haviam puxado mais duas cadeiras e formado um círculo em volta da pequena mesa. A cadeira de Lily ainda estava vazia, e, quando Kath a viu, acenou e disse:

— Jean encontrou umas amigas da Cal.

Jean fez as apresentações. Sally era a garota que usava um vestido chemise verde e branco, e Rhonda estava com um suéter lilás e uma saia lápis cinza. As duas tinham cabelo escuro, em um penteado quase idêntico, aliás, mas Sally quase não usava maquiagem, ao passo que Rhonda tinha a boca vermelha e exuberante, além de cílios tão longos que deviam ser postiços. Jean parecia estar dando bastante atenção a Rhonda, elogiando-a e se oferecendo para comprar mais uma bebida, embora ela não tivesse terminado ainda seu gim-tônica. Sally, enquanto isso, conversava com Kath. As duas pareciam estar falando sobre algo que viram no *Toast of the Town* outro dia, um número que envolvia duas garotinhas e um macaco dançarino. Lily não vira o programa e não tinha nada a acrescentar à conversa, e então toda a animação que sentira minutos antes começou a se dissipar. Kath, por outro lado, parecia tranquila e à vontade conversando com Sally, inclinando-se de leve para a frente, sorrindo enquanto bebia cerveja. Quando Jean ofereceu cigarro para todas, Kath até pegou um, embora tenha ficado segurando de um jeito meio duro, sem fumar direito. Calculou errado a trajetória da cinza quando bateu o cigarro sobre o cinzeiro, e um punhadinho cinza caiu sobre a superfície da mesa, se desfazendo como se fossem migalhas.

Uma gritaria emergiu do outro lado do salão, e, por um momento, todas se viraram para olhar um casal que se levantava: a mulher estava cambaleante e o homem precisou segurá-la pela cintura para que não caísse. Depois que o casal saiu, Rhonda se virou de volta para a mesa e olhou para Lily.

— Tem uma garota na minha aula de psicologia que é de Chinatown. Helen Mok. Você conhece? — perguntou.

— Não, acho que não.

Rhonda colocou o cigarro na boca, o filtro estava manchado de vermelho por causa do batom. Soltou a fumaça e continuou:

— Já vi a Helen por aqui uma ou duas vezes.

Lily sentiu uma pontada de excitação ao pensar em encontrar outra garota chinesa no Telegraph Club.

— Sério?

Rhonda assentiu.

— Mas acho que ela não vem mais. Faz tempo que não a vejo.

— As pessoas vêm e vão sempre — ponderou Sally.

— Que nem os bares — disse Rhonda. — Mas este aqui está de pé há bastante tempo. Imagino quanto eles não pagam para a polícia.

Lily arregalou os olhos, mas nenhuma delas parecia surpresa pelo que Rhonda dissera — nem mesmo Kath.

— Ouvi dizer que o Five Twenty-Nine Club talvez comece um espetáculo nos sábados à noite com um novo imitador masculino — contou Sally. — Já foi lá?

— Me falaram que lá só tem puta e sapatão, e que dá para comprar bolinhas debaixo da mesa. — Jean deu um sorrisinho.

Aquelas palavras deixaram Lily chocada, mas Jean as pronunciou de um jeito tão casual, como se estivesse falando *garota* ou *garoto* ou *aspirina*. Teve vontade de olhar em volta para ver se alguém estava ouvindo, mas evitou.

Rhonda apenas deu de ombros.

— Às vezes é até divertido ir num lugar mais baixo nível, mas é melhor elas ficarem espertas se não quiserem receber uma batida da polícia.

Elas riram e Lily se forçou a rir também, embora não tivesse entendido qual era a graça. Lily olhou para Kath, que parecia quase eufórica com tudo que estava sendo dito, e ficou com vergonha da própria reação pudica. A última coisa que queria era se comportar como se fosse sua mãe. Sentiu um calafrio por dentro. Tentou relaxar e bebeu mais um gole de cerveja.

— O que vocês acham de Tommy Andrews? — perguntou Sally. — Acho que ela é bem elegante.

— É elegante no palco, pelo menos — disse Rhonda, maliciosa.

— O que está querendo dizer? — perguntou Jean. — Conhece ela?

— Não conheço muito bem. Só de ouvir falar. Ela namorou uma amiga minha ano passado, antes dessa menininha com quem está agora... Esqueci o nome.

— Lana Jackson — respondeu Lily, e todas olharam para ela, surpresas. Toda aquela atenção a deixou nervosa, mas Lily tentou agir como se tudo aquilo, a boate, a conversa, essas mulheres estranhas e suas gírias estranhas, fosse absolutamente normal. — Eu a conheci da última vez que viemos aqui, na fila do banheiro.

— Bom, e o que *você* acha de Tommy? — perguntou Rhonda, batendo o cigarro no cinzeiro.

— Acho que... Acho que ela é... Talentosa.

Jean deu uma risadinha e Lily ficou vermelha.

— Não provoque a menina — disse Sally. — Ela é só um bebê. — Sally olhou para Lily com empatia. — Não se preocupe, a Jean também acabou de sair das fraldas. Já estivemos no seu lugar. — Ela olhou de cara feia para Jean, que levantou os braços.

— Está bem, desculpe, não foi minha intenção. — Jean sorriu para Lily de um jeito mais amigável. — Eu também gosto de Tommy. Queria saber onde ela compra os ternos.

— Com certeza são feitos sob medida. Você usaria? — perguntou Rhonda, virando a cabeça para Jean.

Jean riu.

— Não tenho dinheiro. — Ela olhou para Kath, do outro lado da mesa. — Acho que você ia gostar de ter um desses.

Kath ficou surpresa.

— Um terno? — Ela balançou a cabeça. — Onde eu usaria um terno?

— Ah, com certeza encontraria um lugar — sugeriu Rhonda, olhando para Kath como se a avaliasse. — Consigo ver você usando, sim.

Kath parecia desconfortável.

— Não, não é meu estilo.

— Ainda não é. — Rhonda parecia estar se divertindo. — Eu vejo de longe essas bebês caminhoneiras em formação. — Sua voz era suave e provocante.

Kath segurava mais um cigarro pela metade; ela o levou a boca e tragou de leve, criando uma fumaça que mais parecia uma nuvem. Negou com a cabeça, mas havia um traço de sorriso em seus olhos, como se estivesse tentando esconder que tinha gostado da ideia. Aparentemente, Rhonda fizera um elogio para Kath, e Lily sentiu um certo aperto no estômago quando entendeu: o *caminhoneira* era um prêmio a ser arrebatado na quermesse da cidade, e o *bebê* era uma promessa.

Kath olhou para Lily por um breve momento, e então bateu o cigarro no cinzeiro, e dessa vez acertou.

26

Lily, o que está fazendo hoje? Não vou ter que trabalhar!
A voz de Shirley vibrava pelo telefone, com uma energia que Lily considerava excessiva para as oito da manhã. Uma música dramática soava na sala, onde os irmãos assistiam a *Tom Corbett, Space Cadet*, as notinhas crescendo numa explosão, quando provavelmente o foguete decolava. Lily esfregou os olhos e respondeu:

— Tenho uns problemas de trigonometria para resolver. Por quê?
— Faz isso amanhã. Vamos para algum lugar.
— Para onde? — Lily carregou o telefone até o mais longe possível, aproveitando a extensão do fio, para olhar pela janela do quarto dos irmãos, mas a cortina estava fechada.
— O tempo está feio? Vai chover?
— Não, está ótimo. Provavelmente vai fazer sol. Vamos, preciso sair de Chinatown.

Havia um senso de urgência na voz de Shirley que surpreendeu Lily.
— Preciso perguntar aos meus pais. Quando quer...
— Me encontra na esquina daqui a uma hora.
— Mas aonde você quer ir? Preciso dizer a eles...
— Diga a eles que vamos ao Parque Aquático. Te vejo daqui a pouco.
— E desligou.

— Na verdade não quero ir ao Parque Aquático — admitiu Shirley, enquanto caminhavam pela Avenida Grant. — É muito perto da escola. Já vamos para lá todo dia.

— Aonde você quer ir? — perguntou Lily. — Para Embarcadero?

O céu estava nublado e a luz cinza tirava um pouco a graça dos vermelhos e dourados de Chinatown, dando-lhes um tom acinzentado. Os comerciantes abriam as lojas, destrancavam as portas e davam uma espiada do lado de fora para olhar o céu, imaginando se ia abrir ou não.

— Vamos para o Sutro's! A gente pode ver a Pedra das Focas. E lá tem um museu de graça, não é?

— Sutro's? É tão longe!

— Eu tenho o dia inteiro. — Shirley deu um pulinho de animação. — Você precisa voltar logo?

— Não.

O vento fez a saia de Lily voar e bater nas canelas. Desconfiava de que estaria um gelo na Ocean Beach, mas aquele desespero na voz de Shirley deixava claro que ela já se decidira, e Lily sabia que não adiantava discutir.

Pegaram o bondinho B-Geary até o fim da linha, passando por Western Addition e pela Fillmore, além das vias largas de Divisadero. Ao passar por Richmond District, as avenidas começaram a tomar a direção do Pacífico, cada quarteirão alinhado com casas quase idênticas e pintadas em tons pastel ou cobertas por um reboco naquelas cores cremosas. Quanto mais iam para o oeste, mais espaço cada casa ocupava. No começo ficavam coladinhas com os vizinhos, mas a certa altura pequenos espaços iam separando-as, até que cada casa tivesse sua própria entrada de carro e seu pedacinho de grama. Por aqui ainda havia maresia e as nuvens de neblina iam pairando sobre as ruas, como se fossem fantasmas, levadas pelo vento.

Shirley trouxera uma sacola de pano, que abriu em seu colo para mostrar a Lily o que carregava: uma caixa de comida do Eastern Pearl com yuk paau (pãozinho com carne de porco), faat ko (bolo esponja), algumas maçãs e um saco de biscoitinhos da sorte. Shirley pegou um e abriu. A mensagem, escrita em um pedacinho de papel, dizia: "Você terá sorte e prosperidade". Shirley fez uma cara estranha, quebrou o biscoito em pedaços e ofereceu para Lily.

Lily colocou um pedaço na boca e mastigou o doce. Enquanto passavam pela Avenida Vinte, ela disse:

— Minha mãe quer se mudar para cá.

Shirley estava com uma echarpe verde e rosa amarrada no cabelo, que refletia no vidro da janela.

— Você acha que vão se mudar?

— Não sei. Acho que meu pai não quer ficar tão longe do hospital.

Shirley não respondeu. Parecia pensativa, aquela animação toda da manhã tinha sumido, e Lily se perguntou o que estava pensando. Elas não conversavam — uma conversa de verdade — fazia tempo; Lily temia não saber mais como falar com Shirley. As avenidas iam passando uma atrás da outra, veio a Trinta, depois a Trinta e Cinco, e logo elas teriam que descer e andar o resto do caminho.

— Acho que meus pais nunca vão se mudar de Chinatown — disse Shirley, enfim. — Não podem. — Havia certa tensão em sua voz, como se estivesse evitando dizer alguma coisa.

— Claro que podem. Talvez eles não queiram.

— O que eles fariam? Abrir um restaurante aqui? — Shirley replicou, em tom desdenhoso.

— Eles podiam continuar com o Pearl e morar aqui.

— Não. É muito caro. Eles não têm dinheiro. — Shirley olhou para Lily. — Mas os seus pais têm dinheiro. Por que não fazem isso?

Lily ficou surpresa. O tom de Shirley era quase acusatório.

— Não sei.

— Eles podiam sair de Chinatown. Não sei por que não saem. — Shirley se virou para olhar pelo vidro, mas, pela expressão em seu rosto, Lily sabia que não estava apreciando a vista.

A Avenida Point Lobos descia fazendo uma curva acentuada desde a Avenida Quarenta e Oito até a Cliff House, que ficava na beira da água, antes de começar a longa faixa de areia da Ocean Beach. A neblina ainda cobria o Pacífico, mas era sábado, e os carros faziam fila na Point Lobos enquanto Lily e Shirley iam caminhando pela calçada na direção do Sutro's. O prédio parecia um cinema, pouco antes da Cliff House, com o nome SUTRO'S escrito em letras gigantes e projetadas na fachada. Logo abaixo, uma fileira de portas de vidro era ladeada por duas janelas, e acima de uma delas havia uma placa: SE NÃO CONHECEU O SUTRO'S... VOCÊ NÃO CONHECEU SAN FRANCISCO.

— Está muito enevoado para ver a Pedra das Focas — observou Lily. Passaram pela entrada do Sutro's e miraram o oceano sobre o muro na altura da cintura, com as ondas batendo de forma rítmica sobre as pedras que ficavam na orla.

— A névoa vai abrir — disse Shirley, mas ela mesma parecia em dúvida.

Lá embaixo, os pavilhões com paredes de vidro onde funcionavam os antigos banhos eram visíveis em meio à neblina, como se fosse uma fotografia desbotada. Uma rajada de vento quase levou a echarpe de Shirley, e ela pendurou a bolsa no ombro, abaixo do pescoço, para segurá-la.

À frente delas, a Cliff House estava acesa em meio à neblina, e Lily viu uma família de quatro pessoas sair de dentro de um Buick e entrar no restaurante, a mãe segurando a echarpe sobre o cabelo igual a Shirley. Quando as portas se fecharam, o vento soprou sob a saia de Lily, batendo em suas pernas e fazendo-a tremer de frio.

— Ai, vamos entrar. Está horrível aqui fora — disse Lily, enquanto o vento soprava os cabelos sobre os olhos.

— Estou achando bom aqui fora — reclamou Shirley, mas cedeu diante do olhar de Lily.

Dentro do Sutro's, elas subiram a escadaria que ficava no meio até a galeria de onde se via a pista de patinação no gelo. Havia cartazes ao redor fazendo propaganda de todas as atrações que as aguardavam: BONECAS DO MUNDO INTEIRO, ARTE VITORIANA e VEJA AGORA! Na galeria, crianças brincavam de chute a gol, e cada vez que acertavam uma campainha tocava, tocava e tocava. Outras corriam de lá para cá, temporariamente livres dos pais e loucas atrás de outros joguinhos onde podiam usar suas moedas. Várias das mesas estavam cobertas com toldos listrados, como se estivessem do lado de fora, mas a luz do dia que entrava pelo átrio de vidro era fraca e cinzenta. Na pista de patinação no gelo, as luzes estavam ligadas como se fosse noite.

— Vamos comprar um chocolate quente — disse Lily. — Ainda estou morrendo de frio.

Lily comprou dois copos de papel com chocolate quente em uma barraca, e então ela e Shirley encontraram um banquinho de frente para os patinadores e sentaram.

Havia música de festa tocando por todo o prédio, e Lily observava os patinadores lá embaixo tentando se mover no ritmo da música. Apenas alguns eram realmente bons: uma garota de saia esvoaçante que rodopiava com graça; um garoto que saltava e pousava com os braços abertos para ganhar equilíbrio. Lily ficou surpresa que as pessoas não esbarrassem umas nas outras. Nunca tinha patinado, então imaginava que seria péssima naquilo.

— De vez em quando você não tem vontade de ser como eles? — perguntou Shirley, virando o copo de chocolate quente nas mãos.

— Quem? Os patinadores?

Ela fez que sim.

— Eles simplesmente vão lá e... olha só! Aquele lá caiu. Está se levantando. Ele é péssimo. Acho que só quer ficar junto da namorada.

As duas ficaram ali olhando em silêncio mais um tempo. O chocolate quente estava meio empelotado, não tinha sido muito bem dissolvido. Lily tentou misturar um pouco rodando o copo, mas não fez muita diferença.

— Eu quis dizer se às vezes você não tem vontade de não ser chinesa — continuou Shirley, em voz baixa, como se estivesse com medo de falar. — Não teria que morar em Chinatown, poderia fazer o que quisesse. Poderia ir patinar no gelo quando quisesse.

Lily olhou para a amiga; fazia uma careta de leve enquanto mirava os patinadores.

— A gente pode ir patinar se você quiser — sugeriu Lily.

Shirley bebeu um gole do chocolate quente.

— Não, não quero. Não foi isso que eu quis dizer. É que... patinar no gelo é tão bobo. Por que alguém faria isso?

— Para se divertir?

— Exatamente. Para se divertir.

Shirley parecia amarga, o que não era de seu feitio.

— Tem algo te incomodando? — perguntou Lily. — Aconteceu alguma coisa?

Shirley deu de ombros, como se estivesse tentando afastar aquele mau humor que tinha se apossado dela.

— Não, nada. É que estou cansada do... da pequenez de Chinatown, sabe? Todo mundo conhece todo mundo, estão sempre se metendo na vida dos outros, e você não pode fazer nada que seja simplesmente para se divertir.

Lily não sabia muito bem como responder. Bebeu os últimos goles do chocolate quente. Estava doce demais agora, e o açúcar cobriu sua língua como se fosse areia. Shirley estava certa; Lily também sentia essas limitações. E, no entanto, também se sentia uma defensora de Chinatown. Não queria que ninguém falasse mal, nem mesmo Shirley. Quando eram crianças, Chinatown parecia um lugar maravilhoso e livre para Lily: uma vizinhança cheia de amigos, com vendedores que lhe davam frutas doces e torrões de açúcar. É claro que todo mundo se conhecia; era como uma aldeia compacta na cidade, e seu pai era o médico respeitado da aldeia. Era seguro. Fora de Chinatown era outra história. Todo mundo conhecia os limites. Você podia ficar entre a California e a Broadway e não ir muito mais além da Stockton, sem passar da Portsmouth Square. Foi só no ensino fundamental, quando teve que andar pela North Beach para ir à escola, que Lily começou a se sentir confortável para sair de Chinatown. E mesmo naquela época ela ouvira histórias de garotos italianos que batiam nas crianças chinesas que se aventuravam a caminhar para além da Avenida Columbus.

— Quero ir para Nova York — falou Shirley, de repente. — Ou Paris. Talvez Londres. Ou Honolulu! Um dos meus primos mora lá. Qualquer lugar menos aqui. Você não quer ir para outro lugar? — Olhou para Lily, desafiadora, e de repente ela pensou que Shirley de alguma forma sabia sobre o Telegraph Club.

— Ah, não sei. — Lily se abaixou para colocar o copo vazio no chão, assim podia desviar o olhar.

— Quer, sim. Você quer ir para o espaço. — Shirley deu uma meia risada, sem conseguir esconder a condescendência no tom de voz.

Lily se irritou.

— Pra que me chamou para vir aqui com você hoje? Só para implicar comigo?

— Implicar com você? — Shirley resmungou e terminou o chocolate, engolindo o restinho com uma careta. — Eu só queria sair de lá por algumas horas, só isso. Olha, desculpa. Eu sei que tenho sido uma péssima amiga. Desculpa. Você me perdoa?

Aquela mudança repentina deixou Lily surpresa. Não sabia se acreditava nela ou não.

— Vamos, vamos dar uma volta. Tem um museu aqui, não tem? Vamos lá. — Shirley se levantou e puxou uma Lily ainda relutante pelo braço. — Vamos. Seja minha amiga hoje, está bem? Preciso de uma amiga.

Por baixo daquele tom de piada havia algo urgente, até mesmo desesperado. Lily viu os olhos da amiga brilhantes por um momento, como se estivesse evitando as lágrimas. De repente ela soltou o braço de Lily, pegou o copo vazio da amiga e foi jogar na lata de lixo ali perto, junto com o seu. Quando voltou, tinha uma expressão arrependida no rosto, e Lily teve que ceder porque convivera com Shirley a vida inteira e essa era a primeira vez que ela lhe pedia perdão.

27

O museu do Sutro's estava cheio do que algumas pessoas chamariam de tralha: um conjunto de carruagens puxadas a cavalo vindas diretamente do Velho Oeste; uma coleção de múmias egípcias e seus caixões entalhados; maquetes de cidades fantasmas que exibiam uma vida mecânica mediante pagamento com algumas moedas. Em uma das salas, havia a escultura em tamanho real de uma mulher japonesa chamada sra. Ito. Parecia subumana, agachada no chão com o braço seminu apontando para o lado, a cabeça quase sem cabelo, com uma aparência ligeiramente simiesca.

Lily e Shirley se aproximaram hesitantes. A escultura tinha sido entalhada na madeira e pintada, e Lily se perguntou se fora inspirada em uma mulher real e, caso tivesse sido, se a mulher havia concordado com aquela réplica de si mesma.

Várias crianças brancas olhavam para a estátua enquanto as mães esperavam atrás delas, conversando. Um dos garotinhos apontou para Shirley e Lily.

— Mamãe, elas são iguais à sra. Ito!

Uma das mães fez a gentileza de ao menos parecer envergonhada, mas a outra disse:

— Que maravilha! Com licença, meninas, vocês são japonesas? Poderiam falar com meus filhos?

Lily ficou paralisada.

Shirley agarrou-a pela mão e a puxou dali, dizendo por cima do ombro em um sotaque falso:

— Não falar ingrês, desculpa.

Quando saíram da sala, elas começaram a correr como se estivessem sendo perseguidas, passando pela exibição de Bonecas do Mundo — Lily tinha certeza de que haveria bonecas chinesas horrendas ali — e de volta para a galeria de frente para a pista de patinação. A corrida fez a coisa toda parecer mais engraçada do que horrível, e, quando elas chegaram ao Deque Marinho, onde havia uma fileira de janelas com vista para o mar, Shirley disse, desdenhosa:

— 鬼佬.*

E Lily riu, embora não fosse exatamente engraçado.

Havia diversos telescópios montados a poucos centímetros de cada janela, para permitir que os visitantes vissem a Pedra das Focas lá no meio do oceano. O nevoeiro tinha se dissipado e as pedras agora estavam visíveis. Shirley foi até um dos telescópios para olhar, depois virou para trás e chamou Lily.

— Venha dar uma olhada. Dá para ver as focas.

Lily colocou o olho no visor e rodou a lente até que as pedras estivessem nítidas. Viu algumas focas esparramadas sobre elas, seus corpos marrons e reluzentes deitados na ilha íngreme de pedras. Uma delas levantou a cabeça e Lily viu seus bigodinhos para lá e para cá, até que mergulhou de volta na água. Para além da Pedra das Focas, o Oceano Pacífico se estendia, enorme e cinzento, com alguma espuma branca, até desaparecer no horizonte cheio de nuvens. Parecia que elas estavam nos limites do mundo — ou pelo menos o mais longe que dava para ir de Chinatown sem sair de San Francisco —, e aquelas focas ali descansando eram totalmente alheias a esses pequenos dramas humanos.

---

* Malditas estrangeiras.

Uma família chegou fazendo barulho no Deque Marinho, e Lily viu os garotos com o canto do olho. Achou que talvez fossem os mesmos da sala da sra. Ito. Atrás dela, Shirley pendurava a sacola no ombro e abotoava o casaco.

— Estou com fome. Quer almoçar?

— Vamos lá.

Lily se afastou do telescópio e as duas foram embora do Deque Marinho, ignorando de propósito a família barulhenta. Lily sentiu os olhos deles em suas costas até chegarem à saída.

Decidiram almoçar no Sutro Heights Park, que ficava de frente para o oceano. Lily comprou duas garrafinhas de Coca-Cola em uma barraquinha no caminho. No alto da Avenida Point Lobos, o portão de entrada do parque era ladeado por dois leões de pedra enormes; lá dentro, a estrada seguia ao lado de uma fileira de palmeiras, cujas copas balançavam com o vento.

Embora Lily tivesse visto algumas pessoas caminhando pelas trilhas, o parque estava praticamente deserto. Ela viu as ruínas de antigas esculturas de concreto parcialmente escondidas em meio aos arbustos. Havia um veado caído, com os chifres quebrados, e a curva dos seios de uma mulher de pedra, com um braço estendido. Ela e Lily caminharam até o velho parapeito que circundava o local onde ficava a mansão vitoriana de Adolf Sutro, e encontraram um banquinho diante da cerca, bem em cima da Cliff House. Alguns poucos turistas tiravam fotos ali, mas não estavam preparados para aquele dia frio, e então, depois que foram embora tremendo, Lily e Shirley ficaram com a vista do mar só para elas.

Lily abriu os refrigerantes e Shirley abriu a caixinha de entrega do Pearl. Lily pegou um dos chue yuk paau e deu uma mordida. O pãozinho cozido estava bem leve em contraste com o recheio salgado e suculento de porco.

— Não sei por que você queria ser branca — disse Lily. — Ia ter que comer comida americana o tempo inteiro.

— Eles comem esta comida também — argumentou Shirley, pegando um pãozinho para ela. — Nós vendemos para eles!

— Vocês não vendem este aqui. Eles só comem os que são de churrasco, os ch'a shiu.* Normalmente eles comem... O que eles comem? Creme de milho ou algo assim? Ou caçarola de atum!

Shirley colocou a mão na frente da boca para rir.

— Bolo de carne!

— Sanduíche de mortadela! — Lily fez uma careta.

— Frango à la king! O que é isso, afinal?

— É um tipo de frango com um molho cremoso? Acho que comemos no refeitório da escola uma vez.

— Teve uma vez que fizeram creme de espinafre, lembra? Era um negócio escuro boiando em leite. — Shirley fez um barulho de nojo.

— Por que eles sempre colocam as verduras e legumes num creme?

— Bom, eu gosto de sorvete.

— Não é a mesma coisa. — Lily comeu o último pedaço do chue yuk paau e desejou tomar um sorvete de gengibre para arrematar. — Quer dividir esse outro paau?

— Com certeza. Não esqueça que ainda tem faat ko.

— Hum, delícia. — Lily abriu a caixa e pegou um pedaço do bolo esponja.

— Devia ter trazido um taan t'aat** — disse Shirley.

— Humm. Ou então um tau sha paau.***

— Você gosta desse, mas não é meu favorito. Eu prefiro lin yung paau.†

Lily bebeu mais um gole do refrigerante, o gás doce borbulhando em sua língua. Estava satisfeita e contente, e, quando o vento não estava forte, era quase agradável ali. Ficou olhando os tons de cinza do mar que ia e vinha; a espuma branca que ficava no topo como se fosse um

---

* Carne de porco assada.
** Tortinha de ovo.
*** Pãozinho recheado com pasta de feijão vermelho.
† Pãozinho recheado com pasta de semente de lótus.

creme; as ondas fortes que se chocavam contra as pedras cor de ferro. Estava constantemente mudando, e no entanto era o mesmo.

Shirley lhe entregou um biscoito da sorte, e ela o abriu e pegou o pedaço de papel de dentro. Colocou parte do biscoito na boca, mastigou e então leu sua sorte em voz alta:

— A perseverança traz boa sorte.

Shirley abriu o dela e leu:

— Saber quando você tem o suficiente é ser rico. Lao Tzu.

Lily comeu o resto do biscoito e pensou sobre as duas mensagens.

— Elas se contradizem. Não é? A minha diz para seguir tentando, e a sua diz para saber quando parar. Ou será que elas se complementam?

— São só uma coisa para os turistas. Não fazem sentido.

Shirley largou seu papelzinho e elas ficaram olhando enquanto ele flutuava pelo ar. Foi carregado por uma corrente de ar por cima da cerca, na direção do Pacífico.

Impulsiva, Lily se levantou para jogar o próprio papelzinho sobre a cerca depois do de Shirley, como se o oceano fosse uma espécie de poço dos desejos. Ela se apoiou na grade de metal para contemplar o papel, que rodopiou numa rajada de vento na direção da Cliff House até se perder de vista. Algo estava sendo construído na lateral sudeste do prédio. Havia caminhões e guinchos ali, com fardos gigantes de arame grosso. Um garotinho branco de uns cinco anos estava parado do lado de fora da área da obra de mão dada com a mãe, que segurava o próprio chapéu.

— Lily.

Ela se virou.

— O quê?

— Vou entrar no concurso Miss Chinatown.

O vento bateu na echarpe de Shirley e afrouxou-a de sua cabeça. Ela ajeitou. Parecia muito calma, como se não tivesse acabado de anunciar algo extraordinário.

Lily voltou e sentou no banco.

— Por quê? Hoje mesmo você disse que queria sair de Chinatown. Isso é... o oposto.

Shirley baixou a cabeça e olhou para o colo, onde tinha deixado a caixa.

— Eu não estava falando sério... O que eu disse mais cedo. Não totalmente.

— Só uma parte.

Shirley fechou a caixa e colocou a seu lado no banco.

— É que eu odeio a fofoca de Chinatown, só isso. E decidi que, se vão fazer fofoca, então por que não dar uma coisa real para comentarem?

Lily examinou a postura da amiga; Shirley cruzou os braços, na defensiva, e não olhou para ela.

— Que fofoca? — perguntou Lily.

— Isso importa? — disse Shirley, desafiadora.

Naquele momento, o vento derrubou o saco de biscoitos da sorte no chão e levou-o na direção da cerca. Shirley levantou e correu para pegar, e a caixa da comida escorregou pelo banco. Lily conseguiu segurar antes que caísse no chão. Shirley voltou logo depois com o saco de papel amassado e abriu sua bolsa de pano, onde guardariam o lixo.

Aquele momento de correr atrás do lixo tinha diminuído um pouco da tensão de Shirley; ela agora parecia mais flexível ou, pelo menos, resignada.

— Enfim — disse. — George Choy veio ao Eastern Pearl outro dia pedir que meu pai fosse um dos patrocinadores do concurso de beleza e disse que eu devia competir. E eu pensei, por que não? Sou tão bonita quanto a vencedora do ano passado, eles nunca têm garotas suficientes para competir e seria bom para os negócios. Se eu entrar, o Eastern Pearl vai ter bastante propaganda no festival de Ano-Novo.

Alguns anos antes, o concurso tinha sido transferido do Quatro de Julho para o Ano-Novo chinês, e foi ficando maior a cada ano. A vencedora ia conduzir a parada de Ano-Novo.

— Acho que eu tenho uma boa chance de ganhar — sugeriu Shirley. — Você não acha?

Enquanto falava, Shirley manteve a postura ereta; passou a mão na echarpe verde e rosa que cobria seu cabelo; e por fim inclinou a cabeça e abriu um sorriso quase sedutor para Lily.

— Sim, acho — respondeu Lily. Se alguém tinha boas chances de ganhar o concurso Miss Chinatown, com certeza era Shirley. E ainda assim havia uma tristeza inexplicável por trás de toda aquela bravata de Shirley, mas Lily não sabia muito bem como abordar o assunto. Em vez disso, falou: — O que você precisa fazer para participar?

— Preciso me inscrever e tem uma taxa baratinha, que posso pagar com as minhas economias. E então eu preciso conseguir patrocinadores. Vou pedir aos meus pais, claro, e talvez a alguns dos vizinhos. A loja de importados do sr. Wong seria uma boa, porque eu poderia usar as joias deles. E estava pensando se você poderia me ajudar.

— Eu? Como?

— As candidatas ao Miss Chinatown precisam vender bilhetes de rifa. Acho que a maioria das garotas tem ajuda de outras pessoas nisso, uma espécie de comitê de apoio. — Shirley abriu um sorriso pequeno e modesto. — Queria que você fosse a líder do meu comitê de apoio.

Lily ficou confusa.

— Por que não pede à Flora ou à Mary? Elas são muito melhores do que eu nesse tipo de coisa.

— Porque você é a minha melhor amiga desde que eu me lembro. — Um rubor subiu em suas bochechas. — Não a Flora e nem a Mary. Quero fazer isso com você.

Lily sentiu uma ternura quentinha crescer dentro dela; como um machucado que dói quando você aperta. Shirley chegou mais perto, enroscou o braço no de Lily e apoiou a cabeça em seu ombro. Lily sentiu o cheiro do xampu Breck de Shirley.

— Esse provavelmente vai ser nosso último ano juntas — conjecturou Shirley, melancólica. — Você pode ir para qualquer lugar ano que vem. E se entrar numa faculdade na Pensilvânia?

— Pensilvânia! — Tio Arthur, irmão mais novo do pai de Lily, tinha ido para a faculdade de medicina lá, mas Lily nunca quisera ir para tão longe. — Não vou para lá.

— Por que não? Se conseguir uma bolsa, e você pode conseguir, tem que ir. Desde que éramos crianças eu sabia que você iria embora em algum momento. Eu sempre fui a única que certamente não vai a lugar nenhum. Mesmo se você for para a Cal, não vai estar mais *aqui*.

Shirley parecia tão certa daquilo, e sua certeza fazia Lily se sentir culpada, como se estivesse planejando escapar de Chinatown desde criança. Como se sempre tivesse tido um plano para deixar Shirley para trás.

— Talvez você não esteja aqui também — disse Lily, esperando que suas palavras parecessem sinceras. Para ser educada, completou: — Você não vai para a faculdade?

Shirley se sentou e soltou o braço de Lily.

— Eu não sou o tipo que vai para a faculdade. Ou você esqueceu?

Lily ficou envergonhada.

— Desculpe, eu não quis...

Shirley balançou a mão para que ela parasse.

— Eu provavelmente vou para a Faculdade Comunitária, mas não vai fazer nenhuma diferença. Vou ter que trabalhar no Eastern Pearl de qualquer forma, pelo menos até casar. Foi isso que a Rosie fez. Este é meu último ano de liberdade, e vou fazer ser inesquecível. — Ela se virou para Lily com um olhar determinado. — Eu sei que nós tivemos desentendimentos este ano, mas esse é nosso último ano. Vamos fazer isso juntas.

No bondinho B-Geary de volta para Chinatown, elas formularam o plano. Shirley faria a inscrição nas duas semanas seguintes, depois de convencer os pais e o sr. Wong a patrociná-la. Lily perguntaria ao pai se o Hospital Chinês poderia apoiar de alguma forma, ou pelo menos autorizá-la a vender rifas por lá. Shirley precisava de um vestido cheongsam para o concurso, assim como um vestido de festa americano, e tinha que ensaiar o discurso e decidir o que fazer com o cabelo. E, durante o Natal, elas se sentariam com os amigos para traçar a estratégia de como poderiam vender o máximo possível de números da rifa.

Shirley queria escrever uma lista do que precisava fazer, então Lily encontrou um jornal abandonado em um dos assentos e Shirley pegou um lápis emprestado com uma moça sentada na frente delas. Enquanto Shirley escrevia suas anotações, Lily viu uma pequena matéria sobre a obra na Cliff House. Havia uma ilustração de um "trem suspenso", que parecia um único bondinho pendurado por um fio grosso, que trafegaria entre a Cliff House e Point Lobos, passando por cima dos antigos banhos de Sutro. Quando fosse inaugurado, no ano seguinte, os visitantes pagariam vinte e cinco centavos para ir e voltar de Point Lobos.

Lily se deu conta de que a obra que tinha visto lá de cima do Sutro Heights devia ter relação com esse trem suspenso. Ela se perguntou se alguém pagaria por uma viagem tão curta e inútil. Dava para ter a mesma vista, de graça, da orla. Valeria a pena ficar pendurado acima dos penhascos de pedra e do nevoeiro para chegar seis metros mais perto da Pedra das Focas? Os passageiros iam simplesmente ir e voltar, e, quando saíssem do trem no fim do percurso, não teriam ido a lugar algum.

28

Era como se Shirley tivesse apertado um botão e de repente Lily estava de volta à panelinha do grupo de amigos. Nas semanas que se seguiram ao passeio até o Sutro's, Shirley monopolizou quase todo o tempo livre de Lily. Teve que acompanhá-la para fazer a inscrição no concurso; teve que se reunir com os amigos para organizar o comitê do Miss Chinatown; e essas reuniões do comitê inevitavelmente se transformavam em idas ao Fong Fong's, onde os garotos se juntavam a elas. Até mesmo as caminhadas de Lily de volta para casa tinham dona. Shirley quase sempre procurava por ela.

Aquilo significava que Lily estava com menos tempo para passar com Kath, e, quando os dias foram se transformando em semanas, ela foi se sentindo cada vez pior. No começo, voltar às boas com Shirley fora confortável e familiar, mas aquela sensação não durou. Tia Judy mandou mais uma edição da *Collier's* para Lily, e alguns artigos da revista a fizeram pensar se não deveria estudar engenharia aeronáutica em vez de matemática na faculdade. Pensou em conversar sobre isso com Shirley, mas sabia que ela não estaria interessada e talvez até ficasse ressentida com as ambições de Lily. Quando era mais nova, Lily tinha aprendido a aceitar as diferenças entre ela e Shirley porque eram iguais nas coisas que mais importavam. Mas agora suas diferenças pareciam tão enormes, talvez até intransponíveis. Pensou consigo mesma se estaria se sentindo daquela maneira caso não tivesse feito amizade com Kath.

E, ainda assim, com o fim do semestre se aproximando, Lily começou a se preocupar com a distância que crescia entre ela e Kath. Kath compreendia quando Lily não podia ir andando com ela para casa, mas, depois de diversos furos, parou de esperar por Lily depois da aula. É claro, elas não eram amigas havia tanto tempo assim; talvez a amizade apenas estivesse voltando a ser o que era antes. Kath tinha as próprias amigas, incluindo as meninas da AAG, com quem almoçava, embora Lily tivesse a impressão de que suas melhores amigas, como Jean, tinham se formado no ano anterior. Lily se perguntou se Kath estava indo ao Telegraph Club com elas, e aquele pensamento despertou um ciúme estranho nela, que também mergulhou em uma melancolia meio fatalista. A única coisa que conseguia concluir era que não entendia muito bem como funcionava a amizade com Kath, mas o que quer que estivesse acontecendo — ou não estivesse acontecendo — não parecia certo.

Quando chegou o último dia de aula antes das férias de Natal, Lily já não falava com Kath fora da sala de aula desde o início de dezembro, embora Kath se comportasse de maneira totalmente agradável com ela nas aulas. Lily tinha esperanças de falar com ela antes da apresentação de Natal, mas não tivera tempo naquela manhã, e estava praticamente atrasada para a apresentação. A srta. Weiland acenava para ela da porta do auditório para que entrasse logo.

— Lily, aqui!

Shirley estava lá na frente do auditório, no meio da terceira fileira. Enquanto ia descendo pelo corredor, Lily finalmente viu Kath. Sabia que Kath a tinha visto também, porque os olhares se cruzaram meio furtivamente. Lily queria se sentar com Kath, mas não podia. Teve que ir abrindo caminho pela fileira de Shirley, batendo em vários joelhos e se desculpando, para sentar na cadeira que ela reservara a seu lado. Os amigos estavam todos ali também; Flora ao lado esquerdo de Shirley, Hanson ao lado dela, e Mary com uma cara irritada que não era comum.

Quando Lily sentou, Shirley disse:

— Vamos para a minha casa depois da escola, não para a da Flora. Você vem, não é?

— Claro — respondeu Lily, ainda pensando em Kath. Precisava falar com ela depois da escola, senão só a veria depois do Natal.

A apresentação começou com o coral cantando músicas natalinas e depois veio a encenação do nascimento de Jesus feita pela turma do segundo ano. Lily estava inquieta em seu assento, preocupada em saber se tinha de alguma forma deixado Kath irritada ao se reconciliar com Shirley. Era muito óbvio que Shirley não gostava de Kath, e o sentimento provavelmente era recíproco. Ou talvez Lily tivesse feito algo errado na última vez que foram ao Telegraph Club. Ela se lembrava de ter ficado sentada em silêncio ouvindo Jean e aquela outra Rhonda falando coisas que não entendia muito bem sobre sapatões e pagamentos para a polícia. Talvez Kath tivesse ficado envergonhada por ser vista com alguém tão ingênuo quanto Lily. Aquele pensamento a fez tremer por dentro, certa de que arruinara a amizade.

Depois da encenação, o clube de dança tomou o palco com suas sapatilhas rosa para exibir a coreografia de O *quebra-nozes*. As meninas vestidas com tutu rosa rodopiavam, cada uma em um nível de habilidade diferente, dando chutes com as pernas enquanto rodavam. A cada vez que chutavam, os tutus levantavam e expunham seus collants pretos por baixo, em rápidos flashes. Lily já vira a apresentação d'O *quebra nozes* pelo clube de dança todos os anos ao longo do ensino médio, mas dessa vez teve um novo olhar para o que assistia. As pernas das garotas e as sombras entre elas; as curvas de suas coxas e panturrilhas; o decote visível nos collants. As bailarinas provavelmente sempre tiveram essa mesma aparência, mas Lily sentia que era a primeira vez que realmente as via: o peso de seus corpos; sua vivacidade e o calor na pele rosada. Alguns meninos na fileira à frente de Lily assobiavam e riam, e, quando uma professora veio mandá-los calar a boca, Lily baixou a cabeça como se tivesse ela mesma levado uma bronca. Havia uma diferença entre os assobios dos garotos e o que ela estava pensando, mas não sabia muito bem como e por quê. Só sabia que a sensação era de ter sido flagrada, e seu rosto esquentou. Ficou feliz que o auditório estivesse escuro.

Sua mente voltou para a boate, para a lembrança da expressão satisfeita de Kath quando Rhonda a chamou de bebê caminhoneira. Lily tinha entendido aquilo em seu íntimo; vira não apenas no leve sorriso de Kath, mas também no jeito como se portava com o corpo. Parecida com Tommy.

— Encontro você no armário daqui a alguns minutos — disse Lily para Shirley quando saíram do auditório.

— Temos que ir logo — respondeu Shirley. — O que ainda precisa fazer?

— Preciso pegar uma coisa — alegou, bem vagamente, e saiu andando antes que Shirley continuasse fazendo perguntas.

Tinha visto Kath caminhando pelo hall até o próprio armário e queria alcançá-la antes que fosse embora, mas a multidão parecia estar atrapalhando de propósito. A cada vez que desviava de alguém, outra pessoa aparecia na sua frente, e, quando enfim chegou ao armário, Kath não estava mais lá. Frustrada, Lily olhou ao redor e enfim viu Kath andando para a porta da escola. Correu atrás dela, finalmente a alcançou e tocou seu ombro.

— Kath!

Ela se virou, surpresa.

— Preciso falar com você.

A mão de Lily deslizou pelo braço de Kath. Pegou-a pela mão e foram andando pelo canto do hall de entrada em busca de um lugar mais vazio. Estava uma confusão, todo mundo correndo para arrumar suas coisas e ir embora. Lily viu uma porta meio aberta para a sala de estoque logo depois da secretaria e puxou Kath para lá; só parou depois que as duas estavam lá dentro, a porta fechada, o barulho da saída dos alunos abafado de repente.

A sala era pouco maior que um armário, comprida e estreita, pouco mais larga que a porta. As paredes estavam cheias de prateleiras cobertas com resmas de papel e pastas de papel pardo, caixas de canetas e lápis. No teto, o painel de luzes fluorescentes lembrava Lily dos fundos da farmácia Thrifty — ela não ia lá desde a última vez que fora com Kath —, e ela percebeu que ainda segurava a mão de Kath. Soltou. A palma da mão estava suando.

Kath parou, de costas para uma parede cheia de pastas, e parecia meio confusa.

— O que houve?

Lily falou de um jeito meio atropelado.

— Queria falar com você antes do Natal... Desculpe por estar tão ocupada ultimamente. A Shirley está tomando todo o meu tempo com o Miss Chinatown.

— Eu sei — disse Kath. — Você me falou.

Aquela luz fluorescente fez a pele clara de Kath parecer ainda mais branca e transformou seus olhos azuis em um acinzentado leve. Kath tinha cortado o cabelo, Lily percebeu. Não era nada radical; tinha sido só uma aparada, mas o contorno estava mais ajustado à cabeça. Dava para perceber que, se ela penteasse de modo um pouquinho diferente, ficaria parecida com um garoto. Aquele pensamento era surpreendente, e, como se Kath pudesse ler sua mente, colocou as mãos nos bolsos e mudou a postura para algo mais masculino.

— Alguma coisa mudou? — perguntou Kath. — Você está concorrendo ao Miss Chinatown também?

Lily levantou a sobrancelha.

— Eu? Ah, não. Não sou nenhuma beldade.

Kath sorriu de leve.

— Não sei se eu concordo.

Lily sentiu o rosto queimar. Olhou para além do ombro de Kath, para as pilhas de pastas atrás dela, e mordeu o lábio. Não se lembrava mais do que queria dizer. Pensou muito em Rhonda, nas bailarinas de *O quebra-nozes* e naquela percepção repentina das características masculinas de Kath — ou será que sempre estiveram ali?

— O que está acontecendo? — perguntou Kath novamente. — Algo está te incomodando? Eu sei que tem estado ocupada... — Kath olhou para ela com uma expressão de dúvida.

— Desculpe — disse Lily, meio constrangida. — Eu sinto que... Que tem alguma coisa errada. Tem alguma coisa errada? Entre nós? — Ela juntou as mãos e as moveu, o rosto ainda mais quente.

Kath olhou para ela de um jeito engraçado, uma mistura de cautela e surpresa.

— Eu não... Por que acha que tem algo errado?

— É por causa da Shirley? Ela demanda muito de mim, e não quero que você pense que eu não quero... Que eu não quero ser sua amiga. — Lily estava sofrendo com sua pouca eloquência.

Kath mudou de posição, ajustou a alça da mochila e a sensação de cuidado pareceu aumentar.

— Para falar a verdade, ela não parece uma amiga muito boa.

— Ela é minha melhor amiga. — Lily soltou um suspiro.

— Está bem — disse Kath. Parecia mais uma pergunta.

— É que eu a conheço desde que nasci. — Lily tentou explicar. — Eu não... Não posso... Não é fácil... conviver com ela às vezes, mas não posso dar as costas a ela. É nosso último ano. — Ela não sabia muito bem como fazer Kath entender que Shirley sempre estivera ali; que sempre estaria ali, mesmo se Lily fosse para a faculdade e ela ficasse em Chinatown. Lily sempre teria que voltar para casa. — É nosso último ano juntas aqui. — Lily percebeu que estava usando as palavras da própria Shirley.

— Então o que você está dizendo? Vai estar ocupada até o fim do concurso Miss Chinatown? — Kath fechou a cara e balançou a cabeça.

— Acho que não entendo. Achei que fôssemos... — Kath interrompeu a si mesma, e parecia frustrada.

— Não estou dizendo isso. Eu... — Lily se perdeu. Era como se a língua inglesa não a estivesse ajudando. Não conseguia achar as palavras certas para esse sentimento dentro de si, como se estivesse negando a si mesma algo absolutamente vital, e nem sabia o que era.

E então, de repente, percebeu que aquilo não tinha nada a ver com Shirley.

Ela sentia falta de Kath. Sentia falta de conversar com ela, e sentia falta de ter Kath para ouvi-la. Foguetes para a Lua não pareciam algo tão impossível quando Kath estava ali para ouvir. Ela tinha feito coisas inimagináveis parecerem possíveis.

Vinha querendo perguntar a Kath quando podiam ir ao Telegraph Club novamente, mas agora sentia que estragara tudo, e ficou olhando para o chão, melancólica.

— Acho que vou embora — disse Kath, em voz baixa. — Parece que estou deixando você triste.

— Não, sou eu quem está fazendo tudo errado — corrigiu Lily. Uma onda de saudade percorreu seu corpo. Precisava consertar isso. *Mostrar* a Kath o que não conseguia dizer.

Num impulso, Lily segurou a mão de Kath. Ela ficou surpresa, mas depois deixou que tomasse sua mão.

Na hora, Lily soube que aquilo era diferente. Não era como segurar a mão de Kath para puxá-la até a sala de estoque. Por instinto, Lily passou o dedo na palma da mão de Kath, sentindo a ondulação da pele, as linhas delicadas das veias em seu braço, a pulsação sob seus dedos. Ouviu quando Kath precisou retomar o fôlego.

— Vamos à boate de novo — propôs Lily, devagar, olhando para as mãos unidas. Nunca tinha percebido que a pele de Kath era tão branca que fazia a sua parecer quase dourada.

Elas ficaram em silêncio por um tempo, o suficiente para que o coração de Lily começasse a desanimar, mas então Kath perguntou, hesitante:

— Você... Acha que vai ter tempo durante o feriado de Natal?

— Vou! — Lily levantou os olhos, animada, e Kath apertou os dedos sobre os dela. — Quando você quer ir?

Kath olhou como se ainda não estivesse totalmente confiante naquilo.

— Jean queria ir na véspera de Ano-Novo, mas é muito caro. Tem que pagar entrada. Perguntei se ela queria ir no dia 30 de dezembro.

— O que ela disse?

— Ainda não decidiu. Eu ia perguntar se você queria ir, mas não sabia se... Você quer ir, então?

O cabelo de Kath estava curto o suficiente para que Lily pudesse ver a ponta de suas orelhas, a pele ficando rosada, como uma flor que se enchia de cor. Lily sabia que ela também estava ficando vermelha, mas, por um breve e empolgante momento, nem se importou.

— Quero — respondeu ela. — Quero.

29

Quando Lily era mais nova, pensava que a casa de Shirley fosse uma espécie de labirinto maravilhoso. Os cômodos, tanto os pequenos quanto os grandes, eram lotados de parafernália chinesa: estátuas de jade em todos os cantinhos; pinturas de paisagens desbotadas em amarelo e marrom; cortinas de seda e telas e mais telas entulhadas nos cantos mais recônditos. Ao longo dos anos, muitos membros da família estendida de Shirley tinham morado ali — tios e tias, avós e primos de visita —, mas agora era só a família mais imediata. Desde que Rosie, a irmã mais velha de Shirley, se casara, havia seis deles ocupando os dois andares que ficavam acima do Eastern Pearl.

Quando chegaram lá hoje, Shirley conduziu Lily, Flora e Mary até a sala, no terceiro andar. As janelas davam para a Rua Sacramento, e Lily e Shirley já tinham passado muitas horas debruçadas nessas janelas, examinando o movimento da rua e de olho nas pessoas que entravam no restaurante. Mas estava muito frio para deixar as janelas abertas hoje, e Shirley teve que acender a luz. Era uma sala bem formal, com um conjunto de móveis chineses de jacarandá e um trio de vasos da dinastia Ch'ing dispostos sobre a cornija da lareira. Havia um pequeno altar familiar em um dos cantos, com pequenas fotos em preto e branco coladas na parede acima de uma tigela com incensos queimados até a metade. O aroma doce e suave do incenso permanecia no cômodo e se sobrepunha ao cheiro de macarrão frito que sempre subia do Eastern Pearl.

A tarefa de hoje era trabalhar coletivamente no discurso de Shirley. Mary folheou suas anotações e Flora comunicou, orgulhosa, que o pai ia comprar algumas centenas de bilhetes da rifa.

— Que maravilhoso — comemorou Shirley, emocionada. — Você vai ter uma competição à altura, Lily.

Ela ficou alarmada.

— Vou?

— Tenho certeza que o conselho do hospital vai comprar uns mil bilhetes — disse Flora, com calma.

Mary quase sorriu, mas disfarçou bem ao estender a mão para pegar um punhado de lula desidratada, que Shirley colocara numa tigela sobre a mesinha.

Shirley abriu o caderno.

— Muito bem. O que eu devo dizer aos jurados? Imagino que seja o motivo de eu ser a candidata certa para vencer o Miss Chinatown.

— Bom, e por que você quer ser Miss Chinatown? — perguntou Mary.

— Porque é ambiciosa? — sugeriu Lily.

— Ela não pode dizer isso — discordou Flora. — Precisa ser modesta.

— Porque você é linda — disse Mary.

— Não pode dizer isso também — ponderou Lily. — O que eles disseram no ano passado? A Miss Chinatown tem que ser boa, serena e esforçada. Bem, você é esforçada. — Ela pôs um punhado de lula na boca; estava borrachuda, salgada, com gosto de peixe e um pouquinho apimentada.

Shirley fez cara de chocada.

— Eu sou serena também!

— Então só vai ter que mentir sobre ser boa — disse Lily.

— Eu sou boa, sim! — protestou Shirley.

— Depende do que você considera ser boa — brincou Mary.

Lily riu e Shirley fingiu estar ofendida. Flora levou a mão à boca enquanto dava uma risada.

— Ouvi dizer que Donna Ng está dançando na Forbidden City agora — comentou Mary, os olhos arregalados para mostrar que estava escandalizada. Donna Ng tinha sido a segunda colocada no ano anterior.

— Eu ouvi dizer que a Miss Chinatown Los Angeles está fazendo testes para filmes — contou Flora.

Shirley fez uma pose na cadeira, a cabeça jogada para trás como se estivesse olhando o horizonte a distância.

— Vocês acham que eu devia fazer teste para um filme? — perguntou.

— Sim! — disse Mary.

— Não há muitos filmes com garotas chinesas no elenco — observou Lily. — Pelo menos não aqui.

— Você pode ir para Hong Kong — sugeriu Flora.

— Bom, primeiro eu vou tentar Hollywood — decidiu Shirley, confiante. — Aposto que eles me escalariam.

A luz do abajur estava perfeitamente posicionada para iluminar o rosto de Shirley, quase como um holofote. E Lily achou bem fácil imaginá-la em uma tela de cinema. Shirley adorava ser o centro das atenções, mas também sabia transformar aquele desejo de ser olhada em algo sedutor e de certa forma lisonjeiro para a pessoa que olhava.

E então Shirley saiu da pose, cruzou as pernas e balançou o pé de chinelo para cima e para baixo.

— E então, meninas, o que eu devo dizer? — perguntou, se inclinando para pegar também um pouco de lula. Mastigou como uma velha senhora chinesa que não se importava em ficar com cheiro de peixe depois.

— Já sei — começou Lily, e todos olharam para ela. — Você quer ser Miss Chinatown porque esta é sua casa. Você cresceu aqui, ama este lugar e quer ajudar a representá-lo diante dos Estados Unidos.

Shirley escrevia o que Lily dizia.

— Sim, exatamente. Perfeito. — Sorriu para Lily. — Estou muito feliz que você esteja aqui.

Era a primeira vez que alguém admitia, ainda que de forma indireta, que Lily não estivera ali durante um tempo. Flora e Mary olharam para ela, um pouco culpadas. Lily comeu mais lula.

Na véspera de Natal, Frankie interpretou um pastor na encenação do nascimento de Jesus na igreja. Tinha conseguido uma barba marrom falsa e amarrado ao redor da cabeça com um barbante de cozinha. Por causa disso, Lily e a família tiveram que chegar à igreja mais cedo. Enquanto esperava do lado de fora do santuário com Eddie e o pai — a mãe entrara com Frankie —, ela se perguntou se Kath iria à missa na igreja de São Pedro e São Paulo. Imaginou se Kath estava pensando nela. E se estivessem uma pensando na outra ao mesmo tempo? Essa ideia fez sua pulsação acelerar.

Não demorou muito até que os amigos começassem a chegar, e ela precisou fingir que estava feliz em vê-los. Primeiro vieram os colegas do pai, do Hospital Chinês, e as famílias; depois um grupo de alunos da China que estudavam na Cal e queriam se apresentar a seu pai. Teve que apertar as mãos e falar com todos com seu péssimo mandarim. Finalmente, eles se dispersaram e se espalharam pelos bancos: Lily com o pai e Eddie; Shirley com a família do outro lado do corredor; os alunos chineses no fundo. A mãe se sentou ao lado de Lily um minuto antes de o coral começar a cantar, e Lily olhou para o altar para assistir.

Ficou mexendo nas mãos, nervosa, enquanto os pequenos José e Maria assumiam seus lugares. O casaco de Lily estava no colo, e parecia um cobertor. Tentou dobrar, mas deu uma cotovelada na mãe durante o processo. Sussurrou um "desculpa" e a mãe franziu a testa, pegou o casaco e dobrou para ela, como se fosse uma garotinha.

Lily deu uma olhada para Shirley lá do outro lado da igreja. Ela assistia à encenação com uma expressão neutra no rosto, como se sua mente também estivesse longe. Lily percebeu que Shirley mudara o cabelo. Tinha sido sutil, mas, de alguma forma, agora ela penteava para trás e prendia de um jeito que a fazia parecer mais velha e sofisticada. Havia também algo em sua postura — ombros para trás, cabeça levantada — que lembravam Lily de Lana Jackson.

Na mesma hora, Lily se lembrou do cheiro do Telegraph Club, o som do piano e dos copos batendo nas mesas. Seus pensamentos voltaram para Kath e a última vez que se viram; a sensação de ter as mãos entrelaçadas; a promessa de se encontrarem na noite anterior à véspera de Ano-Novo.

Ninguém nessa igreja sabia que Lily tinha estado no Telegraph Club e iria novamente. Ninguém. Aquilo era bastante confuso, como se ela vivesse uma segunda vida em outra dimensão, e ela teve que segurar com força a madeira do banco da igreja para se lembrar de onde estava.

Uma das crianças lia um trecho do livro de Lucas com a voz aguda e infantil:

— E ela deu à luz o seu primogênito. Envolveu-o em panos e o colocou numa manjedoura, porque não havia lugar para eles na hospedaria.

A pequena Maria — uma menininha chinesa com um vestido marrom de camponesa e um tecido azul amarrado na cabeça — colocou com cuidado o boneco do bebê dentro de uma manjedoura de madeira envolta por palha. Alguém tinha construído aquela manjedoura anos antes; Lily a reconhecia de outros Natais.

Lily já interpretara o papel de pastor uma vez durante a encenação de Natal, quando tinha uns nove ou dez anos. Fora a única menina a interpretar um pastor, e na verdade precisara brigar por aquele papel, porque Shirley tinha sido escalada como Maria e aquele era o único papel para meninas. Ela se lembrava de ter dito para a professora do catecismo: "Não é justo que Shirley seja a única menina na peça!" A professora cedeu e disse que ela podia ser uma pastora, mas Lily insistiu que queria ser um pastor, igual aos meninos. Sentiu-se muito orgulhosa.

Agora ela se perguntava, um pouco tensa, se aquilo significava alguma coisa. Será que Kath também tinha interpretado um pastor na encenação de sua igreja? De repente imaginou todas as mulheres que conhecera no Telegraph Club como menininhas, todas vestidas como um pastor ou até mesmo um rei, figurinos de garotos escondendo os vestidos, barbas falsas ocultando os rostos femininos.

Os pastores começaram a chegar lá da frente da igreja, e se colocaram em volta de Maria, de José e do boneco Jesus. Frankie segurava seu cajado com força, totalmente investido no personagem. Lily notou que nenhum dos pastores era menina este ano; eram todos meninos.

1937	O Japão invade a China.
1940	Edward Chen-te Hu [胡振德] nasce.
1941	Os Estados Unidos entram na Segunda Guerra Mundial.
1942	Joseph ingressa no exército dos Estados Unidos e se torna cidadão americano naturalizado.
1943	A Lei de Exclusão dos Chineses é revogada.
25 de março de 1943	**GRACE e a família participam do desfile em homenagem à visita da Madame Chiang Kai-she'k a San Francisco.**
1944	O "Esquadrão Suicida" é oficializado e se torna o Laboratório de Propulsão a Jato, passando a trabalhar sob o comando do exército.
1945	Termina a Segunda Guerra Mundial.

GRACE
Onze anos antes

Chinatown estava abarrotada de bandeiras, faixas e flores: bandeiras americanas e chinesas vermelhas, brancas e azuis; laços de fita longos e vermelhos pendurados nos postes de luz; flores de damasco de pétalas brancas com suaves corações cor-de-rosa enfeitando as janelas polidas. Madame Chiang Kai-shek estava visitando San Francisco, e até o sol parecia reluzir com um brilho mais intenso para marcar sua chegada, inclinando-se entre os prédios para banhar cada bandeira e cada faixa com sua luz dourada.

Grace Hu também fora afetada pela febre que assolara a cidade inteira. Cedinho naquela manhã, já reservara seu lugar na Avenida Grant entre um quiosque da esquina e um poste de luz para assistir à primeira-dama chinesa desfilando por Chinatown. A mãe de Grace levou um caixote para o meio-fio e se sentou com Eddie, de dois anos, milagrosamente calmo e empoleirado em seu colo. Lily, que tinha seis anos, se encostava a Grace enquanto aguardavam. Naquela tarde, Lily se juntaria a milhares de crianças de Chinatown na parada que ia sair do Centro Cívico, e Grace marcharia ao lado dela, uma das dezenas de mães voluntárias que conduziriam as crianças pela cidade. Agora, Grace imaginava, era a calma antes da tempestade.

— 佢話佢好虛弱 — falou a mãe de Grace. — 無論佢走到邊度，都有白車跟住佢.*

— 但佢一定要好堅強先可以橫跨美國演講** — comentou Grace.

— 為中國佢會忍受一切.***

O conhecimento que Grace tinha do dialeto cantonês da mãe era limitado ao que conversavam em casa. Nem sempre compreendia tudo que ela dizia sobre política, mas a conhecia bem o suficiente para saber quando havia cinismo na voz da mãe. Estava prestes a perguntar o que exatamente ela queria dizer, quando Lily interrompeu.

— Mamãe, quando ela vai chegar? — perguntou Lily.

— Logo, logo — respondeu Grace.

— Mas você disse a mesma coisa um tempão atrás — reclamou Lily.

Grace riu e apertou a filha num abraço. Lily deus uns gritinhos, meio rindo e meio protestando, e Grace se abaixou para dizer:

— Ela vai chegar a qualquer momento!

Eddie ouviu a expectativa na voz de Grace e buscou seu colo, os dedinhos estendidos e esticados. Ela fez cosquinha na palma da mão dele com a ponta do dedo, e sorriu quando ele deu umas gargalhadinhas. Ver o filho rindo no colo da mãe a fez perceber que não queria discutir com ela sobre Madame Chiang. Queria aproveitar o dia.

O marido havia ingressado no exército americano havia um ano, e hoje era o primeiro dia em que ela se sentia otimista em relação à guerra. Tinha certeza de que a viagem de Madame Chiang aos Estados Unidos conseguiria angariar o apoio dos americanos na luta da China contra o Japão imperial. Sentia orgulho do marido por fazer parte daquele esforço. Embora ele não pudesse lhe contar muita coisa sobre o que estava fazendo, ela sabia que fora enviado para a China e estava

---

* Dizem que ela é muito frágil. Ela tem uma ambulância que vai junto aonde quer que vá.
** Mas ela deve ser forte, para aguentar essa viagem até os Estados Unidos.
*** Ela vai aguentar o que tiver que aguentar pela China.

trabalhando para salvar a vida de homens dos dois países: sua terra natal e a nação que adotara como sua.

Finalmente Grace ouviu o alvoroço da multidão que anunciava a chegada de Madame Chiang aos portões de Chinatown. A mãe de Grace se levantou e ergueu Eddie nos braços para que ele também conseguisse ver o comboio que se aproximava. Na plateia, a multidão tremulava suas bandeiras. Os gritos abafaram o som dos motores dos carros e todos se inclinaram para a frente em uníssono, na tentativa de ver, pelo menos de relance, a mulher que viera para representar toda a China.

Circulou o boato de que Madame Chiang talvez saísse da limusine para caminhar pela Avenida Grant, e, enquanto o carro ia deslizando pela rua, todo mundo esperou que isso acontecesse, mas ela não parou. Os homens do serviço secreto que caminhavam ao lado do comboio com seus ternos escuros apenas olhavam de cara fechada para os espectadores por baixo da aba de seus chapéus Fedora. Mas enfim lá estava ela, a limusine adornada com bandeiras, os para-lamas polidos, as janelas refletindo a luz do sol. Grace chamou a filha para se levantar e subir no caixote de madeira para ver a primeira-dama da China.

Grace viu um lenço branco esvoaçante saindo do banco de trás — Madame Chiang acenava para eles, mas não saiu do carro. Todo mundo disse que ela devia estar exausta; e, além disso, ainda ia visitar os líderes de Chinatown e a sede da Six Companies. Não podia perder tempo ali, cumprimentando os chineses comuns dos Estados Unidos. Eles precisavam gritar mais alto, para ela saber que os chineses americanos estavam a seu lado. Grace se lembrou, não pela primeira vez, que Madame Chiang era praticamente metade americana, já que estudara nos Estados Unidos. Ela se agarrou a essa ideia enquanto o comboio ia desaparecendo, seguido pela banda marcial da St. Mary's, que tocava uma música alegre, como se fosse Ano-Novo chinês.

— Mamãe, achei que a parada fosse ser hoje à tarde — disse Lily.

— Tem outra hoje à tarde. Essa agora é para dar as boas-vindas a Madame Chiang em Chinatown.

— Duas paradas! Em um dia?

— Sim, duas paradas.

— Essa madame deve ser bem importante.

Grace sorriu para a filha.

— Sim, ela é uma chinesa muito importante mesmo.

A desvantagem de participar da parada era não poder assistir ao resto dela, Grace percebeu. Mas o momento histórico devia ser apreciado, disse a si mesma, enquanto andava de um lado a outro para conseguir ficar de olho nas vinte crianças inquietas que estavam sob sua supervisão. O grupo dela era apenas um de dezenas, o que reunia milhares de crianças, ela ouvira falar. Estavam todas vestidas com trajes chineses tradicionais, que iam de chapéus coloridos com borlas douradas até pijamas de seda brancos bordados com flores rosa. Lily e a amiga Shirley estavam com roupas iguais: calça de seda e casaco de gola mandarim e botões com fecho de sapo, tudo azul-celeste. Estavam extasiadas com as roupas e também com a importância da tarefa: representar os jovens chineses nos Estados Unidos. Mas a responsabilidade imposta por Grace e as outras mães não parecia um fardo nos ombros delicados delas. Estavam simplesmente felizes por estar com os amigos numa tarde de céu limpo em um dia em que normalmente estariam na escola.

Quando finalmente era a vez deles de entrar no desfile, Grace fez uma fila com suas crianças e conduziu-as até o Centro Cívico. A plateia que se espalhava pela rua Polk tinha umas trinta ou quarenta fileiras de pessoas; Grace não conseguia ver onde terminava. Quando chegaram perto da prefeitura, os aplausos e vivas da plateia eram estrondosos, e ela sentia o entusiasmo percorrer os ossos, como se um terremoto estivesse fazendo tremer as ruas cobertas de confetes.

Disseram que Madame Chiang assistia ao desfile da varanda em cima da entrada da prefeitura. Grace deu uma olhada para o alto, entre as colunas, e viu algumas pessoas bem ao longe, mas não dava para reconhecer ninguém. Não conseguia ver o lenço branco de Madame Chiang, que ela certamente devia estar balançando para a massa de gente ali embaixo.

Grace percebeu que havia um avião no céu, o ronco do motor totalmente abafado pelos gritos da multidão. O veículo puxava um banner branco largo, com um círculo preto pintado no meio. Ver aquilo tirou um pouco do ânimo de Grace. Era um avião que carregava um alvo sobre o oceano, usado para treinamento de tiro pelos pilotos de navio, para ensaiar o ataque contra os japoneses. Ela se perguntou se Madame Chiang vira aquilo também.

Quando os Lum convidaram os Hu para jantar em sua casa depois do desfile, Grace ficou agradecida e aceitou. O dia tinha sido extasiante, mas exaustivo, e ela ainda não queria que acabasse quando levasse os filhos para seu apartamento pequeno e escuro.

Secretamente, Grace tinha inveja dos Lum. Havia algo de muito cativante naquela família enorme e ruidosa, com muitas gerações e primos todos vivendo juntos sobre o restaurante. E admirava a facilidade com que Ruby Lum, a mãe de Shirley, administrava a casa inteira. Durante uma época, antes de Lily nascer, Grace pensara que teria que se mudar para a China para viver com Joseph, como era esperado de uma boa esposa chinesa. Mas a invasão japonesa em Xangai frustrou aqueles planos. Às vezes ainda se ressentia. Em vez de assumir sua posição de direito na família de Joseph, como esposa do primogênito, fora relegada a ficar sozinha nessa cidade distante. Sabia que devia ser grata à mãe por ter ido morar em sua casa para ajudar com as crianças enquanto Joseph estava na guerra, mas tinha alguma dificuldade para alcançar aquele sentimento de gratidão. Sentia como se tivesse voltado para a casa dos pais de certa forma, como uma filha viúva e sem dinheiro, embora a situação fosse o oposto.

Nunca podia deixar Joseph saber que ela se sentia daquele jeito. Imaginar que ela invejava a esposa de um dono de restaurante — ainda que fosse bem-sucedido — mesmo estando na posição de esposa de um médico formado em Stanford. Na China, a família de Joseph seria muito superior aos Lum, mas aqui nos Estados Unidos Grace não estava certa de que valia a mesma estratificação social. As pessoas tratavam

Joseph com respeito em sua presença, mas Grace sabia que para muitos dos moradores de Chinatown — todos aqueles solteirões que se reuniam para reclamar — o dr. Joseph Hu era um xangaiense arrogante que não falava a língua deles.

Tudo isso passou pela cabeça de Grace enquanto subia a escadaria para a sala dos Lum com a mãe. Pensou no que Madame Chiang acharia dos Lum. A casa era entulhada de pinturas e móveis chineses, mas era entulhada de um jeito agradável, um testemunho do sucesso da família. Lily e Shirley já haviam corrido para o quarto que Shirley dividia com as irmãs, e, embora Grace tivesse dito que ficassem quietas, sabia que não iam obedecer. Eddie estava agitado e demorou um tempinho para se aquietar e ceder à muito necessária soneca. Quando Grace voltou para a sala, Ruby já trouxera comida do restaurante para cima. Na mesa de jantar havia travessas com macarrão frito, espinafre d'água e peixe refogado. Rosie, a filha mais velha dos Lum, carregava uma pilha de tigelas, colheres com a base reta e um recipiente cheio de hashis, enquanto Ruby trazia uma sopeira com caldo de ossos de porco da pequena cozinha da família.

O jantar foi informal e barulhento. O vinho de arroz foi servido e os homens mais velhos da família Lum (os mais jovens tinham se alistado no exército) começaram a falar de maneira bastante impetuosa sobre a guerra; como os Estados Unidos enviariam aviões, armas, soldados e bombas, e como os japoneses seriam massacrados com a mesma crueldade com que tinham massacrado os chineses.

Ruby e Grace trocaram um olhar cético que se transformou em um sorriso, e depois Ruby fez um gesto para que Grace se juntasse a ela no sofá. Um dos garçons do restaurante trouxera uma porção de bolinhos doces recheados, e elas pegaram um cada uma e foram para o canto mais silencioso da sala, perto de onde estava sentada a mãe de Grace.

— Acha que eles estão certos? — perguntou Grace, olhando para os homens. — Os Estados Unidos vão mesmo enviar essa ajuda toda para a China?

Ruby deu de ombros.

— Quem pode ter certeza? O presidente tinha dito que sim, mas até agora não cumpriram a promessa.

— Se tem alguém que pode convencer o presidente Roosevelt a ajudar a China é a Madame Chiang — disse Grace. — Você viu a cobertura dos jornais? Eles a amam.

— Eles amam a mulher que ela apresenta para eles.

— Acha que ela está sendo falsa?

Ruby negou com a cabeça.

— Falsa, não. Ensaiada. Preparada. Ela é tão americana. Por isso eles a amam.

— Eles a amam porque ela é linda — disse a mãe de Grace.

Os homens caíram na risada depois de alguma piada que Grace não ouviu; foi meio desagradável depois do comentário da mãe.

— Ela é inteligente também — ponderou Grace.

— Claro que é — concordou Ruby. — É inteligente o suficiente para se certificar de estar sempre linda. Eu sei que você gosta dela, Grace. Eu também gosto. Mas, ainda assim, é uma mulher. Será que pode mesmo convencer todos esses homens brancos a ajudar a China? Eles podem até amá-la, mas não tenho certeza de que amam a China.

— Amam mais do que ao Japão — opinou Grace. Do canto do olho, viu Lily correndo para a sala e deu um grito. — Lily! Nada de correr!

Lily diminuiu o passo, mas então Shirley a pegou pela mão e levou até as janelas da sala. As cortinas ainda estavam abertas, e o neon vermelho e branco do letreiro do Eastern Pearl brilhava pelo vidro. Shirley carregou um pequeno banco até a beira da janela e subiu. Lily foi atrás e Grace estava prestes a avisar a filha para tomar cuidado quando notou o que as duas faziam. Em pé em cima do banco, as meninas ficavam com o batente da janela na altura da cintura. Elas então se inclinavam como se estivessem numa varanda. Cada uma tinha um guardanapo branco do restaurante na mão direita e acenavam com ele para a rua escura lá embaixo.

PARTE V

Vida extravagante

Dezembro de 1954 a janeiro de 1955

30

Kath estava sozinha quando Lily a encontrou na esquina onde combinaram, na noite do dia 30 de dezembro.

— Jean não vem — disse Kath, assim que viu Lily. — Está economizando para ir amanhã. Parece que vai ser um grande espetáculo.

— Sinto muito que você não vá amanhã — respondeu Lily, embora a ausência de Jean lhe trouxesse uma pontada de alívio.

— Tudo bem — respondeu Kath. — Prefiro ir hoje.

Lily se perguntou se aquilo significava que Kath preferia estar com ela e não com Jean, e sentiu uma onda de excitação. Mexeu na echarpe e a colocou novamente ao redor do pescoço. A noite estava enevoada e bem fria, com rajadas de vento que teimavam em tirar a echarpe do lugar.

— Como foi o Natal? — perguntou Kath, enquanto iam caminhando para a boate.

— Ganhei uma bolsa — contou Lily. Não falou de maneira a parecer mal-humorada, mas o mau humor involuntário foi engraçado, e as duas caíram na gargalhada.

— Você não queria?

— Pelo visto, acho que não. E você ganhou o quê?

Elas falaram mais um pouco sobre o Natal até que a conversa foi interrompida ao atravessar a Broadway, quando tiveram que prestar atenção e desviar de um grupo de homens que vinha na direção oposta. Quando chegaram do outro lado da rua, Lily comentou:

— Eu ando pensando em como é estranho o fato de eu nunca ter feito isso antes, e agora achar que é quase normal. — Fez uma pausa. — Não exatamente normal, mas entende o que eu digo?

— Entendo.

— Não é estranho que ninguém no nosso dia a dia saiba disso? Que eles achem que nós estamos em casa dormindo?

— Bom, eu não quero que saibam. Você quer?

— Não — respondeu Lily rapidamente. É claro que não queria que ninguém em seu dia a dia soubesse. Só de pensar naquilo ficava apavorada. Não, era melhor manter o segredo.

Na boate, havia uma pequena fila do lado de fora. Mickey estava trabalhando novamente, mas não reconheceu Lily a princípio, então ela teve que desenrolar a echarpe e mostrar o rosto.

— Já estive aqui.

Atrás dela, uma mulher disse:

— É você, Lily?

Ela se virou, surpresa, e uma mulher baixinha usando uma capa de chuva com cinto chegou perto.

— Sou eu, Claire. Lembra?

Lily apertou a mão de Claire, que depois cumprimentou Kath também. Claire estava novamente com Paula — Lily se lembrava dela —, e as quatro entraram na boate juntas e encontraram uma mesa do lado esquerdo do palco, nos fundos do salão.

Dessa vez uma garçonete que usava um vestidinho preto com um pequeno avental branco amarrado na cintura circulava entre as mesas, anotando pedidos e trazendo as bebidas.

— Olá, meninas. Temos champanhe no cardápio com desconto hoje — informou, quando chegou à mesa delas.

— Vamos querer uma rodada para todas — pediu Paula. — É por minha conta.

A garçonete levou um bom tempo para voltar, e, enquanto esperavam, elas conversaram sobre a apresentação: se Tommy faria um número novo e se deveria aposentar alguns de seus clássicos.

— Ela já está aqui há um tempo. No Telegraph Club, quero dizer — ponderou Claire. — Uns bons meses, pelo menos.

— Acho surpreendente que Joyce continue com ela por tanto tempo — opinou Paula.

— Ela deve estar fazendo bem para os negócios — sugeriu Claire. — Quantas vezes nós viemos aqui? Umas seis pelo menos?

— Quem é Joyce? — perguntou Kath.

— Joyce Morgan. A dona do lugar — explicou Paula. — Ela normalmente fica no bar.

— Onde Tommy se apresentava antes? — indagou Kath.

— No The Paper Doll, acho? — disse Claire. — Mas eu nunca a vi lá.

— Antes ela trabalhava como manobrista — contou Paula. — Lá naquele estacionamento da Columbus.

— Imagina só? — Claire riu. — Ter seu carro estacionado por Tommy Andrews.

— Acho que ela ainda não usava o nome Tommy Andrews naquela época — apontou Paula.

A garçonete voltou, trazendo quatro taças de champanhe numa pequena bandeja redonda.

— Feliz Ano-Novo antecipado — disse Paula, e todas levantaram suas taças e brindaram com cuidado, para não desperdiçar nada.

Lily experimentou devagar. Estava amargo e meio sem gosto.

Paula fez uma careta.

— Não acho que isso seja francês, mas vai dar para o gasto.

— Ai, Paula — censurou Claire.

A pianista apareceu, o holofote foi ligado e todo mundo ficou em silêncio, esperando o show começar. Lily bebeu o champanhe barato muito rápido e, quando Tommy Andrews subiu ao palco, já estava meio tontinha e acalorada, como se o verão tivesse chegado ali dentro da boate e a envolvido em seu calorzinho preguiçoso. Ela não se importou nem um pouco.

No intervalo, Claire e Paula foram ao banheiro e, na volta, trouxeram Lana Jackson com elas. Lana bebia martíni e, quando a garçonete chegou para anotar os novos pedidos, ela a cumprimentou pelo nome — "Como vai sua noite, Betty?" — e pediu mais um. Paula e Claire pediram martíni também, e Lana sugeriu que Betty trouxesse então uma jarra para a mesa.

— Eu vou querer uma cerveja, obrigada — disse Kath.

— E você, senhorita? — Betty perguntou a Lily.

— Só uma cerveja, obrigada.

— Você não parece o tipo que bebe cerveja — observou Lana, acendendo um cigarro. — Tem certeza que não quer um martíni?

— Nunca tomei.

Lana levantou as sobrancelhas cuidadosamente modeladas com lápis, sorriu para Lily e se dirigiu a Betty:

— A bonequinha chinesa vai tomar um martíni também.

Lily não sabia muito bem se devia ficar lisonjeada ou ofendida.

Lana ofereceu a cartela prateada de cigarros ao redor da mesa e Claire disse:

— Eu aceito um. Vocês souberam da Ruth Schmidt?

— Ruthie, de San Mateo? — perguntou Lana.

— Sim. Você soube?

— Não, o que aconteceu?

Claire chegou mais perto de Paula, que estava com o isqueiro aceso para ela, e tragou rapidamente.

— Ela me disse que uns caras do governo pediram que ela fosse informante.

Lily e todas as outras olharam para Claire, surpresas.

— Informante! — exclamou Lana. — Achei que ela estivesse trabalhando no estaleiro.

— Sim, como datilógrafa. Mas parece que os federais acham que o novo namorado dela é esquerdista.

Lana levantou as sobrancelhas de novo.

— Sério? Aquele carinha Marty Coleman? Vendedor de carros?

Claire riu.

— Vendedor de sapatos. Mas, sim. Os federais acham que ele está envolvido numa organização comunista e querem que ela aja como espiã para eles. Eu disse que ela devia é trocá-lo por uma mulher de verdade.

A palavra *comunista* era chocante para Lily, como se alguém tivesse jogado uma pedra em uma janela de vidro, mas as mulheres ali na mesa continuaram conversando e fumando como se não fosse nada.

— Achei que tivessem parado com esse tipo de investigação agora que o McCarthy foi condenado — observou Paula.

— Pelo visto não — disse Lana.

Claire soltou uma baforada, impaciente.

— Era de esperar que eles não pedissem a Ruthie para ser informante por causa de sua associação anterior com homossexuais. — Ela disse *homossexuais* de um jeito sarcástico, como se fosse uma piada, mas aquela ainda parecia uma palavra obscena para Lily.

— Você acha mesmo que os federais sabem disso? — perguntou Lana, em dúvida.

— Ah, eles sabem com certeza — contou Claire. — Ela falou inclusive para eu me preparar caso viessem me entrevistar, porque disseram que sabiam sobre nós duas.

— Você não me contou isso. — Paula estava chocada.

— Não tem importância — minimizou Claire, mas havia uma tensão na maneira como colocava o cigarro na boca e tragava profundamente. — Eu não sou ninguém. Trabalho num consultório de dentistas. Não é possível que algum russo esteja interessado em alguma coisa que eu faça.

Lily foi ficando mais e mais perplexa com a conversa. Aquelas mulheres falavam sobre o assunto como se fosse uma grande piada, no entanto havia uma tensão oculta em seu tom de voz que sugeria algo mais sombrio. Queria perguntar e pedir mais detalhes, mas não achava que tivesse o direito. Ela mal conhecia Claire; mal conhecia essas mulheres. Olhou para Kath, que estava com uma expressão levemente confusa no rosto, como se também não estivesse entendendo muito bem.

A garçonete voltou com as bebidas, e Lana afastou a cadeira para que Betty conseguisse colocar sobre a mesa a jarra de martínis, os quatro copos e uma cerveja.

— É por conta da casa — disse Betty.

— Obrigada — respondeu Lana. — Vem cá, o que você vai fazer depois da segunda parte da apresentação? Vamos dar uma festinha lá em casa. Quer ir?

— Eu vou sair com a Cheryl — disse Betty.

— Leva ela — sugeriu Lana, com um sorrisinho malicioso. — Tommy ama Cheryl.

Betty deu uma risada e negou com a cabeça.

— Só se quando você diz "ama" na verdade quer dizer "odeia". Obrigada mas não, querida. Vou dizer à Cheryl que você mandou um oi.

— Faça isso, sim — respondeu Lana, e então Betty saiu para atender outra mesa.

Lana serviu os martínis e depois ergueu seu copo para um brinde.

— Saúde! — E bateu o copo no de Claire.

Lily fez o mesmo e segurou o copo com cuidado para não deixar derramar nada. A bebida tinha um cheiro adstringente, quase como se fosse um remédio; quando tomou um golinho, sentiu algo sutil na língua, mas muito forte na hora de engolir, como um fogo gelado. Não sabia se tinha gostado ou não.

— Você devia ir à festa também, Claire — sugeriu Lana. — Todas vocês, aliás, venham depois do show. Vai ser ótimo ter alguns rostos novos por lá. Já estou ficando cansada das amigas do Tommy. — Ela disse a palavra *amigas* de um jeito debochado e trocando olhares com Claire.

Lily se perguntou o que Lana quis dizer com aquilo. Imaginou se o convite realmente se estendia a ela e Kath, e depois começou a torcer para que sim.

31

Depois da segunda apresentação, Tommy veio caminhando pelo salão lotado com uma garrafa do champanhe barato nas mãos e puxou uma cadeira vazia para se sentar entre Lana e Claire, que se afastou para abrir espaço antes mesmo que alguém pedisse. Lily percebeu que Claire olhava em volta, meio envergonhada, pois sabia que as outras mulheres na boate estavam de olho na sua proximidade com Tommy e se perguntando quem ela era. Lana chamou Betty e pediu que ela levasse os copos vazios e trouxesse outros. Enquanto Tommy se movia para servir o champanhe, o cheiro de seu perfume chegou até Lily. Era inebriante, como estar meio bêbada em um sofá de couro. Lily sentiu a pele esquentar.

Tommy recostou na cadeira, acendeu um cigarro e virou a taça de champanhe num gole só.

— Esse negócio é horrível — resmungou. — Vou dizer para a Joyce não servir amanhã.

— Está no cardápio com desconto — disse Lana, a voz meio entediada. — Acho que ela está tentando se livrar do estoque hoje.

— Ah, então está empurrando para mim e as minhas fãs? Claro, deve estar guardando o melhor para a srta. Rita Rogers. — Havia uma pontada de inveja naquelas palavras, e Lily ficou curiosa para saber quem era Rita Rogers.

Kath se aproximou dela.

— Vou ao banheiro. Quer ir comigo?

Lily não queria sair da mesa agora que Tommy chegara, mas havia algo nos olhos de Kath que a fez se levantar. No corredor pouco iluminado onde ficava a escada que dava no banheiro, Lily viu de relance uma mulher na escuridão, atrás da escada. Ficou olhando por um momento, confusa. O corpo da mulher se movia de um jeito estranho — os ombros inclinados para a frente, a cabeça também —, e de repente Lily percebeu que ela não estava sozinha. Havia outra mulher ali debaixo da escada, dava para ver a barra de sua saia em volta das pernas da primeira. Estavam coladas uma à outra, as cabeças juntas. Não dava para ver exatamente o que faziam, mas Lily tinha uma ideia.

Subiu correndo atrás de Kath, que já estava na fila, surpreendentemente pequena. Kath deve ter notado seu rosto vermelho porque perguntou:

— O que houve?

— Nada — disse Lily, meio atordoada.

Kath parecia meio tensa.

— Você quer ir para a casa da Lana com o pessoal?

Lily tentou tirar a imagem daquelas duas mulheres da cabeça.

— Acha que elas nos convidaram mesmo?

— Não sei. Talvez. — A testa de Kath ficou franzida ao dar uma olhada na fila, depois se voltou para Lily. — Se a gente for, vai terminar tarde. Que horas você precisa voltar pra casa?

Kath nunca parecera preocupada em chegar em casa tarde das outras vezes. Lily olhou para ela com mais atenção, mas não conseguia decifrar a expressão em seu rosto.

— Bom, já está tarde. Quem vai perceber se eu chegar algumas horas depois? E você? Quer ir?

Kath encurvou os ombros de leve.

— Só se você quiser.

— Bom, então sim. Não quero ir pra casa. Você quer?

Kath parecia estar escondendo alguma coisa.

— Acho que não.

Lily estava prestes a perguntar se havia algo errado, mas elas chegaram à porta do banheiro e era a vez de Kath, então Lily ficou esperando no corredor. Quando as duas terminaram, o momento já havia passado, e ela não disse nada.

Desceram juntas e, ao chegar lá embaixo, Lily olhou para o cantinho atrás da escada, mas estava vazio. Na mesa, Tommy, Lana e as outras estavam em pé vestindo os casacos, se preparando para ir embora. Lana viu Lily e Kath e perguntou:

— Vamos andando até Telegraph Hill. Querem ir?

Kath pegou os casacos das cadeiras vazias e entregou o de Lily.

— Vamos, sim. Obrigada.

Saíram andando pela calçada em um grupo de seis. Lily ficou perto de Kath e elas foram seguindo as outras por uma ruazinha lateral tão íngreme que tinha escadas. Assim que saíram da boate, foram conversando animadamente, rindo e brincando, mas, à medida que iam avançando por North Beach, as vozes foram ficando mais baixas. Lily perdeu um pouco a noção de onde estavam indo. Ao redor delas, a vizinhança dormia em silêncio, um mundo completamente à parte dos sons e da música das boates a poucos quarteirões dali. Finalmente chegaram a um quarteirão sem ladeiras logo abaixo da Coit Tower, que estava acesa no topo do Telegraph Hill como se fosse um farol. Alguém pegou um chaveiro e Lily ouviu o barulho da fechadura abrindo num prédio de três andares. Alguém ligou a luz e a entrada ficou iluminada de amarelo.

— Entrem! — Tommy convidou, e todas foram passando pela porta, pelo hall de entrada, até outra porta à direita que dava no apartamento do primeiro andar.

A princípio Lily teve a impressão de que o apartamento era um amontoado de coisas, mas, à medida que Tommy e Lana foram acendendo as luzes, ela viu um grande sofá cor de ferrugem e um conjunto de cadeiras chinesas pretas laqueadas, iguais às que os turistas compravam nas lojas da Avenida Grant. Havia ainda uma mesinha de centro de estilo Mission, uma mesa de canto octogonal que parecia saída das *Mil e uma noites* e um banco medieval próximo à porta onde Lana orientou que todos deixassem os casacos. Depois da sala de estar, havia uma pequena sala de jantar com uma mesa e cadeiras brancas de fórmica cromada, além de um bufê antigo e espelhado, sobre o qual estavam diversas garrafas e copos de bebida. Lana foi até a cozinha e anunciou que traria um balde de gelo, enquanto Tommy desapareceu no fim do corredor, afrouxando a gravata.

Lily deixou o casaco no banco, com os outros, e foi andando até o sofá ferrugem; acima dele havia uma série de fotos emolduradas e penduradas de um jeito meio bagunçado. Viu algumas fotos de Tommy posando com outras imitadoras masculinas em uma rua lotada; Lily achou que talvez fosse na frente do Telegraph Club. Viu também uma foto de Tommy abraçando Lana com a ponte Golden Gate ao fundo. Tommy usava um suéter debaixo de um casaco desabotoado, com um cigarro pendurado na boca. Lana estava com uma echarpe de bolinhas em volta do cabelo loiro e vestia um casaco comprido e óculos escuros. As duas sorriam com alguma relutância, como se o fotógrafo as tivesse obrigado.

E bem no meio do sofá estava uma foto grande e brilhante de Tommy Andrews que Lily reconheceu como a original do retrato que havia sido publicado no *Chronicle*. Ver aquela foto na parede era meio chocante: ela estava no apartamento de Tommy Andrews. Tommy Andrews! Tinha visto aquela foto do jornal — *esta* foto aqui — inúmeras vezes, e agora estava no apartamento dessa mulher. Era como se o tempo tivesse voltado, e ela estivesse no Eastern Pearl cortando disfarçadamente o anúncio do jornal. Ainda podia ouvir o barulho do papel rasgando, das dobras para guardá-lo. Sentiu como se estivesse fora do corpo e, ao fechar os olhos por um momento, era como se pudesse flutuar, livre da gravidade.

Ouviu o som de um disco sendo colocado na vitrola, o arranhão da agulha ao encostar no vinil. A música "Black Magic" começou a tocar e ela sentiu o joelho encostando no sofá. Abriu os olhos e se virou, ainda meio tonta. Não tinha nem terminado seu martíni — era muito forte para ela —, mas talvez o champanhe que tomara antes ainda a estivesse afetando. Nem sabia como agir num lugar como esse. E onde estava Kath? Não a viu em lugar nenhum.

Da sala de jantar, Lana comunicou que havia preparado uma sangria espanhola e perguntou quem queria drinques. Havia um certo ar de anfitriã no comportamento de Lana que fez Lily perceber que esse não era o apartamento de Tommy — era o de Tommy *e* Lana. Elas viviam juntas. Sentou no sofá, se sentindo uma idiota. A almofada era mole demais, e se viu envolvida em um abraço inesperadamente íntimo. Mais gente chegou — pareciam ser mulheres em sua maioria, algumas com calça Levi's com a bainha dobrada —, e ela começou a ficar preocupada que Kath tivesse ido embora, mas enfim a viu saindo da cozinha com duas taças de vinho na mão. Aliviada, Lily acenou para ela e Kath veio até o sofá com as bebidas.

— É sangria — explicou, entregando a taça com o líquido vermelho para Lily. — Tem frutas aí dentro. Achei que você não fosse querer outro martíni.

— Obrigada — disse Lily.

Kath sentou ao lado dela e a maciez do sofá fez com que esbarrassem uma na outra. Kath quase derramou a bebida e pediu desculpa. Antes que pudesse se sentar direito, Claire apareceu novamente com um martíni na mão. Quando sentou, a almofada afundou em sua direção, e então veio Paula, e todo mundo teve que se apertar para caber. No fim das contas, as quatro estavam sentadas e Lily estava com a perna, ombro e lateral direita do quadril pressionados contra o lado esquerdo quentinho do corpo de Kath. Lily tomou um gole da bebida; era bem adocicada, com pedaços de abacaxi em calda e tangerina.

Uma das mulheres de calça jeans Levi's sentou na cadeira chinesa perto do lado do sofá onde Lily estava. Parecia estar vestida como Marlon Brando em *O selvagem*, com jaqueta de couro e uma bota preta de sola grossa, o cabelo curto e escuro penteado num topete e cheio de gel.

Tinha um rosto redondo e olhos castanhos, e olhou para Lily e Kath com uma expressão genuinamente curiosa.

— Vocês duas são novas, não é? Meu nome é Sal.

Lily e Kath brindaram encostando seus copos no dela.

— Lily.

— Kath.

— Vocês vieram da boate? — perguntou Sal. — Como foi a apresentação hoje? Perdi.

Elas conversaram sobre o Telegraph Club por alguns minutinhos — ou pelo menos Kath e Sal conversaram, enquanto Lily bebia seu drinque e tentava fingir estar acostumada com esse tipo de festa. Lá no canto, perto da vitrola, viu duas mulheres rindo, uma com os braços ao redor do pescoço da outra, como se estivessem prestes a dançar.

— A gente não costuma ver muitas orientais aqui — disse Sal para Lily. — Você fala inglês? De onde você é?

Lily sentiu o corpo retesar.

— Chinatown. Eu nasci aqui.

Sal parecia impressionada.

— Você nem tem sotaque. Que incrível.

— Eu nasci aqui — disse Lily novamente, dessa vez mais ríspida.

— Pensei que todos os orientais em Chinatown só falassem chinês.

— Não. — Lily tinha esperanças de que aquelas respostas monossilábicas fizessem Sal desistir.

— Ei, Patsy. — Ela chamou uma mulher do outro lado da sala. — Tem uma oriental aqui. Onde foi mesmo que você conheceu aquela outra? Foi no Blanco's?

Lily naquela hora agradeceu ao sofá, que lhe possibilitou afundar; seria ainda melhor afundar e sair do outro lado, onde estaria livre daquele escrutínio.

Patsy era uma ruiva que usava um vestido quadriculado vermelho e branco que lembrou a Lily uma toalha de piquenique. Ela se aproximou e sentou no braço da cadeira de Sal, que envolveu sua pequena cintura com o braço.

— Oi, eu sou a Patsy. — Estendeu a mão.

Lily ergueu a coluna com alguma dificuldade e apertou a mão de Patsy, hesitante.

— Onde foi aquilo? — continuou Sal. — Foi no Blanco's? Onde você viu aquela garota?

Patsy se apoiou no ombro de Sal.

— Nunca fui ao Blanco's. Aquele lugar é para sapatões filipinas. Olha bem para mim.

Sal deu uma risada e apertou a cintura de Patsy, arrancando um gritinho dela.

— Onde é que foi, então? Tenho certeza que foi recente. Você disse que tinha garotas gays lá.

— Foi no Forbidden City — respondeu Patsy de pronto. — Já esteve lá, querida? — Olhou para Lily.

— Não — respondeu novamente.

Houve uma pequena comoção na sala de jantar e logo depois Tommy entrou na sala de estar com um martíni nas mãos e vasculhando os rostos de cada uma, como se buscasse alguém. Tommy tirara o smoking e vestira uma calça cinza de flanela com uma camisa social azul, e deixara o último botão aberto. É claro, Lily percebeu, que o smoking era um figurino, e agora Tommy estava em casa. No entanto, continuava se portando da mesma maneira, como se sua personalidade no palco fosse só uma versão um pouquinho mais lustrosa da vida real.

Sal gritou:

— Terry! Vem aqui!

Lily não sabia quem era Terry, mas, quando Tommy viu Sal, veio andando em sua direção e puxou uma das cadeiras chinesas. Patsy sorriu e levantou o rosto para que Tommy desse um beijo na bochecha, e ela obedeceu.

— Está bonita, Pat — elogiou Tommy, e depois apertou a mão de Sal. — Quanto tempo. Que bom que conseguiu vir.

— Obrigada pelo convite — disse Sal. — Desculpe, não vou poder ir ao show amanhã. Meu orçamento está meio apertado.

Tommy deu de ombros, sentou e colocou o martíni sobre a mesa de centro. Pegou um maço de cigarros e acendeu um deles.

— O meu também.

— Você podia ganhar um dinheiro extra com todas essas fãs — sugeriu Sal, com uma risadinha. — Lembra daquela senhora que seguiu você até o camarim?

Tommy parecia meio amargurada.

— Se ela tivesse percebido que eu era mulher, era capaz até de chamar a polícia. — Balançou a cabeça. — Como estão as coisas?

— Tudo bem. Estamos falando sobre o Forbidden City, já que você tem uma convidada oriental hoje.

Afundar até o outro lado do sofá não era o suficiente, pensou Lily. Ela queria conseguir afundar e ir parar na China. Pelo menos lá não se sentiria uma alienígena.

Tommy voltou seu olhar para Lily.

— Ah é, a bonequinha chinesa já foi a alguns dos meus shows. Você gosta, querida?

Lily sentiu o rosto queimar e viu que Kath ficou tensa a seu lado.

— Claro — forçou-se a dizer, educada, lembrando que era convidada de Tommy. — É maravilhoso.

Tommy deu um sorrisinho.

— Maravilhoso. — Ela recostou na cadeira, cruzou as pernas e deu um trago profundo no cigarro. — Eu ouvi dizer que o Forbidden City já teve um imitador masculino, sabia?

— Sério? — disse Lily, com cuidado, mas estava interessada apesar do desconforto. — Quando?

— Alguns anos atrás — respondeu Tommy. — Talvez durante a guerra? Não lembro, foi antes da minha época. Mas já ouvi falar. Ela se apresentava de terno, algo como Marlene Dietrich ou Gladys Bentley. Não era exatamente a mesma coisa que eu faço, mas imagino o que pode ter acontecido com ela. Dizem que era boa.

O elogio feito num tom tão espontâneo pareceu a Lily um elogio pessoal de Tommy para ela. Não conseguia imaginar uma mulher chinesa fazendo o que Tommy fazia, mas ficou imediatamente orgulhosa dela. Queria perguntar mais sobre a pessoa, mas Lana chegou à sala procurando por Tommy.

— Aí está você. Passou por mim e eu não vi — disse Lana. — Onde está a água tônica?

Tommy teve que se levantar e voltar para a cozinha. Patsy e Sal ficaram caladas por um minuto, sorrindo fixamente para Lily e Kath, até que Patsy se levantou e sentou na cadeira previamente ocupada por Tommy. Lily levou o copo à boca e percebeu, surpresa, que já tinha terminado a bebida.

— Vou pegar mais um para você — ofereceu Kath.

— Não quero mais — respondeu Lily, mas aparentemente Kath não ouviu. Ela se levantou abruptamente, o que causou uma espécie de onda no sofá, e levou os dois copos para a cozinha. O de Kath já estava vazio também. Lily sentiu claramente a ausência de Kath a seu lado, como se uma parte de seu próprio corpo tivesse de repente sumido.

— Há quanto tempo vocês estão juntas? — Patsy perguntou a Lily depois que Kath saiu da sala.

Lily ficou surpresa.

— Eu e Kath? Nós... não estamos.

Patsy deu um leve sorrisinho.

— Ah, me enganei então.

Envergonhada, Lily olhou ao redor tentando achar algo para distraí-la e se pegou fitando novamente o casal perto da vitrola, ainda olhando nos olhos uma da outra, e depois outro casal atrás delas que compartilhava uma cadeira enquanto examinava os discos. O lugar estava cheio de casais, Lily percebeu. Era ingênua demais por não ter notado isso até agora? Não foi à toa que Patsy achou que ela e Kath estivessem...

Baixou a cabeça, chocada. Talvez Patsy tivesse visto algo nela e em Kath — assim como Lily vira nos outros pares e simplesmente soubera que não eram só amigas. Aquele pensamento fez o coração de Lily acelerar.

Alguém colocou "Shake, Rattle, and Roll" para tocar na vitrola e Patsy se levantou.

— Amo essa música. Vamos lá, Sal, dança comigo.

Sal protestou por um segundo, mas era óbvio que queria dizer sim, e então deixou que Patsy a arrastasse até o espacinho entre a mesa de centro e a porta da cozinha, onde começaram a dançar. Logo depois, Claire e Paula se levantaram do sofá para dançar também e Lily ficou sozinha.

Há quanto tempo estão juntas?

Seu rosto queimava. Do canto do olho, viu as mãos de Paula na cintura de Claire, os dedos de Claire nos braços de Paula, as duas rindo enquanto moviam os quadris no ritmo da música. Viu Patsy nos braços de Sal; viu quando Sal rodopiou Patsy para longe e depois a puxou de volta, a saia rodando. Nunca tinha visto duas mulheres dançando juntas desse jeito, como se fossem um homem e uma mulher.

E então Kath apareceu na porta atrás dos casais que dançavam, segurando mais duas taças de sangria, e, embora Lily não tivesse coragem de olhar nos seus olhos, sabia exatamente o quanto ela se aproximava. Havia mais espaço no sofá agora que Claire e Paula tinham levantado, então Kath não precisava ficar tão perto. Ela se sentou a uns trinta centímetros de distância e entregou a sangria para Lily. A almofada afundou e Lily se segurou para não deslizar na direção de Kath ao pegar a taça. A pergunta de Patsy não saía de sua cabeça, como se alguém estivesse tocando uma campainha sem parar.

Há quanto tempo?

Lily sentiu que precisava dizer algo a Kath, mas tudo que dissesse ou fizesse agora parecia ter uma carga muito mais pesada. Sua cabeça rodava; ela tinha se tornado uma mistura de pânico e assombro. O sofá parecia uma armadilha. Precisava fugir dali.

— Preciso ir ao banheiro — anunciou Lily abruptamente. Colocou a taça de sangria na mesa de centro e levantou. A sala parecia ter se mexido sob seus pés.

— Está tudo bem? — perguntou Kath, estendendo a mão para ampará-la.

Sentiu os dedos de Kath tocando seu braço e se desvencilhou, arredia.

— Estou bem — respondeu, e saiu correndo da sala, quase esbarrando no cotovelo de Paula, que rodopiava Claire no caminho.

A cozinha estava cheia de gente que ela não conhecia, e não viu Tommy e Lana em lugar nenhum.

— Onde é o banheiro? — perguntou a uma das mulheres, que apontou para uma porta aberta nos fundos da cozinha.

Entrou em um corredor vazio e escuro, onde viu uma porta com uma nesga de luz por baixo e presumiu que fosse o banheiro. Quando bateu na porta, alguém respondeu:

— Só um minutinho!

Lily deu um passo para trás e se apoiou na parede. O som da vitrola e das risadas estava abafado, e a escuridão a fazia se sentir, finalmente, invisível. O corredor seguia mais um pouco para sua direita e havia outra porta meio aberta. Uma luz dourada e fraca saía do cômodo, e ela viu um par de sapatos oxford diante de uma cômoda.

Eram poucos passos até o fim do corredor, e ela não precisou entrar no quarto para dar uma olhada lá dentro. Havia uma cama de casal coberta com uma colcha verde e macia, além de uma mesa de cabeceira com um abajur amarelo. Ao lado da cômoda, uma porta de armário meio aberta; o smoking de Tommy estava pendurado em um canto na porta. Dentro, mais ternos arrumados ao lado de vários vestidos — as roupas de Lana. Em cima da cômoda, um recipiente de metal continha os mais variados tipos de cosméticos, além de algumas gravatas-borboleta ao lado.

Pelo que Lily podia ver, havia só um quarto no apartamento, que era dividido por Tommy e Lana. Virou para trás e olhou para a porta do banheiro, mas ainda estava fechada. Respirou fundo e entrou no quarto. Estava bem ciente daquela cama de casal atrás dela e foi em direção à cômoda. Atrás das gravatas-borboleta de seda, arrumadas diante de um espelho emoldurado, havia um cartão-postal antigo, em tons de sépia, com a foto de um homem de smoking. Ela se inclinou para chegar mais perto: não, a pessoa estava identificada como

"Senhorita Vesta Tilley". Usava um chapéu e tinha um cigarro entre os lábios, além de um brilho maldoso nos olhos.

Lily estendeu a mão para pegar o cartão-postal, mas, antes que pudesse tocá-lo, a porta rangeu e ela ouviu um passo no piso de taco.

— Olá.

Lily se virou para a porta e lá estava Tommy, as mãos nos bolsos, olhando para ela.

— Desculpe, eu... Eu não quis...

Tommy entrou no quarto.

— Estava procurando o banheiro? É no fim do corredor.

— Sim, eu estava... Me desculpe.

Começou a caminhar na direção da porta, mas Tommy estava no caminho e não se moveu, então Lily teve que parar. Tommy parecia estar se divertindo, mas então sua expressão se transformou em curiosidade.

— Quantos anos você tem? — perguntou Tommy.

Lily tremeu.

— Vinte e um.

Tommy foi na direção dela. Eram poucos passos, o quarto não era muito grande, e agora Lily sentia novamente o cheiro do perfume dela, e seu estômago começou a revirar de expectativa ou medo — não sabia muito bem qual dos dois. Tommy sorriu para ela com gentileza, o tipo de sorriso que se usa para acalmar uma criança nervosa, talvez.

— Vinte e um está mais para dezesseis, eu acho.

Tommy chegou ainda mais perto e levou a mão até o rosto de Lily; segurou a bochecha com a palma da mão e virou o rosto dela em sua direção.

Todos os sentidos de Lily se concentraram naquele local macio onde a mão quentinha de Tommy a tocava, os dedos dela pressionando de leve seu pescoço, o polegar roçando devagar, mas deliberadamente, sua boca.

— Dezesseis aninhos.

O tom de voz de Tommy era doce, falava baixo, como se fosse um segredo.

A sensação de Lily era a de que Tommy estava no palco novamente. Sua voz, seu toque, o modo como olhava para Lily: era uma performance que ela fazia muito naturalmente.

Por um momento — um momento longo e excruciante —, Lily teve certeza de que Tommy pensava em beijá-la. As ondas de calor percorriam seu corpo como um oceano. Ela se desequilibrou, como se estivesse em pé no deque de um barco, e Tommy deu uma breve risadinha.

— Você está bêbada, querida.

— Não — sussurrou. Os dedos de Tommy ainda tocavam seus lábios.

— Sim. — Tommy tirou a mão do rosto de Lily de maneira quase relutante.

— Não tenho dezesseis. — Mesmo meio tonta, Lily sentiu que precisava deixar isso claro.

— Tem certeza? — Tommy sorriu, meio que flertando. — Não devia estar aqui, bonequinha — disse, gentil. — É melhor voltar para sua namorada.

Lily sentiu que estava afundando, como se o chão estivesse se movendo de modo perigoso. Mas, mesmo naquele estado, entendeu o que Tommy quis dizer.

— Ela não é... Nós não somos... — protestou Lily, e imediatamente sentiu que tinha traído Kath.

Tommy levantou as sobrancelhas.

— Ela sabe disso, querida? — Deu um passo para o lado e fez um gesto para que Lily saísse do quarto. — Depois de você.

32

Kath ainda estava sentada no sofá. Segurava a taça de sangria meio cheia em uma das mãos, a outra apoiada na coxa, os dedos levemente fechados, como se algo tivesse caído e ela ainda não tivesse percebido.

Quando Lily a viu, sentiu uma nova pontada de constrangimento. Tinha sido tão idiota. Se era tão óbvio para todas as outras pessoas, Kath com certeza sabia e nunca dissera nada. E aquilo provavelmente significava que Kath não...

Não conseguia nem pensar. Tinha que ir embora. Precisava ir para casa.

Lily começou a caminhar pelas beiradas da sala, circundando os casais dançantes, e seu olhar cruzou com o de Kath no caminho. Ela se levantou do sofá imediatamente, quase virando o copo da bebida. Ajeitou a taça a tempo, colocou-a sobre a mesa e foi em direção a Lily no banco onde estavam todos os casacos, numa pilha multicolorida.

— O que houve? — perguntou Kath.

— Preciso ir embora — disse Lily, ao mesmo tempo.

— Aconteceu alguma coisa?

— Só preciso ir pra casa — insistiu Lily. Olhou para o relógio, o que lhe possibilitava desviar do olhar de Kath. — Já são três horas.

— Tudo bem. Eu vou com você.

— Não precisa.

— Você não pode voltar andando sozinha.

— Não quero te atrapalhar.

— Não vai.

— De verdade, não precisa — garantiu Lily, enquanto vasculhava os casacos.

— Tem certeza que está tudo bem?

Um dos casacos — um peacoat azul de lã — caiu no chão, e vários outros acabaram caindo também.

— Estou bem. — Lily se abaixou para recolher os casacos. Ela se sentia humilhada depois daquele encontro com Tommy, mas não ia contar para ninguém o que tinha acontecido, muito menos para Kath. — Se quiser vir comigo, então venha. Mas não posso mais ficar aqui.

As coisas ficaram meio constrangedoras depois daquilo, mas Kath não a deixaria ir embora sozinha. Kath ajudou a encontrar seus casacos, que estavam quase no fim da pilha, e, quando Lily finalmente puxou o dela, um envelope caiu no chão. Ela se abaixou para pegar; estava endereçado a alguém chamado Theresa Scafani. Colocou de volta no meio da pilha de casacos. Kath chamou Lana, que estava dançando, para dar boa-noite. Lily preferia que não tivesse feito isso, mas agora Lana estava ali, olhando radiante para elas, o rosto corado de dançar.

— Obrigada por terem vindo. — Lana segurou a mão de Lily.

— Obrigada por me... Por nos convidar — respondeu Lily.

— Estão seguras para voltar para casa?

— Sim, vamos juntas — respondeu Kath.

— Ótimo. Tenham cuidado, meninas.

Lana voltou a dançar e Lily viu Tommy saindo da cozinha, um cigarro na boca e um copo na mão. Os olhares se cruzaram, Tommy abriu um sorriso para Lily — aquele mesmo sorriso paquerador do quarto — e ela se virou para a porta.

Foi andando tão rápido que Kath teve que correr atrás dela.

— O que deu em você? — perguntou, quando Lily já colocava os pés na rua.

— Só estou cansada. — Lily cruzou os braços diante da névoa gelada e começou a caminhar.

Kath cutucou seu cotovelo.

— Está indo para o lado errado.

Lily parou e olhou para cima. Estava andando na direção da Coit Tower, iluminada em meio à escuridão. Olhou em volta, confusa, e percebeu que não tinha a menor ideia de onde estava.

— É por aqui. — Kath apontou para a direção oposta.

Passaram novamente pelo prédio de Lana e Tommy. A janela da sala estava com as cortinas fechadas, mas pelas frestas Lily viu luz e movimento, e o som abafado da música chegava até o escuro da noite lá fora. No fim do quarteirão, Lily viu uma placa — Rua Castle — logo antes de começarem a descer a ladeira íngreme. Não tinham andado para muito longe quando Kath segurou seu braço.

— Espere. Espere.

Lily sentiu a mão de Kath deslizar por seu braço e tocar seu pulso, depois os dedos, segurando sua mão.

— O que aconteceu? Eu sei que aconteceu alguma coisa.

O poste de luz estava bem atrás de Kath, então Lily não conseguia ver seu rosto muito claramente, mas tinha ouvido a preocupação em seu tom de voz e, mais do que isso, a mágoa por Lily não contar para ela o que acontecera. Lily nem sabia se ela mesma tinha entendido, essa combinação de vergonha arrebatadora e puro medo. Aquelas mulheres estranhas da festa pareciam vê-la de maneira muito mais clara do que ela mesma se via, e aquilo a desnorteara. Era como se seu corpo não lhe pertencesse e fosse capaz de agir sem a orientação de sua mente, que nesse momento gritava e lhe pedia para soltar a mão de Kath, correr o mais rápido possível para casa, se aninhar na cama com as cobertas sobre a cabeça e esquecer tudo que acontecera naquela noite, esquecer Tommy Andrews, o Telegraph Club e todas essas mulheres que olhavam para ela e viam que ela e Kath eram... o quê?

— Tommy fez alguma coisa? — perguntou Kath, a voz mais áspera.

— Ela acha que eu sou uma criança — contou Lily, as palavras jorrando de sua boca antes que pudesse evitar. Lágrimas caíam de seus olhos. — Sou tão idiota.

— Não — disse Kath, chegando mais perto e segurando a mão de Lily. — Você não é idiota. Você... sente algo por ela? — sussurrou Kath.

— Por Tommy? — Lily queria rir, mas tinha começado a chorar, e a risada saiu em meio a um soluço. — Não, eu sinto algo por *você*. — As palavras saíram tão altas que pareciam reverberar na rua vazia, e ela baixou o tom de voz para continuar falando: — E todo mundo percebe. Até o Tommy! Eu sou tão idiota. Tão *idiota*.

Kath soltou um suspiro de surpresa.

— Preciso ir para casa — insistiu Lily, tentando se desvencilhar, mas Kath continuou segurando sua mão.

— Espere — pediu Kath. — Por favor.

Ela olhou em volta, nervosa. A rua íngreme estava deserta, mas as luzes e os barulhos da cidade pareciam crescer, como se fossem um aviso: um ronco de carro, um sinal de trânsito piscando e, no fim do quarteirão, uma luz se acendeu em uma janela.

Kath puxou Lily para o canto da calçada, sob a sombra de um prédio. Havia uma pequena abertura ali, uma ruela, e Kath a conduziu, longe do alcance das luzes da calçada. Os prédios do outro lado da rua subiam por vários andares na direção do céu, todas as janelas apagadas. Todo o som parecia abafado aqui, deixando-as em um silêncio suave e escuro.

— Eu não tinha certeza se você sentia isso. — Kath chegou mais perto de Lily. — Bom, eu tinha esperanças que sim.

O coração de Lily acelerou diante daquela frase e do que ela significava.

— Sério?

A vergonha da própria desatenção de repente se transformou em deslumbramento. Ela ficou atordoada — a rapidez de tudo aquilo, como seus sentimentos iam se sucedendo, um depois do outro.

— Eu achei... Achei que só estivesse sendo legal comigo. Eu não podia... Sou tão idiota! Você não quer alguém como, sei lá, a Rhonda?

— Rhonda? — Kath parecia pasma. — Não, por que você pensou isso?

— Não sei. Porque pelo menos ela sabe de coisas. Eu não... Eu não entendo como essas coisas funcionam.

Kath soltou mais um suspiro, dessa vez com uma meia risada.

— Eu também não entendo. Só sei que...

Não terminou a frase, mas deu mais um passo à frente, ficando mais próxima de Lily. Ela conseguia sentir o calor que irradiava do corpo de Kath, o cheiro dos rastros de cigarro e cerveja em seu hálito, junto a um novo aroma que não reconhecia, algo limpo e brilhante. Lily sentiu a pele formigar.

— Lily — disse Kath, em voz baixa.

— Não fala nada — sussurrou Lily. Sentia que falar ia estragar tudo, que não precisavam nomear esse sentimento entre elas, esse calor e o desejo que crescia e fazia o ar entre as duas parecer carregado de eletricidade. Jurava que podia ouvir o zumbido do ar.

Nunca havia notado que ela e Kath tinham a mesma altura. Se chegasse só mais um pouquinho para a frente, seu nariz tocaria o de Kath; e então agora elas tocavam os narizes, como dois gatinhos encostando os focinhos, e era engraçado e surpreendente. Lily riu de nervoso ao passo que Kath soltou a mão de Lily e tocou sua cintura. A sensação das mãos de Kath envolvendo seu corpo a fez parar de rir. Parou de respirar e a boca de Kath tocou a sua, encontrando o caminho pouco a pouco na escuridão. Os lábios de Kath estavam frios e secos a princípio, mas rapidamente, muito rápido mesmo, se transformaram em calor e suavidade. As duas estavam muito próximas, e foi um choque sentir o formato do corpo de Kath contra o dela, seus seios, seus quadris, o osso do quadril, suas mãos que a puxavam mais e mais para perto.

Lily nunca soubera, nem tinha imaginado, como um primeiro beijo poderia tão rapidamente se transformar no segundo, e depois num terceiro, num contínuo abrir, pressionar e tocar, a ponta da língua tocando a de Kath, o calor de sua boca e a maneira como aquele calor percorria todo o corpo e despertava um desejo indescritível entre suas pernas. Precisava ficar ainda mais colada a Kath, aquele era o único pensamento em sua mente. Deslizou as mãos para dentro do casaco de Kath e a puxou pelas costas, e elas se desequilibraram um pouco enquanto se moviam juntas naquela ruela escura, tentando encontrar algo em que se apoiar, até que as costas de Lily tocaram o muro de um prédio e ela conseguiu puxar Kath para si.

Não sabia por quanto tempo tinham se beijado — não o suficiente —, mas a certa altura Kath se desvencilhou para recuperar o fôlego, Lily abriu os olhos e viu à direita o brilho fraco da luz da rua atrás da ruela escura. Ela se deu conta, em um sobressalto, do que estava fazendo, onde estava fazendo e com quem estava fazendo, e sabia que devia sentir vergonha; mas tudo que sentia era o movimento do peito de Kath contra o seu e a sensibilidade nos lábios onde Kath a havia beijado.

33

— Não sei por que você está tão preocupada com um vestido de festa — disse Lily, enquanto folheava um exemplar da revista *Seventeen*. — Nas regras do concurso só o cheongsam é obrigatório. Você vai ter tempo de trocar de roupa?

Ela, Shirley e Flora estavam sentadas ao redor da mesa nos fundos da loja do pai de Flora, esperando por Mary, que estava atrasada. A ideia era ir até a Union Square para comprar o vestido que Shirley usaria no Miss Chinatown, mas Lily não queria fazer isso. Queria estar com Kath e, se não fosse possível, ainda preferia se trancar no quarto sozinha e ficar lembrando. (A sensação da boca de Kath contra a sua, as mãos dela em sua cintura.)

— É para eu me destacar — respondeu Shirley. — Não vou fazer meu discurso usando um cheongsam. Vou usar na maior parte do tempo, mas não quero ficar igual às outras garotas no momento do discurso. Quero mostrar que também sou americana.

Lily não estava prestando muita atenção; tinha encontrado uma coluna nas primeiras páginas da revista com o título "Um olhar para o amanhã: o desafio dos planetas". Para sua surpresa, fora escrita por Arthur C. Clarke e falava sobre os problemas das viagens ao espaço.

— Me dá isso aqui. — Flora estendeu a mão para pegar a revista.

— Espera aí, estou lendo...

Flora olhou para Lily com cara de reprovação — Lily achava que Flora ainda não tinha aceitado bem o fato de Shirley ter permitido sua volta para o grupo de amigos — e puxou a revista das mãos dela, folheando até achar uma matéria sobre vestidos de festa.

— Esse ficaria lindo em você — sugeriu Flora, apontando para a foto de um vestido branco de tule.

Shirley franziu a testa para tentar ler as letras menores.

— Quanto custa?

— A gente pode ajustar outro vestido para parecer com esse — garantiu Flora.

— Onde está Mary? — perguntou Shirley, olhando para a frente da loja. — Não podemos ir sem ela. É ela que entende de alfaiataria.

— Vou lá checar se ela vem vindo — voluntariou-se Lily. Deixou os fundos da loja e foi até o salão principal, passando por prateleiras que exibiam vasos e estátuas, porcelanas azuis e brancas, além de caixas com leques de seda. Havia alguns clientes na loja, mas ainda estava relativamente cedo num domingo, então o movimento era tranquilo. Abriu a porta da frente e deu uma olhada lá fora, naquela manhã chuvosa, na esperança de ver Mary caminhando pela calçada, mas não a viu.

Voltou andando relutante lá para dentro novamente, mas, em vez de se juntar a Flora e Shirley, decidiu vagar pelos corredores da loja e adiar o momento em que seria obrigada a, mais uma vez, dar opiniões construtivas sobre vestidos. A loja do pai de Flora reunia uma seleção de peças de arte e quinquilharias para turistas; sempre havia algo divertido ou interessante para descobrir. Quando era mais nova, na época do Natal ele sempre deixava que escolhesse algum pequeno brinquedo de um mostruário nos fundos, e agora Lily se dirigiu meio sem pensar para aquele mesmo canto da loja. A prateleira rotatória ainda estava lá, e Lily a rodou devagar, examinando os brinquedos. Havia carrinhos do tamanho de caixas de fósforo, e pintados com tons fortes de vermelho e amarelo, além de bonecas cujos olhos se abriam quando você as pegava. Havia também conjuntos de baralho e dados, que faziam barulho quando ela sacudia, e uma fileira de soldadinhos verdes. Na prateleira de baixo, no último recuo do mostruário, estava uma série de aviões em miniatura, com cabines de plástico onde se viam as cabecinhas de capacete dos pilotos. Lily pegou um deles, encantada; o avião era pintado de branco e prata, com a bandeira dos Estados Unidos na parte traseira e pneus pretos que realmente rodavam colados embaixo.

Os aviões de brinquedo a fizeram pensar em Kath. Tinham se passado três dias — bom, três manhãs — desde que se despediram na esquina escura da Columbus com a Broadway. Elas se abraçaram rapidamente e Lily se deu conta de que nunca poderiam se despedir com um beijo em público. (Um aperto no peito enquanto ela se afastava.)

Não tinham se visto ou falado por telefone desde então, mas aquilo era normal. Lily ainda não sabia o endereço nem o telefone de Kath. Só se viam na escola — ou então nas noites em que iam ao Telegraph Club. Fazendo um retrospecto, parecia muito óbvio que aquela amizade sempre carregara um algo mais sobre o qual nenhuma das duas estava preparada para falar abertamente. Era mais fácil e seguro fingir que era uma amizade casual. Mas a época do fingimento tinha acabado, e Lily tinha consciência suficiente da responsabilidade de admitirem que sentiam algo uma pela outra. Era arriscado revelar esse segredo.

Lily virou o avião de ponta-cabeça. Na parte de baixo havia um adesivo onde se lia FEITO NO JAPÃO. Passou o dedo por baixo e o adesivo saiu muito facilmente, como se nunca tivesse estado ali. Ficou apenas um resíduo da cola, um rastro da origem oculta do avião.

Ela ouviu Shirley e Flora caindo na gargalhada nos fundos da loja. Devolveu o avião para a prateleira e foi se juntar às amigas, passando no caminho por uma mulher americana com um casaco bege que examinava uma prateleira de estatuetas de jade com desconto.

— Com licença — disse a mulher. — Pode me ajudar com isso?

— Não trabalho aqui — respondeu Lily.

Era uma mulher de meia-idade, usava óculos com armação de tartaruga e olhou para Lily sem paciência.

— Pode chamar alguém que trabalhe?

Pega de surpresa, Lily respondeu:

— É claro. — Foi procurar o pai de Flora, que estava atrás do balcão de joias do outro lado da loja, fazendo um inventário dos itens de Natal que não foram vendidos. — Sr. Soo, tem uma senhora ali que precisa de ajuda.

O Sr. Soo olhou para Lily por cima dos óculos de armação preta.

— Onde?

Ela apontou, ele resmungou e foi atrás da mulher. Lily parou por um momento diante dos saldos do Natal e seu olhar foi atraído pela parede que ficava atrás do balcão de joias. Havia um quadro de avisos cheio de anúncios de eventos em Chinatown: uma mistura de concertos da Orquestra Cathay com rifas de caridade da ACM e doações de comida no Natal para os mais carentes. Do lado direito havia um cartaz que ela não se lembrava de ter visto antes, com um título grande e floreado em letras pretas: JURAMENTO DE LEALDADE. Contornou o balcão de joias para conseguir ler o que estava escrito embaixo:

1. *Nós, cidadãos sino-americanos, juramos lealdade aos Estados Unidos.*

2. *Apoiamos o governo nacionalista da China livre e seu grande líder, o presidente Chiang Kai-shek.*

3. *Apoiamos a Carta das Nações Unidas e os esforços empreendidos pelas tropas da* ONU *que lutam por uma Coreia unida, livre e independente.*

4. *Os chineses comunistas são fantoches da Rússia soviética. Aqueles que estão invadindo a Coreia são os chineses comunistas, e não os chineses de verdade, pacifistas e defensores da China livre.*

O papel estava meio amarelado, e, pelos buraquinhos de tachinhas, Lily concluiu que devia estar pendurado havia um tempo, talvez escondido por outros cartazes. A parte de baixo estava praticamente coberta pelo anúncio de um concerto de Ano-Novo. Curiosa, ela tirou o papel do concerto e leu: "Compromisso dos membros patriotas da ACM chinesa, 1951."

Ela estava no ensino fundamental naquela época. Acontecera apenas alguns anos antes, mas a sensação era a de que fazia muito tempo, e de que ela era uma pessoa totalmente diferente de agora. Mal conhecia Kath naquele momento, só sabia que era uma das poucas garotas na aula de matemática. Ainda não tinha lido secretamente aquele livro na Thrifty. Ainda não tinha ido ao Telegraph Club ou ao apartamento de Lana e Tommy — nem parado no meio do caminho para casa numa ruela escura para beijar uma garota. (A maneira como seu corpo se encaixava no de Kath; o desejo extraordinário que aquilo causava.)

Atrás dela, a porta da loja se abriu, o sino tocou e ela ouviu a voz de Mary.

— Shirley? Desculpe pelo atraso!

Lily se virou assustada, com uma certeza irracional de que alguém lera seus pensamentos, mas estava ali sozinha. Mary corria pela loja, o cabelo bagunçado pelo vento e o guarda-chuva úmido nas mãos, e lá vinham Shirley e Flora dos fundos, vestindo os casacos. Lily fez um enorme esforço para se juntar a elas, reprimindo o sentimento ardente e ansioso que crescia dentro dela, como se algo sórdido pudesse transbordar de si mesma contra sua vontade.

— Por que demorou tanto? — Shirley perguntou a Mary.

— Meu irmão estava passando mal de manhã e meus pais... Ah, esquece isso, vamos logo — respondeu Mary.

34

Shirley tirou um vestido de uma arara lotada na seção para moças no porão de descontos da Macy's.
— É este — declarou. Lily veio até ela, e Shirley segurou o vestido na frente do corpo. — O que acha?

Eram duas peças: uma blusa frente única azul-clara por dentro de uma saia longa da mesma cor, acentuadas por um cinto largo num azul mais escuro.

— É bonito — opinou Lily. — Mas você não queria um tomara que caia?

Flora veio com um monte de vestidos pendurados no braço.
— Acho que você tem que experimentar. É muito Hollywood.
Shirley olhou em volta.
— Esse é do meu tamanho. Onde ficam os provadores?

O espaço enorme e sem janelas estava abarrotado de clientes que buscavam pechinchas e desviavam de recipientes enormes com suéteres mais baratos e araras giratórias com vestidos em tamanhos diferentes. Lily não via os provadores em lugar nenhum, mas avistou uma funcionária da Macy's dobrando blusas ali perto.

Shirley também viu e indagou:

— Lily, pode ir perguntar àquela mulher?

Lily sabia que Shirley a mandara fazer isso porque não queria se arriscar a enfrentar uma vendedora hostil; muitas vezes elas duvidavam de que as chinesas tivessem dinheiro para pagar. Lily também não queria ir, mas queria ainda menos discutir com Shirley, então ajeitou os ombros e se aproximou da mulher.

— Com licença, senhorita, onde ficam os provadores? — perguntou, educada.

A mulher se virou para ela.

— Ficam lá do outro lado. Vou levá-la...

Lily ficou paralisada porque era Paula. Não a Paula do jeito que se vestia no Telegraph Club, com blazer e calça social, mas sem dúvida era Paula. O cabelo curto estava penteado de um jeito mais feminino e ela usava um vestido bege chemise com a plaquinha de identificação da Macy's onde se lia SENHORITA WEBSTER. Lily sabia que Paula também a reconhecera, pois viu que ela arregalou ligeiramente os olhos e logo em seguida mudou completamente de expressão, como se tivesse posto uma máscara. A ideia de que a Paula do Telegraph Club trabalhava como vendedora da Macy's era surpreendente. Lily deveria mostrar que a conhecia? Se o fizesse, Paula também admitiria que conhecia Lily? Na hora, Lily teve certeza de que seria perigoso para elas fazê-lo. O universo da madrugada em que se conheceram não pertencia à luz do dia de uma tarde, em público.

Ela e Paula se olharam pelo que pareceu um longo momento, mas provavelmente não foram mais do que poucos segundos. Então Paula voltou a olhar para a blusa que dobrava e disse, formal:

— Vou levá-la até o provador.

— Não é para mim, é para... — Lily apontou para Shirley, que ainda estava parada ao lado de Mary e Flora.

Paula assentiu. Terminou de dobrar a blusa e foi até Shirley, sem nem olhar para Lily.

— Precisa de um provador, senhorita?

— Sim — respondeu Shirley. — Onde fica?

— Por favor, venha comigo.

Shirley, Flora e Mary foram atrás de Paula pelos corredores e Lily seguiu o grupo, nervosa. Começou a se preocupar que Paula fosse dizer alguma coisa, que perguntasse por Kath ou quisesse saber o motivo de terem saído às pressas da festa. Ficou um pouco mais distante quando elas chegaram ao provador para permitir que as amigas entrassem na frente. Não era tão bonito quanto o provador do departamento de moças lá em cima. Esse não tinha carpete, e os espelhos eram menores, com as pontas lascadas.

— Posso ajudar com mais alguma coisa? — perguntou Paula, depois que Shirley já estava instalada em sua cabine.

— Não, obrigada — respondeu Shirley. Olhou para Lily, que estava atrás de Paula do lado de fora. — Lily, entre aqui com a gente. Preciso das suas opiniões.

Paula deu um passo para o lado em silêncio para que Lily passasse, e naquele momento ela entendeu que Paula não ia dizer nada que sugerisse que a conhecia, assim como Lily também não diria. As paredes invisíveis entre os dois mundos diferentes que habitavam voltariam a seu lugar, e as duas retomariam suas vidas separadas sem qualquer comentário. Ao entrar no provador, Lily viu Paula retornar para seu trabalho no porão de descontos sem olhar para trás.

O encontro deixou Lily desconfortável e vulnerável, como se seus segredos mais íntimos pudessem ser expostos a qualquer momento, e naquele pequeno provador ela não tinha onde se esconder. As quatro mal cabiam ali dentro, e Lily teve que ficar encostada na porta. Shirley foi se despindo e entregando cada peça de roupa para Flora, que segurava com cuidado. Era função de Mary, aparentemente, ajudar Shirley a entrar nos vestidos, o que significava que Lily não sabia por que estava ali, já que a única coisa que podia fazer era olhar.

Ela e Shirley já haviam se despido uma na frente da outra inúmeras vezes, em vestiários e quartos, e nunca houvera uma conotação sensual naquilo. Às vezes Lily ficava envergonhada do próprio corpo, mas Shirley sempre fora muito direta, inclusive comparando as medidas das duas enquanto iam crescendo e compartilhando, animada, com Lily todas as mudanças em seu desenvolvimento — o primeiro sutiã que comprou, a primeira vez que ficou menstruada. Aliás, na primeira vez que ficou menstruada, mais de um ano depois de Shirley, Lily pediu ajuda a ela para aprender a usar absorvente. A mãe tinha comprado, mas Lily não entendera muito bem as instruções, e era menos constrangedor perguntar a Shirley como ajustar aqueles prendedores, a gaze e o cinto. Shirley tinha se ajoelhado no chão do banheiro e praticamente colocado a mão entre as pernas de Lily para mostrar. Aquilo fora meio embaraçoso, mas também excitante, porque Lily finalmente alcançara o mesmo ponto que a amiga.

Tudo isso significava que Lily não precisava ficar envergonhada por ver Shirley sem roupa. Já sabia como era o corpo da amiga e não se sentia atraída por ele. Mas agora estava mais atenta aos corpos — sua fisicalidade, suas possibilidades —, de um jeito que nunca estivera antes. (O corpo de Kath pressionado contra o dela, firme e macio ao mesmo tempo.)

Não conseguia olhar para Shirley enquanto ela não pusesse o vestido. E então não pôde deixar de notar a elevação dos seios sobre as taças do corpete; a maneira como se mexiam quando ela se virava de um lado a outro para analisar cada ângulo no espelho. A parte de trás do vestido, aberta, que mostrava o sutiã de Shirley; ia ter que usar outro sutiã com aquele vestido. Também mostrava suas costas nuas, os ossos da coluna que um dia serviriam de mapa para os dedos de alguém. (A sensação das costas de Kath sob suas mãos, por baixo do tecido da camisa; como ela queria ter tocado a pele nua.)

— Este aqui, não tenho certeza — dizia Shirley. — Acho que é meio... *chamativo* demais, sabe?

Mary deu uma risada e Flora também.

— O que acha, Lily? — perguntou Shirley.

Lily engoliu em seco.

— Acho que você está certa. Por que não experimenta o de duas peças?

Shirley fez que sim.

— Sim. Mary, me ajuda a tirar este?

E então ela tirou mais um vestido, com as mãos levantadas e Mary puxando por cima da cabeça. Lily olhou para o chão, onde viu o pé de Shirley de meia-calça. A costura preta tinha saído do lugar na panturrilha, mas ela não se ofereceu para ajeitar.

Ao voltar para casa da Union Square mais tarde, Lily imaginou se esbarraria novamente com Paula — ou talvez Claire e até mesmo Sal. Percebeu num sobressalto que a cidade devia estar cheia de mulheres que frequentavam o Telegraph Club ou boates similares; mulheres que assistiam a artistas como Tommy Andrews, faziam amizade entre si, arrumavam namoradas entre si. A cada esquina, olhava furtivamente para as mulheres que esperavam o sinal abrir, se perguntando se eram uma delas também. Ou aquela. Ou aquela.

35

Enfim era a primeira segunda-feira de volta às aulas depois das férias de Natal. Lily estava excessivamente nervosa para encontrar Kath novamente, mas quando o momento chegou — lá estava ela, parada no armário com uma saia e uma blusa normais —, foi anticlimático e decepcionante. O corredor estava cheio de alunos e professores apressados, e as luzes fluorescentes brilhavam acima delas, tirando qualquer possibilidade de clima romântico.

Mas então Kath cruzou o olhar com o dela a três metros de distância e seu rosto corou; Lily sentiu a pele queimar ao se lembrar da maneira como Kath a segurara nas sombras daquela ruela.

Não podiam falar sobre o assunto na escola, claro, a não ser de um jeito muito disfarçado e codificado. Quando Kath a cumprimentou, perguntou:

— Você está... bem?

Havia milhares de perguntas escondidas naquelas palavras. Lily segurou os livros com força contra o peito, como se tentasse se esconder atrás deles, e respondeu:

— Sim, estou bem. Como você está?

Um pequeno sorriso surgiu no rosto de Kath e seu olhar mirou algo atrás de Lily por um momento. Lily sabia que Shirley estava por ali em algum lugar, e Kath pareceu ter engolido o sorriso antes de dizer, bem formal:

— Também estou bem.

Elas então tiveram que se separar.

— Te vejo na aula — disse Lily.

Kath assentiu e ficou ali até o último momento possível, depois se virou e foi embora.

Depois da escola, voltaram para casa caminhando juntas, mas foi bem diferente de como era antes. Lily tinha perfeita consciência de todos os momentos em que se tocaram: o cotovelo de Kath esbarrando no dela ao saírem da Galileo; as costas da mão de Lily resvalando no quadril de Kath quando pararam para atravessar uma rua. Tinha ainda mais consciência do espaço tênue entre as duas, como uma barreira invisível que não podia ser cruzada — pelo menos não em público.

— Não consigo parar de pensar — disse Lily, nervosa. — No que aconteceu.

Kath olhou para ela meio tímida

— Também não. Não consigo parar de pensar em você.

Lily olhou em volta para se certificar de que ninguém estava ouvindo.

— Há quanto tempo... Há quanto tempo você sabe que... é assim?

— Não sei. Acho que eu sempre soube que era... diferente. Não foi uma surpresa quando entendi.

Atravessaram a Rua Polk na Chestnut e foram na direção da escadaria que subia até Russian Hill. Era um dia frio; o ar estava úmido e o vento bagunçava constantemente o cabelo de Lily.

— E você? — perguntou Kath. — Há quanto tempo sabe?

— Não tenho certeza. Talvez há muito tempo, de certa forma. Mas não muito, na verdade. Não até... Até você. — Lily olhou de lado para Kath.

— Fico feliz por ter ajudado. — Kath sorriu.

Lily deu uma risada e depois sentiu um arrepio. Não sabia se era por causa do vento ou do sorriso de Kath.

— Lembra aquele dia na aula de Objetivos, quando você disse que não era estranho eu querer ir à Lua?

— Lembro.

— Acho que aquele foi o primeiro dia que eu realmente prestei atenção em você.

— Demorou esse tempo todo? — disse Kath, provocando.

— Talvez eu seja meio devagar mesmo — respondeu Lily. — Por quê? Quando foi que você prestou atenção em mim?

Kath deu um risinho.

— Quer mesmo saber?

— Sim!

— Bom... No ano passado, você me ajudou numa prova de geometria. Não deve nem lembrar. Você faz uma coisa... — Kath parou, meio tímida.

— O quê? O que eu faço?

— Você morde o lábio quando está resolvendo um problema de matemática difícil — disse Kath. — É bonitinho.

O rosto de Lily ficou vermelho e ela deu uma risada.

— É melhor eu parar de fazer isso quando entrar na faculdade, senão ninguém vai me levar a sério.

Quando chegaram à escadaria, começaram a subir lado a lado, e às vezes esbarravam uma na outra, sem querer de propósito. O braço de Lily tocando o de Kath; as mãos se chocando suavemente; os dedos quase se entrelaçando.

Pouco antes de chegarem lá em cima, Kath disse baixinho:

— Quero beijar você de novo.

Lily sentiu um solavanco no corpo — teve que parar para recuperar o fôlego — e Kath parou também, as duas se virando de frente uma para a outra. O vento tinha se acalmado e o cabelo de Kath estava penteado para o lado sobre a testa, como se alguém tivesse feito um topete com os dedos. Lily podia mirar o rosto de Kath para sempre, mas olhar não era suficiente. Tudo que ela queria era tocá-la, mas o espaço entre as duas parecia zunir, como num aviso. Estavam no topo do Russian Hill, no topo da cidade, completamente expostas.

— Onde? — perguntou Lily. — Aonde podemos ir?

A última cabine do banheiro feminino do segundo andar tinha uma porta que ia até o chão, mas todas as meninas sabiam disso e a usavam quando estavam menstruadas. Havia também um cantinho escuro embaixo da escada que dava no ginásio, perto dos vestiários, mas todo mundo podia passar por ali e vê-las. E então Lily se lembrou do armário com os materiais da aula de economia doméstica, no terceiro andar, cuja chave ela sabia onde ficava por causa do trabalho no comitê do baile.

Vários dias se passaram até que Lily conseguisse pegar a chave. Os preparativos para o Miss Chinatown vinham se intensificando (faltavam menos de três semanas), e depois da escola Lily precisava ajudar a vender bilhetes de rifa no Hospital Chinês, ou na loja do pai de Flora, ou no Eastern Pearl. Descobrir uma maneira de escapar das mais variadas solicitações de Shirley parecia uma corrida de obstáculos, mas Lily tinha medo de contrariá-la muito abertamente e levantar suspeitas.

Enfim, numa quinta-feira depois da escola, Lily encontrou Kath do lado de fora da cozinha da aula de economia doméstica, pegou a chave num painel que ficava em cima da pia e foram caminhando para a porta sem identificação no corredor. Lily deu uma olhada para se certificar de que o corredor estava vazio antes de abrir o armário, e então ela e Kath entraram de fininho e fecharam a porta.

Estava entulhado de coisas, empoeirado, e era difícil de enxergar. A única luz vinha da fresta debaixo da porta, e Lily imediatamente esbarrou numa pilha de tigelas de metal, fazendo um barulhão.

— Desculpa — sussurrou.

— Tome cuidado.

Kath pegou a mão de Lily para afastá-la das tigelas, e foi a primeira vez que realmente se tocaram desde aquela noite na ruela.

Lily de repente ficou tímida. Kath estava muito perto. Não conseguia ver muito mais do que a silhueta da cabeça e dos ombros dela. O armário tinha um cheiro leve de suco de abacaxi, e Lily ouvia os sons da escola ao fundo. Portas distantes eram fechadas; vozes ficavam mais altas e mais baixas; ouviam-se passos vindo na direção delas pelo corredor e depois, ainda bem, passavam e seguiam adiante. O armário não trancava por dentro, é claro; qualquer um podia abrir a porta e encontrá-las. Ela sentiu a própria mão úmida e escorregadia segurando a de Kath.

— Você está bem? — sussurrou Kath. — Parece... tensa.

— Não, eu... — *Tensa* não era bem a palavra. Apavorada, talvez.

Já tinha passado quase uma semana do primeiro beijo delas, que fora tão surpreendente que podia parecer obra do acaso. Hoje não havia acaso. Elas tinham planejado se encontrar aqui, neste armário, e manter o segredo. Sabiam o que podia acontecer se fossem pegas; Jean já mostrara a elas.

Por um segundo horrível, Lily quis fugir. Podia abrir a porta agora mesmo — podia dizer que aquilo fora um erro —, podia sentir o alívio que a aguardava no corredor, e talvez Kath tenha percebido, porque perguntou:

— Você mudou de ideia?

A voz dela estava fraca e vulnerável, e Lily se sentiu envergonhada.

— Não — sussurrou, e então deu mais um passo na direção de Kath.

Suas bocas quase se tocavam; Lily sentia o calor da respiração de Kath nos próprios lábios. Sentia o cheiro do perfume na pele de Kath; aquilo deixou seus braços arrepiados. Com gentileza, soltou a mão de Kath e, devagar, colocou as mãos ao redor do pescoço dela, como se fossem dançar. Ouviu o inspirar e expirar da respiração dela na escuridão, e então Kath levou as mãos à cintura de Lily e se inclinou para beijá-la.

Foi diferente dessa vez — mais carregado de sentido. Tinham tomado essa decisão juntas, e Lily sentiu a seriedade com a qual Kath a tocou. A cada beijo, era como se a boca de Kath a questionasse: *É isso mesmo que você quer?* E Lily tentava responder *sim* na forma como puxava Kath para mais perto, na forma como acariciava o cabelo macio na nuca de Kath, na forma como pressionava os seios contra o corpo de Kath.

Sim.

36

Na sexta-feira, Kath puxou Lily de lado depois da aula de matemática, os dedos rapidamente — dava para sentir a eletricidade — envolvendo o braço dela. Os outros alunos passavam pelas duas no corredor e Kath disse:

— A srta. Weiland vai levar as meninas da AAG para jogar boliche na quarta-feira que vem.

— Quer ir? — perguntou Lily, surpresa.

— Não. A sala dela vai estar vazia. — Kath deu uma olhada se vinha alguém atrás de Lily e chegou um pouquinho mais perto para sussurrar: — Me encontra lá na quarta? Quinze minutos depois de terminar a aula. A porta tranca.

No sábado, Shirley ligou para a casa de Lily.

— Você ainda vai ao hospital para vender números da rifa hoje?

— Vou, por quê?

Shirley respirou fundo.

— Nem precisa. Uma das outras candidatas convenceu alguns dos membros do conselho do Six Companies a comprar milhares de números. Não vou conseguir superar isso.

— O quê? Isso não é justo.

— Flora disse que vou ganhar com meu discurso — contou Shirley, desanimada.

Lily tinha suas dúvidas, mas não faria Shirley se sentir ainda pior.

— Vai dar tudo certo — afirmou, tentando soar positiva. — Ainda posso ir ao hospital. Talvez o papai me ajude a convencer a diretoria a comprar uma leva grande.

— Dois mil? — perguntou Shirley, duvidando.

Lily fez uma careta.

— Talvez não tantos. Mas quem sabe? Quer vir comigo?

— Não, não posso. Obrigada por tudo que está fazendo, de verdade, mas não vou ganhar vendendo a rifa.

Depois de desligar, Lily ficou ali parada por um minuto, pensando se devia ligar para Kath. Sua tarde estava livre agora que não precisava ir ao hospital por causa de Shirley. Antes que perdesse a coragem, foi até o quarto e pegou o caderno de matemática, onde Kath tinha anotado o telefone alguns dias antes. Lily fizera o mesmo no caderno de Kath, mas nenhuma das duas ligara ainda.

Voltou para o telefone e discou o número com os dedos nervosos. Cada rotação do disco parecia demorar uma eternidade, mas enfim ela ouviu o sinal de que estava chamando. Imaginou o aparelho fazendo barulho na casa de Kath, mas tocou, tocou e ninguém atendeu. Depois de um tempo, Lily desligou.

— Para quem estava ligando?

Ela levou um susto e se virou para a mãe, que estava na porta da cozinha.

— Uma amiga... Mary — respondeu Lily, e imediatamente se arrependeu de ter dito um nome.

— Ainda vai sair para vender rifa hoje? — perguntou a mãe.

— Sim — mentiu Lily.

— Pode passar no mercado Dupont na volta? Preciso de gengibre e acabou o café do seu pai.

A mãe entregou uma nota de cinco dólares para Lily, e ela pegou sem dizer nada. Tinha medo de que a mãe percebesse que tinha mentido, mas ela simplesmente voltou para a cozinha e Lily ficou ali parada ao lado do telefone.

Depois do almoço, Lily caminhou pela Avenida Grant na direção de North Beach. Virou na Rua Jackson e entrou em algumas lojas, olhando com calma os mostruários de bijuterias. Não tinha nenhum plano de verdade para esta tarde agora que não precisaria mais ir ao hospital, mas estava inquieta, numa agitação que a deixava ansiosa e aflita. Em uma das lojas, encontrou um conjunto de strass e comprou, num impulso, pensando que poderia usá-lo para ir ao Telegraph Club numa noite qualquer, para Kath ver.

Aquele pensamento se agarrou a ela, e Lily começou a pensar no que mais poderia comprar. Um vestido novo, talvez. Uma meia-calça nova — uma de adulto. Um sutiã novo —, e aquilo a fez imaginar que Kath poderia ver o sutiã, e algo se retorceu dentro dela.

Foi andando para o norte, entrou em algumas butiques de Chinatown mas não encontrou nada de que gostasse, então seguiu caminho pela Broadway, depois pela Columbus, até North Beach. Os cafés estavam animados naquela tarde, e, ao passar diante de suas janelas de vidro, espiou lá dentro e viu casais bebendo expressos e comendo docinhos italianos. Garotos e garotas, homens e mulheres, sorrindo um para o outro ou então conversando animadamente, as mãos se tocando, sem medo de serem vistos juntos. Sentiu uma inveja crescente na boca do estômago diante daquela injustiça.

Quando se deu conta, tinha chegado ao Washington Square Park, atravessou a Columbus e ficou ali, à beira da grama. Estava frio e não havia muita gente do lado de fora. Examinou um a um: um homem e uma mulher brancos; três homens brancos (talvez italianos) fumando no banco; duas mulheres negras mais velhas caminhando juntas devagar; uma menina chinesa de uns dez anos com uma mulher que provavelmente era a mãe, segurando sua mão. Lily tinha esperanças de encontrar Kath, mas não havia sinal dela.

Olhou para o relógio. Estava na hora de passar no mercado Dupont e ir para casa. Começou a voltar na direção de Chinatown e decidiu caminhar pela Powell antes de virar para ir ao mercado. Na esquina com a Powell e a Rua Green, parou para esperar o sinal fechar antes de atravessar e, na diagonal de onde estava, viu um carro estacionar à beira da calçada. O carro parecia familiar, mas não tinha certeza até que a porta do passageiro abriu e Shirley saiu de dentro dele.

Lily quase levantou o braço para acenar, mas algo a impediu — talvez a maneira furtiva como Shirley se portava, o modo como baixou o chapéu para esconder o rosto. Mas Lily reconheceria Shirley em qualquer lugar; estava com ela quando comprara aquele casaco azul-claro que vestia. Tinha sido sua compra favorita do ano anterior. Shirley foi andando até o lado do motorista; o vidro abaixou e um rosto de homem apareceu. Lily ficou ligeiramente chocada ao ver Calvin Chan.

Shirley se abaixou e beijou Calvin. Ele sorriu e estendeu a mão para fora do carro, puxando-a pela cintura para outro beijo. O modo como Calvin tocava Shirley — como permaneciam unidos depois do beijo — provocou um arrepio de reconhecimento pelo corpo de Lily. (Antes de saírem do armário da aula de economia doméstica, ela e Kath tinham ficado de mãos dadas até o último momento possível.)

Quando Shirley finalmente se afastou, ela sorria também.

A rua estava vazia agora, mas Lily não se moveu. Continuou parada na esquina observando enquanto Shirley acenava para Calvin e descia a Powell com pressa a caminho de Chinatown. Calvin fez a curva com o carro e entrou na Columbus. Shirley não olhou na direção de onde Lily estava. Ela não viu Lily, mas Lily viu a maneira elegante como caminhava, a cabeça erguida, os ombros para trás, despreocupada.

Na segunda-feira, Lily ficou observando Shirley de perto, mas ela parecia a mesma de sempre, exceto talvez pela determinação renovada de ganhar o concurso Miss Chinatown. Empolgou Lily e as amigas com seu plano para refazer o discurso, que ela ensaiaria já com direito a prova de vestido na sexta à noite. Lily e Kath tinham planos de ir ao

Telegraph Club na sexta à noite também, mas ela concordara em comparecer à prova do vestido; ia terminar bem antes do horário marcado para encontrar Kath.

Na terça-feira, Kath deixou um bilhete no armário de Lily. Tinham começado a deixar mensagens uma para a outra depois das férias de Natal — apenas poucas frases, e nunca assinadas. Lily sabia que devia esperar para ler quando estivesse sozinha, mas sempre ficava impaciente, e hoje não era exceção. Desdobrou o papel com as mãos ainda dentro do armário, puxando a porta de metal para ter alguma privacidade. Kath tinha uma letra bonita e pequena, e o bilhete era curto e direto. "Mal posso esperar por amanhã."

Lily sorriu. Pegou um lápis e escreveu embaixo: "Eu também." Dobrou novamente num quadradinho e, na aula de matemática, deslizou para a mão de Kath, os dedos tocando de leve, como plumas, a palma da mão dela.

Na quarta-feira, choveu. Durante o dia inteiro as gotas bateram nas janelas como um solo de bateria. Depois da escola, Lily ficou enrolando no armário; arrumou os livros, colocou e tirou o casaco, olhando impacientemente para o relógio.

Finalmente chegou a hora. Ela caminhou sozinha até a sala da srta. Weiland e, quando chegou, estava aberta e vazia. A luz da tarde chuvosa entrava pelas persianas meio fechadas, desenhando listras pálidas no chão. Foi até uma das janelas e olhou lá para fora; tinha vista para o jardim. Estava ali fazia pouco mais de um minuto quando ouviu passos e, ao se virar, viu Kath fechando a porta.

Lily atravessou a sala e segurou a mão de Kath, o pulso já acelerado.

— Espere — disse Kath, e primeiro trancou a porta por dentro, depois foi até o outro lado para fechar as persianas.

Lily foi ajudá-la. Quando terminaram, a sala estava quase escura, embora a janelinha retangular da porta deixasse entrar luz do corredor. Se alguém olhasse para dentro por ali, veria quase toda a extensão da sala. Lily e Kath foram para o canto mais longe da porta, que ficava em um ponto cego, por causa do arquivo grande de metal. Acima dele, a srta. Weiland tinha pregado um cartaz de viagem com palmeiras e uma praia, com as palavras LOS ANGELES escritas no céu.

Lily pegou a mão de Kath e puxou-a para perto, o coração batendo rápido, cheio de expectativa. Tinha que estar na Commodore Stockton para buscar Frankie em uma hora e meia, o que lhes dava no máximo uma hora juntas. Já sentia os minutos correndo rápido demais, mas parte dela percebeu que havia algo gostoso em prolongar esse momento, essa espera insuportável antes de se beijarem. Aqui, tudo era possível.

Na luz baixa, o rosto de Kath estava nas sombras. Estava perto o suficiente agora para que Lily sentisse o rastro suave de menta em seu hálito, e o aroma leve e aconchegante de sua pele. Ela passou o nariz no pescoço de Kath e queria engarrafar o cheiro dela. Sentiu a pulsação de Kath sob os lábios, a mão de Kath em sua nuca e, enfim, a boca de Kath tocando a sua.

Ainda era um choque sentir aquilo: a conexão entre os corpos, como se viesse lá de dentro da medula, carregada, doce, forte. Antes, temia ser descoberta e temia descobrir a si mesma, mas quanto mais elas se beijavam menos ela temia, até que o medo foi neutralizado por outros sentimentos muito mais poderosos.

Queria tocar a pele de Kath. Tirou a barra da blusa dela de dentro da saia e enfiou a mão por baixo, finalmente sentindo a pele quente de suas costas e a vibração do corpo de Kath ao tocá-la. Kath se afastou por um segundo e tocou os botões da blusa de Lily.

— Posso? — perguntou.

Lily ajudou-a a desabotoar, e então Kath pôs a mão na pele nua da cintura de Lily, que fechou os olhos. A mão de Kath subiu pelas costelas até a curva do seio de Lily, seu polegar circundando o mamilo por cima do sutiã. Ela então colocou a perna entre as coxas de Lily, que teve um sobressalto com a sensação — a pressão e o movimento ali; era exatamente o que ela queria. Estava assombrada com como as coisas entre elas funcionavam tão instintivamente, como se tivessem nascido para fazer isso juntas.

Mas Lily sentia que não havia tempo suficiente. Não conseguia tirar da cabeça que só tinham mais uma hora. Kath se movia e o desejo por algo mais crescia dentro de Lily, as saias levantadas enquanto elas esfregavam os corpos um contra o outro. Parecia urgente, como a contagem regressiva de uma bomba prestes a explodir. Não havia tempo; precisavam fazer naquela hora. Lily levantou a saia até o quadril, pegou a mão de Kath e levou até o meio de suas pernas.

Kath hesitou.

— Tem certeza? — sussurrou.

— Por favor — exigiu Lily, convencida.

Então Kath colocou a mão e Lily a ajudou, tirando a calcinha do caminho. Foi um pouco constrangedor, mas, quando os dedos de Kath finalmente a tocaram, as duas tiveram um sobressalto.

— Estou no lugar certo? — perguntou Kath.

— Sim — murmurou Lily.

Tudo parecia estar no lugar certo. Os dedos de Kath esfregaram, esfregaram, e era tão maravilhoso, tão inebriante — nunca tinha tocado a si mesma daquela maneira —, e agora ela estava encostada no armário de arquivo, que fez um barulho alto e metálico quando bateu com a mão ali.

— Desculpe — disse, mas não dava nem para sentir muito de verdade porque tudo estava acontecendo tão rápido, tão inesperadamente, e ela puxou Kath para ainda mais perto quando todas aquelas sensações a invadiram, o corpo trêmulo, o rosto enterrado no pescoço de Kath, até que terminou.

Durante um minuto ela inspirou e expirou, inspirou e expirou, e Kath a abraçou devagar, a cabeça encostada no armário de arquivo. Então Kath beijou o pescoço dela e mudou de posição, as pernas abertas sobre a coxa de Lily, e sussurrou:

— Posso... Tudo bem fazer isso?

— Sim — respondeu Lily, e chegou mais perto de Kath, abraçando-a enquanto ela se movia, sentindo a umidade de Kath contra sua perna.

Aquilo era extraordinário, Lily pensou. Não havia nada igual no mundo. Era muito diferente de quando Lily estava sozinha em seu quarto. Era muito diferente e muito mais: uma quantidade transbordante de mais. Kath continuou roçando sua coxa, a respiração irregular contra a bochecha de Lily, que passou a mão no cabelo de Kath com ternura, se sentindo tão perto dela que parecia impossível. Ela era muito preciosa, era um milagre.

37

Durante todo esse tempo, Shirley não dissera nada sobre Calvin. Em outras épocas Lily talvez tivesse ficado magoada ou até com ciúme, mas o segredo dela era muito mais importante agora.

Na sexta-feira à noite, Lily chegou à casa dos Lum e encontrou Shirley e Flora na sala. Shirley já estava com o vestido da Macy's e, quando Lily entrou, ela perguntou:

— Olha o que eu... Gostou desses brincos?

— São da loja do sr. Wong — disse Flora.

Lily tirou o casaco e chegou mais perto para ver os brincos pendentes azuis na orelha de Shirley. Pareciam safiras.

— Lindos — opinou.

— Ficam ótimos com o vestido — disse Flora.

— O que acha, Lily? — perguntou Shirley, com um rodopio. O vestido ficava bonito nela. Tinha escolhido um azul pastel bem leve, com saia comprida e decote drapeado, estilo grego. Usava sapatos de salto num couro branco e brilhante, além de maquiagem completa com a boca carmesim e os cantos dos olhos ressaltados pelo delineador. Tinha enrolado o cabelo, que fora preso com um adorno de strass. — Pareço uma garota chinesa? — Ela piscou os cílios.

Lily sentou no sofá e escolheu as palavras com cuidado.

— Parece uma rainha de concurso de beleza.

Shirley apertou os lábios e foi até a mesinha de centro, onde tinha deixado o rascunho de seu discurso.

— É melhor os jurados concordarem.

— Eu sei que vão — opinou Flora.

Elas ouviram passos na escada, e logo depois Mary apareceu carregando o vestido cheongsam de Shirley numa capa protetora.

— Desculpem o atraso — disse Mary, correndo para entrar na sala. Apoiou a capa no encosto do sofá e abriu o zíper para mostrar o vestido, ajustado para Shirley pela mãe de Mary, que era costureira. — É melhor experimentar para ter certeza que serve.

O cheongsam era de seda azul-celeste, bordado com flores brancas, para combinar com o vestido da Macy's.

— Ah, ficou lindo! Mas vou fazer meu discurso com este vestido aqui — explicou Shirley, apontando para a roupa que usava. — Deixa eu ensaiar antes. Prova de vestido! E depois eu experimento o cheongsam. Agora, sentem todas vocês para serem minha plateia. E minhas juradas.

— Shirley pôs o cheongsam numa das poltronas vazias e Mary se sentou no sofá ao lado de Flora e Lily.

Shirley ficou em pé diante delas, iluminada pelas janelas ao fundo, e fez uma reverência segurando o papel com as duas mãos.

— Boa noite, cavalheiros — começou.

Flora e Mary responderam com uma risada, porque obviamente elas não eram cavalheiros. Lily esboçou um sorrisinho.

— 恭喜發財.* Obrigada por me darem a honra de falar com os senhores esta noite. Pensei com cuidado sobre quem a Miss Chinatown deve ser, e humildemente espero que me considerem a mais adequada para a função. Uma das responsabilidades mais importantes da Miss Chinatown é comandar as festividades de Ano-Novo como uma representante da comunidade. O festival de Ano-Novo é uma tradição

---

* Um feliz e próspero Ano-Novo.

antiga, de milhares de anos, e ainda assim celebra a oportunidade de um novo começo, um novo ano. A cada ano honramos nossos ancestrais e agradecemos por suas bênçãos, e a cada ano preparamos nossas casas e nossas famílias para o Ano-Novo ao pagar nossas dívidas e limpar a poeira do ano que passou.

"Nós, chineses americanos, viemos para este novo mundo nos Estados Unidos para começar uma vida nova para nós e nossas famílias. A Miss Chinatown deve representar o melhor dessas duas tradições, antiga e moderna. Ela deve honrar a força da família e da tradição chinesas, mas deve também adotar o melhor do novo estilo de vida americano.

"Eu sou filha de imigrantes trabalhadores do Cantão. Nasci bem aqui em Kau Kam Shaan, e cresci trabalhando no restaurante dos meus pais, onde entendi como a cultura chinesa pode ser adotada pelos americanos. Sou filha do velho mundo e também do novo mundo, e estou pronta para representar Chinatown ao entrarmos no Ano do Carneiro. Eu me apresento humildemente a vocês, honoráveis jurados, como uma filha obediente e esforçada de Chinatown. Obrigada."

Shirley fez nova reverência, segurando a saia com delicadeza, como se fosse uma princesa, e Lily, Flora e Mary aplaudiram.

— Acho que está muito bom — elogiou Flora. — Bem humilde.

— E virtuosa — opinou Mary.

Lily não tinha certeza se gostara do discurso. Parecia uma fraude, como se Shirley estivesse tentando bajular os jurados para votarem nela.

— Gostei da reverência no final — disse Lily.

— Mas vocês acham que é o suficiente para ganhar? — perguntou Shirley. — Não vendi tantas rifas.

— Você ainda pode ganhar — declarou Flora. — Você é muito mais bonita que as outras garotas. Eu vi aquela que vendeu as rifas todas para o Six Companies. Ela tem cara de cavalo.

— Flora — resmungou Mary. — Que maldade.

— Mas é verdade — insistiu Flora. — Se a Miss Chinatown tem que ser um exemplo de beleza, então Shirley deveria ganhar.

— O que você acha, Lily? — indagou Shirley. — Está tão quieta.

Houve uma mudança sutil no tom de voz de Shirley, e Lily sabia que devia dizer algo encorajador — que Shirley era a mais bonita de todas, que ganharia com certeza ou então os jurados seriam um bando de cegos idiotas. Aquele era o preço de ser admitida no círculo de amizade de Shirley, e Lily já pagara esse preço antes. Era fácil continuar pagando, mas ela não queria mais. Lily percebeu que já não queria mais fazia muito tempo. Tudo que queria no momento era acabar com aquele ensaio e ir para o Telegraph Club com Kath.

— O Miss Chinatown existe para apoiar os negócios de Chinatown — declarou Lily, enfim. — Os jurados não se importam se é bonita ou não; todas as garotas são bonitas o suficiente. Eles só se importam com a quantidade de dinheiro que você leva. Vocês sabem que é assim que funciona.

Flora teve um sobressalto e Mary fechou a cara, mas Shirley olhou para Lily com uma expressão que demonstrava um respeito meio ressentido.

38

Quando Lily chegou em casa depois do ensaio, Frankie estava se sentindo mal, com dor de estômago. Enquanto esperava que ele melhorasse e os pais fossem dormir, foi vendo os ponteiros do relógio se aproximarem do horário em que costumava encontrar Kath. O apartamento finalmente ficou silencioso, mas Lily sabia que Kath já teria saído do ponto de encontro. Sua esperança era de que tivesse ido para a boate direto.

Do lado de fora, a neblina era espessa sobre as ruas, e ela deu mais uma volta da echarpe no pescoço. Cada lâmpada, cada poste de luz parecia ter uma nuvem a seu redor, um brilho sobrenatural, e o próprio ar parecia pressionar o corpo de Lily. O ar grudava nela como fumaça, como uma capa, fazendo-a se sentir invisível. Era como se a própria cidade estivesse ajudando a escondê-la.

O letreiro em neon do Telegraph Club brilhava a distância. Ouvia-se música por toda Broadway; risadas desconexas pairavam no ar. Lily era um fantasma flutuando sobre as ruas. Era um peixe deslizando em meio a águas escuras. Chegou à porta da boate e lá estava Mickey.

— Sua amiga já está lá dentro.

— Obrigada — respondeu Lily ao entrar.

O lugar estava quentinho, barulhento e tinha o mesmo cheiro de sempre, de perfume, cigarros e cerveja. Lily ouviu Tommy cantando nas caixas de som. Na área do bar, por onde nunca tinha passado sozinha, havia uma longa fileira de mulheres que se viraram para a encarar. Sentiu como se estivesse num mostruário e parte dela quis se esconder, mas outra parte ficou empolgada: aquela sensação de ser vista era como se cada pessoa que a encarava a estivesse criando, do nada.

Parou sob o arco que separava o bar e o salão, afrouxou a echarpe por causa do calor e vasculhou as mesas em busca de Kath. Todos os rostos estavam virados para o palco, onde Tommy cantava "Secret Love" sob o holofote. Como em todas as vezes anteriores, havia diversos casais — de homens e mulheres — sentados nas proximidades do palco; as mulheres algo entre envergonhadas e fascinadas, os homens com aqueles sorrisinhos de quem sabe um segredo. Lily se perguntou o que será que eles pensavam saber. Tinha certeza de que estavam errados.

Viu Kath sentada com Jean e as amigas de faculdade dela no canto esquerdo, perto do fundo do salão. Lily poderia nem ter visto, porque ela estava no escuro, mas Kath se inclinou para acender um cigarro e a chama do isqueiro chamou a atenção de Lily. Iluminou rapidamente o rosto de Kath; seu cabelo estava penteado para trás e repartido para o lado, como o de um homem. Lily ficou surpresa em vê-la daquele jeito, e de repente se sentiu constrangida. Estava usando seu vestido novo, aquele que dissera à mãe que comprara para o concurso, mas na verdade tinha sido escolhido para esta noite. Era mais justo que seus vestidos habituais, com um decote em V um pouco mais profundo do que estava acostumada, embora ainda fosse bem modesto. Mas, neste salão, entre essas mulheres, seu novo vestido era uma declaração. Se fosse até Kath e sentasse ao lado dela, todo mundo saberia o que aquilo significava.

Tommy começou um novo número, um mais animado, que incluía flertar com as mulheres à beira do palco. Lily se lembrou de como tinha fantasiado ver Tommy cantando para ela numa daquelas mesas, e a fantasia parecia tão ingênua agora, tão boba. Sonho de uma garotinha.

Reconheceu o sorriso no rosto de Tommy quando ela se inclinou e fez uma serenata para uma morena de vestido vinho. A moça parecia tão lisonjeada, tão ávida.

Lily desviou o olhar. Começou a acenar na direção de Kath, que parecia estar olhando ao redor. Lily achou ter visto Kath colocando o cigarro no cinzeiro; achou ter visto seu rosto um pouco mais pálido se levantando.

— Com licença — sussurrou, esbarrando nas cadeiras de estranhos e desviando das mulheres que estavam em pé no fundo. Quando foi que aquele salão pequeno tinha ficado tão enorme e cheio de obstáculos? Nem estava mais prestando atenção na apresentação de Tommy.

Pelo menos tinha chegado lá, e Lily reconheceu os ombros de Kath, embora não conseguisse ver seu rosto, que era apenas um borrão em meio à escuridão enfumaçada.

— Kath — sussurrou, aliviada. Havia poucas horas que vira Kath na escola, mas a sensação era a de que dias haviam passado.

— O que aconteceu? — perguntou Kath, baixinho. — Eu esperei, mas ficou tarde.

Alguém por ali fez *shhh* para elas, e Lily pegou a mão de Kath e puxou-a pelo salão até o corredor que dava nas escadas. O cantinho embaixo da escada estava vazio, e Lily levou Kath para a sombra, a pele já corada de ansiedade.

— Desculpe o atraso — disse Lily. — Frankie estava passando mal e eu tive que esperar ele dormir.

Havia alguns barris de cerveja e caixotes de madeira debaixo da escada, mas o espaço era exatamente o suficiente para as duas. Acima delas, as frestas da escada deixavam entrar raios finos de uma luz baixa e amarela. Iluminava de um jeito meio retorcido o rosto de Kath, que chegou mais perto e beijou Lily depois de dizer:

— Estou feliz que esteja aqui.

— Eu também — disse Lily, e a beijou de volta.

Quando se soltaram, Lily lembrou que tinha trazido um presente para Kath, e tirou o avião de brinquedo do bolso.

— Isto é para você.

Kath segurou o avião para conseguir examiná-lo sob a luz.

— Por quê? — Ela parecia surpresa.

— Me fez pensar em você.

O pai de Flora presumiu que era para o irmão mais novo de Lily, e ela não o corrigiu. Queria ter colocado numa caixa e embrulhado para presente, mas não tinha uma caixa daquele tamanho e o único papel de presente em casa era sobra do Natal. Agora, vendo Kath segurar o avião, ficou com vergonha.

— Não é nada — sussurrou Lily. — Tudo bem se não gostar.

Kath girou as rodinhas do avião e sorriu.

— Eu gostei. — Colocou o avião no bolso e envolveu a cintura de Lily com as mãos novamente. — Quer ir lá para o show?

— Daqui a um minuto.

— Só um minuto? — provocou Kath.

Lily riu. Puxou-a para mais perto e sentiu a boca de Kath, ainda com um sorriso, encostar na sua. Lily se lembrou do outro casal sob as escadas, e era como se o tempo tivesse dobrado sobre si mesmo, e ela não conseguisse dizer se era ela mesma ou outra pessoa. Quantas garotas já estiveram debaixo dessas escadas, se beijando? Lily imaginou uma longa fila de meninas como elas, agarradas nesse cantinho escuro com cheiro de cerveja.

De repente, ouviu-se um grito no bar e luzes se acenderam no corredor; as duas se assustaram e se soltaram.

Tommy parou de cantar de repente. A pianista interrompeu a música no meio, e então a voz de Tommy soou nas caixas de som:

— Sinto muito, mas vamos ter que encerrar a noite, pessoal.

O vozerio ficou mais alto na hora, num misto de confusão e surpresa, e luzes se acenderam mais uma vez, repetidamente.

— O que está havendo? — perguntou Lily. Ela olhou para o corredor, que continuava depois daquele cantinho embaixo da escada, e terminava numa porta fechada.

Alguém passou correndo por elas vindo do bar e cutucou o ombro de Lily. A pessoa abriu a porta no fim do corredor e saiu por ali, e Lily estava prestes a sair de debaixo da escada quando mais mulheres vieram — dezenas, todas elas, aparentemente — num tumulto em direção àquela porta.

Kath segurou o braço de uma estranha e perguntou:

— O que aconteceu?

A mulher estava de terno; soltou o braço, se desvencilhando, e depois gritou para trás:

— Polícia! É uma batida policial.

Lily ainda segurava a mão de Kath, que apertou seus dedos e analisou o caminho até a porta. Era uma saída de fundos.

— Vamos — disse Kath. Empurrou Lily pelo corredor e as duas se juntaram ao êxodo. Dava para sentir a neblina que vinha de fora.

Kath de repente parou e saiu do caminho.

— Espera. Deixei meu casaco lá dentro.

O pânico da multidão era contagioso, e Lily agora só pensava em fugir.

— Não pode largar lá?

Kath negou com a cabeça.

— Minha identidade está no bolso. Vai na frente. Encontro você lá fora.

— Não é falsa? Deixa pra lá! — Lily não queria soltar a mão dela.

— Esqueci de deixar a verdadeira em casa. Preciso pegar. Vai você. E me encontra na nossa esquina, está bem? — Kath apertou forte a mão de Lily mais uma vez, e então voltou para dentro, movendo-se contra a maré de mulheres e deixando Lily sozinha.

Uma mulher passou por ela e deu um conselho:

— É melhor dar o fora daqui se não quiser ser pega.

Com o coração acelerado, Lily seguiu o fluxo com todas as outras até chegar a uma ruazinha estreita do lado de fora. Estava muito escuro e fedia a urina. Acima delas, os prédios se erguiam, escuros, até o céu cheio de nuvens. Apenas algumas janelas estavam acesas, e Lily se lembrou de quão tarde já era. A multidão que saía do Telegraph Club se dividia entre ir para um lado ou outro da rua, e Lily escolheu a esquerda — achou que fosse a direção da Avenida Columbus —, mas, ao chegar a uma rua lateral que não reconhecia, ela parou. Olhou de volta para a rua estreita. A porta aberta projetava um retângulo de luz amarela no chão e iluminava uma poça de algum líquido que respingava em diversas das mulheres que saíam correndo do prédio. Nem sinal de Kath.

Agora havia vozes, altas e insistentes. Vozes de homens — e então homens de uniforme com lanternas.

Lily saiu correndo pela rua desconhecida. Havia um grupo de homens ali, parados em pé e fumando à sombra de um prédio. As brasas de seus cigarros pareciam flutuar no ar, como olhinhos vermelhos. Eles provavelmente a tinham visto parada na entrada da ruazinha, e ela balançou a cabeça nervosa quando percebeu que perdera a echarpe em algum lugar.

Continuou caminhando, embora não soubesse para onde estava indo. Ela se aproximava da luz e do barulho, mas seguiu de cabeça baixa, encarando as manchas na calçada, o esgoto correndo como um rio a seu lado.

A rua era curta e terminava numa avenida larga — tinha encontrado a Broadway novamente. À esquerda havia um caleidoscópio de luzes azuis e brancas que rodavam como se fossem uma montanha-russa do Playland. Um letreiro em neon branco estava pendurado na lateral do prédio, perto das luzes: THE TELEGRAPH CLUB. Ficou chocada quando notou diversos carros de polícia estacionados do lado de fora da boate. Um grupo de mulheres estava parado perto do toldo, como se estivessem todas juntas por segurança. Um policial se afastou de uma delas e Lily a princípio não entendeu muito bem o que estava acontecendo. Só quando a mulher virou de costas, os braços numa posição incomum, Lily entendeu que ela tinha sido algemada.

Ela se virou e foi caminhando imediatamente na direção da Avenida Columbus. Numa rápida olhada para as mulheres algemadas, achava não ter visto Kath. Talvez tivesse saído pela ruazinha dos fundos e seguido para o outro lado. Talvez já estivesse na Columbus. Lily apertou o passo. Os carros passavam correndo por ela e alguém ria bem alto; os homens jogavam cigarros acesos no meio-fio como se fossem pequenos mísseis. Alguém gritou para ela: "Vai mais devagar e dá um sorriso, docinho!". Lily ignorou; estava quase lá. Podia ver a esquina a distância.

Mas não havia ninguém lá quando chegou. O poste de luz iluminava a calçada vazia.

Não tinha certeza de quanto tempo ficara lá, tremendo. Pareceram horas. Quando viu um carro de polícia descendo a Columbus, se encolheu na sombra, mas sabia que não poderia ficar ali a noite inteira. Com um sentimento de desespero e tristeza, foi andando para casa e decidiu ligar para Kath assim que acordasse de manhã. Ela compreenderia por que Lily não tinha ficado na esquina.

Quando chegou ao seu apartamento, tentou ser o mais silenciosa possível, mas estava com tanto frio que se atrapalhou e tropeçou na escada. A porta do quarto estava emperrada e teve que forçar — com um estrondo — para abrir.

O silêncio logo depois era insuportável. Ouviu o ranger da cama e o chiado da porta do quarto dos pais se abrindo.

Correu para se despir, empurrou a roupa para debaixo da cama e enfiou a camisola tão rápido que quase se embolou com as mangas. Bateu com o dedão no pé da cama e não conseguiu evitar um gritinho de dor. Com lágrimas descendo dos olhos, subiu na cama e puxou as cobertas bem a tempo — o pai já ia abrindo a porta de correr.

— Li-li, você está bem?

Ela se virou, fingindo estar sonolenta.

— Sim, papai.

— Não conseguiu dormir?

— Não.

Ele se aproximou, sentou na beira da cama e acendeu o abajur na cabeceira, e ela teve que se virar para ele, o rosto mirando o nada. Pôs a mão na testa dela.

— Está um pouco quente.

— Estou bem. Só não consegui dormir.

Ele a examinou por um momento e ela se esforçou para parecer normal — insone, talvez, mas normal. Deve ter conseguido, porque a certa altura ele tirou a mão de sua testa.

— Está certo. Se não estiver se sentindo bem de manhã, me avise.

— Pode deixar.

— Boa noite.

Ele desligou o abajur e saiu, fechando a porta de correr.

| 1950 | Judy Hu se casa com Francis Fong. |

| | Lily vai ao terceiro piquenique anual do Dia da Independência organizado pela Aliança de Cidadãos Sino-Americanos e ao concurso Miss Chinatown. |

| 1951 | O dr. Hsue-shen Tsien cumpre prisão domiciliar por suspeita de ser comunista e simpatizante da República Popular da China. |

| **12 de agosto de 1951** | **JUDY leva Lily ao Playland, na praia.** |

| | No processo judicial Stoumen vs. Reily, a Suprema Corte da Califórnia determina que homossexuais têm o direito de se reunir publicamente, por exemplo, num bar. |

| 1952 | Francis começa a trabalhar como engenheiro no Laboratório de Propulsão a Jato. |

| 1953 | Judy é contratada como computador humano no Laboratório de Propulsão a Jato. |

| | Judy leva Lily ao Planetário Morrison, na Academia de Ciências da Califórnia, no Parque Golden Gate. |

JUDY

Três anos e meio antes

A maquete Opium Den ficava do lado esquerdo do Musée Mécanique, no Playland, logo depois dos videntes mecânicos, cujos olhos rodavam sempre que se depositava uma moeda na máquina. Judy já tinha visto o Opium Den, e, embora tivesse ficado horrorizada da primeira vez, nunca sentira tanta indignação quanto hoje.

Naquela manhã, enquanto ela e Francis se preparavam para buscar Lily, Frankie e Eddie para o tão aguardado passeio de sábado, ela tentara convencer Francis de que estava muito frio para ir ao Playland.

— Vai estar ventando e cheio de neblina — dissera. — Vamos levá-los a algum lugar fechado.

Mas Francis insistiu.

— Os meninos querem ver a Fun House, e Frankie quer andar de montanha-russa pela primeira vez. Eu prometi no mês passado que os levaria.

Então eles se amontoaram no Mercury de Francis e foram até o Playland, na praia. Judy observava Francis com Eddie e Frankie na montanha-russa de madeira, enquanto Lily vagava pelo Musée Mécanique colocando moedas nas maquetes automatizadas. Quando era criança, Lily não gostava muito dos brinquedos do parque, mas podia passar horas observando as miniaturas se movendo naqueles universos pintados em madeira, animadíssima com os detalhes mínimos e organizados. Agora, Lily tinha catorze anos, e Judy desconfiava de que o interesse da sobrinha por essas maravilhas mecânicas não seria mais o mesmo, então foi esperá-la dentro do museu.

Havia um banco a poucos metros do Opium Den. Judy sentou ali e pegou um livro na bolsa para ler. Era *As crônicas marcianas*, de Ray Bradbury, que ela pegara emprestado com Francis, fã de ficção científica. Achava a maioria dos romances que ele lia terrível, mas estava gostando deste. Só que não conseguia se concentrar na história. De onde estava sentada, era difícil não notar quando o Opium Den chiava ao ganhar vida, e as crianças aparentemente tinham um estoque infinito de moedas para ele.

A maquete não era muito grande, talvez uns sessenta centímetros de largura por trinta de comprimento, mas mostrava uma grande quantidade de criaturas bizarras que se retorciam ou saltavam quando a máquina estava em funcionamento. Retratava um antro de ópio subterrâneo habitado por personagens com olhos puxados, pele muito pálida e totalmente inexpressivos, provavelmente na intenção de representar a agonia depois da euforia induzida pelo ópio. Nos fundos do antro, um homem chinês aparecia deitado num recuo da parede, se levantando e caindo de novo repetidamente. Uma miniatura perturbadora com o rosto que parecia uma caveira descia as escadas para o antro do lado direito. Na esquerda, uma porta se abria e revelava um esqueleto pendurado. E, o mais bizarro, uma cobra gigante surgia repetidamente atrás de uma cortina com franjas nos fundos.

As crianças adoravam o Opium Den — gostavam especialmente de rir e apontar para a cobra —, mas, quanto mais Judy olhava, mais aquilo lhe causava repulsa. A cobra, com sua cabeça protuberante e o movimento de investida, parecia obscena. E o viciado em ópio na alcova caindo e levantando era humilhante. Ele estava completamente impotente, incapaz de fugir daquela representação mecânica de uma tragédia da vida real.

— Quanto tempo mais temos que ficar aqui? — perguntou Lily, sentando ao lado dela no banco.

— Lily! Já terminou? — disse Judy. Estivera tão absorta em sua raiva daquela maquete que nem percebeu Lily se aproximando.

O olhar de Lily seguiu o de Judy na direção do Opium Den e ela fechou a cara ao observar aquela humilhação contínua.

— Odeio essa — disse Lily.

— Eu também — respondeu Judy. — Vamos, não precisamos ficar aqui.

Às vezes Judy era consumida por uma raiva profunda do país que adotara para viver, e nunca sabia muito bem o que fazer a respeito. Tinha vindo para os Estados Unidos para estudar e pretendia voltar para casa, mas então conheceu Francis, e depois os comunistas ocuparam tudo, e agora, infelizmente, ela não podia ir embora. Os Estados Unidos lhe deram muita coisa boa nesses quatro anos desde que chegara, mas também lhe davam lembretes constantes de como as pessoas como ela eram vistas.

— Aonde nós vamos? — perguntou Lily, correndo atrás dela.

— Vamos para a praia — sugeriu Judy, e abriu a porta.

— E Eddie, Frankie e o tio Francis?

Judy olhou para o relógio.

— Combinamos de nos encontrar na Fun House às três. Temos quarenta e cinco minutos. Vamos lá, quero ver o mar.

Judy tinha se apaixonado pela Ocean Beach da primeira vez que a vira, quase quatro anos antes, assim que chegou a San Francisco. Era um dia frio também, e ela se lembrava do vento batendo contra seu rosto enquanto caminhava pelas dunas de areia.

Não era uma praia quentinha e ensolarada como as que se viam em guias de viagem. Era fria e enorme como o Oceano Pacífico, que se movia num estrondo em ondas selvagens com as cristas cheias de espuma. Ela amava a Ocean Beach porque, parada ali, finalmente se dera conta, no fundo da alma, do quão enorme era o Oceano Pacífico. Quase conseguia ver a curva da Terra no horizonte do mar — ou pelo menos imaginava conseguir —, e aquilo lhe dava uma sensação física de quão longe de casa tinha chegado.

Sim, ela realmente chegara muito longe. Não, ela não voltaria para casa tão cedo.

Havia uma estranha sensação de liberdade naqueles pensamentos. Foi o que a libertara para estar aqui, neste lugar, neste momento.

O mar estava acinzentado hoje e quase não dava para ver onde terminava e começava o céu no horizonte. Ela se lembrou da viagem em que cruzara aquele oceano, dezesseis dias num navio de transporte de tropas americanas convertido numa cabine de segunda classe com diversas outras jovens chinesas. Tinha passado tanto tempo com aquelas mulheres, e no entanto agora mal se lembrava delas. Imaginou se em algum momento pensavam nela: quieta e estudiosa, o rosto enfiado nos livros de matemática e inglês durante a viagem inteira. Com certeza pensaram que ela era estranha.

Agora, Judy observava Lily, que andava para longe dela, na areia dura próxima à quebra das ondas, procurando conchas. Lily passou por um punhado de algas marinhas que tinham sido trazidas para a areia. Parecia uma concentração verde-escura de cobras emaranhadas umas às outras, e, quando a água chegou ali novamente, uma das pontas se moveu para a frente e para trás como a cobra naquele antro de ópio horrível.

Do nada, Judy se lembrou daquela mistura de sangue e lenços de papel que parecia uma cobra, no banheiro, em abril, quando perdera um bebê. Fora tão no início da gravidez que ela mal tivera tempo para começar a aceitar esse estado. Ela e Francis estavam casados fazia dez meses e era hora de começar uma família — todo mundo dizia —, mas ela relutara em ir ao médico confirmar a gravidez.

Depois, secretamente ela se perguntara se sua relutância não teria condenado o bebê por nascer. Estava planejando se inscrever num programa de doutorado em matemática quando ficou grávida. Seu sonho era continuar os estudos, não ter um bebê.

Fora completamente tomada pela culpa naquela época. Ainda estava, até hoje. Como pôde ter sido tão relapsa? Devia ter ido ao médico mais cedo. Devia ter percebido, de alguma forma, que havia algo errado. Provavelmente era culpa dela por não prestar atenção direito ao próprio corpo. Sempre estivera perdida em seus pensamentos, em números, padrões e teoremas.

Sempre fora meio diferente, não era como as garotas normais que falavam de um jeito fofo com bebês, e que colocavam todo o coração no planejamento e na preparação para tê-los. Ela não era o tipo que fazia voz fofinha; nunca fora. Talvez isso significasse que havia algo de errado com ela, e seu corpo, sabendo disso, tinha rejeitado a maternidade.

De certa forma, a culpa doía ainda mais que o aborto espontâneo.

Seus olhos se desviaram da cobra de algas e procuraram por Lily. Começou a caminhar na direção da sobrinha. Ela se sentia meio abalada, como sempre ficava ao se lembrar desse acontecimento horrível na última primavera. Imaginava quando iria passar. Às vezes se pegava com medo de que nunca acontecesse, depois dizia a si mesma que estava sendo melodramática. Durante a guerra, tinha visto horrores que aprendera a esquecer.

(Aquela mulher com o corpo todo aberto e retorcido à beira da estrada depois do bombardeio; o brilho de seus órgãos.)

— Lily! — gritou, fazendo força para afastar aqueles pensamentos.

(Seu pai martelando tábuas sobre as janelas, bloqueando a luz do sol.)

Lily ouviu, se virou e esperou que a tia a alcançasse. Lily era tão sortuda. Vivia no mesmo país onde nascera, nunca tivera que passar por uma guerra na porta de casa.

— O que encontrou? — perguntou Judy.

A sobrinha estendeu a mão e mostrou uma concha de mexilhão roxa e preta, perfeitamente vazia, com o interior branco.

— Todas as boas conchas estão estilhaçadas hoje — contou Lily. — Só tinha essa.

Levantou o braço e jogou-a no mar, mas ela foi parar na crista espumosa da onda que vinha voltando para a margem, e então a água trouxe a concha de volta para elas, depositando-a a seus pés.

As duas foram caminhando lado a lado de volta para o Playland, mantendo-se na parte dura da areia até serem obrigadas a andar pelas dunas. Judy deu uma última olhada para o horizonte, imaginando poder ver, para além dos milhares de quilômetros de mar aberto, o porto em Xangai.

Quando chegaram ao parque de diversões, Judy viu Francis antes que ele as visse. Estava parado do lado de fora da Fun House, rindo enquanto Frankie e Eddie desenrolavam longos fios do algodão-doce que segurava. De alguma forma, Judy sabia que Eddie estava prestes a se virar, segurando um punhado de doce rosa, e acenar animado para Lily quando a visse — foi o que ele fez —, e Lily acenou de volta, sorrindo.

似曾相識, Judy pensou. A sensação de já ter conhecido alguém, ou o que os franceses chamam de *déjà vu*, a impressão de já ter visto algo que acabou de acontecer. Devia haver uma explicação científica para isso, mas, quanto mais velha ia ficando, mais ela aceitava o sentimento de que esses momentos eram vislumbres de um mundo maior do que este físico em que vivemos. Era como se fossem ciclos que se repetem continuamente, mas a maior parte das pessoas nunca viu a repetição; estão mergulhadas demais em suas próprias trajetórias para perceber.

Em um dos ciclos, ela já tinha vivido esse dia no Playland, e parte de seu cérebro se lembrava. Isso significava que sempre estivera destinada a vir parar aqui, nesta cidade, nesta terra tão longe de casa? Colocou a mão no bolso e tocou a concha de mexilhão, que tinha pegado do chão em um momento de superstição aleatória. Se o oceano trouxera de volta para elas, provavelmente era porque deviam pegá-la. Todos esses sinais, ela pensou, apontavam para este momento, depois outro, numa repetição constante.

PARTE VI

Amor secreto

Janeiro de 1955

39

A manchete ocupava toda a largura da primeira página do jornal que o pai de Lily lia: GAROTAS ADOLESCENTES "RECRUTADAS" EM BAR DE DESVIANTES SEXUAIS. Lily sentiu todo o sangue subir à cabeça ao ver aquilo. A torrada que mastigava ficou tão seca quanto pó em sua boca, e ela teve que beber um gole de café para não engasgar.

A matéria não parecia ter chamado a atenção do pai. Ele terminou a reportagem que estava lendo, dobrou o jornal escondendo a primeira página, depois olhou para o relógio acima do fogão. Eram oito e vinte e seis da manhã de sábado, e ele estava de plantão no Hospital Chinês naquele dia.

Lily mal tinha dormido na noite anterior, ficara deitada acordada esperando que amanhecesse para poder ligar para Kath. Já estava quase no horário adequado para ligar, mas, quanto mais próximo chegava da hora de discar o número de Kath, mais nervosa ficava.

A mãe de Lily arrumava o almoço do marido e dizia:

— Tem certeza que pode ir buscar o pato assado? Não vou ter tempo. Precisamos limpar o apartamento.

— Sim, já disse que vou.

— E vai estar de volta antes que Judy e Francis cheguem?

— Claro. Eles só chegam às oito da noite.

— Mamãe, quando começam os fogos? — perguntou Frankie.

— À meia-noite, mas você já estará na cama.

— Por que não posso ver?

— Vai ter mais amanhã. Vai ter fogos a semana inteira.

Eddie, que fazia barulho ao comer sua tigela de cereal Sugar Frosted Flakes, disse:

— Lily, o que houve?

Ela tinha parado de comer seu café da manhã. Pegou a torrada novamente e se obrigou a morder mais um pedaço.

— Nada.

O pai olhou para ela por cima do jornal.

— Não está se sentindo doente?

— Não.

— Ótimo. — Ele deixou o jornal em cima da mesa e se levantou. — Melhor eu ir.

— Por que você perguntou se ela está doente? Está doente, Lily? — perguntou a mãe.

— Não.

— Ela estava acordada de madrugada — explicou o pai. — Achei que pudesse ter pegado a mesma coisa que o Frankie teve.

— Estou bem — disse Lily.

O pai pegou a sacola com o almoço em cima da bancada.

— Vejo vocês à noite.

Lily se levantou e jogou fora sua meia torrada antes que a mãe percebesse que ela não tinha comido.

— Lily, preciso que fique em casa hoje com o Frankie — pediu a mãe. — Tenho um monte de coisas para resolver na rua.

— Não precisa — protestou Frankie. — Eddie pode ficar comigo.

— Eddie tem dever de casa para fazer e você ainda está se recuperando. Lily vai ficar aqui. Espere... Que horas você precisa encontrar a Shirley?

— Só às seis. O evento com os jurados é às sete, mas temos que chegar lá com uma hora de antecedência.

— Então vai dar tempo, mas não esqueça de comer alguma coisa antes de ir. Não vou ter tempo de fazer jantar para você.

— Eu sei.

— Pode tirar a roupa de cama, por favor? Preciso começar a lavar agora de manhã.

— Sim, mamãe.

Mas Lily hesitou antes de sair da cozinha; o jornal estava ali, abandonado no canto da mesa. Queria pegar, mas, antes que pudesse se mover, a mãe sentou à mesa, pegou o jornal e foi direto para as colunas sociais no fim da edição. Lily ficou olhando por um momento para ver se ela voltaria para a primeira página, mas ela não o fez.

Lily teve que esperar a mãe sair para usar o telefone. Àquela altura já era o fim da manhã, e ela mal conseguia se conter de ansiedade. Depois de se certificar de que Eddie e Frankie estavam na sala, foi até o telefone, tirou o fone preto pesado do gancho e discou o número de Kath, que sabia de cabeça. Ouviu um clique e a ligação completou. O som de *trimm* se repetiu, incessante, e ela ficou lá parada esperando que alguém atendesse, mas ninguém atendeu. Depois de dez toques ela desligou, o coração acelerado.

Discou o número novamente.

Mais uma vez, contou dez toques; mais uma vez, ninguém atendeu. Agora, ao desligar, ela se deixou cair no banco. Estava tonta de preocupação. Disse a si mesma que o fato de ninguém atender não significava nada. Talvez simplesmente tivessem saído; a própria mãe tinha saído, era possível que todo mundo da família de Kath estivesse na rua. Imaginou por um momento toda a família no mercado, ou indo ao parque, ou...

De repente ela se lembrou da matéria do jornal e saiu correndo para a cozinha. Encontrou o *Chronicle* na lata de lixo, as bordas manchadas de borra de café. Limpou o quanto conseguiu e abriu o jornal.

A primeira página estava meio molhada na parte de baixo à direita, mas a manchete ainda estava seca e surpreendentemente enorme.

GAROTAS ADOLESCENTES "RECRUTADAS" EM BAR DE DESVIANTES SEXUAIS

A polícia fez uma batida em um bar em North Beach conhecido como Telegraph Club, na sexta à noite, depois de receber denúncias de que o bar há tempos reúne tipos "gays" que usam o estabelecimento para recrutar garotas adolescentes para a devassidão. A boate, localizada no número 462 da Broadway, vinha sendo investigada havia meses. O inspetor J. L. Herington, da Polícia de San Francisco, informou que pelo menos doze garotas adolescentes foram seduzidas por mulheres mais velhas para entrar num ambiente de perversão, onde eram introduzidas no uso de drogas como maconha e benzedrina, além de encorajadas a comparecer a festas secretas na casa de desviantes sexuais altas horas da madrugada.

Diante dos depoimentos de diversas adolescentes entrevistadas no Centro de Orientação para Adolescentes, foram emitidos mandados de prisão para a proprietária do Telegraph Club, Joyce Morgan, e também para Theresa Scafani, que se apresenta na boate como imitadora masculina sob o nome artístico de Tommy Andrews. As duas foram presas e indiciadas por contribuir para a delinquência juvenil, e Scafani também foi acusada de conduta lasciva.

O inspetor Herington fez um relato sórdido de atos abomináveis, alguns dos quais impublicáveis, envolvendo meninas do ensino médio com idades entre dezesseis e dezoito anos, muitas de boas famílias. "Havia um padrão", explicou o inspetor Herington. "As garotas iam para o

Telegraph Clube assistir a uma apresentação típica de boate e, uma vez lá, eram assediadas com bebidas alcoólicas e convites para encontros com mulheres mais velhas, que eram desviantes sexuais. Quando uma das garotas era dominada, começava a recrutar as amigas da escola."

A princípio as garotas encaravam como brincadeira, disse o inspetor Herington. Mas logo algumas delas começavam a vestir roupas masculinas e a serem chamadas de "caminhoneiras", emulando as mulheres mais velhas que as seduziram. Essas desviantes sexuais convidavam adolescentes inocentes para festas em apartamentos em North Beach e na vizinhança de Telegraph Hill, onde cigarros de maconha eram oferecidos e se vendia benzedrina, conhecida como "bolinhas".

A matéria continuava na página cinco e incluía uma descrição sensacionalista de um apartamento entulhado em North Beach, supostamente a casa de Joyce Morgan, dona do Telegraph Club, onde um estoque de maconha fora encontrado ao lado de um romance policial. Embora diversas adolescentes tivessem sido mencionadas, não se citava o nome de nenhuma. Lily leu a matéria diversas vezes, ao mesmo tempo com medo e esperança de não ter visto o nome de Kath, mas não estava ali. A cada vez que lia, a história parecia mais bizarra. Era como se o repórter tivesse pegado a verdade e distorcido para escrever ficção policial barata. Ler aquilo fez Lily se sentir coberta por algo imundo; não importava o quanto limpasse e esfregasse, nunca ficaria limpa.

Amassou o jornal e colocou-o de volta no lixo, o estômago revirado. Encheu um copo com água e não conseguiu beber, simplesmente ficou em pé, paralisada pelo pânico, olhando inexpressiva para a janela. Só conseguia pensar em Kath. Lembrou dela embaixo da escadaria do Telegraph Club, aquela escuridão a seu redor enquanto se beijavam, o som de Tommy cantando ao fundo como se fosse um velho disco. Precisava descobrir o que tinha acontecido com Kath.

Voltou para o hall de entrada, pegou o telefone e discou o número de Kath mais uma vez, e mais uma vez ninguém atendeu. Desligou, frustrada e sem saber o que fazer. Queria saber o endereço de Kath, assim poderia ir lá e esperar que voltasse para casa — e então viu a lista telefônica na prateleira embaixo do aparelho. Ela se ajoelhou no chão, folheou até o sobrenome Miller e foi passando o dedo pelos números até achar o de Kath. Encontrou mais ou menos no meio da página. Pegou um lápis, um pedaço de papel do bloquinho que ficava ao lado de telefone e anotou o endereço em North Beach.

A campainha tocou bem alto. Lily levou um susto e deixou cair o lápis, que imediatamente rolou para baixo da mesinha do telefone. Ela se ajoelhou para pegar, mas a campainha tocou de novo, e havia certa impaciência naqueles toques.

Eddie colocou a cabeça para fora da sala até o corredor.

— Lily? Vai atender a porta?

Ela desistiu de pegar o lápis e se levantou com dificuldade, tensa e agitada, pensando irracionalmente que devia ser a polícia.

— Fique aí com o Frankie — disse ao irmão.

— Por quê?

— Só fique aí!

Ele arregalou os olhos, surpreso, mas aceitou e voltou para a sala, olhando para ela com uma expressão preocupada. A campainha tocou de novo e Lily desceu as escadas. Lá embaixo, pôs a mão na maçaneta e gritou:

— Quem é?

— Lily? É a Shirley. Me deixe entrar.

Confusa, Lily abriu a porta. Shirley estava parada carregando a bolsa e um vestido dentro de uma capa.

— O que está fazendo aqui? — perguntou Lily. — Tem algo de errado com seu vestido? Achei que só fôssemos nos encontrar para o evento com os jurados.

— Acabei de pegar o vestido na lavanderia. Preciso falar com você.

Havia algo estranho no olhar de Shirley.

— Sobre o quê? — perguntou Lily. Imaginou se os pais de Shirley tinham descoberto sobre Calvin.

— Posso entrar?

Lily a deixou entrar, e Shirley começou a subir as escadas. Lily fechou a porta e foi atrás.

— Aconteceu alguma coisa? — indagou.

Lily ouviu Eddie dizendo oi para Shirley, que respondeu rapidamente. No topo da escada, Shirley tirou os sapatos e apoiou a bolsa e o vestido.

— Seus pais estão em casa?

— Não.

— Vamos para a cozinha.

— Por quê? O que houve?

Lily seguiu Shirley até a cozinha e ela fechou a porta. Foi até a mesa como se fosse se sentar, mas então pensou melhor e desistiu, ficando em pé diante da pia, com os braços cruzados.

— Não sei como dizer isso — começou Shirley.

— Dizer o quê? Sua família está bem?

— Eles estão bem. É sobre... É sobre você. — Shirley baixou a cabeça, como se fosse difícil para ela encarar Lily. — Viram você ontem à noite, na verdade hoje de manhã bem cedo, saindo de uma boate em North Beach. Houve uma batida da polícia lá por causa de... Sinceramente, não consigo nem dizer. Eu disse que provavelmente tinham se enganado, afinal o que você estaria fazendo num lugar como aquele? Mas insistiram que era você. Não era, certo? Me diga que não era você.

Lily precisava sentar. A princípio não tinha acreditado direito no que Shirley estava dizendo, mas aos poucos — bem devagar, e de repente aconteceu uma explosão que só ela podia ouvir — entendeu.

Shirley sabia.

— ... disse a ele que você não é assim. Conheço você desde criança! Eu saberia se você fosse desse jeito, mas não é. Lily, por que não está dizendo nada? Não era você, era?

Ela percebeu de repente, tomada por uma súbita onda de consciência, o quanto tinha sido absolutamente idiota — quão ingênua, quão ridiculamente boba — de achar que poderia ir noite após noite ao Telegraph Club sem nenhuma consequência. Talvez se tivesse comparecido só uma vez — e se fosse muito cuidadosa —, mas estivera lá diversas vezes. Tinha saído de casa no meio da noite e caminhado pela Avenida Grant — a Avenida Grant! —, cheia de restaurantes e lojas de pessoas que a conheciam desde que nascera. Não tinha nem se preocupado em esconder o rosto. Presumira que com certeza ninguém a reconheceria em North Beach. Tinha se esquecido — de maneira muito conveniente e imprudente — de que seria a única garota chinesa na Broadway às duas da manhã, chamando toda a atenção do mundo. O perigo sempre estivera à espreita, mas ela tinha decidido ignorá-lo, e agora aqui estava Shirley olhando para ela e implorando que mentisse sobre onde estivera.

Lily sabia que devia mentir. Devia dizer o que Shirley queria ouvir. Talvez a pessoa que contara a Shirley não tivesse comentado com mais ninguém, e, se ela negasse, Shirley poderia pôr um fim na fofoca. Mas, assim que pensou nisso, ela sabia que era tarde demais. As notícias corriam rapidamente em Chinatown.

— Quem me viu? — perguntou Lily.

Shirley ficou visivelmente chocada.

— Que importância isso tem?

— Eu quero saber. Quem me viu?

Shirley franziu a testa.

— Wallace Lai. Amigo do Calvin.

É claro.

— Está me dizendo que é verdade? — perguntou Shirley.

Lily não respondeu. Não precisava. Viu o entendimento passar pelo rosto de Shirley como ondinhas num lago. Sua expressão ficou mais dura e fria, e ela desviou o olhar de Lily, como se não suportasse encará-la.

— Por que você foi a um lugar como aquele? Estava lá com Kathleen Miller? — Shirley disse o nome de Kath com uma voz amarga.

Lily se irritou.

— Que importância isso tem?

— Ela foi presa ontem à noite.

Lily sentiu como se lhe tirassem todo o ar.

— O quê? Como você sabe?

— Uma das vizinhas de Kathleen é do comitê do baile e me ligou para contar. A polícia foi até a casa de Kathleen hoje de manhã. Os vizinhos todos sabem.

— Ela está em casa agora? Está bem? — Lily queria arrancar as informações de Shirley.

— Não sei — respondeu Shirley, contida. — Você e Kathleen... — Shirley olhou rapidamente para Lily e naquele breve momento ela percebeu o nojo em seu rosto. — Deixa pra lá, não quero saber. Eu vim aqui te dizer isso porque sou sua amiga. Ou pelo menos achava que fosse, antes de descobrir que você anda mentindo para mim. E mentindo sobre uma coisa tão... tão anormal. Não posso acreditar que você faria isso. Foi Kathleen quem fez isso com você?

Havia um tom acusatório em sua voz, mas também uma pontada de esperança, como se Shirley pudesse perdoar Lily por tudo desde que Kathleen fosse a culpada e a tivesse obrigado a fazer *isso*. Aquilo a enfureceu. Agora era Lily quem desviava o olhar dela. Shirley nunca acreditara que Lily pudesse fazer nada sozinha. Sempre pensara nela como uma seguidora, e talvez Lily nunca tivesse lhe dado razão para duvidar disso até hoje.

— Kath não fez nada comigo — rebateu Lily.

— Claro que fez. Ela é... Ela é kwai lo, uma estrangeira diabólica. Os chineses não vão a lugares como este. Os chineses não são assim. Eu entendo que você esteja confusa. Devem ter te manipulado muito bem... Ah, que raiva deles por fazerem isso com você.

— Ninguém fez nada comigo — insistiu Lily.

— Você não entende? — Shirley veio até a mesa, puxou uma cadeira e se sentou de frente para ela. — Lily, você precisa sair dessa. É claro que te colocaram nessa situação contra a sua vontade. Ou estavam te seduzindo ou... Nem quero pensar o que querem com uma garota chinesa. É nojento. Mas você pode lutar contra isso. Não deixe que estraguem a sua vida. Kathleen Miller está fora do caminho agora que foi presa, graças a Deus, mas você precisa admitir seus erros. Talvez não seja tarde demais para você e Will. Posso falar com ele.

Shirley continuou falando sobre Will, que ele ainda sentia algo por ela e que aquilo tudo era uma fase, e o coração de Lily começou a bater mais e mais rápido. Teve que apoiar a cabeça nas mãos e respirar fundo várias vezes. Abaixo dela, o piso de madeira estava cheio de farelo de pão, que deve ter caído de sua torrada, horas antes. Pensou que deveria limpar antes de a mãe chegar.

— Vou falar com Wallace Lai também — continuou Shirley. — Vou dizer a ele que foi um engano, e que é melhor ele dizer a qualquer outra pessoa com quem tenha comentado que foi um engano.

— Para — exigiu Lily, as palavras abafadas pelas mãos.

— Infelizmente ele não estava sozinho quando te viu. Outras pessoas já devem saber, mas eu disse ao Calvin para falar com o Wallace que você não era assim. Disse a ele...

— Para! — Lily se levantou, empurrando a cadeira com força. Os pés arranharam o chão.

— Lily...

— Ninguém me fez ir lá — começou Lily, com raiva. — Ninguém me forçou a fazer nada. Fui lá porque eu quis. Não quero sair com Will Chan, e você sabe que ele não quer nada comigo! Não vamos sair num encontro duplo com Calvin e Will. Não é isso que você quer? Eu sei que está namorando o Calvin. Vi quando ele te deixou em North Beach.

O rosto de Shirley ficou pálido.

— O que isso tem a ver?

— Você disse que eu estava mentindo para você. Mas você estava mentindo para mim também.

Shirley, que estava sentada olhando para Lily, também se levantou.

— Se sabe tanto assim, deve saber por que eu mantive em segredo.

— Porque ele é comunista!

— Ele não é comunista! Não seja infantil. Ele não é comunista. É um americano que tem direito de ir a qualquer tipo de reunião que queira. Não tem nada de errado com Calvin. Eu o amo. — O rosto de Shirley ficou vermelho enquanto ela falava e levantava a voz. — Mas tem tudo de errado com essa boate. E com Kathleen Miller. Imagina a vergonha que vai trazer para sua família...

— Vergonha? — interrompeu Lily. — Sabe o que é pior do que vergonha? Ser deportado.

Shirley se encolheu.

— Você pode acreditar no que quiser a respeito de Calvin, mas o que importa não é se ele é mesmo comunista, e sim se o governo acha que ele é. Sabia que o FBI interrogou meu pai para perguntar sobre ele? Calvin te contou isso? Queriam que meu pai confirmasse que Calvin era comunista, ele se recusou, e então tomaram os documentos de cidadania dele. Meu pai está em perigo porque estava protegendo seu namorado! Se deportarem meu pai porque seu namorado quer ser um americano que vai a reuniões... Você está sendo muito idiota!

Lily estava sem fôlego de raiva; tinha descarregado tudo de uma vez.

Shirley fechou a cara imediatamente. Não havia mais nenhuma emoção em seu rosto, era como se tivesse se transformado em um manequim; até mesmo o rosado de suas bochechas parecia pintado. Deu um suspiro rápido e grave.

— Se é assim que você pensa, não temos mais nada a dizer uma para a outra. Acho que você não deve mais vir comigo para o Miss Chinatown. Não posso ter alguém como você comigo. Fique sabendo que seus pais vão descobrir. Todo mundo vai descobrir, porque Wallace Lai é um fofoqueiro, e, se você nem se importa em negar, não posso fazer mais nada. Eu tentei. Disse a você há meses, não lembra? Eu te contei sobre Kathleen Miller. Eu te avisei, mas você não ouviu. Estava tentando tomar conta de você. — A voz de Shirley falhou por um brevíssimo momento. Um súbito brilho apareceu em seus olhos, mas logo sumiu. — Obviamente você não valorizou isso — disse ela, e foi andando para a porta.

Lily costumava admirar a maneira como Shirley se portava no mundo com tanta confiança, como se tivesse uma armadura impenetrável que a protegesse de qualquer ofensa, real ou imaginária. Lily invejava aquela armadura, mas agora via que era apenas uma ilusão, e qualquer um com o conhecimento correto poderia atravessá-la sem problemas. Lily conhecia Shirley melhor do que qualquer pessoa; podia machucá-la sem pensar, e tinha feito isso.

Eu o amo, Shirley tinha declarado. O amor era a justificativa para todos os segredos, mas também era o que a deixava vulnerável. E Lily compreendia. De repente, se sentiu péssima.

— Shirley, espere — chamou Lily. Estendeu a mão e puxou o braço de Shirley.

A expressão no rosto dela a deixou paralisada. Era a mais pura aversão. O olhar de Shirley se voltou para a mão de Lily, e ela soltou o braço.

Horrorizada e humilhada, Lily começou:

— Não está achando que...

Shirley nem olhou para ela.

— Acho que você devia ficar longe de mim a partir de agora.

Lily quase riu.

— Ah, meu Deus. Você está achando... Eu *nunca*... — Ela ficou em silêncio, o rosto queimando.

Shirley foi andando para a porta da cozinha, abriu e foi pegar suas coisas no banco do hall de entrada. Lily não se moveu; não podia acreditar no que Shirley tinha insinuado. O silêncio entre as duas era pulsante. Lily ouviu cada barulho enquanto Shirley calçava os sapatos, cada farfalhar ao pendurar o vestido com a capa no braço. E então, de repente Shirley voltou até a porta da cozinha. Tirou algo da bolsa e entregou a Lily.

Sua echarpe. Estava pendurada na mão de Shirley como uma cobra de lã marrom, as franjas da ponta sujas como se tivessem sido arrastadas pelo esgoto.

— Isto é seu, não é?

Na extremidade da echarpe, uma etiqueta de tecido tinha sido costurada na lã, e seu nome estava bordado numa superfície branca: L HU. Ela mesma havia costurado. Lily lembrava de ter perdido a echarpe na fuga da boate, mas parecera algo tão irrelevante na hora. Sentiu como se fosse desmaiar.

— Wallace encontrou na rua — disse Shirley. — Entregou para Calvin hoje de manhã. Eu disse a eles que só podia ser um engano, que talvez alguém tivesse roubado, mas... — Shirley balançou a cabeça. — Mas achei melhor devolver a você, pelo menos não fica por aí.

Como Lily não disse nada, Shirley jogou a echarpe em uma das cadeiras da cozinha e saiu.

Enquanto ela descia as escadas, Lily ouviu claramente o barulho da chave na fechadura; ouviu o ranger da porta da frente; e então ouviu a voz de sua mãe.

— Shirley! O que está fazendo aqui?

Naquele momento antes da resposta de Shirley, Lily tinha certeza de que ela contaria a história inteira para a mãe, mas Shirley apenas disse:

— Vim conversar com a Lily sobre o Miss Chinatown. Ela não vai hoje à noite.

— Mas eu pensei... O que houve?

— É melhor assim. Preciso ir.

Lily imaginou o olhar confuso da mãe para Shirley. Imaginou Shirley desviando desse olhar e descendo rapidamente o restante dos degraus, e, logo depois, a porta se fechou atrás dela. Lily correu para pegar a echarpe e pendurar no cabideiro do hall de entrada. Ouviu os passos da mãe subindo devagar, e então ela apareceu carregando duas caixas brancas da padaria. Colocou as caixas no banco, tirou o casaco e os sapatos.

Lily estava parada, nervosa, do lado de fora da cozinha. Uma ansiedade paralisante a invadira, sua cabeça latejava.

— O que houve? — perguntou a mãe, com calma. — Você e Shirley brigaram de novo?

Lily lembrou que tia Judy e tio Francis chegariam naquela noite, e tio Sam traria a família inteira no dia seguinte de manhã. Só de pensar em todos eles reunidos naquele apartamento agora — iam ficar a semana inteira, para as festividades de Ano-Novo —, sua cabeça latejou ainda mais, e ela teve que se apoiar no batente da porta para não perder o equilíbrio.

— Você está bem? — perguntou a mãe.

Ela fechou os olhos por um momento e deu um suspiro de leve, uma tentativa inútil de reprimir o pânico que crescia dentro dela. *Wallace Lai é um fofoqueiro.* Havia uma clara ameaça no que Shirley dissera, e ela percebeu que tinha duas opções: esperar que a fofoca se espalhasse por toda Chinatown e seus pais descobrissem, ou contar ela mesma agora. Não sabia quanto tempo ia demorar para a história se espalhar, mas, considerando que era semana de Ano-Novo, provavelmente seria bem rápido — e eram grandes as chances de que a família inteira estivesse aqui quando acontecesse. Só de pensar em encarar os tios... meu Deus, a avó estava vindo também...

Ela mal podia respirar agora. Sentiu um enjoo e a mãe perguntou:

— Está passando mal? Talvez esteja com a mesma coisa que o Frankie teve.

— Não — respondeu ela, mas não ofereceu resistência quando a mãe chegou perto e a levou pelo braço de volta para a cozinha, bem ao lado do local onde Shirley tinha olhado para ela como se fosse uma pervertida.

— Sente-se — mandou a mãe, e Lily obedeceu. A mãe colocou a mão fria na testa quente de Lily, e então foi buscar um copo d'água.

Era o mesmo copo do qual tinha bebido mais cedo, e ver aquilo, por mais paradoxal que fosse, a deixou mais calma, porque tudo parecia tão ridículo. Tudo se movia em círculos. Ela não conseguia sair da cozinha; só mudava a pessoa com quem conversava. Aqui estava a mãe sentada diante dela, segurando suas mãos e esfregando-as como se estivessem geladas. Sentiu a aliança de casamento da mãe roçar em sua pele, e de repente o rosto dela entrou em foco, seus olhos castanhos cheios de preocupação e amor, e Lily pensou: *Você nunca mais vai olhar para mim desse jeito.*

40

Lily foi até a lata de lixo e pegou o jornal amassado. Trouxe até a mesa da cozinha e abriu, esticando os cantos enrugados e molhados. O lado direito estava rasgado e as letras da manchete esmaecidas, mas ainda dava para ler a matéria.

— O que é isso? — perguntou a mãe.

— Eu estava lá ontem à noite. No Telegraph Club. Shirley veio contar que alguém me viu. — Lily se sentou de novo e esperou, a cabeça baixa, mirando as mãos. A tinta do jornal tinha manchado seus dedos de cinza.

— Não entendi. Essa matéria não tem nada a ver com você.

— Eu estava lá — repetiu. — Não tem outro jeito de te contar isso — acrescentou, meio desesperada.

A mãe puxou o jornal para si e se aproximou para ler. Quando virou a página para ler a segunda metade do texto, Lily fechou os olhos. O tique-taque dos ponteiros do relógio acima do fogão parecia uma contagem regressiva. Era quase como se estivesse flutuando fora do corpo. Ela não estava ali — não podia estar.

— Você não foi citada na matéria — apontou a mãe, com uma voz muito distante.

— Não, mas eu estava na boate — explicou Lily. — Wallace Lai me viu do lado de fora.

Onde será que ele a vira? Ela se lembrou do grupo de homens naquela rua lateral, os cigarros acesos.

— Não é possível que você estivesse nesse lugar — disse a mãe. — Estava em casa dormindo ontem à noite!

Lily abriu os olhos. O rosto da mãe empalidecera por baixo da maquiagem; parecia anormalmente branca.

— Eu saí — explicou Lily. Tinha certeza de que estava com o rosto vermelho; sentia o sangue subir para a cabeça ao falar. — Fui a essa boate. Wallace Lai me viu lá e Shirley veio me contar. Todo mundo vai ficar sabendo em breve. Achei melhor contar para você primeiro.

A mãe olhou novamente para o jornal. Havia uma propaganda de lingerie para mulheres na mesma página onde estava a segunda metade da matéria, com a ilustração de uma perna feminina vestindo apenas uma meia de náilon. Aquele anúncio parecia intencionalmente obsceno para Lily, e, como se a mãe concordasse, fechou o jornal e virou de cabeça para baixo.

— Só pode ter sido um engano — disse a mãe, com firmeza. — Você é uma boa garota chinesa. Quem quer que Wallace tenha visto não era você.

Lily sentia como se estivesse presa em um trilho quebrado de uma maquete, como se não fosse ela mesma, mas apenas a mera estatueta de uma garota chinesa que continuava voltando para o início do percurso em vez de continuar seu caminho no mundo em miniatura. Estava claro que, se ela concordasse com a mãe — e Shirley — e dissesse o que elas queriam ouvir, então poderia seguir adiante em sua trajetória estabelecida. Mas aquilo significava apagar todas as idas ao Telegraph Club; significava negar seu desejo de ir lá. Significava reprimir seus sentimentos por Kath, e, naquele momento, os sentimentos cresciam de tal maneira dentro dela que tinha medo de explodir. Então amar alguém era assim? Queria poder perguntar a Shirley como ela sabia.

A mãe estava esperando que ela dissesse que fora um engano, mas Lily não conseguia fazer isso.

— Não — respondeu. A voz soou feia, mas pelo menos aliviou um pouco da pressão que crescia dentro dela. — Ele não cometeu um engano — insistiu. — Eu estava lá.

— Lily, você não sabe o que está dizendo.

— Sei exatamente o que estou dizendo — respondeu, frustrada.

— Está dizendo que estava nessa... nessa boate para homossexuais?

A voz da mãe se alterou nessa última e chocante palavra. Lily nunca ouvira a mãe dizer aquilo antes. Tudo que podia fazer era assentir, e o rosto da mãe ficou ainda mais pálido.

— Por quê?

— Porque eu quis ir. — Era como se confessasse algo obsceno.

A mãe balançou a cabeça.

— Você andou sendo influenciada por alguém... Quem foi? Não pode ter sido Shirley. Você não faria isso por conta própria.

— Eu fiz. — Os olhos de Lily começaram a arder.

— Você é uma boa garota chinesa, Lily. Não entendo. Por que ia querer ir a um lugar como esse? — A mãe parecia tão confusa.

Lily suspirou, trêmula.

— Eu... Eu acho que sou como elas.

A mãe arregalou os olhos.

— Você acha... Não. Não é. Nunca nem teve um namorado! Vai crescer, se casar e perceber que isso foi um engano, uma coisa temporária...

— Não é um engano — protestou Lily.

— Lily. 胡麗麗 — bradou a mãe, dizendo seu nome completo em mandarim, como o pai fazia. — O que deu em você? Se apenas uma pessoa viu você do lado de fora dessa boate, nós podemos lidar com isso. Você é jovem. Vai arranjar um namorado na faculdade. Não vai nunca mais nesse lugar e vai esquecer tudo isso imediatamente. Está me ouvindo?

— Você é que não está me ouvindo! — bradou Lily. — Eu sou como *elas*.

A estatueta na maquete não era Lily; era sua mãe. Era a mãe que rodava e rodava no mesmo lugar no trilho, ouvindo apenas o que queria ouvir.

A mãe se levantou, pegou o jornal de cima da mesa e amassou com as mãos. Jogou no lixo novamente.

— Não há homossexuais nesta família — disse ela, as palavras carregadas de aversão.

O peito da mãe subia e descia, e Lily viu que suas mãos também estavam sujas da tinta do jornal. Na lata de lixo, o jornal ia desamassando sozinho; se desdobrava como se fosse algo vivo, as palavras *desviante sexual* gritando pelo cômodo.

— Você é nova — decretou a mãe, com firmeza. — Não tem nem dezoito anos ainda. Às vezes as garotas têm essas ideias quando são jovens, antes de conhecerem seus maridos. As meninas amam suas amigas e confundem isso com o amor que terão por seus maridos. Só se torna uma doença quando você não desiste dessa ideia. Vamos contar para o seu pai. Ele vai poder te ajudar. Não conte nada disso para seus tios e tias. Não diga nada para sua avó. Ouviu bem? Todo mundo sabe que você é uma boa garota chinesa. Isso é só um engano.

Quanto mais a mãe insistia que era um engano, mais certeza Lily tinha de que não era. Talvez essa fosse a parte mais perversa, como tudo funcionava às avessas: a negação devia fazer isso sumir, mas só aumentava a dor em seu peito, só tornava suas emoções ainda mais claras.

— Não é um engano — disse Lily, com tristeza.

A mãe veio do outro lado da cozinha e lhe deu um tapa no rosto.

Lily foi para trás num solavanco, em choque. A mãe não batia nela havia anos — desde que tinha uns oito ou nove —, e instantaneamente ela se sentiu uma criança de novo, encolhida com medo de levar mais um. Junto ao terror, vieram a culpa paralisante e a convicção de que fizera algo horrível para merecer essa punição.

Levou a mão até o rosto; as lágrimas corriam dos olhos. A mãe parecia ao mesmo tempo aterrorizante e aterrorizada, o rosto pálido subitamente pintado de vermelho, os olhos castanhos brilhando de raiva.

— Não há homossexuais nesta família — informou a mãe mais uma vez. — Você é minha filha?

As lágrimas jorravam dos olhos de Lily. Deu as costas para a mãe e saiu correndo da cozinha. No corredor, viu Eddie e Frankie parados com certa hesitação na porta da sala.

— Lily? — disse Eddie.

Ela não respondeu. Calçou os sapatos, mas os dedos não conseguiam amarrar direito o cadarço. Segurou no corrimão enquanto descia a escada cambaleando. Ouviu a mãe chamando por ela — não, estava chamando Eddie, dizendo que parasse —, e então chegou à porta da rua. Abriu e saiu para a calçada. Chorava sem parar. O ar estava úmido e enevoado. Não sabia para onde ia; só sabia que precisava ir embora dali.

41

Não há homossexuais nesta família.
Os cartazes vermelhos e dourados que celebravam o Ano do Carneiro pendurados pela Avenida Grant estavam encharcados, e pingavam em cima de Lily enquanto ela caminhava pela rua. Um grupo de garotos passou por ela rindo, gritando e carregando um monte de bombinhas.
Não há homossexuais nesta família.
A Portsmouth Square estava logo adiante. Ela desejou ter colocado um casaco, e seus sapatos de tecido ficavam mais molhados a cada passo, mas não podia voltar.
Kath tinha sido presa. Lily sentiu o estômago revirar.
Não há homossexuais nesta família.
Continuou caminhando. Passou pelo International Hotel, pelas luzes espalhafatosas do International Settlement. O letreiro em neon da boate Barbary Coast, no formato de uma perna nua de mulher, brilhava em meio ao crepúsculo e anunciava DANÇARINAS.
Você é minha filha?
Lily virou para a esquerda na Columbus, andando rápido para tentar se aquecer, e então chegou à Broadway e viu no fim da rua o letreiro luminoso. A letra L de *Club* estava com mau contato, piscando tanto que parecia enviar uma mensagem codificada.

Atordoada, atravessou a Broadway e quase não viu um táxi que buzinou e desviou dela. Parou de repente na frente da boate. Pela primeira vez notou que havia uma pequena janela do lado esquerdo da porta. Era de blocos de vidro, então não era possível ver lá dentro, mas devia ficar de frente para a extremidade do bar. Começou a perceber outros detalhes a seu redor: o concreto manchado sob os pés, mais escuro nos locais onde as pessoas apagavam os inúmeros cigarros. O cheiro fraco de álcool e fumaça, como um perfume amargo, ainda pairando no ar frio. Parecia haver uma camada de sujeira grudada nas extremidades mais baixas da parede do prédio, coberta por um reboco que parecia ter sido branco um dia, mas tinha virado um marrom acinzentado com o tempo. Uma mancha de cor meio roxa e marrom particularmente repugnante se espalhava por parte da parede sob a janela de bloco de vidro. A porta preta de entrada parecia ter saído de um incêndio, danificada e cheia de fuligem, e havia um pequeno cartaz branco colado.

Teve que chegar bem perto para ler sob a luz acinzentada: FECHADO POR DETERMINAÇÃO DA POLÍCIA DE SAN FRANCISCO.

Não devia ter ficado surpresa com aquele aviso, mas ficou. Percebeu que fora uma ideia estúpida ir até a boate — pensou que Mickey poderia abrir a porta para ela, que alguém pudesse ajudá-la, ou pelo menos lhe oferecer um lugar para sentar enquanto pensava no que ia fazer. De repente se deu conta de que estava parada na calçada bem em frente à boate, ao alcance da vista de todos. Mais uma vez estava se colocando em risco de ser flagrada.

Saiu dali em pânico, sem se preocupar com o lugar para onde estava indo desde que ficasse bem distante de todo mundo que pudesse reconhecê-la. Começou a subir por uma calçada íngreme e, lá em cima, parou para recuperar o fôlego. Quando levantou os olhos e viu a placa mais próxima, ficou chocada ao descobrir que estava na rua de Kath.

Tinha esquecido completamente o pedaço de papel onde anotara o endereço, mas se lembrava. Rua Union, 453. Não podia ser muito longe.

A casa de Kath ficava em um imóvel de três andares com uma entrada central e janelas de sacada dos dois lados. Naquela tarde nublada, havia luz acesa na janela do primeiro andar, mas as duas de cima estavam apagadas. Subiu a escada até a entrada e olhou para as três portas, a etiqueta com os nomes ao lado de cada interfone. Lá estava, do lado direito: MILLER. Apertou o botão.

O som parecia meio distante lá dentro do prédio — muito longe para ser o primeiro andar com a janela acesa.

Ninguém atendeu.

Apertou de novo e se inclinou para ouvir com atenção, mas ninguém estava vindo.

Desceu os degraus e olhou fixamente para o prédio, como se aquilo fosse capaz de simplesmente evocar Kath do nada, mas é claro que não aconteceu. Na janela do primeiro andar, viu uma mulher mais velha olhando para ela, desconfiada. Não poderia ficar ali para sempre. A mulher chamaria a polícia.

Lily saiu dali e continuou descendo a rua, andando sem rumo para o coração de North Beach. Aquela vizinhança era um labirinto para ela; algumas das ruas não tinham saída enquanto outras davam em escadarias de madeira que subiam pela lateral de Telegraph Hill. A certa altura, ela subiu até a Coit Tower e se juntou aos turistas reunidos no mirante para olhar a cidade enevoada. Parou ali por um tempo, a mente ficando tão dormente quanto seus pés, e então entrou na lojinha de presentes para se aquecer. Foi ao banheiro público e fingiu estar interessada em comprar uma miniatura da Coit Tower, mas, quando o vendedor começou a cercá-la, decidiu ir embora.

Talvez devesse ir para casa, pensou, mas imediatamente se arrependeu da ideia. Não podia encarar a mãe, o pai, a família inteira. *Não há homossexuais nesta família*.

Continuou descendo por ruas aleatórias até que chegou ao Washington Square Park. Lembrou daquela tarde ensolarada de setembro: as pernas de Kath estiradas sobre a grama, o sorbet doce e gelado, a pazinha de madeira roçando na língua.

A memória quase a machucou fisicamente. Foi para o banco mais próximo na extremidade do parque e sentou.

Sentiu a desesperança a invadir. A neblina estava aumentando; penetrava através do cardigã fino e da blusa que usava e ia se instalando na pele por baixo da saia de algodão. Não importava o quanto esfregasse as mãos nos braços, ainda estava com frio. O Washington Square Park estava silencioso. A tarde ia se transformando em noite e havia pouca gente na rua, mas aos poucos ela ia se dando conta da presença de outras pessoas. A silhueta de alguém se esticava num banco não muito longe dela; estava parado quando chegou, mas depois de um tempo se mexeu e a assustou. Depois, a silhueta começou a rolar e se agitar, e ela percebeu que era um homem se ajeitando no banco. Estava dormindo ali, exposto ao ar gelado. Não tinha nem um cobertor.

O som de vidro batendo contra metal a fez olhar para a direita. Alguém remexia uma lata de lixo. Usava um casaco de lã comprido debaixo de um cobertor que ficava escorregando, as pontas rasgadas arrastando no chão úmido.

Lily cruzou os braços e as pernas, tentando abraçar a si mesma e ignorar o medo que crescia dentro de si. Recorreu à memória da boca de Kath contra a sua enquanto se beijavam sob a escada da boate. *Ontem à noite.* Se fechasse os olhos, ainda podia sentir a presença de Kath.

Ouviu passos se aproximando do lado esquerdo. Foram diminuindo a velocidade e então alguém sentou ao lado dela no banco. Ela abriu os olhos e um homem disse:

— Nay ho, garotinha.

Era magricela e todo desgrenhado, com a barba por fazer e cheirando mal, e Lily percebeu que tentava falar em chinês com ela.

O medo que desejava controlar de repente transbordou. Ela se levantou e saiu correndo, ainda ouvindo a voz do homem, que dizia, meio rindo:

— Não vou te machucar, bonequinha chinesa! Só estou dizendo oi. Nay ho, nay ho!

Ela sentia a pele formigar e correu ainda mais rápido para longe do parque, subindo a ladeira. A Coit Tower pairava lá em cima, a distância. Lembrou do dia em que saiu da festa de Tommy com Kath, a Coit Tower parecendo uma vela atrás delas quando saíram da Rua Castle.

Rua Castle. Lana e Tommy moravam no número quarenta e alguma coisa.

Aquela ideia era tão louca, mas pareceu tão certa que ela quase começou a rir alto. Mas o alívio durou pouco: Lily de repente lembrou que, segundo o *Chronicle*, Tommy tinha sido presa. Provavelmente estava na cadeia.

Mas talvez Lana estivesse lá, e Lana saberia o que fazer.

Lily olhou para a Coit Tower, no alto, tentando se lembrar da posição do apartamento de Lana. North Beach não era tão grande assim, mas não era o seu bairro. Na loja da esquina, entrou e perguntou ao vendedor onde ficava a Rua Castle. Ele a fitou de um jeito estranho, mas deu as orientações, e então ela subiu a parte mais íngreme da Rua Green, passando por algumas ruelas escuras no caminho — uma delas podia ser aquela para onde Kath a puxara —, e então lá estava ela.

Entrou no quarteirão e começou a examinar os números dos prédios. Ficou com medo de não reconhecer o edifício de Lana, mas, quando chegou na frente dele, teve certeza. Lembrava da fachada e do modo como as cortinas caíam sobre a janela. Viu luz saindo por uma fresta nas cortinas. Tinha alguém em casa.

Ela hesitou. Havia muitas razões pelas quais não devia bater à porta. Lana mal a conhecia. Seria basicamente uma desconhecida aparecendo em sua porta como se fosse uma pedinte. E, se Tommy estava na cadeia, aquele provavelmente era um péssimo momento para Lana. O vento bateu mais forte nela e colou o cabelo úmido no rosto, que ela teve que afastar dos olhos com os dedos congelados.

Não tinha nenhum outro lugar para ir.

Subiu os três degraus da entrada, achou o botão do interfone com a etiqueta JACKSON e tocou. Ouviu tocar. Quando estava prestes a tentar olhar pela fresta da cortina, a porta se abriu.

Lá estava Lana, o cabelo loiro preso num rabo de cavalo, vestida com uma calça justa quadriculada azul e um suéter rosa, um par de chinelos chineses vermelhos e dourados.

Suas sobrancelhas desenhadas se levantaram, surpresas.

— Você é aquela menina da boate... Lily, certo? Meu Deus, está parecendo um gato afogado. — Lana olhou para a rua vazia atrás de Lily. — Bom, é melhor entrar.

42

— Tire esse suéter, vai pegar um resfriado — disse Lana. — E deixe os sapatos aqui. Vou buscar um cobertor.
Havia algo de muito gentil e persuasivo em Lana, e Lily sentiu alívio ao acatar suas ordens. Tirou o cardigã, os sapatos molhados e as meias, e os colocou diante do aquecedor elétrico. Lana voltou do quarto com um cobertor de crochê lilás e branco, que enrolou nos ombros de Lily. Deu um passo para trás e olhou para ela como se examinasse uma obra de arte meio triste.
— Sente aí. Vou fazer alguma coisa quente para você beber.
— Não precisa.
— É só esquentar o café.
Sozinha na sala, Lily sentou no sofá cor de ferrugem e enfiou os pés gelados sob o cobertor.
— Quer creme e açúcar? — gritou Lana da cozinha.
— Sim, por favor.
Em cima da mesa, uma pilha de correspondência fechada esbarrava em um prato com sobras do que pareciam ser ovos mexidos. Um cinzeiro meio cheio de guimbas de cigarro estava ali do lado, junto de uma taça de vinho com marca de batom, um isqueiro no formato

de um corpo nu de mulher e um maço de Lucky Strike. A vitrola estava aberta na mesa de canto e havia alguns discos encostados ali no chão. Apenas uma das luminárias estava acesa, o que dava um brilho dourado e aconchegante à sala. Parecia diferente daquela noite na festa — mais íntimo, como a casa de alguém —, e, quando Lily se lembrou de Sal e Patsy dançando juntas no espacinho entre o banco e a porta da cozinha, aquilo pareceu uma fantasia estranha.

Lana veio da cozinha com uma caneca de café e, quando entregou a Lily, falou:

— Coloquei um pouquinho de uísque. Acho que está precisando.

— Obrigada.

Lily tomou um gole, hesitante. Estava quente, doce e a deixou com o estômago aquecido.

Lana sentou de frente para Lily. Pegou o maço de Lucky Strike e tirou um cigarro, segurando entre os lábios enquanto buscava o isqueiro. Uma chama emergiu da cabeça da mulher nua.

— Foi um presente de brincadeira de uma das amigas da Tommy — disse Lana. — É horrível, não é? Pelo menos não precisa apertar os seios para funcionar. Já vi uns assim. — Ela colocou o isqueiro de volta na mesa e puxou o cinzeiro para perto. — Desculpe a bagunça. Foi um dia daqueles. Mas acho que para você também foi.

Lily segurou a caneca com as duas mãos.

— Desculpe por aparecer assim, sem ser convidada.

Lana fez um gesto de "deixa pra lá" com a mão, o cigarro soltando fumaça.

— Tenho a sensação de que você não viria aqui se não precisasse. — Ela se inclinou para servir um pouco de vinho na taça, depois encostou novamente, tirou os chinelos e levantou os pés para a lateral do corpo. Bebeu um gole. — Quer me contar o que aconteceu?

Para surpresa de Lily, ela queria contar, sim. A sala de estar era tão aconchegante, e Lana parecia alguém que já tinha ouvido de tudo e não se surpreenderia com nada. Lily de repente começou a tagarelar sobre a história toda, desde o momento em que se separou de Kath no

Telegraph Club até os embates com Shirley e a mãe, e o caminho gelado que fizera pela cidade até chegar à casa de Lana.

— Você acha que eu devia ter feito o que minha mãe queria? — perguntou Lily, ao terminar de contar. — Ela ficava insistindo que era um engano, como se tudo fosse ficar bem se eu admitisse que era um engano. Mas seria uma mentira. Eu não quero mentir sobre tudo isso, mas ao mesmo tempo não dá para negar que seria mais fácil.

Lana tinha ouvido em silêncio o tempo todo, fumando enquanto Lily falava. Agora, apagou o finzinho do cigarro no cinzeiro e disse:

— Se você mentir, vai ser mais fácil no começo, mas sua mãe nunca mais vai confiar em você. Porque ela vai saber que você mentiu. E, a cada vez que você falar, ela vai se perguntar se está mentindo, mesmo que seja sobre o que você comeu no jantar e, principalmente, com quem você jantou. É melhor ser verdadeira do que dar a ela motivos para não confiar em você.

Lily bebeu mais um gole do café. Talvez o uísque estivesse fazendo efeito, porque se sentia mais à vontade agora, como se aquele aperto no peito estivesse afrouxando.

— Mas ela já não confia em mim mesmo — disse Lily.

— Não, ela confia em você. A dificuldade dela agora é porque você não é o que ela esperava. Mas nunca somos o que nossos pais esperam. Eles precisam aprender essa lição. — Lana deu uma risada rápida. — Meu irmão e eu ensinamos essa lição para nossos pais, e eles não gostaram em nenhum dos dois casos. Meu irmão devia se tornar um advogado, igual ao papai, mas decidiu ir para Nova York e ser ator. Eles tinham certeza que era porque o Russ, meu irmão, era homossexual, mas no fim das contas a homossexual era eu, e eles também não gostaram.

— Eles... Eles ainda não gostam?

— Ah, estão se acostumando. O fato de o Russ ter se casado com uma mulher adorável e de os dois terem um filhinho lindo ajuda. Mas comigo eles ainda estão se ajeitando. Pelo menos agora me escrevem. Durante anos, nem isso.

— Eles escrevem... Então não moram aqui? — perguntou Lily.

— Não, eles moram em Detroit. Foi lá que eu cresci. Mudei para cá quando tinha dezessete anos porque ouvi dizer que San Francisco era um lugar acolhedor para pessoas como eu. Russ disse que nossos pais tinham medo que eu ficasse desamparada e terminasse trabalhando nas ruas. — Lana falava de um jeito frio, mas havia certo nervosismo em seus gestos quando estendeu a mão para pegar os cigarros novamente. — Eles estão satisfeitos porque eu tenho um emprego fixo. Talvez, se eu tivesse a aparência de Tommy, tivessem desistido de mim, mas ainda têm esperança de que vou encontrar o homem perfeito. Minha mãe tentou arranjar um encontro para mim na semana passada com um banqueiro que é primo de uma das amigas dela do jogo de bridge. Eles não desistem.

Lily olhou para o café.

— Minha mãe disse que não há homossexuais na nossa família.

— Talvez não, mas quem sabe haja uma lésbica.

Era uma piada terrível, mas era tragicômico para Lily naquele momento. Só de imaginar que estava sentada no sofá da namorada de Tommy Andrews ouvindo sua história de vida! E então a realidade de sua situação voltou como uma bigorna na cabeça, e de repente não era mais engraçado. Aqui estava ela, na casa de uma quase desconhecida, sem ter para onde ir.

A expressão em seu rosto deve ter mudado muito claramente, porque Lana encarou Lily com um olhar empático.

— Você vai ficar bem.

— Não sei o que fazer — disse Lily.

As palavras saíram de um jeito envergonhado, como um pedido de ajuda, e Lana não disse nada, apenas tragou profundamente o cigarro e olhou para Lily, o mesmo olhar de avaliação de quando chegara. Mas agora Lily pensou que Lana devia estar tentando decidir o que fazer com ela: como se fosse um pacote inesperado que pareceu interessante a princípio, mas rapidamente ia se tornando um fardo.

A campainha tocou e Lana se levantou.

— Deve ser a Claire. Esqueci que ela estava vindo. Espere aí.

Lana foi até a porta, Lily colocou seu café meio bebido em cima da mesa e levantou. Logo depois, Claire entrou segurando uma sacola de papel marrom e uma garrafa de vinho debaixo do braço.

— Desculpe o atraso — disse Claire. — Demorei uma vida na delicatessen.

— Sem problemas. Veja só, temos uma convidada surpresa. — Lana pegou a sacola e o vinho e acenou com a cabeça na direção de Lily.

— Olá! — exclamou Claire. — Lily, não é?

Ela desamarrou a echarpe do cabelo. Lily nunca tinha reparado que era bem vermelho, e seu rosto era salpicado de sardas num marrom-claro.

— Desculpe por atrapalhar — disse Lily, se preparando para dobrar o cobertor. — Posso ir embora agora.

— Não seja boba. — Claire tirou as galochas e o casaco. — Os sanduíches são enormes. Fique com a gente.

Lily protestou novamente, mas sem muita vontade. Os minutos seguintes foram de tarefas mundanas como levar a comida e o vinho para a sala de jantar, acender as luzes, trazer pratos, talheres e taças. Claire abriu o vinho e encheu três taças sem nem perguntar se Lily queria, e Lana desembrulhou os sanduíches numa tábua de corte. Eram enormes mesmo. Claire tinha comprado em uma delicatessen italiana e disse que eram de salame, mortadela, queijo fontina e algo mais que não se lembrava, tudo dentro de um pão sourdough com mostarda em grão e picles. Lana cortou cada um dos sanduíches em três pedaços, pegou um pacote de batata frita na cozinha e uma pilha de guardanapos do bufê. Quando as três se sentaram à mesa, Lily já se sentia quase normal novamente, e não uma penetra na festa de alguém. Claire e Lana começaram a conversar como velhas amigas, numa espécie de código que impossibilitou Lily de compreender boa parte da conversa, o que era bom, pois podia comer o sanduíche sem precisar falar muito.

— ... até a Sandy me ligou para falar — comentou Lana, entre uma mordida e outra.

— Sandy! Meu Deus, pensei que já tivesse desaparecido há tempos — respondeu Claire.

— Não, só mudou para San Jose.

— Ainda tem essa quedinha até hoje, então, pelo visto.

— Talvez. Mas não o suficiente para oferecer ajuda. Só queria saber da fofoca. Parker me ligou também.

— Ah, isso é bom. Ele pode ajudar em alguma coisa?

— Vamos nos encontrar amanhã. Tomara que tenha algumas ideias.

Claire tomou um gole de vinho e, ao colocar a taça de volta na mesa, se virou para Lily, que já estava quase no fim do sanduíche.

— E o que te trouxe aqui hoje?

— Talvez ela não queira falar sobre isso — interveio Lana.

— Ah, desculpa. Estou sendo muito intrometida?

— Não, não tem problema — respondeu Lily. Foi explicando aos poucos o que tinha acontecido e Claire foi ficando cada vez mais solidária.

— Sinto muito, querida — disse Claire. — Pelo jeito, a noite de ontem foi difícil para muitas de nós. — Estendeu a mão e segurou a de Lily.

Aquele toque despertou toda a sua preocupação com Kath, uma preocupação que tinha ficado abafada desde que chegara à casa de Lana.

— Preciso encontrar a Kath. Como posso descobrir onde ela está?

Claire e Lana se olharam, depois Lana perguntou:

— Quantos anos ela tem? E você?

— Dezessete. — Lily se lembrou de Tommy perguntando a mesma coisa; lembrou do polegar de Tommy em sua boca e ficou corada. — Nós duas temos dezessete.

— Meio novas para o Telegraph Club — sugeriu Claire, com gentileza.

Lily ficou ainda mais corada.

— Eu tinha dezesseis anos da primeira vez que fui a um bar gay — contou Lana. — Olhando agora, nem acredito nisso. Eu era tão nova! Mas isso é bom: se Kath tem dezessete, não pode ser presa. Não é legalmente adulta. Deve ter ido para a detenção juvenil.

— Mas como eu faço para descobrir? Tentei ligar para a casa dela e até fui lá, mas não tem ninguém.

— Você pode perguntar ao Parker — disse Claire para Lana. — Ele deve conhecer alguém.

Lana assentiu devagar.

— Sim. Talvez o Parker possa ligar para alguém. Vou perguntar a ele amanhã.

— Quem é Parker? — perguntou Lily.

— Um advogado que eu conheço — respondeu Lana.

— Ele é um de nós — explicou Claire.

Lily fez que sim, sem querer transparecer sua confusão.

— E ele vai saber onde a Kath está? — perguntou, ávida.

— Talvez — respondeu Lana. — Pelo menos vai saber como descobrir.

— Você acha que a Joyce vai perder o alvará para vender bebida? — perguntou Claire.

— Espero que não — desejou Lana.

O clima pesou um pouco e Lana foi até a sala pegar o maço de cigarros e o isqueiro obsceno, do qual Claire deu risada; as duas então acenderam os cigarros e serviram mais vinho. Aos poucos a conversa foi se afastando da batida policial no bar, mas depois voltou, como se não houvesse saída. Lily aos poucos percebeu que Claire tinha vindo fazer companhia para Lana porque Tommy estava, é claro, na cadeia. Parker era um advogado amigo delas — Lana era secretária no escritório onde ele trabalhava — que estava tentando soltar Tommy, mas ainda não conseguira. Tinha algo a ver com dinheiro, e Lana não queria falar sobre o assunto. Havia também outra mulher envolvida — de quem não falaram o nome —, que tinha se relacionado com Tommy no passado e de quem Lana não gostava. Lily se sentia uma espécie de detetive, juntando os pedaços da história a partir daquela conversa codificada.

A certa altura, Lana disse:

— Ah, mas qual é a importância de tudo isso, afinal? Ela vai se meter em confusão de novo. Eu devia terminar com ela. — Notou a presença de Lily, ainda sentada em silêncio na mesa, e pareceu meio irritada. — Acho que você vai ouvir todos os segredos hoje.

— Desculpe, eu vou embora. — Lily afastou a cadeira.

— Para onde você vai? — perguntou Lana, de um jeito brusco.

— Eu... Eu não sei. Para algum lugar.

Não podia ir para casa. Só de pensar nos pais olhando para ela, a reprovação e a repugnância em seus rostos, já se sentia mal. Ela se levantou, meio tonta e acalorada pelo vinho, e voltou para a sala, onde deixara o suéter, os sapatos e as meias, que ainda não estavam totalmente secos. Mesmo assim, sentou no banco para calçá-los.

Lana veio atrás dela.

— Lily.

— Obrigada por me receber. E pelos sanduíches — agradeceu Lily, enfiando os pés nos sapatos molhados.

— Pare com isso. Fique aqui.

Atrás de Lana, Lily viu Claire parada no batente da porta, com cara de preocupada.

— Pode ficar aqui esta noite, está bem? — sugeriu Lana. — Está frio e molhado lá fora, e eu sei que você não vai para casa.

Lily secou o canto dos olhos, que subitamente começaram a transbordar.

— Desculpe.

— Pare de se desculpar. Você não fez nada de errado.

— É um péssimo momento para eu estar aqui.

Lana levou o cigarro até a boca e tragou, depois soltou a fumaça devagar.

— Quer mais um pouco de vinho?

A sala estava tomada de fumaça; parecia uma neblina sobre o abajur amarelo, e Claire se levantou de onde estava sentada para abrir a janela.

— Assim você vai deixar sair todo o aquecimento — protestou Lana. Estava deitada no chão agora, a cabeça apoiada numa almofada vinho que parecia saída de um harém turco.

— E um pouco da fumaça também, espero — disse Claire. — Senão vamos todas sufocar. — Ela não voltou ao sofá, onde Lily estava encolhida na outra extremidade, mas foi até a vitrola e começou a vascular os discos apoiados ali. — Ah, adoro esse.

— Qual é? — perguntou Lana.

— "The Lady Is a Tramp".

— Ah, bota para tocar. Não consigo convencer Tommy a cantar essa.

Claire colocou o disco e então voltou para o sofá, em busca da taça de vinho. Tinham aberto uma segunda garrafa e Lily observou as duas irem ficando mais soltas e lânguidas, as risadas mais fáceis. Lily tinha tomado uma taça ou duas também; perdera a conta. Sentiu que o rumo da noite tinha mudado um pouco a certa altura, não sabia bem quando, mas, ao soar dos trompetes na canção, pareceu totalmente natural para Claire e Lana começarem a cantar junto.

Depois, Claire perguntou:

— Por que ela não canta? As pessoas iam amar.

— Ah, não é uma música da Tommy — disse Lana. — Mas já a ouvi cantar no chuveiro. Ela disse que cantava anos atrás, quando ainda era Theresa Scafani, a ingênua de North Beach.

— A Ingênua de North Beach! — Claire deu uma risada. — Queria ter visto ela nessa época.

— Theresa Scafani era uma cantora de salão medíocre — opinou Lana. — Tem um monte delas por aí, você sabe. Tommy Andrews tem menos concorrentes.

— Como ela escolheu o nome? — indagou Claire. — Sempre tive curiosidade.

— Ela disse que pensa nela como a irmã perdida dos Andrews. Não é ridículo? Ela queria cantar de uniforme, como se fosse um soldado.

— Bem, as garotas amam isso. De repente podia fazer um número de uniforme qualquer dia desses.

— Você ainda fala com aquela garota do exército?

— Barbara Hawkins? Não, não temos mais contato. Da última vez que soube, estava amasiada com uma enfermeira.

Lana riu e se apoiou no cotovelo para olhar para Claire.

— Ela foi sua primeira, não é? Lembro de você suspirando por ela. Barbara Hawkins. Que engraçado.

Claire deu uma risadinha para Lily.

— Você nunca supera de verdade o seu primeiro amor. Para ser sincera, se a Barb aparecesse, era capaz de eu sair com ela de novo, dane-se a Paula.

Lana se sentou e encostou na mesinha de centro.

— Você gosta mesmo da Paula? Mesmo? Ela é tão...

— Séria? — sugeriu Claire, e caiu na risada. — Ela é boa para mim. Não é aquele tipo perigoso de que eu sei que você gosta...

— Não gosto!

— Primeiro foi Nicky, depois Kate e agora Tommy Andrews. Você sempre chama ela de Tommy?

— Claro.

— Mas não é o nome artístico? Sempre achei meio estranho você chamá-la assim.

— Eu não a conheci como Theresa. Algumas amigas a chamam de Terry, como a Sal. Lembra dela?

— Aquela bem caminhoneira que usa jaqueta de motoqueiro?

— Isso. Mas eu não a conheci como Terry. Conheci como Tommy, então é assim que eu chamo. Acho que ela é mais Tommy mesmo. — Lana virou seu olhar para Lily, que ouvia tudo quietinha. — Você parece estar com sono.

— Acho que bebi demais.

— E quem foi sua primeira, Lily? — perguntou Claire, se virando para ela. — Seu primeiro amor?

Kath. Mas não conseguia dizer. Pensou em Shirley e em como ela parecia ter tanta certeza.

— Como posso saber? — perguntou Lily. — Como deve parecer?

Lana e Claire trocaram sorrisinhos e Claire perguntou, gentil:

— Como deve parecer o quê?

Lily se encostou no sofá, sentindo-se meio molenga e confusa.

— Se apaixonar, eu acho.

— Você vai saber — respondeu Claire. — É inconfundível.

(Como ela sendo capaz de reconhecer Kath lá do outro lado da escola lotada só pelo seu jeito de andar.)

— É como... Bem, é como cair. Cair de amores — filosofou Lana. — Cair, flutuar ou afundar.

(Todas as vezes que se beijavam.)

— Você não vai saber muito bem como voltar disso.

— É como uma febre.

(A maneira como o mundo parecia se resumir às pontas dos dedos de Kath.)

— É como estar bêbada. Bêbada por dias.

— Mas isso tudo é bem pouco específico — contestou Lily. — Como foi que vocês souberam que tinham se apaixonado... pela Barbara Hawkins ou pela Tommy?

Ela sabia que tinha soado meio infantil e petulante, mas sua cabeça estava embaralhada e a fumaça rodopiava pela sala até a janela, e não se importava. Num impulso, estendeu a mão para pegar o maço. Estava quase vazio, mas Lana o empurrou para ela, que tirou um cigarro e colocou entre os lábios. Claire passou o isqueiro e seu polegar parou nos seios da mulher nua enquanto apertava o acendedor. A chama subiu, quente e brilhante, e fez chiar a ponta do cigarro. Ela inalou meio sem jeito e tossiu.

— Aqui, tem que respirar desse jeito — disse Claire, fazendo uma demonstração.

Lily a copiou e a sensação da fumaça indo até seus pulmões foi horrível, mas também necessária, como se fosse apagar o atordoamento do vinho e o dia horrível que ela tivera. Expirou, e a nuvem de fumaça que saiu da boca a lembrou de Tommy fumando naquela mesma sala, na noite da festa. E agora aqui estava ela, e tudo que era importante tinha mudado.

Lana também pegou mais um cigarro e acendeu.

— Da primeira vez que me apaixonei... Bem, eu não sabia que era isso. Só sabia que queria ficar com ela. — Lana olhou para Claire. — E não foi a Nicky. Foi alguém que você não conhece, em Detroit. Eu fugia de casa para ficar com ela, e, quando meus pais descobriram, eles... — Ela parou e olhou para Lily com franqueza. — Eles não aprovaram, e foi por isso que eu me mudei para cá. Quando você se apaixona, faz coisas nas quais nunca tinha pensado.

O cigarro fez a garganta de Lily queimar. Ela pegou a taça de vinho e tomou mais um gole. O álcool não era exatamente reconfortante, mas a fazia se sentir bem adulta.

— Você se arrepende? — perguntou Lily.

Lana bateu a cinza do cigarro no cinzeiro.

— Não. Sempre vou amá-la, porque, mesmo não estando mais juntas, foi ela quem me trouxe até aqui, de alguma forma. E você, Claire? Conte para a Lily sobre a Barbara.

Claire suspirou.

— Quer mesmo saber? Barbara partiu meu coração. Ela foi meu primeiro amor, mas eu não fui o dela, e levei muito tempo para entender isso. Mas antes disso foi maravilhoso. Ela fazia me sentir como... Como se eu pudesse fazer qualquer coisa. — Claire olhou para Lily. — Entende o que eu quero dizer?

Sim. Mas ela não conseguia dizer. Para seu horror, os olhos começaram a arder e o rosto, que já estava corado pelo vinho, queimou ainda mais. Ela se inclinou para apagar o cigarro no cinzeiro.

(Kath se inclinando para a frente na escuridão do Telegraph Club, a cinza do cigarro caindo sobre a mesa.)

— Ah, querida — disse Claire. Colocou a mão nas costas de Lily para apoiá-la. — Vai ficar tudo bem.

Lana pegou a garrafa de vinho e serviu o último gole na taça de Lily.

43

Lily acordou ao som de sinos de igreja. Estavam estranhamente altos, e ela tentou abafar o som com o travesseiro, mas seu formato era estranho. Ela então acordou de verdade e lembrou que estava no sofá de Lana. A cabeça estava apoiada na almofada turca, havia um cobertor por cima dela e um feixe de luz entrava pela fresta da cortina.

Era domingo de manhã. Por isso o barulho dos sinos.

Quando o ruído parou, o apartamento parecia imerso em um silêncio anormal, pela comparação. Não lembrava até que horas tinha ficado acordada. A certa altura, Claire decidiu ir para casa e Lana chamou um táxi para ela. Demorou tanto para chegar que Lily começou a cochilar no sofá, mas enfim Claire foi embora e Lana entregou outro cobertor para Lily antes de ir para cama.

De repente, Lily se lembrou com uma pontada que tia Judy e tio Francis deviam ter chegado na noite anterior, enquanto ela comia os sanduíches de Lana e Claire, fumava e bebia vinho. Tinha fumado um cigarro! Sentou rápido demais e foi tomada por uma tonteira seguida de um barulho borbulhante no estômago. Estava morrendo de fome.

Sentiu outra necessidade mais urgente, afastou o cobertor e se levantou para ir ao banheiro. Quando deu descarga, o som pareceu o de uma explosão, e por um momento ficou paralisada, com medo de ter acordado Lana. Mas não ouviu qualquer ruído vindo do quarto.

Na pia, jogou água no rosto e usou uma toalha que estava pendurada ali perto para secar. O rosto estava meio pálido, e na bochecha esquerda havia a marca do botão da almofada vinho. Mas passou os dedos no cabelo, prendeu-o num rabo de cavalo e ficou apresentável. Não parecia alguém que tinha ficado acordada quase a noite inteira depois de fugir de casa. Mal podia acreditar que fizera aquilo. Sob a luz do banheiro daquele apartamento estranho, tudo parecia surreal.

Notou que havia uma pequena estante branca atrás dela, refletida no espelho. Tinha portas de armário na parte de baixo e duas prateleiras abertas em cima. As prateleiras estavam lotadas de garrafinhas e recipientes, e, embora soubesse que não devia bisbilhotar, não resistiu. Havia uma caixa de batons e uma cesta de sombras, vários hidratantes e uma jarra de vidro com bolinhas de algodão. Em uma bandeja prateada havia uma seleção de perfumes: Tabu, Shalimar, Knize Ten. Shalimar tinha o cheiro de Lana. Abriu o Knize Ten e a fragrância, forte e penetrante, provocou um choque elétrico por seu corpo — era o de Tommy. Colocou de volta rapidamente e fez um barulho ao bater na bandeja prateada.

Sentindo-se culpada, apagou a luz do banheiro e abriu a porta, temendo que Lana estivesse parada do lado de fora, mas não havia ninguém no corredor. Foi andando pé ante pé até a sala e tentou ignorar o estômago vazio.

Para se ocupar enquanto Lana não acordava, dobrou os cobertores, abriu as cortinas e arrumou a correspondência em duas pilhas: uma para Lana Jackson, outra para Theresa Scafani. Recolheu as taças e os pratos sujos, empilhou o mais silenciosamente possível na bancada da pia da cozinha e olhou sedenta para a fruteira, que tinha duas maçãs meio machucadas e uma pera já ficando marrom. Olhou para o relógio inúmeras vezes e o ponteiro dos minutos avançava devagar depois das dez horas, e então enfim ouviu a porta do quarto se abrindo. Estava meio emperrada e fez um ruído como se descascasse.

Ela se levantou do sofá. Tinha preparado um discurso completo sobre quão agradecida estava por Lana ter deixado que ficasse lá, mas, ao vê-la na porta, usando um robe de raiom estampado com rosas, o discurso morreu em sua boca. Lily percebeu, enquanto esperava Lana acordar, que tinha saído de casa em Chinatown sem nada: nem um casaco, nenhum dinheiro, nem mesmo as chaves do apartamento. Estava totalmente à mercê da bondade de Lana, que parecia exausta e um tanto surpresa em vê-la ainda ali; não parecia um bom momento para pedir mais do que ela já tinha dado.

— Olá — disse Lana, com os olhos vermelhos. — Que horas são?
— Dez e pouco.

Lana bocejou de novo.

— Meu Deus, minha cabeça está estourando. Como você está? Precisa de uma aspirina?
— Não, estou bem.

Lana abriu um sorriso fraco.

— Sorte a sua. Vamos lá, vou fazer café pra gente.

Pouco depois das onze, Lana saiu para almoçar com o amigo Parker. Deu uma chave extra para Lily, para o caso de ela querer sair.

— Quando eu voltar — disse Lana, colocando o chapéu —, podemos conversar sobre o que você quer fazer.

Sozinha no apartamento, Lily lavou a louça do café da manhã. Lana só tinha comido uma torrada, mas deu alguns ovos para Lily preparar, e ela comeu com fome e gratidão, se sentindo ainda mais uma mendiga por ter sido acolhida por pena. Agora, lavava os pratos com cuidado, para não deixar qualquer rastro de si. Quando terminou, foi para a sala e sentou, tensa, à beira do sofá. A luz que entrava pela janela era direta e opaca, fazendo aquele conjunto eclético de móveis parecer a quinquilharia que de fato devia ser. O sofá estava visivelmente gasto e puído em alguns pontos. A mesa octogonal tinha descascados em várias pontas, e o acabamento laqueado das cadeiras chinesas era obviamente barato e sem brilho. Sua mãe nunca teria comprado aquelas cadeiras.

Voltou a pensar em Kath. Imaginou-a em uma cela de prisão fria de cimento, ou num tribunal na frente de um juiz, ou trancada num quarto numa instituição. Foi até a janela e ficou olhando para a rua silenciosa, como se Kath pudesse aparecer de repente, mas é claro que isso não aconteceu.

Precisava ir à casa de Kath novamente. Pegou a chave que Lana lhe dera, saiu do apartamento e trancou a porta.

O ar estava frio e úmido; se arrependeu de não ter pensado em pegar um casaco de Lana emprestado. North Beach parecia uma cidade estrangeira a seu redor; diferentemente de Chinatown, a vizinhança era praticamente deserta, e todo aquele silêncio a deixou desconfiada. Viu algumas pessoas entrando numa loja na esquina, e elas pareciam misteriosas, como se soubessem que não deviam estar na rua.

Lily ouviu as bombinhas a distância. Conseguia vê-los em sua mente: flashes de uma luz branca brilhante, a fumaça subindo e as embalagens de papel flutuando no ar como confetes.

Não estava tão longe assim de Chinatown. Por um momento pensou em voltar. Hoje a mãe faria um jantar especial para o Ano-Novo, e ela devia ajudar. Mas então imaginou como seria voltar para casa — obrigada a tocar a campainha, já que não estava com as chaves, esperar alguém abrir a porta e deixá-la entrar. Imaginou o ar de decepção e desgosto no rosto do pai, e soube ali que não poderia ir para casa.

Quando chegou à rua de Kath, foi caminhando mais devagar ao chegar perto do prédio. As cortinas estavam todas fechadas; nenhuma das janelas dava qualquer indício de vida lá dentro. Claro, era domingo de manhã. A vizinhança estava deserta porque as pessoas deviam estar na igreja. Ao perceber isso, sentiu um profundo desânimo e quase se virou para ir embora, mas voltar para o apartamento de Lana sem ter nem tentado parecia ainda pior do que não encontrar ninguém na casa de Kath.

Subiu os degraus da entrada e tocou a campainha. O prédio estava em silêncio. Depois de um minuto, apertou o botão novamente. Estava prestes a ir embora quando a porta abriu.

Uma garota espiou lá fora. Tinha olhos azuis gigantes e se parecia muito com Kath.

— Você é a irmã da Kath? Peggy? — perguntou Lily.

A garota abriu a porta. Tinha uns doze anos, com o cabelo castanho-claro preso em duas marias-chiquinhas. Parecia receosa, mas fez que sim com a cabeça.

— Quem é você?

— Eu sou a Lily, amiga dela. Da escola. Ela está em casa?

Peggy negou com a cabeça.

— Seu nome é Lily?

— Isso.

— Ela me falou de você.

Lily ficou chocada.

— Ah é?

— Sim. Mas ela não está.

— Onde ela está? Fiquei muito preocupada. Liguei no outro dia... — Lily se interrompeu quando viu Peggy olhando ao redor. Ela se virou para olhar para trás e por todo o quarteirão, mas não havia ninguém por ali. — O que houve?

— Não posso contar pra ninguém onde ela está.

— Pode contar pra mim — sugeriu Lily, ávida, tentando ser persuasiva. — Você disse que ela falou de mim, então sabe que eu sou amiga dela. Só quero saber se ela está bem.

— Não posso falar nada pra ninguém — insistiu Peggy.

— Ela vai voltar logo?

— Não sei. — Peggy começou a entrar no prédio. — Sinto muito.

— Espere. Espere! Eu sei que não pode me dizer nada, mas poderia dizer a Kath que estive aqui?

Peggy hesitou.

— Poderia dizer a ela onde estou? Não estou em casa. Estou... no apartamento da Lana. Diga a ela que estou na Rua Castle, número quarenta e oito.

Peggy entrou de novo, e Lily temeu que fosse fechar a porta na sua cara, mas ela voltou com um bloquinho e um lápis.

— Aqui — disse, e entregou para Lily.

Lily pegou o bloquinho e rabiscou o endereço de Lana. Escreveu: "Estou na casa da Lana. Lily". Entregou de volta a Peggy, que leu e assentiu, séria.

— Entrego, caso ela volte pra casa.

E, então, Peggy fechou a porta.

44

Lana voltou carregando duas sacolas de compras, e Lily pulou do sofá para ajudar.

— Obrigada, pode levar para a cozinha — orientou Lana, e entregou a sacola para Lily enquanto fechava a porta.

Depois de guardar tudo, Lana sentou no sofá, acendeu um cigarro e começou a contar, sem preâmbulos:

— Falei com o Parker. Perguntei se sua amiga Kath poderia ter sido presa e ele acha que não, porque ela tem menos de dezoito.

Lily sentou em uma das cadeiras chinesas.

— Ele sabe pra onde ela foi levada?

— Não, mas acredita que já deve ter sido liberada. Não podem mantê-la presa, a não ser que ela já tenha ficha. Não tem, não é?

— Não.

— Provavelmente ela foi pra casa, se os pais deixaram. Essa é a verdadeira questão.

Pelo encontro com a irmã de Kath, Lily desconfiava que os pais não tinham deixado.

Lana olhou para ela com atenção enquanto fumava.

— Acho que Tommy vai ser liberada amanhã cedo — disse, batendo o cigarro no cinzeiro que quase transbordava. — Eu sei que você está numa situação difícil, querida, mas acho melhor ir embora antes disso. Pode ficar aqui esta noite, se precisar. Tem algum lugar pra ir amanhã?

Lily se encolheu na cadeira.

— Eu, é claro... — respondeu. — Eu vou... Para algum lugar.

— Se não tiver para onde ir, Parker sugeriu que você tentasse a Donaldina Cameron House, em Chinatown. Conhece esse lugar?

Lily tinha consciência de que Lana a encarava com um olhar de pena, e aquilo a fez tremer de vergonha.

— Sim, conheço. — Tentou dizer qualquer coisa. — Vou ficar bem. Obrigada por me deixar ficar aqui esse tempinho.

— Fico feliz em ajudar. Sinto muito pelo que aconteceu. — Lana apagou o cigarro e levantou, se esticando. — Vou tirar uma soneca agora. Ainda estou de ressaca da noite passada. Vai ficar bem aí? Quer um livro ou algo assim? — Foi até a mesinha octogonal, abriu as gavetas e pegou alguns livros de bolso. — Aqui... São péssimos, para falar a verdade, mas alguns são divertidos.

As capas eram tão horrendas quanto as dos romances nos fundos da farmácia Thrifty. Uma mulher de vestido bem colado, o olhar abatido enquanto um homem de chapéu fedora vinha atrás dela com uma arma na mão: *A última amante*. Dois homens brigando em uma rua escura enquanto uma mulher de vestido rasgado se escondia na esquina: *O telefonema da meia-noite*.

— Obrigada — disse Lily, meio sem graça.

Lana bocejou.

— Nossa, estou apagando. Vejo você mais tarde.

Lily ouviu Lana caminhando pelo apartamento até o quarto; fechou a porta com um clique. Seus dedos apertaram com força os braços da cadeira. Cameron House! Há décadas a Cameron House recebia mulheres chinesas que caíam em desgraça — prostitutas —, mas hoje em dia funcionava como um centro de atividades depois da escola para crianças de Chinatown. Ela se imaginou chegando à Cameron House, se aproximando da recepção com seu balcão de madeira e pedindo um lugar para ficar. Podia imaginar o olhar confuso da recepcionista, que ligaria para uma das funcionárias dizendo: "Tem uma garota indigente aqui". Não, não tinha como fazer isso.

Sabia que precisava de um plano, mas sua mente se recusava. Em vez disso, foi para o sofá e pegou *A última amante*. Embaixo do exemplar, para sua surpresa, estava *Temporada estranha*. Não via esse livro desde a última vez que o lera na Thrifty.

Pegou o livro e abriu. A lombada estava amassada e várias das páginas dobradas na ponta. Passou pelas cenas que já conhecia e rapidamente foi absorvida pelo melodrama da vida amorosa de Patrice. Ela simplesmente não conseguia aceitar seus sentimentos por Maxine; Maxine a acusou de estar só provocando e jogou um vaso nela, depois pediu muitas desculpas e fez amor com ela no chão da cobertura onde morava (Lily olhou para se certificar de que Lana estava no quarto ao ler essa cena). O ex-namorado de Patrice, que tinha terminado com ela no início do livro, voltou e implorou perdão. Patrice o aceitou de volta e contou que tinha feito uma loucura, e então confessou seu caso com Maxine.

Lily teve um mau pressentimento quanto a essa confissão. Leu a cena com um desconforto crescente. O namorado de Patrice estava sendo compreensivo demais. "Você só cometeu um erro", disse ele, com calma. *Não, ela não cometeu*, pensou Lily. Mas não esperava pela surpresa no final. Sob o pretexto de saírem para almoçar, o namorado de Patrice a levou para um sanatório. O livro terminava com Patrice sedada em uma cama de hospital, sussurrando o nome de Maxine.

Lily queria jogar o livro longe. Estava tão enfurecida com aquele final que, quando a campainha tocou, levou um susto. Olhou na direção da cozinha, imaginando se Lana acordaria, mas a campainha tocou mais uma vez, e ela decidiu atender e anotar o recado.

Correu para a entrada do prédio e abriu a porta da rua. Para sua imensa surpresa, quem estava parada ali era tia Judy.

45

— Você *está* aqui! — exclamou tia Judy, e imediatamente puxou Lily para um abraço. Tinha o cheiro do sabonete Ivory que ficava no banheiro da casa da família, além de traços de gengibre e alho, como se tivesse acabado de sair da cozinha. O aroma era tão familiar que Lily se agarrou a ela sem pensar muito, como se fosse uma garotinha de novo. Tia Judy a apertou de volta e disse:

— Você nos deixou muito preocupados. O que estava pensando? Ninguém sabia de você. — Ela então deu um passo para trás e a examinou com cuidado. — Você parece estar bem. Comeu alguma coisa?

Os olhos de Lily estavam marejados. Tia Judy parecia a mesma de sempre; a vida toda fora baixinha e magrinha, com óculos de aro preto, resultado de passar muitas horas lendo livros de matemática na luz baixa, ela dizia.

— Como me encontrou aqui? — perguntou Lily.

Sem falar nada, tia Judy abriu a bolsa e tirou dois pedaços de papel. Um era onde tinha escrito o endereço de Kath. O outro, o bilhete que tinha deixado para Kath, com o endereço de Lana. Percebeu que a tia fizera um trabalho de detetive para encontrá-la, e agora — sentiu uma pontada no coração — Kath nunca receberia seu bilhete.

— Posso entrar? Que lugar é este? — indagou tia Judy.

Lily deu um passo para trás e deixou a tia entrar.

— Estou hospedada com... uma amiga.

Viu quando tia Judy considerou tirar o casaco e os sapatos — seus dedos tocaram de leve o primeiro botão da capa de chuva —, mas então pareceu ter mudado de ideia e decidido que não ficaria ali muito tempo. Ela se virou para Lily e disse:

— Você precisa ir para casa.

Chocada, Lily respondeu:

— Não posso.

Tia Judy entrou na sala e analisou o espaço, os móveis, os livros (Lily percebeu aliviada que *Temporada estranha* estava com a capa virada para baixo), o retrato emoldurado de Tommy Andrews. Ela sentou no sofá e Lily viu quando olhou de soslaio para o isqueiro com a mulher nua.

— Por que não? — Foi só o que ela disse.

Lily se sentou com a coluna reta diante dela.

— A mamãe disse... Nós tivemos uma briga. Ela não me quer lá.

— Sua mãe me contou que vocês tiveram uma briga, mas não disse que mandou você sair de casa.

Lily se perguntou se a mãe tinha conseguido explicar toda a verdade.

— Quem é essa amiga com quem você está hospedada? — perguntou.

Lá estava mais uma chance de escolher se ia mentir ou dizer a verdade. *Uma amiga da escola. Ela se formou ano passado. Mora com o irmão; ele não está em casa.* Deu uma olhada para os fundos do apartamento, imaginando se Lana as escutaria e acordaria. Não podia trazer Lana para essa mentira sem sua permissão.

— Lana Jackson — respondeu Lily depois de um tempo. — Ela mora aqui com... com Tommy Andrews. Aquela é Tommy, na foto. Ela canta no Telegraph Club, onde a polícia fez uma batida na sexta à noite. É um bar para ho... homossexuais. Wallace Lai me viu do lado de fora depois da batida. Eu estava lá.

A tia olhava para ela com uma expressão neutra, embora a sobrancelha tenha se movido de leve quando Lily se enrolou com a palavra *homossexuais*. Por que tinha que soar tão obsceno, pensou Lily, aquele X molhando a parte de trás da boca.

— Entendi — disse tia Judy. Parecia estar sem palavras. Abaixou os olhos e olhou para as mãos, que entrelaçou com firmeza.

Em silêncio, Lily ouviu o tique-taque de um relógio em algum lugar no apartamento. Viu o maço de Lucky Strike e pensou, num devaneio, que talvez, se fumasse um, a tia ficaria tão chocada que esqueceria o que Lily acabara de dizer.

A porta do quarto se abriu com aquele som familiar de descascado e Lily levantou. Alguns segundos depois, Lana apareceu na porta da sala amarrando o robe de seda floral na cintura, descalça, como uma mulher que acabara de cair da cama.

— Olá — cumprimentou, revezando o olhar entre Lily e a tia. — Achei ter ouvido vozes.

Tia Judy se levantou e andou até ela, com a mão estendida.

— Sou Judy Fong, tia da Lily.

Lana apertou a mão dela, ainda despertando.

— Ah. Eu sou Lana Jackson.

— Obrigada por deixar a Lily ficar aqui.

Tia Judy era mais baixa do que Lana, mas se portava como se fosse mais alta. Vendo as duas, Lily se deu conta de que Lana estava mais perto dela do que da tia Judy com relação à idade. Lily achava Lana tão sofisticada, mas agora, em comparação com tia Judy, ela parecia jovem e até um pouco ingênua.

— Foi um prazer — respondeu Lana, mas soou meio errado, formal demais. Um pouco desconfortável, ela olhou para Lily. — Então está indo embora?

— Eu não...

— Sim — interrompeu tia Judy. — Vim aqui para levá-la para casa.

Lily hesitou.

— Mas eu disse que...

— Vamos para casa conversar com seu pai sobre isso.

Lily ficou pálida.

— Acho que não é uma boa ideia.

Lana observou aquele diálogo com as sobrancelhas levantadas.

— Talvez eu deva deixar vocês à vontade — sugeriu, e foi andando para a sala de jantar.

— Não precisa, estamos indo embora — recusou tia Judy. — Não queremos abusar da sua hospitalidade. Muito obrigada, srta. Jackson. Lily, está pronta? Você tem um casaco?

Havia algo de categórico em seu tom de voz, como se estivesse ansiosa para tirar Lily de uma situação ofensiva, e Lily de repente percebeu como a tia devia estar olhando para Lana: vestida com um robe meio solto, o decote muito mais profundo do que deveria ser nesta hora do dia, o cabelo loiro amassado da cama e o batom meio borrado, como se tivesse beijado alguém. Lily sentiu uma necessidade de defender Lana, que a tinha acolhido apesar de mal conhecê-la, e naquele momento sua opinião não era muito positiva em relação à tia.

— Você não está me escutando — apontou Lily, frustrada.

A expressão no rosto da tia Judy ficou mais suave.

— Ficamos muito preocupados, Lily. É a festa de Ano-Novo. Sua mãe trabalhou o dia inteiro para preparar o jantar de todos. Venha para casa. Por favor.

Lily e tia Judy caminharam de volta para Chinatown. Ainda estava muito frio, e Lily vestia apenas seu cardigã. Quando pararam em uma esquina a alguns quarteirões do apartamento de Lana, tia Judy tirou o casaco e deu a Lily, que o vestiu, se sentindo uma criança.

As ruas de Chinatown estavam cheias de embalagens de bombinhas. A maioria das lojas estava fechada hoje, mas alguns turistas caminhavam por ali assim mesmo, deslumbrados com a caligrafia que não conseguiam ler e espiando as vitrines das lojas para olhar os maços de ervas secas ou os presentinhos espalhafatosos. Muitos chineses caminhavam pelas calçadas com suas melhores roupas para visitar a família e os amigos, ou ir aos banquetes de Ano-Novo de clãs ou associações.

Durante a guerra, a mãe de Lily os levara para a associação de sua família no Ano-Novo, mas, depois que o pai voltou, pararam de ir. Ele queria comer comida xangaiense, e as associações eram de cantoneses. "Eles não fazem a comida certa", reclamara o pai. Então, a mãe de Lily aprendeu a preparar os pratos favoritos dele para o jantar de Ano-Novo, e, quando tia Judy chegou, em 1947, passou a ajudar também.

Normalmente Lily ficava animada e ansiosa para o jantar de Ano-Novo, mas dessa vez queria estar em qualquer outro lugar. Sabia que, ao chegar em casa, teria que cumprimentar a avó, os tios e primos e fingir que tudo estava normal. Teria que obedecer à mãe principalmente, que dissera: "Não conte nada disso para seus tios e tias. Não diga nada para sua avó". Parecia uma armadilha da qual ela podia fugir.

A poucos passos da porta de casa, pensou brevemente em sair correndo e fugir novamente — mas para onde iria? Não tinha mesmo escolha. Até podia passar mais uma noite no sofá de Lana, mas e depois?

Tia Judy já estava colocando a chave na porta, e então girou a maçaneta e olhou para Lily, fazendo um gesto para que entrasse primeiro.

A entrada estava escura e cheirava a gengibre e um aroma meio doce da calda do peixe assado xangaiense que a mãe fazia sempre no Ano-Novo. Já ouvia as vozes dos irmãos e primos mais novos lá em cima. Eles não sabiam que ela estava aqui embaixo, relutando em voltar para casa, onde seria absorvida novamente pela família como se nada tivesse acontecido. Tudo que tinha vivido nas últimas quarenta e oito horas seria deliberadamente ignorado.

— Lily — disse tia Judy.

Ela subiu as escadas com o coração despedaçado.

46

O hall lá em cima estava vazio, mas havia diversas malas e bolsas encostadas na parede de frente para a mesa do telefone.
— Vá cumprimentar sua avó — recomendou tia Judy. — Ela está na sala.

Lily tirou os sapatos e foi para onde a tia mandara. Os irmãos e primos — Jack, de onze anos, e Minnie, de nove — estavam jogados no chão brincando de bolinhas de gude. Tio Francis e tio Sam fumavam perto da janela, e A P'oh* estava sentada em um dos cantos do sofá, observando tudo. Viu Lily assim que ela entrou na sala.

— 阿麗** — chamou a avó, fazendo um gesto para que se sentasse ao lado dela no sofá.

— Lily! — exclamou Eddie. — Acabou de voltar?

— Todo mundo estava bravo — falou Frankie, e recebeu um olhar fuzilante de Eddie.

— Desculpa — ela disse para os irmãos, para todo mundo, e então se sentou ao lado da avó, que segurou sua mão. A pele da avó era flácida

---

* A avó (mãe da mãe de Lily).
** A Lai, apelido de Lily.

sobre os ossos e seca como papel, mas sua pegada era bem firme. — 阿婆好*— cumprimentou Lily. — 幾時到咖?**
— 我今早到咖***— respondeu A P'oh. Olhou para Lily com uma expressão astuta, que a fez se perguntar quanto ela sabia de toda a história. — 大家好擔心你啊. 千其无再咁做.† — Sua voz era suave, mas o tom de advertência era claro.

Lily ficou vermelha.

— 對唔住, 阿婆 ††— falou e baixou a cabeça. Disse a si mesma que não tinha feito nada de errado, mas ainda assim se sentia culpada.

Ela trocou a roupa com a qual tinha dormido. Lavou o rosto e escovou os dentes; penteou o cabelo e prendeu-o. No espelho do banheiro, parecia uma boa garota chinesa.

Na cozinha, tia Judy e tia May cortavam legumes na mesa enquanto sua mãe fritava nien-kao, bolinhos de arroz, no fogão. O pai preparava um bule de chá, e foi ele quem a viu primeiro, o rosto subitamente assumindo uma expressão de alívio.

A mãe se virou. Sua expressão relaxou apenas por um momento.

— Venha ajudar suas tias.

Lily puxou uma cadeira e se sentou ao lado da tia May à mesa, e tia Judy, que ia começar a picar o gengibre, passou a tábua de cortar com as raízes nodosas para ela.

O pai colocou o bule em uma pequena bandeja redonda com algumas xícaras e saiu da cozinha. Lily achou que fosse lhe dizer algo — chegou a hesitar por um instante ao lado dela na cadeira —, mas ele ficou em silêncio. Por dentro, ela ardia de vergonha. Não tinha certeza do que a família sabia, mas, pelo silêncio, deviam saber o suficiente.

---

* Oi, vovó.
** Quando chegou?
*** Cheguei hoje de manhã.
† Você deixou todo mundo preocupado. Não faça isso de novo.
†† Sinto muito, vovó.

Concentrou-se no gengibre e o cortou da forma mais precisa que conseguiu, e depois de um tempo a mãe e as tias continuaram a conversar. A cada tarefa que Lily terminava, tia Judy lhe passava outra: descascar e picar o alho, depois a cebolinha, depois as castanhas d'água. Cada superfície da cozinha estava lotada de ingredientes para os outros pratos que seriam servidos: dois tipos de cogumelos desidratados, lírios desidratados e macarrão de feijão-verde, todos mergulhados em líquidos em tigelas separadas; um maço de alface lavada que secava no escorredor de metal amassado; garrafas de molho de soja e de ostra, além de vinho para cozinhar. Uma panela de sopa de raiz de lótus cozinhava em fogo baixo na parte de trás do fogão, e a mãe de Lily colocava os nien-kao numa bandeja, enquanto tia May tirava um peixe inteiro da geladeira.

Era exatamente como todo Ano-Novo, e era justamente essa familiaridade que fazia Lily se sentir como se não estivesse lá por completo. Seus dedos trabalhavam, mas ela podia preparar legumes até dormindo. Por isso, sua mente estava completamente livre para vagar, e voltava repetidamente àqueles últimos momentos no Telegraph Club com Kath. A correria e os solavancos no corredor dos fundos; as luzes piscantes e as mulheres gritando para que corressem; a mão de Kath apertando a sua antes de soltá-la.

Os olhos de Lily começaram a arder e ela se segurou para não chorar. Nunca devia ter soltado a mão dela. Devia ter arrastado Kath por aquela porta dos fundos.

Suas mãos tremeram, o cutelo escorregou e a lâmina acertou a ponta do indicador esquerdo. Uma gota de sangue rolou instantaneamente, um vermelho vivo. Olhou para o dedo em choque e o sangue jorrou na tábua de corte.

Tia Judy pegou o cutelo, tirou gentilmente do alcance da mão de Lily e disse baixinho:

— Está tudo bem. Foi só um cortezinho. É melhor colocar um curativo.

Havia oito pratos, além da sopa de raiz de lótus e arroz: um frango assado inteiro com molho de gengibre; um pato assado da delicatessen de Chinatown; lo-han chai, um prato vegetariano que os monges costumavam comer; hsün yü, o peixe frio preparado ao estilo xangaiense; um peixe inteiro cozido no vapor ao estilo cantonês; o nien-kao; alface temperada com molho de ostra; e, de sobremesa, pa pao fan, um pudim cozido de arroz recheado com pasta de feijão doce.

Lily morrera de fome a tarde inteira — parecia uma eternidade desde que comera os ovos mexidos no apartamento de Lana —, mas, embora a comida estivesse deliciosa, tinha perdido o apetite. Tia Judy, que estava sentada ao lado dela na mesa improvisada para doze, percebeu. Pegou alguns pedaços do hsün yü e colocou na tigela de Lily, incentivando-a a comer.

Pelo menos ninguém estava se esforçando para falar com ela. A mãe de Lily, tio Sam, tia May e a avó conversavam em cantonês em um canto da mesa, enquanto o pai de Lily e tia Judy falavam em xangainês. Tio Francis, que crescera em Los Angeles, ficou no inglês com as crianças. Às vezes ela percebia o pai ou a mãe olhando para ela, mas não lhe dirigiam a palavra.

Começou a sentir como se fora dividida em duas, e apenas metade dela estava nesta sala. Aquela era a boa filha chinesa que mastigava com delicadeza os pedaços de hsün yü e tirava com cuidado as espinhas brancas da boca, colocando na borda do prato ao lado dos hashis. A outra metade tinha sido deixada na calçada, do lado de fora, antes de Lily entrar pela porta. Aquela era a garota que passara a noite anterior em um apartamento de North Beach com uma mulher branca que mal conhecia. Tudo ia ficar bem, Lily compreendeu, desde que ela mantivesse aquela garota longe desta família chinesa.

Talvez um dia se acostumasse com a sensação que aquilo provocava: de estar deslocada e confusa, nunca muito segura de que a outra metade se manteria fora de cena como esperado. Mas nesta noite ela sentia como se estivesse sempre prestes a dizer ou fazer algo errado, e o esforço necessário para manter aquela outra metade indesejada em silêncio a estava deixando doente. O estômago se rebelara, a cabeça doía, e estava tão cansada que temia desmaiar sobre a mesa a qualquer momento, a cabeça enfiada na tigela de arroz. Aquela imagem lhe pareceu tão ridiculamente engraçada que precisou se segurar muito para não cair numa gargalhada histérica.

Enfim, o jantar terminou, e A P'oh decretou que era hora de distribuir os lei shi, envelopes com dinheiro dados às crianças chinesas no Ano-Novo. Tio Sam saiu pelo corredor e, quando voltou, estava com as mãos cheias de envelopes vermelhos. Minnie e Frankie davam gritos enquanto os adultos riam, satisfeitos. O pai de Lily também pegou diversos lei shi no bolso do paletó; tio Francis pegou os dele no casaco; e A P'oh pediu a Frankie que fosse buscar sua bolsa no quarto de Lily.

Os envelopes vermelhos foram distribuídos para todas as crianças, incluindo Lily: quatro para cada um, com notas novinhas dentro. Os pequenos ganharam apenas um dólar em cada envelope, mas Lily recebeu trinta e cinco dólares este ano, sendo vinte dos pais. O dinheiro era um presente, mas também parecia um aviso. Vinha junto à expectativa de que Lily fizesse o que lhe mandassem.

A distribuição dos lei shi selou o fim do jantar, e Lily ajudou a mãe a recolher a louça. Depois, os homens desmontaram a mesa improvisada e acenderam cigarros. Tia Judy abriu a janela da sala para deixar a fumaça sair, e dava para ouvir o som das bombinhas vindo da Avenida Grant.

Frankie correu para espiar lá fora, o irmão e os primos logo atrás.

— Podemos ir ver os fogos, papai? — perguntou Frankie.

Era Ano-Novo, afinal, então os adultos concordaram e tio Sam, tio Francis e o pai de Lily vestiram os casacos e foram com as crianças até o fim do quarteirão. Perguntaram se Lily queria ir, mas ela recusou e foi ajudar a mãe e as tias a lavar a louça.

Quando terminaram, a mãe e as tias colocaram a chaleira no fogo para o chá e Lily disse que ia dormir. A mãe olhou pela ela — olhou de verdade pela primeira vez naquele dia — e Lily desviou o rosto.

— Pegue alguns cobertores no meu quarto e pode dormir no chão do quarto dos seus irmãos — orientou a mãe.

— Eu te ajudo — sugeriu a tia Judy, já se levantando.

Encontraram um edredom e um cobertor velho do exército, pegaram um dos travesseiros da cama de Lily e arrumaram tudo no chão entre as camas dos irmãos. Ela deu boa-noite para a avó, que ia dormir em seu quarto durante a visita. Escovou os dentes; vestiu a camisola; pegou roupas limpas para o dia seguinte e levou para o quarto dos irmãos, depois fechou a porta. O chão era bem duro, e ela imediatamente se lembrou da maciez do sofá de Lana.

Fechou os olhos. Pensou na primeira vez que vira Lana, no corredor do lado de fora do banheiro no Telegraph Club, mas a memória era vaga e desconexa, com fragmentos de cores e vozes sem corpo. Parecia tão inacreditável agora — a ideia de que ela, Lily Hu, saíra de casa no meio da noite para ir àquela boate homossexual. Como poderia ter feito algo assim? Apenas algumas horas em casa e o Telegraph Club já lhe parecia mais uma fantasia do que a vida real. Isso a perturbava. Era como se alguém tivesse passado uma borracha em sua memória e soprado os restos.

Tentou se lembrar do que era real. O olhar tímido de Kath ao lhe entregar a edição da *Collier's* no topo do Russian Hill. A maciez titubeante dos lábios de Kath na primeira vez que se beijaram. O calor do hálito de Kath em seu pescoço enquanto Lily a abraçava no canto da sala da srta. Weiland. Lily nunca se sentira tão próxima de alguém na vida.

Recordar tudo aquilo a machucava, porque a lembrava de Kath e de seu medo do que poderia ter acontecido com ela. Mas a dor era real — muito mais real do que aquela tarde inteira passada em silêncio. Então ela deitou sobre o piso de madeira duro do quarto dos irmãos e deixou que a dor a preenchesse.

47

Lily acordou antes do amanhecer. O quarto estava escuro e ela ouviu os irmãos respirando, um de cada lado, o peito subindo e descendo quase em uníssono. Quando voltaram na noite anterior, ficaram de pé ao lado dela — Lily ouviu, mas fingiu estar dormindo — e sussurraram: "Ela está bem? Por que a mamãe está tão brava com ela? Ela fez algo errado? *Shhh*, não vai acordá-la". E então Eddie ajeitou o cobertor até o queixo de Lily e colocou a mão em sua testa, como se fosse o pai checando a temperatura. O toque dele deixou os olhos de Lily marejados, e as lágrimas escorreram para as têmporas enquanto os dois se deitavam na cama, os lençóis farfalhando ao se ajeitarem.

Ela não queria acordá-los, mas lembrou que o apartamento agora tinha cinco pessoas a mais, e não queria ser a última na fila do banheiro. Levantou o mais silenciosamente que conseguiu e saiu do quarto.

Quase dava para fingir que era um dia normal. Tomou banho rapidamente e se vestiu. Na cozinha, a mãe já fazia café e preparava um mingau com as sobras do arroz.

— Pode colocar a mesa? — pediu a mãe.

Lily foi até o armário e se perguntou se todas as conversas a partir de agora seriam assim, meramente operacionais. Sentiu algo enfadonho dentro de si, como uma tigela de prata velha e gasta.

Ouviu a pequena Minnie vindo animada lá do outro lado do apartamento, e todo mundo começou a acordar. Em pouco tempo, a cozinha estava cheia. Era segunda-feira, mas, como era semana de Ano-Novo e a família tinha vindo, os pais de Lily tiraram alguns dias de folga. Eddie e Frankie ainda precisavam ir para a escola, claro, e Lily — Lily parou de repente, prestes a passar manteiga na torrada, apavorada com a ideia de ir à escola. Com Shirley. Com todo mundo que já devia saber sobre ela e Kath.

Felizmente, o café da manhã estava ali para distraí-la. Eddie e Frankie tentaram argumentar para não ir à escola, sem sucesso. Minnie e Jack tentaram disfarçar sua alegria de não precisar ir à escola, mas também não tiveram sucesso. Quando A P'oh acordou, Lily foi incumbida de levar uma bandeja com mingau e chá para ela. Quando voltou ao hall de entrada para pegar a mochila, a mãe apareceu como se estivesse esperando por ela.

— Você não vai para a escola hoje.

O alívio de Lily durou pouco e rapidamente virou cautela.

— Por quê?

O pai veio da cozinha segurando sua xícara de café.

— Precisamos conversar.

A conversa não aconteceu naquela hora. Primeiro era preciso levar Eddie e Frankie para a escola. Todo mundo precisava terminar de tomar café. Tio Sam e tia May decidiram levar Minnie e Jack para o parquinho chinês de manhã. A P'oh anunciou que iria para o templo Tin How. Tia Judy chegou na hora em que todos estavam saindo; disse que tio Francis fora tomar café com um amigo. Lily tinha certeza de que fora tudo meticulosamente planejado.

Por fim, os quatro — Lily, os pais e tia Judy — se sentaram à mesa da cozinha. A mãe não tinha passado maquiagem e seu rosto parecia ainda mais pálido sob aquela luz, os lábios apertados, finos. O pai parecia mais cansado que o habitual, e fumava um cigarro atrás do outro, em vez do cachimbo de sempre. As sobrancelhas da tia Judy pareciam não se separar. Ela tinha uma expressão permanente de preocupação e olhava ao redor da mesa.

— Você não vai voltar para a escola — disse a mãe. — Não vou deixar você chegar perto daquela garota.

Lily fingiu não entender.

— Que garota? Shirley?

As narinas da mãe se arregalaram.

— Você sabe de quem estou falando. Conversei com a Shirley ontem e...

— Você... O quê?

— Shirley me contou tudo. Que essa garota Kathleen Miller foi atrás de você. Que é uma homossexual e levou você para aquele lugar. Shirley me disse que tentou te convencer a acabar com essa amizade, mas você recusou.

— Não foi assim que aconteceu! Shirley está mentindo.

— Se não foi assim que aconteceu, me diga o que aconteceu. Não minta para mim!

— Grace — interrompeu o pai de Lily. — Dê uma chance a ela. Alguma coisa que a Shirley falou é verdade?

Ele parecia não conseguir olhar para Lily. A relutância do pai em olhar em seus olhos era o pior de tudo.

— Shirley não gosta que eu seja amiga de outras pessoas. — Pronto, ela dissera: aquilo que pensara praticamente durante a vida inteira.

— Não seja ridícula — protestou a mãe.

— É verdade. Todos sabemos que é verdade. Ela não gostou quando fiquei amiga da Kath.

— Então você *conhece* mesmo essa garota — comentou a mãe.

— Sim, eu conheço, mas ela não... Ela não fez nada de horrível, como a Shirley deve ter falado. Ela não foi *atrás de mim*. Nós estamos na mesma aula de matemática há anos. — Lily olhou suplicante para a tia. — Contei pra ela sobre o seu trabalho e ela ficou muito interessada. Ela quer ser piloto de avião. É muito inteligente. Foi ela que me deu aquela revista sobre a qual te contei.

Tia Judy abriu um sorriso gentil e Lily sabia que tudo aquilo soava ridículo, como se tivesse uma quedinha de adolescente por Kath. Só de pensar que os pais e tia Judy pensariam a mesma coisa, ela se sentia humilhada. Não queria que concluíssem que ela tinha aquele tipo de sentimento por qualquer pessoa, garota ou garoto, mas ao mesmo tempo caracterizar sua relação com Kath como uma quedinha era totalmente inadequado. Era muito mais do que isso. Queria ter percebido antes.

— Garotas não pilotam aviões — rebateu a mãe. — O que ela fez para te convencer a ir naquela boate?

Lily passou os dedos frios na testa quente, tentando aliviar a pressão que crescia dentro dela. Cada frase que proferia era uma escolha. Tinha infinitas oportunidades de voltar atrás, mas se recusava a fazer isso com Kath.

— Eu fui porque quis — disse Lily, enfim. Sua voz estava absolutamente firme. — Ela não me convenceu. Eu quis.

A cozinha mergulhou no silêncio, a não ser pelo tique-taque do relógio. O pai olhava para o cigarro que queimava entre os dedos. Tia Judy olhava para ela com a mesma expressão preocupada.

A mãe começou a balançar a cabeça, como se pudesse espantar as palavras de Lily.

— Não. Você não sabe o que está dizendo.

— Sei, sim.

— Não sabe, não! E isso só prova que você não pode voltar para a Galileo. Não pode chegar perto dessa garota. Era o que eu temia. Lily, se você simplesmente admitisse que cometeu um erro, nós poderíamos te ajudar a superar isso. Não vamos deixar você jogar a vida fora desse jeito.

— Existem estudos — informou o pai. — Você é muito nova para isso. É uma fase.

— Escute seu pai. Isso vai passar. Talvez não pareça agora, mas você vai entender quando for mais velha. Lily, olhe para mim. Nós deixamos passar quando você foi naquele piquenique do Man Ts'ing. Sabíamos que não era a sua intenção, mas isso... Isso nós não podemos aceitar. Você já está marcada como simpatizante do Man Ts'ing. Se corter a informação de que esteve *voluntariamente* na companhia de homossexuais...

A mãe parecia aflita. Os braços eram como barricadas na frente do corpo, e ela se inclinou para a frente antes de dizer o que queria, as linhas profundas em sua testa.

— Seu pai ainda não recuperou os documentos. Entende o que estou dizendo?

Com um nó no estômago, Lily entendia, sim. Estar ligada ao Man Ts'ing era ruim, mas, se nunca tivera nada a ver com eles, aquilo podia ser ignorado. Acrescentar a influência pervertida de homossexuais tornava tudo exponencialmente pior, não só para ela, mas talvez para o pai. Seu comportamento poderia colocá-lo em perigo com as autoridades da imigração porque refletia mal nele. Olhou para o pai. Ele deu um trago tão profundo no cigarro que fez queimar um pedaço grande do papel de uma vez, e havia sombras escuras sob seus olhos. Ele ainda não conseguia olhar para ela.

— Diga que você admite que cometeu um erro e vamos te ajudar — pediu a mãe.

Ela praticamente implorava que Lily mentisse, e a tentação de ceder era grande. Seria muito mais fácil, e ela não queria colocar o pai em perigo. Mas algo de teimoso dentro dela a impedia de fazer o que a mãe pedia.

Ela amava Kath.

Era claro como água agora, foi arrebatador e esclarecedor, e virou tudo de cabeça para baixo, porque não havia como conciliar o amor por Kath com as súplicas da mãe. Se mentisse, estaria traindo Kath, e se recusava a fazer isso. Mas, mesmo que conseguisse viver numa mentira, será que faria diferença na situação do pai? Se ele não tinha recuperado os documentos, era porque *ele* se recusara a mentir sobre Calvin, não porque Wallace Lai a vira saindo do Telegraph Club. Se o pai não queria mentir, por que ela deveria fazê-lo?

Lily respirou fundo.

— Eu não cometi um erro. Podem me perguntar quantas vezes quiserem, mas não vou mentir. — Quanto mais falava, mais corajosa se sentia.

A mãe se levantou abruptamente e empurrou a cadeira para trás com força. Lily se encolheu.

— Você fugiu de casa! — bradou a mãe. — Saiu daqui e não disse a ninguém para onde ia. Podia ter acontecido qualquer coisa com você!

O pai de Lily se aproximou e segurou o braço dela com a mão firme. Ela parecia estar prestes a dizer algo absolutamente furioso — o rosto ia ficando vermelho —, mas então, como num esforço hercúleo para se segurar, ela se soltou do marido e saiu da cozinha. Lily ouviu os passos da mãe pelo corredor e então uma porta bateu forte.

Chocada, Lily se virou para o pai. Ele parecia tão aturdido quanto ela, e finalmente eles se olharam nos olhos. Ele estremeceu e estendeu a mão para apagar o cigarro. Houve um longo momento de silêncio desconfortável. Lily olhou para tia Judy, que observava o irmão, preocupada, mas ficou em silêncio.

Enfim, o pai passou a mão pelo rosto e começou a falar.

— Não tem outra saída, então. Vai ter que ir para Pasadena com sua tia terminar a escola.

Lily olhou para o pai sem entender.

— O quê?

— Sua tia e seu tio se ofereceram para tirar você daqui enquanto... enquanto as coisas se acalmam — explicou o pai. — Vão fazer um enorme sacrifício para ajudar você. Inclusive podem levar você já, amanhã. Não há motivo para esperar. Hoje você arruma suas coisas e amanhã vai pegar o trem para Pasadena. Judy acha que consegue matricular você na escola de lá. Não é?

— Sim — respondeu tia Judy. — Eu sei que você deve estar surpresa com isso.

Lily olhou para o pai, depois para a tia. Sua cabeça latejava de dor; era a única coisa real naquele cômodo. Tudo que o pai e a tia disseram parecia absolutamente inacreditável.

— Nós achamos que é o melhor para você — explicou tia Judy. — É para te afastar das... das complicações daqui.

Era para afastá-la de Kath. Ela compreendeu imediatamente; foi como um soco no estômago.

— É para o seu próprio bem — ponderou o pai. — Vai estar segura em Pasadena.

Eles temiam, Lily percebeu, que os problemas só aumentassem se ela ficasse — problemas para ela e para o pai. Queriam se certificar de que não estaria em Chinatown atraindo fofocas. Queriam escondê-la até que as pessoas se esquecessem do que tinha acontecido.

— Não quero ir — protestou Lily, balançando a cabeça.

O pai olhou para ela com uma expressão desolada.

— Vai ter que aprender que às vezes precisamos fazer coisas que não queremos.

Ela encarou o pai, incrédula, e depois com uma raiva que só crescia.

— Eu moro bem perto de uma escola de ensino médio em Pasadena — contou a tia Judy. — Você vai poder ir andando. Quando chegarmos em casa, vamos direto lá fazer sua matrícula. Se não for possível, seu pai disse que talvez dê para terminar o último ano por correspondência. E, sabe, podemos arranjar um trabalho de meio período ou algo assim no laboratório. Você vai gostar, não vai?

Lily mal conseguia registrar as palavras da tia. Eles a estavam separando de Kath.

— Queremos que você seja feliz — defendeu o pai. — Você vai ficar livre de distrações lá em Pasadena.

Embora não soubesse o paradeiro de Kath, nem se ela estava bem, Lily acreditara que em algum momento ia descobrir, e elas ficariam juntas de novo. Ficou sem fôlego diante da possibilidade de nunca mais ver Kath. Ela se sentiu fraca; parecia que ia se dissolver no ar.

— Vou ligar para a Galileo e ver se precisamos pegar algum documento para sua transferência — informou o pai.

Ela sentia a mão de Kath soltando a sua de novo, e de novo; seus dedos deslizando entre os dela outra e outra vez. Tudo que ela e Kath viveram podia ser apagado tão facilmente. Podia ser apagado por sua família fingindo que nunca tinha acontecido. Podia ser apagado por seus pais, tirando-a de casa e mandando-a para tão longe que Kath nem saberia onde ela estava. Podia ser apagado porque eles eram seus pais, ela era sua filha, e eles a amavam, e não podia desobedecê-los, ainda que partisse seu coração.

— Vá arrumar suas coisas — sugeriu o pai. — Esteja pronta para partir amanhã.

48

O pai de Lily pegou uma mala marrom antiga e lhe entregou. Havia uma etiqueta de bagagem com um endereço em chinês pendurada na alça. Lily leu o nome do pai e os caracteres que diziam Xangai, China.

Abriu a mala em cima da cama. O cheiro empoeirado da avó estava grudado nos lençóis; o quarto já não era mais dela. Arrumou as roupas rapidamente, sem olhar para elas. Enfiou sem nem dobrar o vestido novo que usara para ir ao Telegraph Club duas noites antes. Jogou os sapatos de salto pretos e uma escova de cabelo. O pai veio até a porta, parecia ansioso. Ela o ignorou e continuou arrumando. Não queria falar com ele; não queria falar com ninguém.

— Conheci uma médica uma vez que era lésbica — disse ele.

O som daquela palavra a surpreendeu, e Lily ficou paralisada por um momento, mas se recusou a reconhecer a presença dele ali.

— Era uma médica muito bem-sucedida — continuou. — Era chinesa também, como você.

Aquilo a fez diminuir o ritmo por um segundo, mas só um segundo.

— Eu admirava as habilidades dela como médica. Mas todo mundo sabia de sua vida pessoal, e ela nunca se casou. Havia boatos, é claro, mas ela vivia sozinha. Acho que vive sozinha até hoje. É isso que nos preocupa, a mim e a sua mãe. Queremos que você se case e tenha filhos. Você merece ter uma vida plena, não uma vida minguada, sozinha, sem ninguém para cuidar de você. Lembre disso.

Ele estava imaginando um futuro trágico para ela como se fosse uma das estranhas sobre as quais ela e Shirley inventavam histórias no Eastern Pearl. Aquilo só a deixou com mais raiva.

Ela não respondeu, então ele suspirou, resignado, e saiu.

Lily continuou praticamente jogando as roupas na mala. Pensou em Lana e Tommy, e seu apartamento aconchegante, ainda que cheio de móveis vagabundos, em North Beach. Aquilo não era uma vida minguada. Pensou em Claire e Paula e no tom de voz satisfeito de Claire ao descrever Paula como *séria*. Elas tinham vidas plenas. Pensou em Kath e sentiu como se um buraco se abrisse dentro de si. Tinha até gravidade; puxava Lily de tal forma que ela cambaleou. Teve que se sentar à beira da cama, e de repente se lembrou da *Collier's*, a revista que Kath lhe dera, mas não estava em cima da pilha de livros que formava sua mesa de cabeceira.

Começou a tirá-los da pilha em busca da revista, mas, embora tivesse achado aquela que sua tia lhe dera, o exemplar de Kath não estava ali. Tirou todos os livros do lugar, quem sabe tivesse caído lá atrás, do lado da parede, mas não havia nada. Olhou ao redor do quarto e se perguntou, em pânico, se alguém havia roubado, e se a mãe teria entrado no quarto e jogado fora. Era só uma revista, mas precisava levar com ela. Kath tinha lhe dado.

A mochila. Saiu correndo do quarto pelo corredor e achou a mochila onde a tinha deixado, no chão, ao lado do banco. Ela se ajoelhou, abriu o fecho e lá estava ela, atrás de *A exploração do espaço*. Soltou um suspiro de alívio.

Ouviu passos vindos da cozinha. Tia Judy parou a alguns centímetros.

— Está tudo bem?

Mais uma onda de raiva irrompeu. Se a tia não tivesse bancado a detetive e encontrado Lily em North Beach... Se não tivesse se oferecido para levá-la para Pasadena...

Ela se levantou e deixou a revista dentro da mochila; não queria que a tia visse.

— Estou bem — mentiu, porque a tia parecia muito desesperada.

De volta ao quarto, olhou para a capa com a ilustração de naves espaciais viajando em direção ao planeta vermelho, depois colocou a revista com cuidado em meio às roupas na mala. Olhou para trás e então abriu *A exploração do espaço*. A foto de Tommy ainda estava lá. Lembrou de Kath pegando o papel no chão do banheiro feminino e entregando a ela. Por um momento as duas seguraram aquele pedaço de papel, como um talismã que permitiu que elas existissem, juntas. Há quanto tempo fora aquilo, e ainda assim parecia ontem.

De algum modo, o tempo não parou. A mala estava pronta; a avó voltou do templo; tio Sam e tia Minnie voltaram do parquinho com Minnie e Jack. Havia um almoço a fazer — com as sobras do jantar de Ano-Novo — e mais uma bagunça para limpar. Eddie e Frankie chegaram da escola. Tio Francis voltou muito depois do esperado porque tinha ido até a estação de trem trocar as passagens dele e da tia Judy para o dia seguinte, além de comprar uma para Lily.

Mais tarde, os pais de Lily reuniram Eddie, Frankie e ela para explicar que Lily ia ficar um tempo em Pasadena.

— Ela vai terminar a escola lá — contou o pai.

— Por quê? — Frankie quis saber.

— É melhor para ela — respondeu a mãe, e seu tom de voz deixava claro que não responderia a mais perguntas.

Eddie foi atrás de Lily longe dos pais e sussurrou:

— Aconteceu algo? Ouvi umas coisas na escola. Fiquei sem saber o que fazer.

Ela o levou para o quarto dos irmãos e fechou a porta.

— O que você ouviu? — Ele ficou com as bochechas rosadas. — Deixa pra lá — disse ela. — Não precisa falar. Você acha que eu sou repugnante?

Ele franziu a testa e negou com a cabeça.

— Claro que não. Não importa o que digam. Você é minha irmã. Quer que eu bata neles?

Ela teve que respirar fundo para segurar as lágrimas.

— Não precisa. Mas pode fazer outra coisa por mim?

— O quê?

Ela tirou um pequeno envelope do bolso da saia. Estava endereçado a Peggy Miller na Rua Union. Não tinha certeza se os pais de Kath estavam confiscando a correspondência dela, mas imaginou que Peggy entregaria a carta.

— Pode colocar isto no correio para mim?

Ele pegou o envelope.

— Peggy Miller — leu, surpreso. — Ela é irmã da... — Parou de falar, envergonhado. — Ouvi coisas sobre a irmã dela.

— Sobre ela e eu?

Ele ficou vermelho.

— Talvez.

— Está tudo bem. Só... coloca isso no correio para Peggy?

— Bom, eu conheço ela — contou Eddie. — Estamos juntos na banda da escola. Ela toca trombone na primeira fileira. Posso entregar a ela.

Lily ficou aliviada.

— Pode mesmo?

— Claro.

— Não mostre para mais ninguém.

— Tudo bem.

— Obrigada. — E, num impulso, puxou-o para um abraço. Depois de um momento de surpresa, ele a abraçou de volta.

Quando se separaram, ela perguntou:

— Me conta mais uma coisa?

— O quê?

— Shirley ganhou o Miss Chinatown?

Ele ficou surpreso.

— Não.

— Quem ganhou?
— Uma garota da escola George Washington.
Lily sentiu uma satisfação nada delicada.

E então era hora de ir.
Na manhã de sua partida, todos os adultos fingiram que era absolutamente normal Lily se mudar e ir morar com a tia e o tio no meio das festividades de Ano-Novo. As perguntas das crianças foram reprimidas, e elas ficaram todas reunidas na sala para observar o táxi pela janela.
A mãe de Lily pôs em sua mão uma sacola de papel cheia de pãezinhos cozidos. Ainda estavam quentinhos, e Lily se deu conta de que ela deve ter saído correndo para comprar.
— Não se esqueça de comer — ordenou a mãe, com a postura rígida.
O pai de Lily desceu as escadas carregando a mala e a colocou no bagageiro do carro, ao lado das bagagens de tia Judy e tio Francis. Na calçada, pousou as mãos nos ombros de Lily e enfim a olhou nos olhos.
— Obedeça sua tia e seu tio. Ligue quando chegar lá.
Lily virou o rosto logo, com raiva de si mesma por querer chorar.
O caminho do táxi até a estação foi um borrão. Foram pela Bay Bridge na parte de baixo, a caminho de Oakland, e a baía ia passando em meio às vigas de aço — água, barcos e pequeninas ondas. Ela ficou enjoada. Abriu a janela para pegar um vento, mas o cheiro era uma combinação insalubre de escapamento de motor e água do mar. Fechou os olhos e desejou ir na direção oposta.
A estação de trem era menor do que esperava, mas ainda assim bastante confusa, com inúmeras pessoas correndo para lá e para cá com suas malas e passagens nas mãos. Ficou agradecida, de um jeito meio constrangido, por ter a tia e o tio para guiá-la na direção certa. Tio Francis acendeu um cigarro enquanto esperavam e ficou caminhando e fumando; tia Judy sentou no banco ao lado de Lily e examinou os horários dos trens. Quando o deles foi anunciado, tia Judy levantou do

banco, tio Francis apagou o cigarro e Lily foi atrás deles até a plataforma, depois para dentro do trem. Tia Judy fez um gesto para que Lily se sentasse na janela.

No dia anterior, Lily pegara um livro aleatório da pilha ao lado da cama e jogara na bolsa. Não tinha nem visto qual era, mas agora viu que era *As crônicas marcianas*, de Ray Bradbury. Tia Judy havia lhe dado aquele. Abriu o livro, mas não conseguia se concentrar nas palavras. Sentiu como se sua mente tivesse desligado, e tudo aquilo estivesse acontecendo com alguém que se parecia com ela, mas não podia *ser* ela.

Depois que o trem começou a se mover e o funcionário veio conferir suas passagens, tio Francis foi até o vagão restaurante pegar um café. Quando ficaram sozinhas, tia Judy se virou para Lily.

— Eu sei que não sou sua pessoa favorita no momento, mas preciso te dizer uma coisa — falou. — Por favor, me escute.

Lily não disse nada, mas fechou o livro.

— Estou realmente tentando fazer o que é melhor para você — ponderou tia Judy.

Colocou a mão no braço de Lily, e ela fez o possível para não reagir com uma contração. A aliança de casamento fininha e dourada da tia brilhava sob a luz da janela.

— Eu sei que parece o fim do mundo agora, mas não é — continuou tia Judy. — Daqui a alguns meses você vai se formar na escola e terá a vida inteira pela frente.

Minha vida é agora, Lily quis retrucar, e chegou a virar o rosto na direção da tia para dizer, mas parou diante da expressão em seu rosto. Era um olhar suplicante, direto e sincero. Com lágrimas nos olhos.

— Não entendo o que você está passando — disse tia Judy. — Mas vai precisar ter um pouquinho de paciência até que eu entenda.

Tia Judy apertou o braço de Lily e então soltou. Lily assentiu ligeiramente, só o suficiente para tia Judy perceber, e aquilo pareceu a leve abertura de uma porta. Era tudo que podia fazer naquele momento, e então se virou para a janela para evitar encarar o olhar de esperança da tia.

Lily ficou olhando a cidade de Oakland passar, prédios de tijolos e chaminés, e o brilho cromado do tráfego. Imaginou onde Kath estaria. Imaginou se ela podia senti-la ali, sentada em um trem que a levava para longe. Talvez fosse possível, se fechasse os olhos e enviasse seus pensamentos pelos trilhos, como uma mensagem que viaja pelo fio do telégrafo.

Eu te amo. Eu te amo.

O trem oscilava, suave, sob seus pés, e ela se encostou na janela para sentir o vidro frio no rosto. Tinha certeza de que Kath a ouvira, tinha certeza.

Um pouco depois, tio Francis voltou com um jornal, que compartilhou com tia Judy. Lily manteve o livro fechado no colo e ficou olhando pela janela. Depois de Oakland, passaram subúrbios e pequenas cidades, e então veio um lampejo de água — era o fim da baía de San Francisco, que reluzia sob o céu de nuvens velozes. O trem parou por um tempo em San Jose, o suficiente para os passageiros se levantarem, esticarem as pernas, pensarem em correr para a estação, mas em vez disso continuarem ali dentro.

Lily pegou a sacola de pãezinhos cozidos que a mãe lhe dera e dividiu com o tio e a tia. Colocou um na boca e, ao morder, o gosto a fez estremecer: as bordas caramelizadas da carne, a maciez fofinha do pão, a mistura entre doce e salgado nos pontos onde a calda se misturava à massa como se fosse uma geleia.

Montanhas verdes arredondadas cheias de carvalhos iam passando por eles, e de repente as nuvens que os acompanhavam desde San Francisco sumiram, e o céu estava claro e azul. Um falcão passou voando, uma corrente de vento por baixo de suas asas abertas.

Lily percebeu que nunca tinha ido para tão longe de San Francisco e sentiu um rápido arrepio. Aquilo era o mundo.

Um ano depois

EPÍLOGO

Eram quatro da tarde e o Vesuvio's estava praticamente vazio. Lily olhou para além do bar de madeira com seus poucos clientes, além dos quadros coloridos pendurados nas paredes, para os fundos do salão. Havia pequenas mesas com cadeiras de encosto de palha enfileiradas na parede de frente para o bar, e lá no final, num canto escuro, ela a viu.

Kath viu Lily também, e se levantou.

Ao longo de todo o ano anterior, por meio de cartas e telefonemas de longa distância, Lily a imaginara, mas agora percebia que todos os detalhes importantes tinham escapado de sua imaginação. Quando Kath saiu de trás da mesa, Lily se lembrou do modo como ela se portava, as mãos nervosas escondidas nos bolsos. Ao chegar mais perto, Lily notou a expressão ligeiramente tímida e familiar no rosto de Kath, e as mesmas manchas rosadas em suas bochechas brancas.

— Oi — disse Kath, a voz suave.

— Oi — respondeu Lily.

Estavam agora a poucos centímetros de distância, e Lily não sabia como devia cumprimentá-la. Um aperto de mão parecia ridículo, e não podia beijá-la na bochecha como se fossem meras amigas.

— Quer se sentar? — perguntou Kath, um tanto formal, e puxou uma cadeira.

— Obrigada. — Lily se sentou e a mão de Kath tocou seu ombro por um breve momento antes de ela ir para o outro lado da mesa.

Kath usava blusa social e calça, e tinha cortado o cabelo — recentemente, Lily supôs, já que estava bem batido no pescoço. Kath ainda tinha a mesma boca delicadamente delineada, os mesmos olhos azuis com cílios grandes. Sorriu para Lily, e, quanto mais olhavam uma para a outra, maior ficava o sorriso.

— É muito bom ver você — falou Kath, do seu jeito direto, e Lily entendeu o sentido sincero daquelas palavras.

Lily também não conseguia parar de sorrir.

— É muito bom ver você também.

— Como foi a viagem?

— Foi tranquila. Nada muito interessante.

— Não vejo você há mais de um ano — observou Kath. — Tudo que você disser vai ser interessante.

Os olhos de Lily começaram a arder. Ela olhou para a mesa de madeira e viu que já havia dois copos de cerveja ali.

— Você pediu?

— Sim. Mas, se quiser alguma outra coisa, eu peço no bar.

— Ah, não. Está ótimo.

Lily pegou o copo, Kath fez o mesmo e as duas brindaram.

— Feliz Ano-Novo — desejou Kath.

— Kung hei faat ts'oi — respondeu Lily, e as duas tomaram um gole da cerveja.

— Estou falando sério — retomou Kath. — Quero saber como você está.

Lily de repente ficou muito nervosa, como se tivesse perdido o jeito de falar com Kath. Tinham compartilhado muitas coisas nas cartas trocadas ao longo do ano anterior — talvez ela tivesse compartilhado até demais —, mas escrever era bem diferente de falar cara a cara. E Kath sempre fora mais reservada em suas cartas. Talvez não estivesse contando tudo a Lily. E se tivesse conhecido outra pessoa? Já havia passado muito tempo e elas não moravam mais na mesma cidade. Nunca tinham feito promessas uma para a outra. Não havia nada garantido em relação ao futuro.

Kath arrastou a cadeira de modo que ficasse de costas para a entrada do bar e mais perto de Lily. Logo depois, Lily sentiu a mão de Kath segurando a sua por baixo da mesa, os dedos entrelaçados como se para mantê-la segura, aqui e agora. *Isso* sim era garantia.

— Lily — pediu Kath, com a voz suave. — Me conte tudo.

Elas conversaram por quase duas horas. Já sabiam os detalhes básicos da vida uma da outra, mas dizer em voz alta tornava as coisas mais reais. Lily tinha terminado o ensino médio na última primavera e passara o verão trabalhando como secretária substituta no Laboratório de Propulsão a Jato antes de começar a faculdade na UCLA, no outono. Morava agora em um apartamento em Westwood, que dividia com outra garota chinesa, e estudava matemática. Contou a Kath sobre essa nova matéria que acabara de começar a cursar, sobre computadores programáveis, algo que tia Judy achava que seria importante no futuro.

Kath se mudara para Berkeley na última primavera, onde morara temporariamente com Jean, mas desde então tinha achado um apartamento em Oakland. Vivia com duas outras garotas gays; uma estudava na Cal e a outra era mecânica. Kath arranjou um emprego em um aeroporto minúsculo em Oakland e estava prestes a começar a ter aulas de voo. Finalmente terminara o ensino médio em dezembro, por correspondência, com a ajuda da srta. Weiland.

— Vai estudar na Cal agora? — perguntou Lily.

— Talvez. Estou muito atrasada para começar neste semestre, mas talvez no próximo.

— E a UCLA? Tem umas pessoas bem inteligentes estudando lá.

Kath riu.

— Vou pensar a respeito. Mas... Não quero desistir do trabalho. Preciso do dinheiro e acabei de convencer meu chefe a me ensinar a consertar aviões. É exatamente o que eu quero.

Lily estava se sentindo um pouquinho ousada.

— Mas não é só isso que você quer, é?

Kath sorriu.

— Não, não é.

Lily sentiu o corpo esquentar e olhou para trás, para os outros clientes do bar. Estava mais cheio desde que ela chegara, e se perguntou que horas seriam. Olhou, relutante, para o relógio.

— Ah, não. Tenho que ir. Vou me atrasar para o jantar.

Ela se levantou, já imaginando o olhar curioso da mãe e a mentira que precisaria inventar.

— Vou levar você lá fora — disse Kath, também se levantando.

— Não quero ir embora — admitiu Lily.

— Também não quero que vá.

Naquele momento, um homem riu muito alto do outro lado do bar, o que as lembrou mais uma vez de onde estavam. Kath não disse mais nada, mas ajudou Lily a vestir o casaco antes de colocar o próprio. Passaram rápida e silenciosamente pelos outros clientes, que mal notaram sua partida.

Kath segurou a porta para ela, Lily saiu e viu que tinha anoitecido enquanto conversaram. Havia luzes acesas por toda a Avenida Columbus, e dava para sentir o cheiro característico da névoa fria se formando. Sentiu a mão de Kath em suas costas conduzindo-a até Adler Place, uma ruazinha estreita entre o Vesuvio's e o próximo prédio. Do outro lado da Adler Place estava a Avenida Grant, e Lily viu as lâmpadas de Chinatown brilhando a distância.

— Vamos sair amanhã à noite — propôs Kath, chegando mais perto.

Lily se aproximou da sombra do prédio, depois das luzes que vinham das janelas do Vesuvio's, e Kath foi atrás.

— Não posso sair amanhã. É a parada de Ano-Novo.

— E no dia seguinte?

— Segunda-feira à noite?

— Isso, segunda.

— Para onde?

Kath estava parada bem na frente dela agora, mas ainda havia uns trinta centímetros de espaço entre as duas. Lily queria se aproximar e tocá-la, mas se segurou. O tráfego intenso da Columbus estava a menos de seis metros de distância.

— Tem um lugar chamado Paper Doll, na Rua Union, à esquerda da Grant — sugeriu Kath. — Podemos jantar lá. Posso chegar às oito.

— Está bem, encontro você lá.

Lily não sabia que tipo de desculpa daria aos pais, mas naquele exato momento, com Kath tão perto, ela nem se importava. Olhou para as luzes da Avenida Columbus novamente e, antes que perdesse a coragem, puxou Kath pela mão mais para dentro da Adler Place. As sombras não eram suficientes para escondê-las, mas Lily viera de tão longe — centenas de quilômetros de Los Angeles — e não ia permitir que aqueles poucos centímetros as separassem.

— Cuidado — preveniu Kath.

Mas não resistiu quando Lily a puxou para um abraço, e, depois de um segundo de hesitação, Kath abraçou de volta. Lily enterrou o rosto no pescoço de Kath por um breve momento sem fôlego. Se fechasse os olhos, poderia registrar aquilo em sua memória para sempre: a pulsação da garganta de Kath; o calor de seu corpo; o cheiro de sua pele.

— Eu te amo — sussurrou Lily.

Uma falha na respiração de Kath; a reverberação no corpo de Lily.

Kath chegou para trás só um pouquinho, o suficiente para lhe dar um beijo rápido.

— Também te amo.

— Te vejo na segunda — despediu-se Lily, e então saiu correndo pela rua escura. Lá no final, antes de entrar na Avenida Grant, se virou para ver se Kath ainda estava lá. Ela estava.

Estava parada no meio da Adler Place e, quando viu Lily se virar, levantou a mão e acenou. *Segunda-feira.*

Lily sentiu o coração levitar e acenou de volta, e então entrou em Chinatown. A Avenida Grant estava cheia de cartazes vermelhos e dourados que davam as boas-vindas ao Ano do Macaco. Um grupo de crianças na esquina acendia um punhado de fogos ilegais. Lily levou os dedos aos lábios, como se para tocar o último rastro da boca de Kath na sua. Sentiu uma vertigem estranha tomar conta de si, como se seu corpo pudesse sair do chão, porque estava muito feliz e tranquila com aquela leveza, com aquele amor.

1954	O Senado americano condena Joseph McCarthy.
1955	O dr. Hsue-shen Tsien é deportado dos Estados Unidos e retorna à China.
11 de fevereiro de 1956	**LILY encontra Kath no Vesuvio Café, em San Francisco.**
	O Serviço de Imigração e Naturalização lança o Programa Chinês de Confissões, que incentiva chineses a confessarem voluntariamente se imigraram de forma ilegal para os Estados Unidos, o que dá origem a um medo generalizado de deportação em meio à comunidade sino-americana.
1957	A URSS lança o Sputnik 1 em órbita.
	Kath consegue sua licença de piloto.
1958	Os Estados Unidos lançam o Explorer 1, satélite construído pelo Laboratório de Propulsão a Jato, em órbita.
1959	Lily se forma na Universidade da Califórnia, em Los Angeles, e começa a trabalhar no Laboratório de Propulsão a Jato.

NOTA DA AUTORA

A história de Lily Hu foi inspirada por dois livros. Em *Rise of the Rocket Girls: The Women Who Propelled Us, From Missiles to the Moon to Mars* [A ascensão das Garotas Foguete: as mulheres que nos impulsionaram, dos mísseis à Lua e Marte], Nathalia Holt nos apresenta às mulheres que trabalhavam como computadores humanos no Laboratório de Propulsão a Jato a partir dos anos 1940, incluindo a imigrante sino-americana Helen Ling, que acabou se tornando engenheira no LPJ e contratou muitas outras mulheres para trabalhar lá. Em *Wide-Open Town: A History of Queer San Francisco to 1965* [Cidade aberta: uma história da San Francisco queer até 1965], Nan Alamilla Boyd comenta, de maneira quase casual: "Nascida em San Francisco, Merle Woo se lembra que as lésbicas não brancas costumavam frequentar a Forbidden City (boate) nos anos 1950". Os dois livros me deram vislumbres de uma história ásio-americana que na maior parte das vezes é ignorada, e me perguntei como devia ser a vida para uma garota ásio-americana queer que cresceu nos anos 1950 sonhando com foguetes. Esse pequeno esboço de ideia primeiro virou um conto: "New Year" [Ano-Novo], publicado na coletânea *All Out: The No-Longer--Secret Stories of Queer Teens* [Por inteiro: as outrora secretas histórias de adolescentes queer], editada por Saundra Mitchell, em 2018. E agora a história de Lily cresceu e ganhou seu próprio romance.

SOBRE A LINGUAGEM

Fiz o maior esforço possível para usar uma linguagem historicamente adequada neste livro. Por exemplo, escolhi termos raciais que eram usados plenamente nos anos 1950 e que são ofensivos ou no mínimo antiquados para os padrões contemporâneos. *Oriental*, que hoje em dia é considerado ofensivo, era usado para se referir a ásio-americanos até os anos 1970 e 1980. O termo *ásio-americano* só foi cunhado a partir do movimento pelos direitos civis, nos anos 1960.

Lily e sua família falam diversos dialetos de chinês, incluindo mandarim e cantonês, e eu segui as formas de escrever historicamente precisas para essas línguas. Escolhi deixar os termos chineses em letras romanas quando Lily e os outros estão falando chinglês — isto é, quando falam principalmente em inglês e adicionam algumas palavras chinesas. Usei caracteres chineses quando a frase inteira ou os pensamentos do personagem são inteiramente em chinês.

Todos os caracteres chineses estão representados em seu formato tradicional ou complexo. Os caracteres chineses simplificados só passaram a existir nos anos 1950 e 1960 na República Popular da China, e não estariam sendo usados nos Estados Unidos naquela época. Para a romanização do cantonês, segui o *The Student's Cantonese-English Dictionary* [Dicionário escolar cantonês-inglês], de B. Meyer e T. Wempe, publicado em 1935. Para os termos em mandarim, segui o sistema de romanização de Wade-Giles, que é o padrão para a maior parte do século XX.

Há algumas exceções para essas escolhas de romanização. Nomes de lugares (por exemplo, Guangzhou) e figuras históricas (exemplo: Chiang Kai-shek) estão representados com sua grafia histórica. Também escolhi usar *cheongsam* para me referir ao estilo de vestido justo com fendas dos dois lados que inicialmente se popularizou em Xangai, nos anos 1920. Essa palavra é uma romanização livre de 長衫, que literalmente significava "camisa comprida", tradicionalmente usada por homens, não mulheres. O termo para vestido feminino é 旗袍, que seria romanizado como *kei po*, em cantonês, mas, como *cheongsam* se tornou um termo popular em inglês para identificar um vestido chinês feminino, decidi usar *cheongsam*.

OS ANOS 1950

A percepção popular dos anos 1950 normalmente é de conformidade e repressão social, mas na verdade a metade do século foi uma época de transição e, portanto, um tempo de grande ansiedade cultural, algo que normalmente se exprimia num esforço para eliminar a diferença.

Em 1952, os Estados Unidos detonaram a primeira bomba de hidrogênio. A União Soviética fez o mesmo logo a seguir, em 1953, estabelecendo o início de um tempo de medo de uma aniquilação nuclear — e de treinamentos de proteção contra bombas nas escolas. A Guerra da Coreia tinha terminado, embora não com vitória; e a China, que fora aliada dos Estados Unidos durante a Segunda Guerra Mundial, tornou-se um inimigo comunista. O senador Joseph McCarthy começou sua cruzada paranoica contra a infiltração comunista em 1950, e, embora tenha sido afastado pelo Senado em 1954 e morrido em 1957, o macarthismo prevaleceu durante toda a década, acarretando a deportação do dr. Hsue-shen Tsien, cientista chinês que foi um dos cofundadores do Laboratório de Propulsão a Jato e ajudou os Estados Unidos durante a Segunda Guerra. Quando voltou à China, em 1955, o dr. Tsien ficou conhecido como o pai da tecnologia de foguetes no país. O macarthismo também levou à chamada Ameaça Lavanda, na qual pessoas LGBTQIAP+ eram obrigadas a deixar seus empregos no governo, já que se acreditava que a homossexualidade estivesse ligada ao comunismo.

Embora muita gente identifique a década de 1950 com o rock'n'roll e artistas como Elvis Presley, o próprio Elvis só apareceu em 1956, quando "Heartbreak Hotel" foi lançado. Os sucessos pop do início dos anos 1950 ainda eram dominados por cantores como Perry Como e Rosemary Clooney. O rock'n'roll ainda era o rhythm and blues gravado pelos artistas negros — e que ia sendo descoberto pelos adolescentes, faixa etária que se via naquele momento cortejada pelas propagandas e temida pelos adultos, que as representavam como delinquentes juvenis em filmes como *O selvagem* (1953) e *Juventude transviada* (1955). Embora *O selvagem* depois se tornasse conhecido pelo subtexto homoerótico, as relações entre pessoas do mesmo sexo eram majoritariamente ignoradas pela mídia mainstream — exceto pelos livros baratos de banca, que eram pequenos, produzidos em massa e vendiam como água.

O primeiro desses romances lésbicos, *Women's Barracks* [Quartel feminino], de Tereska Torrès, foi publicado em 1950 e vendeu um milhão de exemplares. Em seguida, em 1952, veio *Spring Fire* [Fogo da primavera], que vendeu pelo menos um milhão e meio. O autor de *Spring Fire*, Vin Packer, era um pseudônimo de Marijane Meaker, que depois passou a escrever livros adultos e a assinar como M. E. Kerr. Os livros lésbicos estavam amplamente disponíveis em farmácias de todo o país, e, embora em grande parte fossem escritos com um olhar masculino, muitas lésbicas também os consumiam. Apesar de as histórias sempre terminarem com uma punição para as personagens homossexuais, graças às regras seguidas pelas editoras por conta das leis de obscenidade, os livros ainda assim criavam uma comunidade imaginada para as lésbicas espalhadas pelo país, que podiam ler essas histórias e descobrir que existiam outras pessoas como elas.

SAN FRANCISCO

Há tempos San Francisco funciona como um ímã para pessoas queer. Em *Wide-Open Town*, Boyd explica que, embora a licenciosidade de San Francisco fosse periodicamente reprimida com campanhas de moralidade, era justamente todo esse esforço que ironicamente chamava a atenção para a reputação libertina da cidade, com sua "enorme fauna de aventureiros, homossexuais entre eles, que seguiam a caminho da Golden Gate" em busca de liberdade.

A Segunda Guerra Mundial teve enorme impacto nas comunidades LGBTQIAP+ de San Francisco, graças à chegada de milhares de militares — muitos deles gays e lésbicas — que entravam pelo porto em busca de vida noturna e comunidade. As comunidades de minorias em San Francisco também mudaram durante a guerra, com a expulsão dos nipo-americanos para prisões e a chegada dos afro-americanos para trabalhar nas bases militares e indústrias de defesa.

No começo dos anos 1950, Chinatown era um conhecido ponto do circuito turístico, e os empresários se aproveitavam da fascinação dos brancos com o Oriente para vender chop suey e quinquilharias para eles. O distrito de North Beach, bairro tradicionalmente italiano que se tornaria o coração da cultura beat no fim dos anos 1950, já abrigava diversas boates que reuniam homens gays e lésbicas. Turistas com sexualidade mais aventureira podiam visitar locais famosos como o Finocchio's (cuja propaganda dizia: o lugar "Onde os garotos são garotas") ou o Mona's ("Onde as garotas são garotos"). O Telegraph Club é ficcional, mas é inspirado em bares como esses. North Beach fica ao lado de Chinatown, e ambos compartilham quarteirões ao longo da Broadway e da Columbus, então aqueles interessados em visitar o Finocchio's e desfrutar um espetáculo gay exuberante podiam facilmente ir caminhando até Chinatown para comer um lo mein no fim da noite.

CHINATOWN E OS SINO-AMERICANOS

Os primeiros chineses chegaram a San Francisco em 1848 e logo se estabeleceram no centro da cidade, próximo à Portsmouth Square, na área que ficaria conhecida como Chinatown. Por muitas das décadas que se seguiram, a intolerância antichinesa se misturou à demanda por trabalho chinês. Os empresários brancos americanos precisavam dos trabalhadores chineses para construir estradas e lavar roupas, mas os trabalhadores brancos se ressentiam dos chineses por roubarem seus empregos. Em 1882, o presidente Chester A. Arthur assinou a Lei de Exclusão Chinesa, a primeira proibição de imigração destinada a um grupo étnico específico nos Estados Unidos. Ela ficou em vigor até a Segunda Guerra Mundial.

Os sessenta anos de Exclusão Chinesa criaram uma sociedade de homens solteiros entre os sino-americanos, já que a maioria das mulheres chinesas era legalmente barrada na imigração graças à crença racista de que seriam todas prostitutas. A grande maioria dos imigrantes chineses no século XIX e início do século XX vinha do sul da China e falava cantonês e seus dialetos correlatos, como toishanês. Destituídos da possibilidade de formar famílias estáveis nos Estados Unidos, os sino-americanos construíram instituições para apoiar as comunidades de solteiros, como sociedades de apoio mútuo que se reuniam com base nos sobrenomes ou cidades de origem. Empresários fundaram a Associação Benevolente Consolidada Chinesa, ou a Chinese Six Companies, para representar oficialmente Chinatown e seus interesses.

A Segunda Guerra Mundial teve grande impacto na imigração chinesa. Com o Japão na condição de inimigo, a China — que depusera o regime imperial em 1912 e formara uma república conduzida pelo Generalíssimo Chiang Kai-shek — tornou-se aliada dos Estados Unidos. A esposa de Chiang, Soong May-ling, também conhecida como Madame Chiang Kai-shek, exerceu um papel decisivo para convencer os Estados Unidos a apoiar a China contra as agressões do Japão. Madame Chiang era formada pela Wellesley College, falava inglês fluente e era tão adorada pela mídia americana que foi capa da revista *Time* três vezes. Em 1943, embarcou numa turnê pelo país para arrecadar dinheiro e promover ações de caridade para a China, e tornou-se a primeira mulher a participar de uma sessão conjunta do congresso. Depois da turnê de Madame Chiang, o congresso derrubou a Lei de Exclusão Chinesa em dezembro de 1943 e estabeleceu uma cota que permitia a imigração de cento e cinco chineses por ano.

Enquanto isso, a guerra oferecia um caminho alternativo para que os imigrantes chineses conseguissem sua cidadania: as forças armadas. Antes, por causa da Lei de Exclusão, muitos chineses chegaram aos Estados Unidos de maneira ilegal. Depois que o terremoto de 1906 em San Francisco destruiu milhares de documentos públicos, os chineses começaram a chegar com documentos falsos alegando que eram filhos de cidadãos americanos com ascendência chinesa. Esses imigrantes ficaram conhecidos como "filhos de papel". Quando os Estados Unidos entraram na Segunda Guerra Mundial, cerca de um terço de todos os homens sino-americanos com idade entre quinze e sessenta anos se alistou, em comparação com cerca de onze por cento da população geral. O serviço militar não era tradicionalmente valorizado na cultura chinesa, mas talvez uma das razões pelas quais tantos homens sino-americanos se alistaram tenha sido a chance de conseguir a naturalização americana independentemente da situação anterior com a imigração.

Depois da guerra, as cotas para imigrantes chineses afrouxaram, passando-se primeiro a permitir que veteranos (incluindo os sino-americanos) trouxessem suas esposas para os Estados Unidos, e depois estendendo esse benefício a sino-americanos que não eram veteranos. Em 1952, A Lei de Imigração McCarran-Walter permitiu a naturalização de familiares de cidadãos americanos, o que possibilitou que muitas famílias chinesas se reunificassem nos Estados Unidos. No início dos anos 1950, Chinatown já tinha se desenvolvido em dois grupos distintos que conviviam: o grupo de homens solteiros mais velhos que imigrara antes da guerra e uma comunidade crescente de famílias de comerciantes. Shirley Lum faz parte desse lado de Chinatown, e suas aspirações na competição de Miss Chinatown refletem alguns dos objetivos da comunidade de negócios daquela área.

Devido a crenças racistas de longa data segundo as quais os asiáticos não poderiam ser verdadeiros americanos, algo que foi construído inicialmente pelas prisões de japoneses e depois pelo macarthismo, os líderes de Chinatown tentavam minimizar o medo branco do "outro" envolvendo-se numa prática cultural essencialmente americana: o concurso de beleza. As garotas de Chinatown eram selecionadas para representar sua comunidade como modelos de uma feminilidade americana temperada com um sabor exótico cuidadosamente calculado na forma de seus vestidos, o cheongsam. O concurso Miss Chinatown originalmente acontecia no Quatro de Julho, tornando bem evidente a relação com o patriotismo, mas em 1953 o concurso mudou de data para coincidir com o festival do Ano-Novo chinês. O festival e o concurso Miss Chinatown compunham os esforços para convencer os americanos brancos de que os sino-americanos poderiam assimilar a cultura e tornar-se cidadãos modelo — minorias modelo.

Combater o racismo tentando se ajustar à cultura nunca funcionou de verdade. Em 1956, o Serviço de Imigração e Naturalização deu início ao Programa Chinês de Confissões, que prometia perdão ao imigrante que revelasse seus documentos fraudulentos de "filho de papel". No entanto, quando alguém confessava, aquilo implicava a família, e às vezes a informação revelada era usada para deportar suspeitos de comunismo. Aliás, o Programa de Confissões capturou os membros do grupo jovem de esquerda que Lily encontrou, e em última instância revogou a cidadania de pelo menos dois de seus membros.

A família de Lily representa uma categoria de imigrantes chineses pouco retratada na cultura popular e é inspirada na experiência da minha própria família. Durante o fim do século XIX e o início do século XX, os filhos (e algumas filhas) de famílias chinesas de classe alta muitas vezes vinham para os Estados Unidos para estudar nas universidades americanas. Quem vinha como estudante não estava sujeito às mesmas restrições de imigração que os trabalhadores, graças a seus privilégios de classe, e normalmente voltava para a China ao terminar os estudos. Alguns eram de famílias ricas; outros tinham bolsas de estudo. Muitos aprendiam inglês em colégios missionários na China. Embora esses estudantes enfrentassem o racismo tanto quanto qualquer imigrante chinês, seus privilégios tornavam mais suave a passagem pelo país.

De 1937 a 1945, a Guerra Sino-Japonesa e a Segunda Guerra Mundial, ambas travadas na China, limitaram o número de estudantes chineses nos Estados Unidos, mas depois da Segunda Guerra Mundial milhares deles vieram em busca de uma educação moderna que pudessem usar para reconstruir sua terra devastada. No entanto, a Guerra Civil Chinesa, travada entre 1946 e 1949 pelo Partido Nacionalista de Chiang e o Partido Comunista de Mao Tsé-Tung, atrapalhou as coisas. Quando Mao venceu e a República Popular da China foi fundada em 1949, aqueles estudantes chineses ficaram presos nos Estados Unidos, que não reconheceram o governo comunista até 1972. Muitos estudantes chineses conseguiram se naturalizar, especialmente depois da Lei

McCarran-Walter de 1952, mas alguns poucos foram deportados — com destaque para o dr. Hsue-shen Tsien.

Meu avô paterno, John Chuan-fang Lo, veio para os Estados Unidos em 1933 para fazer o doutorado em psicologia na Universidade de Chicago. Enquanto estava lá, conheceu minha avó paterna, Ruth Earnshaw, que era branca. Depois de se formar, ele retornou à China para dar aulas na Huachung College. Ele e Ruth se casaram em 5 de agosto de 1937, em Xangai, dias antes da invasão do Japão. Passaram o resto da Guerra Sino-Japonesa e parte da Segunda Guerra Mundial como refugiados no oeste da China, perto da Estrada da Birmânia. Em 1944, minha avó foi resgatada com a ajuda dos militares americanos, mas meu avô ficou na China até 1946, quando conseguiu um emprego temporário como professor na Franklin & Marshall College, na Pensilvânia. Logo percebeu que recebia um salário menor do que os colegas brancos e, por questões de saúde, a família precisava de mais dinheiro. Portanto, a família inteira voltou para a China e não conseguiu sair até 1978, depois que eu já tinha nascido.

Meus avós não sabiam que os comunistas iam tomar a China. Sempre me pergunto se teriam tentado ficar nos Estados Unidos se soubessem. A família de Lily, embora seja diferente da minha, foi levemente inspirada nessa questão.

LÉSBICAS, GÊNERO E COMUNIDADE

Em 1950, o conceito de casamento entre pessoas do mesmo sexo era absolutamente inconcebível; mesmo o casamento inter-racial só foi legalizado nos Estados Unidos em 1967. A homossexualidade era categorizada como distúrbio psicológico até 1987, e leis contra o sexo homossexual só começaram a ser contestadas em 1962. Essas restrições legais não significavam que pessoas gays não existiam, mas ser gay não era culturalmente aceitável, e isso significava que a comunidade gay e lésbica era bastante underground e tinha seus próprios códigos e linguagem.

Na comunidade lésbica branca de San Francisco nos anos 1940 e 1950, as mulheres usavam termos como *butch* (algo como caminhoneira) e *femme* (as mais femininas) de modo a indicar a expressão de gênero e as preferências sexuais. Naquela época, o gênero ainda era compreendido como um conceito predominantemente binário. Embora algumas pessoas certamente quebrassem as barreiras do gênero e existissem em algum lugar entre os dois, a terminologia que existia para a comunidade de Lily era preto ou branco: homem ou mulher, *butch* ou *femme*. *Butches* eram as lésbicas de aparência mais masculina; *femmes* eram tradicionalmente femininas, e normalmente uma se relacionava com a outra. A dicotomia *"Butch/femme"* muitas vezes foi incompreendida como uma imitação de heterossexualidade, mas em *Boots of Leather, Slippers of Gold: The History of a Lesbian Community* [Botas de couro, chinelos de ouro: a história de uma comunidade lésbica], Elizabeth Lapovsky Kennedy e Madeline D. Davis explicam: "As *butches* desafiavam o convencional ao roubar para si o privilégio masculino na aparência e na sexualidade, e, com suas *femmes*, indignavam a sociedade ao criar unidades românticas e sexuais nas quais as mulheres não estavam sob o controle masculino... Esses papéis eram a estrutura essencial para se organizar contra a dominância heterossexual".

Expressar a identidade *butch* envolvia cultivar uma aparência mais masculina, que poderia refletir em usar roupas de homem. Muitas cidades criaram leis contra o *cross-dressing* em público; a lei de San Francisco só foi revogada em 1974. A lésbica Reba Hudson conta em *Wide-Open Town* que homens gays e mulheres lésbicas costumavam ser importunados pela polícia por causa de suas vestimentas nos anos 1940 e 1950, mas que as mulheres usavam roupas de baixo femininas, pois "eles não podiam te prender por imitar alguém do sexo oposto".

No entanto, a imitação do gênero oposto no palco era liberada. Imitadores masculinos e femininos tiveram uma longa história nos palcos, e eram diferentes do que hoje se chama de drag. A imitação não era necessariamente uma atividade LGBTQIAP+ antigamente, e inclusive costumava ser feita por heterossexuais. No entanto, nos anos 1920, a imitação masculina mainstream saiu de moda, provavelmente por causa das mudanças nos referenciais de sexualidade e da conexão entre a performance em outro gênero e a homossexualidade. Mas a imitação masculina não acabou; continuou e se transformou em espaços marginalizados. No Harlem dos anos 1920 e 1930, Gladys Bentley se apresentava com roupas masculinas, e na época não escondia sua identidade queer. Quando sua carreira no Harlem começou a decair, nos anos 1940, Bentley migrou para a costa oeste e foi parar no Mona's, boate lésbica de San Francisco. O Mona's apresentava outros imitadores masculinos que, como Bentley, usavam smoking e trocavam as letras das canções tradicionais por frases abertamente gays. As boates que tinham esse tipo de apresentação continuaram a anunciar no *San Francisco Chronicle* e em outros jornais até o fim de 1950, e os turistas heterossexuais iam aos espetáculos em busca de um entretenimento exótico, assim como visitavam Chinatown pelo tempero do Oriente.

O começo dos anos 1950 foi um período relativamente tranquilo para os bares gays de San Francisco, porque a decisão do caso Stoumen vs. Reilly, em 1951, legalizou as reuniões públicas de homossexuais na Califórnia. Atos homossexuais, no entanto, permaneciam ilegais, e com o passar da década a repressão policial começou a se concentrar na atividade homossexual. Em setembro de 1954, a polícia fez uma batida no 12 Adler, um bar cuja dona era a lésbica *butch* Tommy Vasu. Diversas adolescentes também foram presas, e os relatos nos jornais falavam de uma mistura escandalosa de drogas, homossexualidade e *cross-dressing*. Em 1956, o novo prefeito lançou uma campanha pela moralidade para acabar com os bares gays. Não é coincidência que 1956 também tenha sido o ano em que foi fundada a Daughters of Bilitis (DOB); essa organização pioneira pelos direitos gays tinha o objetivo de proporcionar uma socialização fora do universo dos bares para mulheres lésbicas.

A DOB e os bares lésbicos descritos em *Wide-Open Town* pareciam predominantemente brancos. Foi difícil para mim encontrar evidências de lésbicas não brancas nesse período, embora a pesquisa de Kennedy e Davis inclua também mulheres negras. Encontrar qualquer história de mulheres queer ásio-americanas foi ainda mais penoso, mas algumas dicas animadoras apareceram em certas fontes. *Wide-Open Town*, é claro, menciona Merle Woo, que foi uma ativista ásio-americana nos anos 1970 e 1980, e também fala da existência de lésbicas filipinas. Aliás, uma lésbica filipina chamada Rose foi a precursora da ideia do DOB, embora suas cofundadoras brancas, Del Martin e Phyllis Lyon, tivessem ficado mais conhecidas. O documentário *Forbidden City, USA* [Cidade Proibida, EUA], de Arthur Dong, que é acompanhado de um livro sobre a boate de Chinatown, retrata artistas gays ásio-americanos, mas eles não contam suas experiências em detalhe. A lésbica chinesa que o pai de Lily menciona foi inspirada em Margaret Chung, a primeira médica sino-americana e que, segundo os rumores, era lésbica e teve um relacionamento com a cantora Sophie Tucker. Chung nunca se assumiu. A historiadora Amy Sueyoshi me colocou em contato com Crystal Jang, uma lésbica sino-americana que cresceu na Chinatown de San Francisco e estudou na escola Galileo no fim dos anos 1950 e 1960. Também conversei com Kitty Tsui, uma poeta lésbica que foi ativa nos anos 1970 e 1980 ao lado de Merle Woo. Tsui e Jang me contaram que normalmente eram as únicas lésbicas ásio-americanas em qualquer ambiente.

A trama de Lily é minha tentativa de tirar essa narrativa das margens, de desfazer o apagamento de histórias de mulheres como Crystal Jang, Merle Woo e a dra. Margaret Chung. A trama do livro é totalmente ficcional e não é baseada nos relatos delas, mas imagino que tanto Lily como essas mulheres reais tenham precisado lidar com desafios similares: aprender a viver ao mesmo tempo como sino-americana e lésbica em espaços onde na maioria as vezes essas duas identidades não podiam coexistir.

AGRADECIMENTOS

Este livro não existiria sem o trabalho e o apoio de muitas pessoas incríveis. Sempre serei grata a minha amiga e colega escritora Saundra Mitchel, a primeira a me dar a oportunidade de imaginar a história de Lily ao me convidar para participar de sua antologia de contos *All Out: The No-Longer-Secret Stories of Queer Teens Throughout the Ages*. Pensei que tudo terminaria ali naquele conto, "New Year", mas meu agente visionário, Michael Bourret, me convenceu de que podia virar um romance (só levei três anos!). Meu editor, Andrew Karre, me proporcionou orientações inestimáveis no processo de transformação dessa história em romance, e me inspirou a pensar fora da caixa quanto ao que eu imaginava ser ficção jovem-adulta.

Obrigada a meus pais, Kirk e Margaret Lo, e a minha tia, Catherine Lo, que me deram uma ajuda incalculável na escrita dos diálogos em cantonês e mandarim. Obrigada a Amy Sueyoshi, Crystal Jang e Kitty Tsui por compartilharem conselhos e suas experiências pessoais enquanto eu pesquisava para o livro. Obrigada a emily m. danforth, Britta Lundin, Cindy Pon e Betty Law, que leram os primeiros rascunhos e me deram retornos honestos e muito incentivo. Estou completamente apaixonada pela linda ilustração de capa de Feifei Ruan, que trouxe à vida a San Francisco de Kath e Lily de um jeito mágico.

Obrigada a Julie Strauss-Gabel e toda a sua equipe na Dutton e na Penguin por transformarem este livro em algo real, que os leitores podem segurar nas mãos. Obrigada a todos os profissionais que trabalharam neste livro. Embora eu não tenha trabalhado diretamente com cada um de vocês, por favor saibam que pensei em todos durante esse longo processo e agradeço pelo que fizeram.

Por último, mas não menos importante, obrigada a minha mulher, Amy Lovell, que me apoiou durante toda essa jornada: minha primeira leitora, minha maior fã, meu amor.

Impresso no Brasil pelo Sistema Cameron da Divisão Gráfica da
DISTRIBUIDORA RECORD DE SERVIÇOS DE IMPRENSA S.A.